ars vivendi
Krimi

LUCAS BAHL

ABSEITS!

Kriminalroman

ars vivendi

Originalausgabe

1. Auflage Juli 2008

www.arsvivendi.com

Umschlagfotografie: © REA / laif
Umschlaggestaltung: Anna Ponton
Druck: Aalexx Druck GmbH, Großburgwedel
Printed in Germany

ISBN 978-3-89716-818-3

AUFSTELLUNG

1

01 : Skip Intro

Die Stirnlampe erhellte den viereckigen, kaum sechzig Zentimeter hohen Gang vor ihm. Das glänzende Metall des Lüftungsschachts warf etwas von dem Licht zurück auf sein außergewöhnlich kantiges Gesicht, das von einer schräg über Stirn und linke Wange verlaufenden Narbe verunstaltet wurde. Die großen, himmelblau strahlenden Augen standen in einem auffälligen Kontrast zu der verbissenen Härte, welche die Züge des Mannes ausdrückten. Seine eng zusammengekniffenen Lippen verrieten Entschlossenheit. Die gleichmäßigen Bewegungen entsprachen der Ruhe, mit der er ein- und ausatmete, während direkt unter ihm die Hölle tobte.

Der Lüftungsschacht verlief in mehr als fünfzehn Metern Höhe über der Südkurve, wo die Fans der angereisten Gäste gerade ein wüstes Pfeifkonzert und wildes Geschrei anstimmten. Die zweite Halbzeit hatte vor knapp zehn Minuten begonnen, und die Heimmannschaft lag seit wenigen Augenblicken mit 2:1 in Führung. Vielleicht ahnte der Mann den Grund für das wütende Toben unter ihm, vielleicht nicht. Es kümmerte ihn wenig, ungerührt und äußerlich unbeeindruckt vom heraufhallenden Lärm kroch er weiter. Nur durch eine dünne Metallwand abgetrennt, befand sich neben und über ihm das tragende Gerüst des Stadions. Eine Konstruktion, an der auch das Gewirr der Schächte hing, deren Röhren für eines sicher nicht vorgesehen waren: das Gewicht eines Menschen zu tragen.

Zudem war der Mann für den mühsamen Weg durch den engen Gang denkbar ungeeignet. Eine schmale, gut trainierte Person wäre ideal gewesen. Auf ihn traf nur die Eigenschaft einer hervorragenden körperlichen Konstitution zu. Mit seinen rund zwei Metern, einem breiten Brustkorb, kräftigen Schultern und einer unter dem hautengen Trikot deutlich ausgeprägten Armmuskulatur war er für den Schacht jedoch eindeutig zu groß.

Er musste sich vorkommen wie ein Korken, der in den Hals einer Weinflasche gesteckt wurde, dachte Ilona. Das regungslose Gesicht des Mannes verriet ihr, dass er bloß eines im Sinn hatte: seinen Auftrag.

Die schmalen, fest aufeinander gepressten Lippen öffneten sich unvermittelt. Ein unterdrückter, kaum verständlicher Fluch zischte zwischen ihnen hervor. Er war mit dem rechten Knie an einer Metallkante hängen geblieben. Das elastische Material der Hose, wie das Oberteil seinen Körper eng umschließend, hätte ihm auf einem Rennrad oder Snowboard beste Windschlüpfrigkeit verliehen. Einen Stoß vermochte der dünne Stoff indes kaum abzudämpfen. Der längliche, wie eine Steppdecke gepolsterte Sack, den der muskulöse Hüne vor sich herschob, war hingegen ohne Probleme über das Hindernis hinweggeglitten.

Das Toben der Zuschauer wurde lauter und hallte in dem Lüftungsschacht. Durch die sich linker Hand befindende Wand drang natürliches Licht. Schräg stehende, waagerecht angeordnete Lamellen aus Aluminiumblech gaben einen eng begrenzten Blick auf einen Teil des Stadions frei. Die Fans erschienen winzig wie Spielzeugfiguren, dennoch konnte er sie von ihren Schalensitzen hochspringen und gestikulieren sehen. Die Geräuschkulisse war nun auch in dieser Höhe so ohrenbetäubend, als befände er sich mitten unter ihnen.

Er drehte seinen Oberkörper seitlich, packte mit beiden Händen die Lamellen und bog sie ohne sichtbaren Kraftaufwand auseinander. Dann zog er den ringsum gefütterten Sack heran, den er die ganze Zeit vor sich herbewegt hatte. Er öffnete einen Reißverschluss an der Kopfseite, griff hinein, entnahm ein Paar Einweghandschuhe, wie sie Chirurgen benutzen, und zog sie über. Er langte erneut in das Bündel und zog einen gläsernen Behälter, umhüllt von Styropor, heraus. Eine durchsichtige Flüssigkeit schwappte in dem starkwandigen Glaskörper, der sich nach oben verjüngte. Ein Gummistopfen verschloss ihn luftdicht, ähnlich dem Korken einer

Champagnerflasche durch einen Draht zusätzlich gesichert. Dieser bildete an einer Seite eine kleine Schlaufe von vielleicht zwei Millimetern Durchmesser. Bei dem Behälter handelte es sich um einen Erlenmeyerkolben, wie sie zu Abertausenden in medizinischen oder chemischen Labors eingesetzt werden. Die Glasdicke wich allerdings vom Standard ab. Und die Sorgfalt, mit der die Flüssigkeit in dem Gefäß verschlossen worden war, wies darauf hin, dass der Inhalt ebenso wenig den üblichen Stoffen entsprach.

Der Mann hatte durch die winzige Öse einen kleinen Metallhaken geschoben. An dessen oberem Teil war ein dünner Draht von knapp fünfzig Zentimetern Länge befestigt. Auf der dieser Schlaufe gegenüberliegenden Seite des Kolbens befand sich, gehalten durch zwei Klebestreifen, eine abgeflachte Eierhandgranate. Ihr ringförmiger Sicherungszapfen war mit einem weiteren Draht verbunden, dessen loses Ende der Mann jetzt an einer der Lamellen festmachte. Anschließend schob er den Glasbehälter durch die zuvor verbreiterte Öffnung des Schachtes nach außen, wo er hoch über den Köpfen des ahnungslosen Publikums baumelte.

Nun presste er das Endstück des ersten Drahtes gegen den Boden der Lüftungsanlage. Hätte er in diesem Moment losgelassen, wäre der Kolben auf die Fans heruntergestürzt, schließlich hielt der zweite Draht nur den Sicherungsstift der kleinen Granate. Ihr Gewicht reichte zusammen mit dem des Glases aus, um den Sicherungszapfen aus dem Zünder herauszuziehen. Mit der anderen Hand drückte der Mann ein quadratisches Metallkästchen über das Endstück des Haltedrahts. An der Oberseite befanden sich ein einzelner Schalter und zwei kleine LED-Lämpchen, von denen eines grün aufleuchtete. Mit einem leisen Klappern wurde das Kästchen über dem Draht an den Blechboden des Lüftungsgangs gezogen. Ein batteriebetriebener Magnet hielt den Draht mit dem außerhalb des Schachtes hängenden Glaskolben in seiner Position. Er würde ihn so lange fixieren, bis die Kraft der

Batterie erschöpft wäre oder ein Funksignal die Stromzufuhr unterbräche.

Jubelndes Geschrei brandete durch die Südkurve des Stadions, untermalt von vielfältigen Lauten der Enttäuschung. Den Gästen war der Ausgleich gelungen. Aber die Begegnung war nicht entschieden, die reguläre Spielzeit betrug noch mehr als dreißig Minuten.

Der Mann mit dem vernarbten Gesicht atmete durch. Er zog Brust und Bauch ein, quetschte sich an der kleinen magnetischen Vorrichtung vorbei und schob den Sack dabei vorsichtig vor sich her. Es gab für ihn nur eine Richtung, in die er weiterkriechen konnte: vorwärts zur nächsten mit Metalllamellen versehenen Öffnung des Lüftungsschachts.

I Nachtfahrt ins Grauen

17. Juni 1917. Neumond.

Es waren fast neun Stunden vergangen, seit die rund zweihundert Angehörigen der Bodenmannschaft die Halteleinen von den Laufkatzen geschlippt und die Schwesterschiffe L 48 und L 42 rasch an Höhe gewonnen hatten. Ein letzter Blick auf die Drehhalle von Nordholz, dann umhüllten sie die niedrig hängenden Wolken fast während der ganzen Fahrt. Per Bordfunk hielt die Besatzung Kontakt mit der L 42 und zur Führung der Marine-Luftschiffe in Ahlhorn. Über der Wolkendecke in einer Höhe von rund 4 000 Metern hatte der Wind erheblich zugenommen, er blies direkt von Westen, so dass die fünf dröhnenden Maybach-Motoren mit voller Drehzahl dagegen ankämpfen mussten. Bald drang die Kälte durch die dicken, pelzgefütterten Ledermäntel und Jacken und bewies wie schon so oft, dass die warme Luftschicht über der Erdoberfläche nur eine vergleichsweise dünne Haut war, zumal mitten in der Nacht.

Moritz Sterner, Leutnant zur See und Wachoffizier der L 48, verließ den Laufgang am Bug und stieg die schmale Leiter in die Führergondel hinab. Wie das gesamte metallene Gerippe des fast

200 Meter langen Luftschiffs bestand auch die Leiter aus Duraluminium. Trotz Kälte und Fahrtwinds waren die Seitenfenster offen. Kapitänleutnant Reicher berechnete über einige Tabellen und Karten gebeugt die Position, als plötzlich das Halbdunkel im Inneren der Kabine durch starkes Licht erhellt wurde.

»Ruder runter. Drei Hosen Wasser ab«, rief Reicher.

Der Höhensteuermann entsprach dem Befehl sofort. Der Drahtzug zum Öffnen der mit Wasser gefüllten Ballasthosen hatte sich allerdings verhakt und reagierte nicht gleich. Der Wachoffizier zog an verschiedenen Hebeln, bis sich die Behälter endlich öffneten und jeweils hundert Liter Wasser ins Leere fallen ließen. Das Schiff stellte sich schräg und fuhr einem Aufzug ähnlich nach oben. Die dichten Wolken, die beinahe die ganze Zeit über die Nordsee unter ihnen verhüllt hatten, waren über der Küstenlinie nahe der Themsemündung wie weggeblasen. Die plötzliche Aufwärtsbewegung entriss die L 48 dem Strahl der Suchscheinwerfer, doch im gleichen Moment begannen die Flakgeschütze auf den riesigen Angreifer am Nachthimmel zu feuern.

Ein Schrapnell durchbohrte unmittelbar vor Leutnant Sterners Füßen den Boden der Gondel. Der Schlag, der ihn dabei durchfuhr, war so heftig, dass es ihn von den Beinen riss. Zum Glück hatte ihn der Zufallstreffer nicht erwischt. Das Geschoss riss in Kniehöhe einen fast zwanzig Zentimeter langen Streifen aus der Backbordwand und trat wieder aus, ohne Schlimmeres anzurichten.

Inzwischen war die Luft vom Pfeifen der Granaten erfüllt, die von den in Küstennähe stationierten Flakstellungen abgeschossen wurden, deren Position das regelmäßige Aufblitzen des Mündungsfeuers verriet. Sterner richtete sich auf und sah, wie die Strahlen der Scheinwerfer durch das Dunkel schwenkten. Sie gemahnten ihn an gierige Tentakel auf der Suche nach Beute.

Dabei sind wir es, die jagen, indem wir zerstören, dachte er, an der Harfe aus Drahtzügen stehend, die mit der tödlichen Fracht im Innern des Schiffes verbunden waren. Eine vertraute Stimme aus der Zeit vor dem Krieg ertönte in seinem Inneren. »Schon die alten Germanen kannten die Weisheit: Wer den Feind tötet, erobert seine Seele. Und wer die Energie aus den Seelen seiner besiegten Gegner in sich aufnimmt, erwirbt eine Kraft, die ihn unbezwingbar macht.« *Sterner hatte diesen und weitere Sätze nach den wöchentlichen Versammlungen in seinem Tagebuch notiert, das er im Spind in Nordholz gelassen hatte. Es enthielt zudem eine Reihe von Eintragungen über die Fahrten auf der L 48, vor allem seine Eindrücke und Erlebnisse während der Beobachtungs- und Aufklärungsrouten über der Nordsee und der erfolgreich abgeschlossenen »Nachtwanderungen«, wie er sie nannte, nach England.*

»Drei Grad West«, rief Kapitän Reicher über den Lärm des Beschusses hinweg. »Und höher!« Der Befehl, mit einigen gezielten Bombenabwürfen die Luftabwehrstellungen von Ramsgate unter ihnen auszuschalten, kam nicht.

Er spart die Fracht für später auf, überlegte Sterner, als der Kommandant von Neuem seine Statistiken und die vor ihm liegende Karte studierte und dabei gelegentlich den Kopf aus dem Seitenfenster streckte, um sich am Lauf der Themse zu orientieren, die als schwach glänzendes Band tief unter ihnen lag. Die L 42, die sie vorübergehend aus den Augen verloren hatten, kam wieder in Sichtweite und steuerte jetzt, nachdem der Beschuss nachgelassen hatte, nach unten.

Wie die Explosionen von Feuerwerkskörpern, dachte Sterner, als er die ersten Einschläge der 50-Kilo-Bomben am Boden aufblitzen sah. Auch Reicher befahl nun ein Absinken. Sterner blickte sich um und sah, dass nicht bloß ihm schwindlig geworden war. Niemand hatte jedoch zu den Atemmasken gegriffen, die an den Sauerstoffflaschen befestigt waren.

Die meisten Besatzungsmitglieder der L 48 erinnerten sich nur zu gut an das letzte Mal, als sie auf über 6 000 Meter steigen mussten. Ein Geschwader von fünf Morane-Saulnier-Eindeckern hatte sie noch vor der Küste Englands entdeckt und unter heftiges MG-Feuer genommen. Nach kurzem Abwehrkampf durch ihre eigenen Bordschützen hatten sie rasch eine Höhe gewonnen, in die ihnen die Flugzeuge nicht mehr folgen konnten. Die furchtbare Kälte und vor allem die immer dünner werdende Luft hatten Mensch und

Maschine alles abverlangt. Kurz nacheinander versagten drei der fünf je 240 PS starken Maybach-Höhenmotoren und bewiesen den fluchenden Maschinisten, dass diese Neuentwicklung nicht ausgereift war. Kühlwasser, obwohl mit Spiritus versetzt, gefror, und die Benzinzufuhr verstopfte; der Ölfilm riss, und einer der Kolben fraß sich fest.

Als genauso verbesserungswürdig erwiesen sich die Atemgeräte. Die Lungen von Offizieren und Mannschaftsangehörigen wurden nicht nur mit Sauerstoff versorgt, sondern auch mit Glyzerin und Öl, einer Mixtur, die Brechreiz und Übelkeit auslöste. Zwei der Männer wurden auf der Stelle ohnmächtig. Sterner bekam rasende Kopfschmerzen, die erst Tage später abklangen. Infolge von Kälte und Höhe zerbarst zudem ein Zelluloidfenster in der Kommandogondel, und ein zum Seitenruder verlaufendes Steuerseil sprang aus der Umlenkrolle und machte das Schiff vorübergehend manövrierunfähig.

»Billingham!«, rief Reicher. »Das muss es sein.« Er wies mit ausgestreckter Hand nach vorne, wo sich ein von den ersten Treffern schwach beleuchteter Gebäudekomplex abzeichnete. Ihr Schwesterschiff hatte bereits begonnen, eine Spur aus Feuer und Vernichtung zu legen.

Sterner kletterte zurück in den Laufgang, wo rechts und links über den Abwurfschächten die Bomben in ihren Verankerungen hingen. Erneut war das Hämmern der Abwehrgeschütze zu hören. Mit Handzeichen gab Sterner einem Maat die Anweisung zum Abwurf einiger Fallschirmleuchtkugeln. Diese Magnesiumbrandsätze dienten nicht nur dazu, das unter ihnen liegende Zielgebiet genauer auszuleuchten, sondern wurden auch verwendet, um die gegnerische Bodenabwehr zu irritieren und zu blenden.

»Maschinen halbe Kraft«, befahl Reicher über den Bordtelegraphen an die hinteren Antriebsgondeln. Der mechanische Zeiger des Maschinentelegraphen rutschte auf der Kreisscheibe nach rechts: die Antwort aus den Motorenkabinen, dass der Befehl ausgeführt wurde. Als der Wachoffizier in die Führergondel kam, hatte der Kapitänleutnant das Ziel mit dem Sehrohr im Visier. Einige

knappe Anweisungen an die Seitensteuerung, dann begann er, den rechten Arm wie ein Dirigent zu bewegen. Sterner, der seit über einem Jahr unter Reicher Einsätze fuhr, wusste, was nun folgte: rechts, links, rechts, links, erst die 50-, dann die 100-Kilo-Bomben, wobei die Abdrift des Schiffes durch den Gewichtsverlust jeweils so schnell wie möglich ausgeglichen werden musste.

Das Spiel mit der Harfe bedarf geschickter Hände, dachte Sterner, und sein glattes, noch jungenhaft anmutendes Gesicht bekam einen Ausdruck, den ein nachlässiger Beobachter als Lächeln interpretiert hätte. Alle anderen, die den Wachoffizier an den Drahtzügen hantieren sahen, führten sein seltsam angespanntes und gleichzeitig abwesend wirkendes Mienenspiel auf die Konzentration zurück, mit welcher der 25-jährige Leutnant seiner Aufgabe nachkam. Moritz Sterner hatte niemandem anvertraut, dass er sich beim Auslösen der Scherenhalterungen, in denen die Bomben verankert waren, tatsächlich wie ein Musiker fühlte.

Die metallenen Froschschenkel, in welche die tödliche Fracht vor dem Aushallen eingeklinkt wurde, waren über Drahtzüge mit der Befehlsgondel verbunden. Diese liefen neben der Funkkabine zur sogenannten Harfe zusammen, wo die Bomben vom Wachoffizier auf Befehl des Luftschiffkommandanten ausgelöst wurden und senkrecht durch den Schacht ins Freie gelangten. An den Spitzen der Sprengkörper befanden sich kleine Propeller, die sich im Fallen zu drehen begannen und ein charakteristisches Pfeifen erzeugten, ein Geräusch, das Moritz Sterner als langsam leiser werdenden Nachhall des Harfenklangs empfand. Diese Luftschrauben drehten während des ungebremsten Falls die Sicherungsstifte aus den Aufschlagzündern.

Nach wie vor befanden sich beide Luftschiffe unter heftigem Beschuss durch die Bodenstellungen der englischen Streitkräfte. Außer dem Schrapnelleinschlag blieben die Attacken weitgehend wirkungslos, obwohl die schwebenden Angreifer immer wieder von Flakscheinwerfern erfasst wurden.

»Wir müssen damit rechnen, dass es allmählich ungemütlich wird«, sagte Reicher. Er beugte sich aus den Seitenfenstern, konnte

aber keine Nachtjäger der Engländer ausmachen. »Sie hatten genug Zeit für Alarm und Start.«

»Notfalls sogar noch zum Betanken«, brummte der Seitensteuermann.

Unten schlugen die 100-Kilo-Bomben ein und entfachten ein Inferno, das den Gedanken an aufsteigende Flugzeuge verdrängte. Die Heftigkeit und Dauer der Explosionen konnte nur eines bedeuten: Es war ihnen gelungen, das in Billingham vermutete Munitionsdepot zu treffen.

»Abdrehen!«, rief Reicher. »Den Rest liefern wir bei Norwich ab.«

02 : Skipped Intro

Das Bild aus dem Beamer erstarrte. Als sich auf Knopfdruck die dunkelgrauen Vorhänge öffneten, drang das Licht eines wolkenverhangenen Apriltags in den schmucklosen Besprechungsraum. Das kantige Gesicht verschmolz zunehmend mit der Struktur der Leinwand und wurde umso blasser, je mehr Helligkeit von außen einströmte. In unverminderter Lautstärke dröhnte jedoch die Musik weiter, deren hämmernder Rhythmus von kreischenden Gitarren zersägt wurde.

»Ab hier«, sagte Markus Keller, »beginnt das eigentliche Spiel.«

»Es ist wohl der pure Zynismus, bei so einem Machwerk von einem Spiel zu sprechen!« Der schneidend vorgebrachte Einwand stammte von einer elegant gekleideten Frau mittleren Alters, deren Stirn von einer senkrechten Falte in zwei Hälften geteilt wurde.

»Was schlagen Sie vor, Frau Winter?«, fragte Hauptkommissar Keller mit ruhiger Stimme.

Unterdessen hatte jemand auch der wummernden Musik ein Ende gemacht. Erst jetzt war die Anonymität des Halbdunkels ganz gewichen, in der das knappe Dutzend Teilnehmer während der Demonstration der Einstiegssequenz gesessen hatte. Mit zornigem Blick sah sich die Angesprochene kurz um, erwiderte aber nichts.

»Das Spiel«, fuhr Keller ungerührt fort, »zeichnet sich in der Tat durch einen menschenverachtenden Zynismus aus. Schon der Vorläufer KFF«, er sprach das Kürzel auf Englisch aus, »wurde zumindest in Deutschland umgehend von der BPjM verboten ...«

»... was ein Wunder ist, wenn man bedenkt, wie lange die Bundesprüfstelle für jugendgefährdende Medien sonst für ihre Indizierungsverfahren benötigt«, meldete sich Karin Winter wieder zu Wort.

Keller deutete mit seinen vollen Lippen ein Lächeln an. Er hasste es, in seinen Ausführungen unterbrochen zu werden – vor allem, wenn unmittelbar Untergebene anwesend waren. Ein schlechtes Beispiel für die Disziplin im Dienst, aber was sollte er machen? Mit einer Ministerialdirigentin des Innenressorts konnte er es sich nicht verderben.

»Was bedeutet KFF?« Die Frage wurde von einem blassen jungen Mann gestellt, der am Besprechungstisch ganz hinten saß.

»*Kill For Fun*«, antwortete Keller. »Ein Spiel aus den USA und dort ganz legal erhältlich, jedenfalls in den meisten Bundesstaaten. Im Gegensatz zu diesem, äh, Machwerk, das uns bei einer Razzia im *Waldröschen* in die Hände gefallen ist und das aus ganz bestimmten Gründen auch in den USA verboten sein dürfte.«

Keller nickte einem grauhaarigen, recht mageren Mann zu, der bisher noch kein Wort gesagt hatte und der, weil er als Letzter zu der Besprechung erschienen war, nicht mehr namentlich eingeführt worden war. Keiner der Anwesenden zog dergleichen ernsthaft in Betracht, denn bevor das Gespräch auf das hauptsächliche Thema kam, hatte Keller angekündigt, er erwarte auch jemanden vom »Dienst«. Allen war klar, dass damit das Bundesamt für Verfassungsschutz gemeint war, und niemand rechnete damit, dass sich der Beamte vorstellen würde. Verstohlen musterte Ilona Hall von der *Munich Facility & Security Management* den Hageren. Es war das erste Mal in ihrem Leben, dass sie einem Verfassungsschützer begegnete – wissentlich zumindest. Denn sie wurde das unbestimmte Gefühl nicht los, ihn schon einmal gesehen zu haben. Ilona saß zusammen mit ihrem Chef, einem gemütlich wirkenden Mittfünfziger, und dem Assistenten des Hauptkommissars, einem forsch-agilen Typen, der ihr auf Anhieb unsympathisch war, an der Fensterfront des Besprechungszimmers.

»Neben anderen einschlägig bekannten Treffpunkten der Szene außerhalb Münchens«, informierte der Geheimdienstler, »beobachten wir derzeit das *Waldröschen*, ein Ausflugslokal, in dem seit ein paar Monaten immer wieder Versammlungen und ab und an Konzerte stattfinden. Ich habe eine Zusammenstellung mitgebracht, welche Gruppierungen sich dort einfinden.« Er klopfte auf einige Papiere, die er in die Mitte des Tisches gelegt hatte.

»Was war das eigentlich für eine furchtbare Musik? Läuft die während des ganzen Spiels?«, fragte die Ministerialdirigentin, der im Gegensatz zu Ilona das schadenfrohe Lächeln entging, das für einen Moment Markus Kellers dicke Wangen bewegte.

Wird er sie auf den menschenverachtenden Zynismus des Wörtchens ›Spiel‹ ansprechen, überlegte Ilona. Der Hauptkommissar schwieg indes. Er war der Einzige im ganzen Raum, der ihr allmählich sympathisch wurde.

»Der Score stammt von der Oi!-Band *Trutzstaffel*«, klärte sie Kellers Kollege auf. »Nach unserem Erkenntnisstand ist sie bereits mehrmals im Waldröschen aufgetreten.«

»Euh-Bänd?«

»Oi! ist eine bestimmte Art von Skinhead-Musik, Frau Winter. Sie hat ihre Wurzeln in Ska und Punk.« Der Assistent beendete seine Ausführungen aufgrund eines kurzen Handzeichens von Keller.

»Kurz und unschön«, fuhr der Verfassungsschützer nach einer Unterbrechung fort, in der sich jeder eine der Kopien genommen hatte, »die Bereitschaftspolizei konnte bei einer Razzia im *Waldröschen* unter anderem ein paar CDs mit dem Spiel beschlagnahmen, von dem Sie gerade das Intro gezeigt bekamen.«

»Schade, dass man solche Beispiele guter behördlicher Zusammenarbeit nicht in der Öffentlichkeit kommunizieren kann«, seufzte die Ministerialdirigentin leise. Ilona Hall musste unwillkürlich grinsen. Sie konnte die Sorgen von Karin Winter gut nachempfinden, schließlich waren die Zeitungen gerade voll von Berichten über die Ermittlungspannen im Fall Denkert. Hätten die ermittelnde Staatsanwaltschaft, das LKA und der ehemalige Bundesgrenzschutz, die jetzige Bundespolizei, besser zusammengearbeitet, hätte sich der Chef der *Anlagen-Bau-AG* nicht so einfach mit den verschobenen Millionen ins Ausland absetzen können, wo er zudem die Dreistigkeit besessen hatte, einer Boulevardzeitung ein Interview zu geben.

Hauptkommissar Keller wuchtete seinen massigen Körper wieder aus dem Freischwingersessel, der deutlich nachfederte. »Es handelt sich bei MM&M – *MassenMord & Massaker* – um eine gecrackte Software von KFF. Entschuldigen Sie die Ausdrucksweise, Frau Ministerialdirigentin, so sprechen unsere jungen Spezialisten vom Team für Computerkriminalität.« Keller blickte in Richtung des dunkelhaarigen Mannes von höchstens Ende zwanzig, der ihm gegenübersaß.

»Ich lasse jetzt die ganze Technik weg. Jedenfalls haben die, äh, Entwickler von MM&M große Teile der Grafik und der Software von *Kill For Fun* für ihr, äh, Spiel übernommen und es auf dieser Basis weiterentwickelt. Als neues Element kam die, äh, Musik von *Trutzstaffel* dazu. Diese Band erfreut sich in rechtsextremistischen Kreisen einiger Beliebtheit. Dort geht man wohl auch von einem Verbot des Spiels aus, was aber den, äh, Kultcharakter des Ganzen nur stärken würde.«

Ilona begann so etwas wie Mitleid mit dem massigen Hauptkommissar zu empfinden, der jedes Wort auf die Goldwaage legte und doch keine besseren Ausdrücke fand.

»Beim Einstieg in den Level, den ich Ihnen gezeigt habe«, fuhr er fort, »geht es darum, die vom Spieler gesteuerte Actionfigur während eines Fußballspiels einen Anschlag durchführen zu lassen, dessen Ziel – wie der Titel schon sagt – möglichst viele Todesopfer sind. Dabei ist besonders besorgniserregend, dass es sich bei dem Stadion eindeutig um unseres in München handelt!«

»Wie kann ein Mensch mit einem funktionierenden Verstand nur so etwas ...« Die Ministerialdirigentin brach mitten im Satz ab, denn Karl Gebauer, Ilonas Chef und Organisationsleiter der *Munich Facility & Security Management*, meldete sich unwirsch zu Wort. Mit einem heftigen Ruck hatte er seinen Stuhl zurückgeschoben und war aufgestanden.

Wie in der Schule, feixte Ilona im Stillen.

»Das Ganze ist bodenloser Blödsinn«, polterte Gebauer los. »Ungeheuerlich, da stimme ich Ihnen zu, trotzdem Unsinn von Aah bis Zett.« Er dehnte das A derart, dass Ilona befürchtete, seine Stimme würde umkippen. Nicht zum ersten Mal hörte sie ihren Chef schreien. Angesichts der Tatsache, dass er sich nicht innerhalb der eigenen Bürowände befand, verstummte er jedoch ebenso abrupt, wie er begonnen hatte. Zu spät. Alle Augenpaare blieben für einen unangenehm langen Moment auf ihn gerichtet. Eine von einem leichten Stirnrunzeln begleitete Geste Kellers veranlasste ihn schließlich weiterzureden.

»Das Ding in diesem Machwerk ...«, sagte Gebauer ein paar Phon leiser im unverkennbar niederbayerischen Idiom, das er nicht verbergen konnte und wollte, »... das Ding sieht vielleicht so ähnlich aus wie unser Stadion, aber nur für Leute, die es noch nie besucht haben.«

Einige der Blicke, die ihm galten, entspannten sich, die meisten anderen blieben indessen skeptisch.

»Erstens«, sprach Gebauer nun mit Nachdruck, »es gibt unter dem Stadiondach keine Lüftungsschächte. Unsinn ist das! Wozu braucht man eine solche Anlage bei einem halb offenen Dach?! Schon das beweist, dass man diese, diese Spielentwickler nicht wirklich ernst nehmen kann. Zweitens kommt da oben sowieso niemand rauf, ohne dass wir etwas davon bemerken würden. Es gibt kein Stadion in ganz Deutschland, das besser überwacht wird als unseres! Und drittens kann niemand in die Lüftungsschächte rein. Ich meine dort, wo es bei uns welche gibt. Da würden von der Größe her höchstens Kinder reinpassen und …«

Er hielt für einen Moment inne, denn Keller hob beschwichtigend seine rechte Hand.

»Bitte, meine Damen und Herren«, bemühte sich der Hauptkommissar um das Rederecht. Doch so leicht ließ sich Gebauer nicht stoppen.

»Nein«, ignorierte er Kellers Geste, »lassen Sie mich nur noch das eine sagen. Wir leben leider in Zeiten, wo wir stets mit dem Schlimmsten rechnen müssen, auch mit Terrorismus und Anschlägen.«

»Vielen Dank für diese Einschätzung«, fiel Keller ihm lauter und etwas unmissverständlicher ins Wort. Gebauer setzte sich wieder.

Wie ein Ballon, dem plötzlich die Luft ausgeht, empfand Ilona.

»Konzentrieren wir uns aufs Wesentliche! Es geht nicht um ein mehr oder weniger authentisch gestaltetes Computerspiel, selbst wenn es sich um ein zutiefst verabscheuungswürdiges und nicht zuletzt illegales Machwerk handelt.« Der Hauptkommissar wandte sich leicht der Ministerialdirigentin zu. »Es geht stattdessen darum«, sprach er weiter, »dass man in bestimmten Kreisen offensichtlich mit äußerst beunruhigenden Gedanken spielt. Man spielt – ich benutze dieses Wort jetzt absichtlich – mit der Möglichkeit, einen Anschlag auf unser Stadion durchzuführen, und zwar während eines gut besuchten Fußballmatchs, mit dem Ziel, möglichst viele Menschen umzubringen.« Keller holte tief Luft. Nun konnte er sich der ungeteilten Aufmerksamkeit gewiss sein.

»Uns allen ist klar, dass sich die in Kürze stattfindende Dreier-Serie für einen Gewaltakt besonders anbietet. Zuerst das Heimspiel der Bayern gegen Dortmund. Schon allein deshalb ein Topmatch, weil die Münchner alles daran setzen werden, die Tabellenführung von der Borussia zurückzuerobern. Bereits am darauffolgenden Mittwoch findet das Champions-League-Halbfinale der Bayern gegen Real Madrid statt. Eine absolute Spitzenbegegnung, die höchste Sicherheitsvorkehrungen verlangt – insbesondere, wenn es für beide Mannschaften um den Einzug ins Endspiel geht! Und zum Abschluss empfängt der FC Bayern am Sonntag im bayerisch-fränkischen Derby den 1. FC Nürnberg.«

Die Ausführungen des Verfassungsschützers brachten die Situation auf den Punkt, denn seitdem die Auslosung im Europapokal der Landesmeister den Bayern das Traumlos Real Madrid beschert hatte, sprach sich die Aufeinanderfolge von drei hochklassigen Partien so rasch unter den Fußballfans herum, dass innerhalb kürzester Zeit kaum noch Karten zu bekommen waren. Auch die Presse jubelte diese englische Woche zu einem Ereignis hoch, das Erinnerungen an die fußballseligen Wochen während der WM aufkommen ließ.

»Es hat absoluten Seltenheitswert, dass drei Spitzenspiele innerhalb von acht Tagen stattfinden. Die Stadt München freut sich auf ein Fußballfest. Es werden zahllose Fans erwartet, zudem sind aufgrund des Frühlingswetters Open-Air-Veranstaltungen und Public Viewings geplant. Für das Derby hat sich bereits der Ministerpräsident angemeldet. Es hat für uns also oberste Priorität, diese Partien zu sicheren Veranstaltungen zu machen. Alle Abteilungen der Münchner Polizeidirektionen arbeiten hierfür aufs Engste zusammen«, schloss sich Keller seinem Vorredner an. »Wegen der in jüngster Zeit wieder alarmierend gestiegenen rechtsextremistischen Aktivitäten in München wurde zudem eine SoKo eingerichtet, mit deren Leitung man mich beauftragt hat. Ich habe Sie wegen der geschilderten Gefahrenlage zu dieser Besprechung eingeladen, um sämtliche gebotenen Maßnahmen zu erörtern. Vergessen Sie für einen Augenblick dieses Machwerk, das mir nur als Einstieg in unser Gespräch diente. Beschäftigen wir uns mit der Realität!«

Die Realität indes, die einigen Anwesenden ins Gesicht geschrieben stand, ließ sich mit einem Wort ausdrücken: Angst. Angst vor einem Anschlag während einer Massenveranstaltung.

Für Terroristen gibt es keinen besseren Zeitpunkt als den, wusste Ilona, und ihr wurde unwillkürlich flau im Magen, wenn gerade das halbe Land zusieht; wenn es die Menschen bei einer Sportveranstaltung gänzlich unvorbereitet trifft, einem fröhlichen Ereignis, das zusammenschweißt, bei dem einfache Fans und prominente Anhänger leidenschaftlich mit ihrer Mannschaft fiebern ...

II Nebelfahrt ins Morgengrauen

Kapitän Reicher entdeckte als Erster, dass die Kompassnadel klemmte. Er blickte auf seine Uhr. In weniger als einer Stunde musste die Sonne aufgehen, und die feinen Aufhellungen, die das Dunkel der Nacht durchbrachen, hätten sie eigentlich vorne sehen müssen. Aber dort befand sich nichts als undurchdringliches Nachtschwarz. Ein schwacher Lichtschimmer deutete sich stattdessen auf der entgegengesetzten Seite, von Backbord, an. Das konnte nur eines bedeuten: Der Kompass war ausgefallen und ihre zügige Fahrt hatte sie immer weiter nach Westen getrieben. Sie schwammen regelrecht auf einer dicken Wolkendecke, die ihnen jede Sicht nach unten verwehrte. Ziemlich sicher befanden sie sich also noch über England, weiter vom Meer entfernt als je zuvor.

Ihre letzte Funkpeilung war gut eine Stunde her. Kurz vor ihrem zweiten Angriff auf Norwich hatte diese den korrekten Kurs bestätigt. Normalerweise galt der Befehl, sich im Abstand von zwei Stunden zu melden. Da dieser Funkkontakt jedoch aufgefangen und geortet werden konnte, wurde über feindlichem Gebiet nur in Ausnahmefällen wie einer Attacke die genaue Position durchgegeben. Vielleicht hatte der Beschuss, dem sie bei der Anfahrt über Ramsgate ausgesetzt waren, bereits zur Beschädigung des Kompassgehäuses geführt. Beim plötzlichen Kurswechsel nach der Bombardierung Norwichs hatte sich die Nadel dann endgültig festgeklemmt, mit dem Resultat, dass sie keine Kurve von 110, sondern von mehr als 300 Grad gefahren waren, beinahe einmal im Kreis.

»Die L 48 verfügt über keine Erkundungsgondel, die wir ablassen könnten«, bedauerte Reicher. Dabei glitt sein Blick über Sterner hinweg, als wäre der gar nicht da. In einigen Modellen waren kleine Kabinen eingebaut, die mit einem Besatzungsmitglied besetzt wurden. Mittels einer Seilwinde konnte man die Gondel mehr als siebenhundert Meter herablassen. Das Luftschiff nutzte den Sichtschutz durch die Wolkendecke aus, während der Mann in der Kabine unterhalb ihre Position festzustellen vermochte und mögliche Zielgebiete ins Visier nahm. Zusammen mit dem Stahlseil führte eine Sprechverbindung nach oben, über die der Späher Meldung erstattete. Theoretisch eine sinnvolle Vorrichtung, die jedoch durch ihr Gewicht zusätzlich belastete; zudem hatten sich bei der Erprobung der Ausguckgondel einige sehr unschöne Unfälle ereignet. Sterner nahm an, dass die Einsatzleitung deshalb auf eine weitere Verwendung verzichtet hatte.

Sie mussten handeln, und ihre einzige Chance bestand darin, mit dem ganzen Schiff tiefer zu gehen, selbst auf die Gefahr hin, von Flakstellungen entdeckt zu werden. Nun verstand auch Sterner, dass sie sich nicht wie geplant auf dem Heimweg, sondern nach wie vor über England befanden.

Kapitän Reicher hatte die Motoren drosseln lassen. Die Seitenruder drückten das Schiff in den Wind, heftige Böen packten es augenblicklich und trieben es wie einen gewaltigen Ballon weiter.

So gewinnen wir keinen Meter, befürchtete Sterner, im Gegenteil.

Im gleichen Moment griff der Kapitän wieder zu den Hebeln des Maschinentelegraphen, mit denen er den Männern in den Motorengondeln Order erteilen konnte. Die Drahtzüge liefen durch das Schiff und bewegten die Zeiger nacheinander auf »Volle Fahrt«; kurz darauf erfolgte auf gleichem Weg die Antwort: »Befehl ausgeführt«. Die ersten Rückmeldungen setzten bereits ein, als Reicher noch gar nicht alle Kommandos ausgegeben hatte, denn der Hebel zu einer der Heckgondeln ließ sich kaum auf die gewünschte Position drehen.

»Darf ich mal?«, sagte Obermaat Menkel, der dem Kapitän und dem Steuermann am Höhenruder assistierte. Menkel war mit einsfünfundneunzig nicht bloß der Längste, er war auch derjenige mit den breitesten Schultern an Bord und beim Armdrücken ungeschlagen. Das alles sprach eindeutig gegen ihn, schließlich kam es in der Luftfahrt auf jedes Gramm an. Und Menkel brachte, wie man seinem Bauch unschwer ansehen konnte, mindestens ein Dutzend Kilo zuviel auf die Waage. Überall, wo sich die kleineren und leichteren Besatzungsmitglieder problemlos durch die engen Laufgänge und Schächte fortbewegen konnten, musste Menkel sich bücken und vorbeiquetschen. Als er von seiner Marineeinheit nach Nordholz verlegt wurde, hatte man ihn deshalb ursprünglich für die Bodenmannschaft vorgesehen, den richtigen Platz für einen Mann mit seinem Gewicht und seiner Kraft. Das fanden alle – außer ihm. Doch Menkels Vater hatte bei der Versorgungsstelle des Reichsmarineamts etwas zu sagen. Als Fregattenkapitän Strasser, der Chef der Marineluftschiffflotte, einmal mehr nach Berlin fuhr, um sich mit Nachdruck für den Ausbau des Gaswerks einzusetzen, das die neuen Schütte-Lanz- und Zeppelinschiffe versorgen sollte, wurde er unter anderem zu einem Gespräch ins Büro von Menkel senior gebeten. Seit dieser vertraulichen Unterredung gehörte Menkel junior zur Schulungseinheit des Luftschiffverbands, und die Erweiterung des nahe gelegenen Betriebs zur Gaserzeugung war beschlossene Sache.

Erstaunlich schnell befahl Strasser, den Obermaat auch bei Kampf- und Aufklärungsaufgaben einzusetzen. Man munkelte in den Mannschaften, der ›Junior‹ habe sich bei der Unterweisung erstaunlich gelehrig und begabt gezeigt. Kein Wunder, befand Sterner, immerhin gehört der Fregattenkapitän zu den besten Ausbildern, und wer's bei ihm nicht kapiert, lernt es nirgendwo.

Zuerst hatten viele hinter vorgehaltener Hand gewitzelt, Menkel senior habe Strasser für jedes zusätzliche Kilo von Menkel junior ein weiteres Gaswerk versprochen. Der Obermaat diente den verschiedenen in Nordholz stationierten Besatzungen als Springer, der stets dann eingesetzt wurde, wenn aus den unteren Diensträngen jemand ausfiel; auf der L 48 war es seine zweite Feindfahrt.

Der Kapitän nickte nur kurz, als ihm Menkel anbot, den klemmenden Hebel zu lockern. Der Obermaat ruckelte ein paar Mal an dem Griff. Hatte er sich eben wenigstens ein Stück über die Scheibe verschieben lassen, so schien er jetzt endgültig festzusitzen.

»Lassen Sie«, sagte Reicher, »wahrscheinlich ist der Drahtzug aus der Führungsschiene gesprungen.« Noch bevor der Kapitän seinen Satz beendet hatte, stemmte sich der Obermaat bereits mit beiden Armen und unter Einsatz seines ganzen Körpergewichts gegen den Hebel. Mit einem plötzlichen Ruck, begleitet von einem hellen Ton, löste er sich. Nun ließ sich der Zeiger mit einem Finger bewegen, als wäre er an einer Wanduhr angebracht. Aber er blieb nicht in der gewünschten Position stehen. Sterner und Reicher sahen sich kurz an, der Kapitän verzog sein Gesicht.

»Gerissen«, stöhnte er. »Danke für Ihre Hilfe, Obermaat.«

»Wo rohe Kräfte sinnlos walten«, grummelte Sterner.

Menkels Blick flog zwischen ihnen hin und her, fahl angestrahlt von der Kabinenbeleuchtung. Er drehte den Griff mit einer Leichtigkeit über die Scheibe, als wäre es ein Spielzeug. Das Führungsgestänge bot keinerlei Widerstand mehr.

»Obermaat, Sie klettern sofort in den Laufgang und überbringen meinen Befehl persönlich den Maschinisten in der Steuerbord-Heck-Motorgondel. Vorwärts!«

»Zu Befehl«, entgegnete Menkel beflissen und begann, die Leiter zum Laufgang hochzusteigen, die sich zum Teil im Freien befand.

»Sie sollen kurz klingeln«, rief Reicher ihm hinterher. »Auf dem Rückweg können Sie überprüfen, wo das Seil gerissen ist.«

Eisiger Wind fegte in die Kabine. Kaum waren vom Obermaat bloß noch die Stiefel zu sehen, schloss Sterner die Ausstiegsluke wieder. Unwillkürlich hatte jeder seinen dicken Ledermantel fester um sich zusammengezogen.

»Wir müssen tiefer gehen und können nur hoffen, dass wir einen Anhaltspunkt finden, wo wir sind«, sagte Reicher.

»Und dass uns niemand entdeckt«, ergänzte der Seitenrudergänger.

»So leicht übersieht man uns nicht«, murmelte Sterner, »es dauert nicht mehr lange, bis die Sonne aufgeht, dann nützt uns der Tarnanstrich nichts mehr.« Ich würde eher aufsteigen und erst einmal nachsehen, ob irgendwo die Wolken aufreißen, dachte er, behielt es aber aus einem unerfindlichen Grund, den er auch später nicht benennen konnte, für sich.

Aus ihrer jetzigen Position knapp über dem Wolkensaum konnten sie keinen Überblick gewinnen. Im dichten Grau, das sie umgab, vermochten sie die Richtung, in die sie steuerten, kaum festzustellen. Doch bereits nach kurzer Abwärtsfahrt zerriss die Wolkendecke wie ein dünner Vorhang aus Seidenpapier. Die spärlich besiedelte Landschaft, die sie im zunehmenden Dämmerlicht unter sich ausgebreitet sahen, bot auf den ersten Blick wenig Orientierungspunkte. Von der Küstenlinie war nichts zu sehen.

»Wie weit sind wir wohl ins Landesinnere vorgedrungen?«, rätselte Kapitän Reicher, der mit verbissener Miene die Karten betrachtete. Keine größere Ortschaft, keine Eisenbahnlinie und erst recht kein Flusslauf, dessen charakteristische Windungen einen Hinweis gegeben hätten. Den Kontakt zur L 42 hatten sie vor Erreichen von Norwich verloren. Vermutlich befand sich ihr Schwesterschiff schon in der Anfahrt auf Nordholz. Sterner sah, dass Reicher mühsam einen deftigen Fluch unterdrückte.

»Es sieht alles so friedlich aus«, sagte Sterner mehr zu sich selbst.

»Ja, Leutnant, man könnte glauben, der Krieg wäre vorbei«, erwiderte der Kapitän und öffnete das Steuerbordfenster. Er lehnte sich hinaus, um mehr von der Gegend in gut anderthalb Kilometern Tiefe zu erfassen, als ein Dröhnen ihn und Sterner

zusammenzucken ließ. Sie alle kannten das Geräusch der Maybach-Motoren viel zu gut, um nicht sofort zu erkennen, wenn sich ein anderer Ton in das Brummen ihrer Maschinen mischte.

»Wo?«, fragte Sterner.

Reicher zog die Achseln hoch. »Aufsteigen!«, rief er, »sofort!«, obwohl Menkel in den Laufgängen unterwegs war. Der Rudermaat stürzte zum Höhensteuerrad und drehte die Nase des Zeppelins nach oben.

»Offenbar über uns«, antwortete Reicher, der sich, so weit es ging, aus dem einen, dann rasch aus dem anderen seitlichen Fenster der Kommandogondel beugte.

»Dann ist er näher dran, als uns guttut«, bemerkte Sterner.

»Heck-MGs alarmieren!«, befahl der Kapitän. Sterner stieß die Klappe zur Leiter auf, stieg rasch nach oben und hastete in den Laufgang der L 48.

»MGs in Alarmbereitschaft!«, schrie er der Wachmannschaft entgegen. »Sobald jemand den Kerl sieht, Feuer frei!« Die Männer rannten los. Fest installierte MG-Stände befanden sich in allen Antriebsgondeln. Sterner eilte den Wachleuten hinterher, bis er die Leiter erreichte, die zwischen den Gaszellen aufwärts führte. Er kletterte sie in rasender Geschwindigkeit hoch und versuchte, den Gedanken daran zu verdrängen, was ihn umgab. An mehreren Stellen im Schiff befanden sich zwischen den gewaltigen Gasbehältern schmale Schächte, die vom kielseitigen Laufgang direkt zum First verliefen. Die meisten davon dienten nur dazu, austretendes Gas abzuleiten. Das geruchlose Leuchtgas, das sich in eigenen Zellen unterhalb der Traggasbehälter befand und neben dem herkömmlichen Sprit die Motoren antreiben konnte, hatte sich in der Vergangenheit mehr als einmal im Laufgang ausgebreitet. Von der Explosionsgefahr ganz abgesehen, waren Besatzungsmitglieder von dem entweichenden Gas ohnmächtig geworden. Je besser die Lüftung funktionierte, umso weiter ließen sich die Risiken verringern, denn irgendwo traten stets kleine Mengen aus.

Um den Luftraum über ihnen überwachen zu können, gab es auf dem First zwei Ausguckkanzeln, eine hinten am Heck kurz vor *den Seitenrudern, die andere weiter vorne. Früher mit großkalibrigen MG-Ständen versehen, hatte man bei Modellen mit höhenflugtauglichen Motoren wie der L 48 auf diese Bewaffnung verzichtet. Moritz Sterner fluchte. Er hoffte, dass die tragbaren MGs bereits oben waren. Als er die 24 Höhenmeter auf der Leiter in der schmalen Spalte überwunden hatte und sich ins Freie zwängte, spürte er vor Anstrengung ein heftiges Stechen in der Brust. Atemlos blickte er um sich.*

Seit das Schiff die Wolkendecke nach unten durchbrochen hatte, waren auch die beiden oberen Spähposten wieder mit je zwei Mann besetzt. Sterner half dem Schützen, das Stativ aufzuklappen, Sekunden später rastete das Maschinengewehr in der schwenkbaren Halterung ein. Der Beobachter hielt einen Feldstecher vor die Augen und wies mit dem Arm schräg nach oben. Er reichte Sterner das Fernglas, doch der winkte ab. Er erkannte den Martin-Handasyde-Eindecker über ihnen mittlerweile mit bloßem Auge. Erleichtert atmete er auf, denn mit Sicherheit war es ein Vorkriegsmodell. Zum Glück war keine Hanriot HD-1 hinter ihnen her, die auf über 6000 Meter steigen konnte.

»Wenn er keine Brandmunition an Bord hat, haben wir eine Chance«, rief Sterner. Der MG-Schütze stimmte zu und richtete die Waffe aus.

»Vielleicht versucht er es mit diesen Dartpfeilen«, witzelte der Späher.

»Um Ranken-Darts abzuwerfen, muss er direkt über uns fliegen, und das werden wir zu verhindern wissen«, entgegnete Sterner. Die mit brennbarem Explosivsprengstoff gefüllten Pfeile besaßen eine messerförmige Spitze, welche die Luftschiffhülle durchbohren konnte. Die beim Abwurf gespreizten Stabilisierungsflügel am Ende der Darts sollten beim Eindringen in die Hülle den Zünder und damit die Explosion auslösen. Allerdings nur in der Theorie; in der Praxis hatten diese Pfeile noch keinerlei Wirkung entfalten können. Oft war der Phosphor schon vor dem Abwurf feucht geworden.

Fast gleichzeitig mit der Waffe des Heckpostens bellte auch das MG direkt neben Sterner los. Während die Männer im Ausguck eng anliegende Lederkappen trugen, die vom Kopf lediglich das Oval des Gesichts frei ließen, zuckte Sterner wegen des Geschützlärms unwillkürlich zurück. Von seiner mit Fell gefütterten Mütze konnte er die Ohrenschützer zwar ebenfalls herunterklappen. Doch gegen den Krach des Maschinengewehrs blieben sie nutzlos, solange sie lose im Wind herumflatterten.

In einem mühelos anmutenden Sturzflug kippte der Eindecker von der Wolkendecke weg, unter der er geklebt hatte, und trudelte in engen Kurven nach unten. Der Schütze versuchte, ihm mit dem MG zu folgen, und verschoss Salve auf Salve, doch das kleine Flugzeug war zu weit entfernt und ein viel zu bewegliches Ziel, als dass Aussicht bestanden hätte, es tatsächlich zu treffen.

»Aufhören!«, rief Sterner und legte eine Hand auf die Schulter des Schützen. Egal, wo sie sich befanden, der Einsatz der MGs war stets gefährlich. Ihre Läufe wurden zwar fortwährend gekühlt, konnten sich aber dennoch so stark erhitzen, dass sie zu glühen begannen, vom Mündungsfeuer ganz zu schweigen. Trotz der Verwendung von Goldschlägerhaut bei der Herstellung der Gaszellen traten auf dem Schiff beständig irgendwo geringe Mengen Wasserstoff aus, die sich mit der Luft zu höchst explosivem Knallgas mischten.

Sterner eilte die Leiter wieder hinunter, rutschte teilweise, wobei die Reibungshitze durch seine Handschuhe drang. Ohne darauf zu achten, rannte er durch den Laufgang bis zum Abstieg in die Befehlsgondel.

»Er will sich direkt hinter uns setzen, um außerhalb des Schussfelds unserer MGs zu sein«, rief er nach unten. Von wegen Ranken-Darts, dachte er, denn wie die meisten britischen Maschinen verfügte der Eindecker trotz seines Alters über ein Lewis-MG.

Bevor Sterner sich von der Leiter abstieß, um in die Kabine hinabzuspringen, glitt sein Blick für einen Moment über deren Dach hinweg bis zum Horizont, dann die Kiellinie am gewaltigen Rumpf der L 48 entlang. Er folgte der endlosen Strecke Richtung Heck, erfasste die seitlich angebrachten Maschinenkörbe und sah weiter bis zu der Stelle im hinteren Bereich des Schiffes, wo sich die Form verjüngte und seinen Augen entschwand.

Der Wind riss Sterner beinahe die Mütze vom Haupt, die er unwillkürlich mit der linken Hand festhielt. Über ihm zwängte sich Menkel durch die enge Öffnung, ohne nach unten zu schauen. In weniger als einer Sekunde würde der Obermaat ihm mit seinen wuchtigen Stiefeln entweder auf die Finger latschen oder gegen den Kopf treten. Zwischen dem Laufgang und der Gondel, die etwa zwei Meter darunter an einem Gestänge hing, wurde nun auch Menkel vom eisigen Fahrtwind erfasst.

»Pass auf, du Idiot!«, schrie Sterner, so laut er konnte.

»Wir, wir ...«, verstummte die Stimme über ihm.

In diesem Moment bemerkte Sterner, was den Obermaat sprachlos machte. Das Heck der L 48 glühte auf einmal in der Farbe der aufgehenden Sonne – jedoch nicht wegen des Morgenlichts, sondern weil die von dem Eindecker abgeschossene Brandmunition die hinterste Gaszelle getroffen hatte. Menkel schrie auf, und Sterner ließ sich die Leiter hinabfallen. Der Leutnant landete hart im Innern der Führergondel und sah durch die offene Luke Menkels Kopf, der sofort wieder verschwand, dann seine Arme, die nach der Leiter griffen, sie aber verfehlten. Eine heftige Bewegung des Luftschiffs hatte Menkel abrutschen lassen, seine Finger klammerten sich an den Rand der Einstiegsluke, die Beine rutschten wie auf einer Eisfläche über den Kabinenrand und traten von außen gegen die kaum einen Meter von der Dachöffnung entfernten Scheiben.

Sterner stieg blitzschnell die ersten Streben der Leiter empor, um Menkels Unterarm zu packen, er griff jedoch etwas zu kurz und erwischte lediglich seine Hand. Wie in Zeitlupe glitten genau in diesem Augenblick die Finger des Obermaats aus seinem Handschuh, und bevor Sterner überhaupt realisierte, dass er nur noch den Handschuh in der Hand hielt, sah er den Obermaat bereits am Fenster vorbeistürzen, heftig mit den Armen rudernd, als könnte er sich irgendwo festklammern. Einen Moment lang schien die Zeit stehenzubleiben, denn Sterner hatte den Eindruck, sein Blick hätte noch kurz den des Obermaats getroffen. Er konnte sich später nicht entsinnen, ob Menkel, als er wegrutschte und ins Bodenlose fiel, geschrien hatte oder lautlos in die Tiefe stürzte.

Auch das Schiff war nicht mehr zu halten, es verlor zunehmend an Höhe. Einer herantobenden Flutwelle gleich raste das Feuer zum Bug, im Hitzesturm begann die Decke der Kommandogondel zu glühen. Innen war alles in ein unwirklich anmutendes Licht getaucht. Die vor Entsetzen erstarrten Gesichter, die Instrumente, die Wände, alles war wie von einem gewaltigen Pinsel mit einer leuchtend roten Farbe übermalt.

»Es ist aus«, sagte Kapitän Reicher mit einer unfassbaren Ruhe in der Stimme. Einzig seiner Miene war anzumerken, was er fühlte, denn trotz der lodernden Glut wirkten seine erschütterten Gesichtszüge bleich. Sterner riss die Tür zum verlassenen Funkposten auf, Reicher nickte ihm schweigend zu. Mit einem heftigen Ruck machte der Wachoffizier die Tür des winzigen Raums hinter sich zu, die kaum zu ertragende Hitze mit dieser Bewegung einschließend. Er schaltete das Funkgerät an und sah, wie sich das grüne Lämpchen tatsächlich aufhellte. Obwohl alles um sie herum in Flammen stand, funktionierte noch ein Teil der Bordelektrik. Doch Sterner blieb keine Zeit, sich darüber zu wundern, denn schon erlosch die Beleuchtung, und das Bereitschaftslämpchen am Apparat begann ebenfalls zu flackern und erstarb, bevor die Röhren betriebsfähig waren, um den letzten Funkspruch der L 48 absetzen zu können.

Ein heftiges Rütteln schleuderte Sterner in der kaum anderthalb Quadratmeter großen Kammer hin und her, die in die Befehlskabine eingebaut worden war, um den Funker vom Lärm des Motors abzuschirmen. Sein Schädel schlug gegen die Decke, ein furchtbarer Hieb ließ ihn in die Knie sinken. In der dunklen Station verlor Sterner schnell seine Orientierung. Er wusste nicht mehr, wo oben oder unten war, rechts oder links. Und auch das Zeitgefühl hatte ihn verlassen: Wie lange war es her, seit er die Tür zu dieser Zelle hinter sich geschlossen hatte? Eine Minute? Eine Stunde? Nur ein paar Augenblicke? Eine weitere Frage drängte sich in seinen noch immer von heftigen Schlägen getroffenen Kopf: War das nun der Abstieg in die Hölle, die ewige Verdammnis, die für alle Soldaten bestimmt war, ob sie in den Schützengräben der Westfront von

Granaten zerfetzt wurden oder im ewigen Winter Russlands erfroren, ob es sich um Freund oder Feind handelte?

03 : Start Level 1

Mit einem Ruck fuhr Ilona hoch. Ihr Herz klopfte mit einer Intensität, dass sie jeden einzelnen Schlag bis in die Schläfen spürte, und sie atmete heftig. Durch das gekippte Fenster drang das leise, regelmäßig an- und abschwellende Geräusch des Verkehrs auf dem Mittleren Ring. Selbst in ihrer Wohnung, ein paar hundert Meter von dieser Hauptverkehrsader entfernt, war der stete Fluss der Fahrzeuge noch gut zu hören. Es gab keine Tages- und keine Nachtzeit, zu der hier völlige Ruhe herrschte.

Warum war sie hochgeschreckt? Ilona blinzelte schlaftrunken auf die grünlich schimmernden Ziffern ihres Weckers.

»3 Uhr 18«, murmelte sie. Allmählich ließ der harte Pulsschlag nach, ihr stoßweiser Atem beruhigte sich. Sie versuchte, sich zu erinnern: Sie hatte von einem früheren Treffen mit dem Verfassungsschützer geträumt, dem sie heute, nein, gestern, während der Besprechung bei Hauptkommissar Keller begegnet war.

»Was'n los, Mama? Alles o.k.?«

Aus dem Flur fiel Licht in Ilonas Schlafzimmer. Der Schatten ihrer sechzehnjährigen Tochter streifte die Bettdecke.

»Hu, warum bist du wach, Jenny?«

»Ich meinte, ich hätte dich gehört. Du hast geredet, laut geredet. Da musste ich doch nachschauen.«

»Ist gut, Kind. Ich bin von meinem eigenen Gequatsche aufgewacht.«

Jenny setzte sich auf den Bettrand, der gelbe Schein der Dielenlampe traf nun Mutter und Tochter. Während Ilona ein viel zu großes T-Shirt anhatte, trug Jenny ein geblümtes Nachthemd, das ihrer Mutter ein Schmunzeln entlockte.

»Hast du schlecht geträumt?«, fragte Jenny. Ilonas Gesicht verfinsterte sich.

»Keine Ahnung, vermutlich. Das Dumme ist, ich kann mich an nichts Genaues mehr erinnern.« Jenny ahnte nicht, wie sehr sich ihre Mutter darüber ärgerte, und gähnte herzhaft.

»Komm, geh ins Bett«, sagte Ilona, zog Jenny aber zu sich heran. Sie drückte sie und gab ihr einen Kuss auf die Wange. »Wir müssen morgen beide früh raus.«

»Heute, Mama«, korrigierte Jenny und schloss die Tür hinter sich.

»Richtig, heute«, seufzte Ilona und zog die Decke hoch.

Während sie darüber nachdachte, wie umgänglich ihre Tochter sein konnte, verblassten die Streitereien, die sie immer wieder mit ihr ausfechten musste, zu nichtigem Geplänkel. Sie wird's schon schaffen, hoffte Ilona und war keine Sekunde später eingeschlafen.

*

»Scheiße!«, brüllte der Kahlköpfige mit dem gelblichen Mondgesicht. Der seltsame, aus drei runden dunklen Haarflecken bestehende Bart an seinem Kinn zitterte. Dann schlug der übergewichtige Glatzkopf mit der Faust auf die buntgemusterte Plastiktischdecke. »Weiß dieses Arschloch nicht, wie spät es ist?«

»Schrei noch lauter, Acht-Acht«, zischte sein Nachbar, ein hagerer Typ, dessen ausdrucksloses Gesicht ihn jünger erscheinen ließ, als er tatsächlich war. »Diesmal bin ich weg, bevor die Bullen kommen«, fügte er hinzu.

»Leck mich, Wolf!«, erwiderte Acht-Acht mit gesenkter Stimme.

Zwei weitere Personen saßen an dem Tisch. Das direkte Gegenüber von Acht-Acht konnte seine verwandtschaftliche Beziehung zu Wolf nicht leugnen. Nicht nur des glatt rasierten Schädels wegen hätte man ihn mit Wolf verwechseln können.

Auch er war hager und blass und hatte die gleichen hellblauen Augen. Im Gegensatz zu Wolf erkannte man bei ihm einen Schatten auf der Oberlippe, wo unterhalb der Nasenlöcher ein Schnurrbärtchen sprießen sollte. Es war aber bloß die Andeutung davon, wenige dünne, blonde Stoppeln, erst auf den zweiten Blick erkennbar.

»Sag du was, Sigurd«, forderte Acht-Acht und fixierte Wolfs Zwillingsbruder mit seinen dunklen Augen, »du hast das Treffen vereinbart.«

»Ich hab' nichts mehr zu saufen«, versetzte Sigurd.

»Kemal!«, schrie Wolf, »vier Bier!« Ohne Mühe hatte er die eben scharf gerügte Lautstärke übertroffen. »Nee, du hast ja noch ...«, fügte Wolf mit Blick auf den Vierten am Tisch, dessen Glas halb voll war, etwas leiser hinzu. »Egal«, grölte er erneut Richtung Theke. »Vier Bier, Kemal, und zwar – wie sagt man bei euch? Pronto!«

Martin war im gleichen Alter wie die anderen, wirkte auf den ersten Blick jedoch etwas reifer. Das lag zum einen an dem Vollbart, den er sich seit kurzem stehen ließ und der bei ihm wesentlich üppiger spross als Sigurds in jeglicher Hinsicht verunglückter Versuch. Außerdem unterschied er sich durch seine braunen Haare, die ihm mittlerweile bis zu den Schultern reichten. Seine dunklen Augen mit den halb geschlossenen Lidern wirkten schläfrig. Tatsächlich war Martin nicht nur müde, sondern auch kurzsichtig und zu eitel, um in dieser Runde seine Brille aufzusetzen. Er hob den Glashumpen, setzte an und nahm einen tiefen Schluck.

»Kemal, wird's bald!«, rief Acht-Acht.

»Der Mann ist Grieche«, murrte Martin und wischte sich den Bart.

»Na und«, fauchte Wolf in seiner leicht schleppenden Aussprache, »sind eh alles Europäer.«

»Du glaubst doch nicht im Ernst, dass die den Türken in diesen sauberen EU-Verein lassen«, sagte Martin. »So blöd sind selbst die Schwachköpfe in Brüssel nicht.«

»Was heißt hier saubere EU?«, rief Acht-Acht dazwischen.

»Mann, das war ironisch. Aber so was verstehst du nicht. Typisch Franke!«

»He!«, zischte Wolf, mit seinem Zeigefinger in Martins Richtung fuchtelnd, »du hältst die Fresse, verstanden?! Ich lass' nichts auf den weltbesten Bassisten der stärksten Band seit WeKah zwo kommen!«

»*Trutzstaffel!*«, kam grölend der Refrain von Sigurd und Acht-Acht.

Martin hob beschwichtigend beide Arme.

»Verdammt, Atatürk! Wo bleibt das Bier?«, beschwerte sich Wolf.

»Schon unterwegs«, meldete sich eine Stimme hinter der Theke.

»Warum mussten wir uns nur in diesem verfickten Schuppen verabreden?«, sprach Wolf leiser weiter und starrte seinem Zwillingsbruder in die Augen.

»War nicht meine Idee«, wehrte Sigurd ab und setzte den ersten der vier vollen Maßkrüge an.

»Sehr freundlich, dass ihr eins für mich mitbestellt habt.«

Sie hatten ihn nicht hereinkommen sehen. Erst als er vom Nebentisch einen Stuhl heranzog und sich setzte, richteten sich die Blicke auf den Neuankömmling. Mit ihm war die Gruppe zumindest in Bezug auf die äußere Erscheinung gemischter. Unterschied sich Martin von Wolf, Sigurd und Acht-Acht immerhin durch die Haartracht, so trugen sie doch alle Springerstiefel, Jeans und T-Shirts; Kleidung, bei der herumspritzendes Bier nicht viel ausmachte. Dagegen wirkte der lang Erwartete, obwohl um einiges älter als sie, wie ein männliches Model: glatt rasiert, mit leicht lockigen dunklen Haaren und einem beinahe weich anmutenden Gesicht. Die braunen Augen hinter einer randlosen Brille strahlten ein blitzendes Lächeln aus, dem man sofort anmerkte, dass dieser Mann sich seiner Wirkung auf die Umgebung bewusst war. Um das Zarte in seinen Zügen zu überspielen, trainierte er offenkundig hart.

Kaum hatte er das Jackett seines maßgeschneiderten Anzugs mit betont lässiger Geste über die Stuhllehne gehängt, sah man die breiten Schultern und konnte die gut geformte Brust- und Bizepsmuskulatur erahnen, über der sich ein blütenweißes Hemd spannte. Der Knoten seiner dunkelroten Seidenkrawatte war gelockert, der Kragenknopf geöffnet.

»Weißt du, wie spät es ist?«, fragte Acht-Acht schnaufend.

Der Neue zog das für Martin bestimmte Bier zu sich heran. Er warf einen kurzen Blick auf die silbern glänzende Uhr an seinem Handgelenk. Das Zifferblatt wurde von kleineren Anzeigefeldern unterbrochen und war mit dem Bild eines Adlers verziert, der einen Anker zwischen seinen Krallen hielt.

»3 Uhr 18«, konterte er trocken und setzte die Maß an seine Lippen. »Sagt bloß, ihr wartet schon lange«, fuhr er fort, als er den Glaskrug auf den Tisch zurückstellte. »Ich habe Sigurd extra gesagt, es wird spät. Jungs, ich komme direkt aus Hamburg, da kann man die Zeit nicht exakt planen.« Er blickte in die Runde. »Deshalb habe ich ja diesen Schuppen vorgeschlagen, weil ich weiß, dass unser griechischer Freund bis in die Puppen offen hat.«

»Ostseeflotte?«, wollte Martin wissen und zeigte auf die Armbanduhr.

»Ah, ein Kenner! Korrekt, mein Freund. Man hat uns noch nicht vorgestellt. Volker Kant, Kant, wie Immanuel ...« Er begann, laut zu lachen.

»Martin Sterner«, erwiderte Martin. Allerdings fiel ihm kein Witz mit seinem Namen ein.

Kant sah den jungen Mann einen Moment lang an. »Sterner, hm, der Name sollte mir wohl was sagen, aber ...« Er hob bedauernd die Achseln.

»Ist in Ordnung«, meinte Wolf. »Er gehört zu uns.«

»Oh, ihr spielt jetzt zu viert?«

»Nein«, entgegnete Wolf, »wir kennen ihn schon lange, und außerdem habt ihr was gemeinsam.«

»Interessant«, merkte Kant in einem Tonfall an, der auf das Gegenteil schließen ließ. »Und was?«

»Er ist ein Computer-Fuzzi wie du«, antwortete Wolf. »Wir brauchen schließlich jemanden für die normale Arbeit, CD-Hüllen, Weltnetz und so, den wir auch bezahlen können.«

»Männer«, stellte Kant klar, »was ich für euch mache, mache ich nebenbei, ihr zahlt nur die Unkosten. Ihr würdet euch umgucken, wenn ich euch meine normalen Preise berechnen würde.« Wieder lachte er schallend. »Außerdem kann ich ja nichts dafür, wenn ihr zu blöd gewesen seid, um euch eine Kopie von der CD zu machen.«

»Wir waren nicht so Idioten, wie du glaubst«, widersprach Wolf. »Erstens hatten wir zwei Kopien von deinem Master, und zweitens hat irgendein Verräterschwein den Bullen Ort und Zeit unseres Auftritts geflüstert.«

»Wirklich? Ich mag's gleichwohl nicht glauben.« Mit diesen Worten griff Kant in eine Außentasche seines Anzugs und zog einen zerknitterten Flyer hervor. »Was lese ich denn hier?« Er strich den Zettel glatt. »*Trutzstaffel* feiert! 20. April. Im Wald, wo die Rosen blühen. Wie poetisch!« Seine Stimme troff mittlerweile vor Ironie. »Wer ist denn auf diese Schnapsidee gekommen?« Er wurde lauter. »Glaubt ihr wirklich, die Bullen sind so vernagelt, so dumm, dass sie eure Poesiealbumlyrik nicht kapieren?« Niemand antwortete ihm. »Was ich nicht begreife: Wenn ihr euch Sicherungskopien gebrannt habt, warum dann Sigurds zu Kreuze kriechender Anruf bei mir und die Bitte, bitte, bitte noch mal ein Master von meinem Rechner zu ziehen?«

»Die Bullen haben auch die beiden Kopien beschlagnahmt, die wir gemacht haben«, gestand Sigurd kleinlaut ein und starrte dabei in sein Glas.

»Das darf doch wohl nicht wahr sein! Ihr hattet das Master und die Sicherungskopien dabei?« Kant schlug sich mit der flachen Hand gegen die Stirn. »Warum denn das?«

»Weil wir die Gelegenheit nutzen wollten«, hielt Wolf trotzig dagegen. »Ein paar Testspieler sind immer gut.«

»Aber das«, Volker Kant wechselte das Thema und wedelte mit dem Flyer, »war wirklich genial.«

»Habe auch abgeraten«, murmelte Martin in seinen Bart.

»Es aber trotzdem gemacht!«, warf Kant scharf ein. Martins Gesichtsausdruck war zu entnehmen, wie berechtigt der Einwand war.

»Wir machen das in Zukunft so wie die Techno-Zecken«, sagte Acht-Acht mit schwerer Stimme.

»Ah ja?« Volker Kant sah ihn fragend an.

»Bloß noch mit SMS«, ergänzte Acht-Acht.

»Wenn die Elektro-Hippies ihre illegalen Drogenpartys veranstalten«, erläuterte Wolf, »verschicken sie kurz vorher nur ein paar SMS. Die Empfänger leiten die dann weiter. Schneeballeffekt.«

»Was bei denen funktioniert, können wir schon lange«, fügte Acht-Acht überzeugt hinzu.

»Also, was ist jetzt mit der CD?«, fragte Wolf lauernd.

»Jungs, ihr könnt der Vorsehung danken, dass ich das Teil noch nicht von der Festplatte runtergeschmissen hab' und ich diese Woche ohnehin nach München musste.«

Die anderen schwiegen. »Na, erzählt mal!«, forderte Kant sie auf. »Wie war die Nacht im Knast?«

»Hör zu!«, fuhr Wolf zornig hoch, »das war nicht meine erste Nacht dort, und außerdem sind wir nicht hier, um uns von einem wie dir irgendwas vorbeten zu lassen. Hast du die Scheibe nun dabei oder nicht?«

»Natürlich habe ich dabei, was dein Herz begehrt, junger Mann. Alles für die Bewegung!«

»Alles für die Bewegung!«, donnerte der Refrain unisono von Sigurd und Acht-Acht. Wolf starrte weiter missmutig in Kants Richtung.

»Und habt ihr mir ebenfalls mitgebracht, worum ich gebeten habe?«

Bei den letzten Worten blickte Kant in die Runde. Sigurd sah Wolf fragend an, während Martin sich unbeteiligt zurücklehnte.

Wolf gab ein kurzes Zeichen, Sigurd zog ein zusammengefaltetes Bündel Geldscheine aus der Hosentasche und schob es über den Tisch. Es verschwand in Kants Hand. Der nahm aus seinem Jackett eine unbeschriftete CD in einer weißen Papierhülle.

»Scheiße«, fluchte er, als er Wolf die CD gab, »eigentlich wollte ich harte Deutsche Mark, nicht dieses Euro-Klopapier. Aber«, redete er bedauernd weiter, »das ist leider viel zu umständlich.« Von neuem blickte er reihum. »Warum bist du hier?«, wandte er sich an Martin.

»Reiner Zufall«, meinte der, und Wolf prustete im selben Moment vor Lachen los, Acht-Acht und Sigurd fielen mit ein.

»Der Junge hat sich ausgesperrt«, schrie Wolf feixend. »Und sein Herr Papa kommt erst morgen nach Hause. Niemand daheim bei ihm, und die Alarmanlage ist scharf.« Erneut grölte er vor Heiterkeit. »Muss die Nacht überstehen und hat uns in diesem Schuppen gesehen! He, das reimt sich!«

»Ah ja«, bemerkte Kant etwas irritiert.

»Ausgerechnet uns, in diesem Schuppen!«, wiederholte Wolf.

Martins Gesicht hatte eine leicht rötliche Färbung angenommen. »Klar, wo sonst?«, stieß er hervor, »*Trutzstaffel* spielt beim Türken.«

Auf einen Schlag brach das Freudengetöse ab, und Wolf starrte Martin mit stierem Blick an. Mist, er hat wirklich zuviel gekippt, dachte Martin.

Krachend ließ Wolf die Faust auf den Tisch donnern, Martin zuckte zusammen.

»Richtig, Mann!«, schrie Wolf mit sich überschlagender Stimme. »*Trutzstaffel* spielt Tsatsiki im Türkenpuff.« Von neuem schallendes Gelächter.

*

Seit Stunden ging ihr der schöne Richie nicht aus dem Kopf. Ausgerechnet der obercoole Richie, der Typ, der ihr schmerzhaft beigebracht hatte, dass frau gleich die ganze Spezies Mann hassen und verabscheuen kann. Es war schon eine halbe Ewigkeit her, dass sie so viele Gedanken mit Erinnerungen an Richie vergeudet hatte. Heute jedoch war sie den ganzen Tag über derart unkonzentriert, dass sie sich nur wundern konnte, von keinem Kollegen darauf angesprochen worden zu sein. Zum Glück war ihr Gebauer nicht über den Weg gelaufen, denn der hätte bestimmt den Finger in die Wunde gelegt und sich ein Vergnügen daraus gemacht, kräftig darin herumzustochern.

Aber Ilonas Chef war seit den frühen Morgenstunden unterwegs und würde vermutlich erst in einigen Tagen wiederkommen. Die *Munich Facility & Security Management* war das Tochterunternehmen eines Energiekonzerns und hatte ihrerseits einige Ableger im Sicherheitsbereich gegründet. Klaus Gebauer war daher häufig unterwegs, und während seiner Abwesenheit teilte sich Ilona mit ihrer Kollegin Dana die Stellvertreteraufgaben, natürlich ohne deswegen einen Cent mehr zu verdienen. Kein leichter Job in einem männerdominierten Gewerbe, bei dem selbst der unbedeutendste Angestellte Gelegenheit genug bekam, sich wie Wyatt Earp zu fühlen. Kaum war Ilonas Nachsinnen in die Richtung ihrer Mitarbeiter und ihres Sheriffgehabes gewandert, baute sich erneut das Bild Richies vor ihr auf. Wütend stieß sie die Hantelstange nach oben und ließ sie vernehmlich in die Halterung des Gestells einrasten. Mit einer übertriebenen Geste riss sie ihr Handtuch an sich und verließ schweißnass den Trainingsbereich.

Es gibt wenigstens einen Vorteil, spottete Ilona, als sie den Duschraum betrat, bei überwiegend männlichem Personal ist die Damendusche so gut wie immer leer.

Sie bedauerte, dass ihre Firma nur ein kleines Fitnesscenter besaß und nicht auch über ein Schwimmbecken verfügte. Ilona ließ das heiße Wasser herabprasseln und freute sich bereits auf den morgigen Abend. Zweimal die Woche trainierte sie bei Dazai Sukawi Kampfsportarten, und abgesehen von ein paar Übungseinheiten, die sie im Lauf der Zeit einigen

Urlaubsreisen geopfert hatte, war sie seit fast fünfzehn Jahren dabei. Das war einer, wenn nicht sogar der maßgebliche Grund dafür, dass sie von ihren Kollegen respektiert wurde. Niemand legte es ernsthaft auf eine Auseinandersetzung mit ihr an. Rein physisch mochten ihr viele in der Firma überlegen sein, schließlich war sie dort nicht die Einzige, die Gewichte stemmte. Doch jeder wusste, dass Ilona in Wettkämpfen mehr als einmal Typen aufs Kreuz gelegt hatte, die doppelt so schwer waren wie sie. In der Regel hatte ein einziger wohl platzierter Tritt vor die Brust dazu ausgereicht.

Wie gerne hätte sie auch den schönen Richie davon kosten lassen! Aber der hatte sich vor Jennys Geburt nach Hamburg abgesetzt und Ilona dazu veranlasst, ihre hoffnungsvoll gestartete Polizeikarriere an den Nagel zu hängen und auf alle bereits erworbenen beruflichen Vorteile zu verzichten. Die Vorstellung, sich als sitzengelassenes, von Richie geschwängertes Dummchen dem heimlichen oder offenen Gespött ihrer Kolleginnen in Köln auszusetzen, die sie alle ganz schwesterlich vor ihm gewarnt hatten, nein, das hätte sie nicht ausgehalten. Und dann die mitleidigen Blicke und väterlichen Annäherungen ihrer männlichen Kollegen, die nun glaubten, leichtes Spiel mit ihr zu haben, nein, das wäre noch unerträglicher gewesen. Sie machte es darum wie der Schönling. Wenn der als Polizist nach Hamburg ging, verschwand sie eben in die entgegengesetzte Richtung, nach München.

Es dauerte Jahre, bis die Bürokratie beider Bundesländer gut genug zusammenarbeitete, um Richie das Kindergeld vom Gehalt zu pfänden. Angeblich war er nicht der einzige hanseatische Ordnungshüter im Schanzenviertel, der auf diese Weise gezwungen wurde, seinen Verpflichtungen nachzukommen. Bis heute hatte er seine Tochter nicht zu Gesicht bekommen. Nicht weil Ilona das verhindert hätte, vielmehr äußerte er zu keiner Zeit den Wunsch, Jenny kennenzulernen; ein Zustand, an dem sich, ginge es nach Ilona, nichts mehr zu ändern brauchte.

Ilona blieb in gewisser Weise ebenso ihrer Profession treu. Anfangs arbeitete sie lediglich stundenweise, später halbtags und seit drei Jahren in einer Dreiviertelstelle im Sicherheitsgewerbe. Erst bei ihrem jetzigen Arbeitgeber hatte sie das Gefühl, ihren Job nicht nur deshalb zu erledigen, damit am Monatsende Geld auf ihrem Konto war, sondern weil ihr die Tätigkeit auch Spaß machte. Das lag nicht zuletzt an Dana Leigh, ihrer aus London stammenden Kollegin, mit der sich Ilona angefreundet hatte. Sie unternahmen viel miteinander, und seit kurzem trainierten sie gemeinsam bei Dazai Sukawi. Dana war eine mäßig begabte Anfängerin, und beiden war klar, dass sie niemals über diesen Status hinauskommen würde. Aber Ilona freute sich, Dana nach langem Zureden endlich zu einem Mindestmaß an sportlicher Betätigung überredet zu haben.

Ilona dachte mit unverhohlenem Vergnügen an die Tritte, die sie Richie morgen versetzen würde. Und daran, wie Dana darüber lachen würde. Seit Unzeiten hieß der dickste Sandsack, der in der Trainingshalle von Sukawis Kampfsportschule hing, Richie.

Als Ilona eine halbe Stunde später die Tür zu ihrer Wohnung aufschloss, dröhnte ihr laute Musik entgegen.

»Jenny!«, rief sie, bekam jedoch keine Antwort.

Sie stieß die Tür zum Wohnzimmer auf und erstarrte. Sie erkannte die Band und die beinahe monströs muskulöse Gestalt auf dem Bildschirm. Jenny drehte sich zu ihr um und grinste.

»Cool, Mama!«, sagte sie. »Ich wusste gar nicht, dass du so geile Spiele hast.«

O nein!, schrie es in Ilona, die mit einem Satz neben dem Schreibtisch war und, ohne weiter zu überlegen, das Netzkabel des Computers aus der Steckerleiste riss.

III Die Königin der Scheiben

Er atmete so heftig aus, als könne er der lodernden Flammen in seinem verlöschenden Traum durch Pusten Herr werden, und schlug die Augen auf.

»Ich glaube, er wacht auf.« Nah bei ihm redete eine leise Frauenstimme in einer fremden Sprache. Ein bärtiges, nicht unfreundliches Gesicht schob sich über ihn. Der Mann griff in die Brusttasche seines Kittels und zog etwas hervor.

»Wollen Sie eine Zigarette?«, fragte er auf Englisch.

»Ist es soweit?«, gab Sterner mit matter Stimme zurück.

»Was meinen Sie?«

»Die letzte Zigarette, bevor Sie mich erschießen.«

»Nicht so voreilig«, lachte der Bärtige, »fürs Erste haben Sie überlebt, und ehe wir Sie an die Wand stellen, haben die Herren vom Stab noch ein paar Fragen.«

»Doktor William«, sprach wieder die andere Stimme, weiblich vorwurfsvoll. »Ich glaube nicht, dass unser Patient bereits zum Scherzen aufgelegt ist.«

»Nein, natürlich nicht«, erwiderte Dr. William und wandte seinen Kopf zur Seite, »trotzdem sollte man angesichts des Feindes seinen Humor zuletzt verlieren!«

»Geben Sie her«, verlangte Moritz Sterner und versuchte die Zigaretten zu angeln, die der Doktor in der Hand hielt.

»Helfen Sie mir mal«, forderte dieser die Krankenschwester auf, die nun auch in Sterners Blickfeld trat. Gemeinsam stützten sie ihn, so dass er sich langsam im Bett aufsetzen konnte. Dr. William öffnete das silberne Etui, Sterner zog eine oval geformte Zigarette heraus, und der Bärtige gab ihm Feuer. Während Sterner tief und genussvoll inhalierte, sah er sich neugierig um.

»Keine Sorge«, versicherte William, »das Einzige, was hier brennen kann, ist das Gebäude.« Er lachte wieder und wies auf eine Wand aus Holz sowie auf die Gardinen.

»Doktor, das reicht für den Anfang! Sie sind einfach ein viel zu grober Klotz.«

»Schon gut, Maggie. Ich räume freiwillig das Feld. Bis morgen.«

Es gab keinen Zweifel mehr, er hatte überlebt. Moritz Sterner, der gut Englisch sprach, traf diese Feststellung aufgrund einer einfachen Überlegung. Da er zwar an die Hölle, nicht aber an einen Himmel glaubte, konnte das Wesen, das sich mit ihm im gleichen Raum aufhielt, kaum ein Engel sein. Höchstens ein gefallener, ein zum irdischen Dasein verdammter, ein Engel mit einem ganz weltlichen Vornamen. Maggie trug eine blütenweiße, frisch gestärkte Schwesterntracht und hatte ihre Haube wie ein weißes Krönchen kokett auf ihrem blonden Haupt befestigt. Sie saß an einem Tisch unweit des Bettes und beschäftigte sich mit einem Stapel Spielkarten.

Sie legt Patiencen, um sich die Zeit zu vertreiben, während sie hier Wache hält, vermutete er. Wache? Er war augenscheinlich in der Hand des Feindes, ein Kriegsgefangener; warum beaufsichtigte ihn da eine Krankenschwester und kein bewaffneter Soldat?

Draußen vor dem vergitterten Fenster erkannte er einen schattigen Park mit großen Bäumen, dahinter, fast verdeckt, eine hohe alte Mauer. Das Licht der Sommersonne fiel schräg auf die grünen Blätter und hinterließ auf den rotbraunen Ziegeln ein Wechselspiel von Licht und Schatten. Doch jäh schoben sich vor dieses heitere Bild andere, schmerzende, schwärende. Sterner sah wieder Menkels verblüfftes, noch nicht verstehendes Gesicht, sah die verstörten Kameraden, das flammende Inferno.

»Sind sie alle ...«, fragte er stockend auf Englisch, um sofort innezuhalten, als sich ihre Blicke begegneten. Die Pause, die entstand, als Maggie ihn eindringlich musterte, kam Sterner sehr lang vor, schließlich antwortete die Schwester bedächtig, ohne ihn aus den Augen zu lassen.

»Sie sind alle tot. Es ist ein Wunder, dass Sie den Absturz überlebt haben. Ihre Beine sind gebrochen. Links ein glatter Oberschenkelbruch, rechts ist Ihr Schienbein kompliziert gesplittert. Es hat Doktor William sehr viel Arbeit bereitet, aber es wird wohl heilen. Ihre Gehirnerschütterung und einige kleinere Brandwunden vergehen von selbst, doch Sie können sich fürs Erste ohne Hilfe *keinen Inch weit bewegen.« Mit diesen Worten stand Maggie auf, näherte sich dem Bett und klopfte auf die dünne Decke, mit der Sterner zugedeckt war. Er hob sie an und starrte auf den Gips an beiden Beinen. In diesem Zustand bedurfte es tatsächlich keiner bewaffneten Wachen, um auf ihn aufzupassen, sogar das Gitter vor dem Fenster war höchst überflüssig.*

»Gehirnerschütterung«, murmelte er, die Schwester mit den auffällig grünen Augen nickte erneut in ihrer bedächtigen Art und setzte sich zurück an den Tisch vor dem Fenster. Sterner ließ die Bettdecke wieder sinken und tastete nach seinem Schädel, konnte indessen nichts Ungewöhnliches feststellen.

Das war es gewesen, erinnerte er sich, das Wunder, die Feuersbrunst und den Absturz überlebt zu haben, noch immer nicht begreifend. Kapitän Reichers Züge hatten sich, als ihm die Unausweichlichkeit des Todes bewusst wurde, nicht zu einer angstvollen Grimasse verzerrt, sondern, wie sich Sterner nun leise verwundert entsann, jenes Aussehen angenommen, das er von den Totenmasken berühmter Männer kannte. Menkels Antlitz sah er ebenso deutlich vor sich, die Gesichter seiner übrigen Kameraden hatte sein Gedächtnis dagegen auffallend unscharf bewahrt. Der Rest der Mannschaft – wie hießen sie? Wie lauteten ihre Namen? Sterner wusste es zu seinem Entsetzen nicht mehr.

Unter der Bettdecke befanden sich seine zerschmetterten Beine. Er empfand sich als hilfloses Küken in einem Ei. Diese Schale verbarg das Zittern, das Sterner auf einmal ergriff und durchrüttelte, wie es ihm bereits widerfahren war, als das Luftschiff abstürzte und er gegen die dünnen Wände der Funkbude geschleudert wurde. Nur langsam verblassten die Bilder der Katastrophe, entließ ihn sein Bewusstsein in die Freiheit der Gefangenschaft.

»Es klingt so abgedroschen«, sagte er nach einer ganzen Weile und suchte den Blick von Schwester Maggie, »aber ich fühle mich wie neugeboren.«

Ein Lächeln blitzte über ihr Gesicht. »Genau so soll es sein. Richten Sie Ihren Dank für Ihre Rettung an wen oder was auch immer Sie glauben!«

»Was machen Sie da?«, fragte Sterner und wies zum Tisch, auf dem einige Spielkarten lagen.

»Oh, bloß ein Zeitvertreib«, wich sie gedehnt aus.

Sterner reckte den Kopf und versuchte, mehr zu erkennen, doch die Schwester schob das Blatt mit einer raschen Bewegung zusammen.

»Seien Sie kein Spielverderber, Maggie«.

»Es sind keine normalen Karten«, beharrte sie und steckte den Stapel in die Tasche ihres Kittels.

»Zeigen Sie her!«, verlangte er und winkte sie zu sich.

»Sie haben mir überhaupt nichts zu befehlen«, protestierte sie eine Spur zu laut und stand auf. Sie drehte sich um, war aber nicht schnell genug. Sterner hatte ihr Lächeln deutlich gesehen. Sie ging nah am Bett vorbei, worauf er nur gewartet hatte. Mit einer sanften Gebärde berührte er ihren Arm. Seufzend gab sie nach, zog die Karten aus der Tasche und zeigte sie ihm.

»Ein Tarot-Set«, bemerkte er. Ihm fiel auf, dass es nicht gedruckt, sondern mit Bleistift, Tusche und einigen farbigen Pinselstrichen von Hand gezeichnet war. »Darf ich?« Er nahm ihr das Spiel aus den Fingern und betrachtete sich die Entwürfe.

»Sie sind noch nicht ganz fertig«, entgegnete sie. »Woher kennen Sie Tarot? Ich hätte nicht damit gerechnet, dass ein deutscher Soldat weiß, was das ist.«

»Vielleicht weiß ich mehr, als Sie vermuten.«

»Genau darüber wollen wir uns mit Ihnen unterhalten, Leutnant Sterner.« Unbemerkt hatte sich die Tür geöffnet. Zwei Offiziere und ein Zivilist betraten das Zimmer.

»Danke, Schwester«, sagte der Major zu Maggie, die sich mit knappem Gruß verabschiedete und rasch den Raum verließ. Unschlüssig, was er mit den Karten machen sollte, schob Sterner sie unter seine Bettdecke. Falls die Hereintretenden diese Bewegung bemerkt hatten, so ließen sie sich nichts davon anmerken.

»Wir sind Ihnen zu Dank verpflichtet, Leutnant«, begann der Zivilist. Sterner starrte ihn fragend an. Er erwartete nicht, dass sich seine Besucher vorstellten.

»Sie fragen sich, warum? Das sollten Sie sich eigentlich denken können«, tadelte jetzt der Major. Der zweite Offizier, ein junger Lieutenant, setzte sich wortlos an den Tisch und breitete eine Reihe Papiere aus.

»Angesichts Ihrer Verletzungen werden wir Sie hier vernehmen müssen«, ergriff erneut der Zivilist das Wort. Noch bevor er in seine lederne Tasche langte, wusste Sterner, was die Eingangsbemerkung zu bedeuten hatte. Er fühlte, dass er bleich wurde und sich Schweißperlen auf seiner Stirn bildeten.

»Ist Ihnen nicht gut, Leutnant?«, fragte der Major mit ausdrucksloser Miene.

»Es geht schon, meine Herren«, fasste Sterner sich wieder, »Sie werden verstehen, die Erinnerung ... Es ist schrecklich, der Absturz, alle meine Kameraden sind tot.«

»Die Toten kommen später, Leutnant Sterner«, konterte der Major. »Sie sollten als Soldat nicht so empfindlich sein. Wir verlieren immerhin auch kein Wort über die Menschen, die Sie mit Ihren Bomben umgebracht haben.«

»Sie wissen, was das ist«, unterbrach der Zivilist und holte aus der Tasche ein teilweise verbranntes Buch. Rauchgeruch breitete sich im Zimmer aus. »Es gibt zwei davon«, sagte er und zog einen weiteren angekohlten Band aus der Tasche, der Sterners Gesichtszüge entgleisen ließ. »Daran sind wir nicht interessiert.« Mit diesen Worten warf der Zivilist das erste Werk auf Sterners Bettdecke. Ein paar Aschefetzen fielen vom angesengten Rand herab und verteilten sich auf dem weißen Bettbezug.

»HVB«, murmelte Sterner.

»Bitte?«, fragte der Major.

»Handelsschiffsverkehrsbuch«, erläuterte der Zivilist anstelle Sterners. Er sprach den Begriff zuerst in tadellosem Deutsch und übersetzte ihn dann ins Englische. »Für dieses Exemplar sind wir Ihnen dagegen sehr dankbar«, fuhr er fort. Er hielt ihm die zweite Schrift bedeutungsvoll mit beiden Händen entgegen. »Das Marine-Signalbuch. Jetzt sind wir auf dem neuesten Stand Ihrer Verschlüsselung.« Seine Stimme klang triumphierend.

Die Mannschaft handelte vorschriftswidrig, als sie das Signalbuch nicht im Heimathafen zurückließ. Ein Heeres- oder Marineluftschiff auf Feindfahrt sollte nur das HVB an Bord haben, damit dem Gegner im Fall eines Absturzes keine wertvollen Unterlagen in die Hand fielen. Andererseits hatte kein Funker sämtliche Verschlüsselungscodes im Kopf. Selbst Kapitänleutnant Reicher, der gelegentlich selbst funkte, war stets der Ansicht gewesen, im Falle eines Abschusses bleibe sowieso nichts vom Fluggerät übrig.

»Wie wir bei einer ersten Sichtung feststellen mussten, ist ein nicht unwichtiger Teil des Buches verbrannt«, fuhr der Zivilist fort.

Sterner bestätigte mit inzwischen wieder unbeteiligt wirkendem Gesichtsausdruck.

»Sie werden uns behilflich sein, diese Lücke zu schließen.« Die Stimme des Majors klang leise durch den Raum. Sie hatte etwas Singendes, doch Sterner gab sich keinerlei Illusionen hin. Dahinter verbarg sich eine unerbittliche Härte.

»Ich fürchte, meine Herren, daraus wird nichts«, erwiderte Sterner und lächelte.

»Und ich fürchte, Sie haben nicht begriffen, dass Sie keine Wahl haben, Leutnant«, versetzte der Zivilist scharf.

»Wie habe ich das zu verstehen?«

»Lassen Sie es mich so ausdrücken, Leutnant«, begann der Major, »der Absturz Ihres Luftschiffs ist drei Tage her. Sie haben riesiges Glück gehabt, dessen sind Sie sich zweifellos bewusst.« Er wartete, bis Sterner ihm zustimmte. »Nun, es hat seinen Grund, warum ich veranlasst habe, Sie hier einzuliefern und nicht in ein Lazarett für Kriegsgefangene.«

»Machen Sie sich keine falschen Hoffnungen, Leutnant«, schaltete sich der Zivilist ein. »Dieser Ort ist besser gesichert als jedes unserer Gefangenenlager.«

»Hören Sie«, lachte Sterner bitter, »wie soll ich mit zwei gebrochenen Beinen davonlaufen? In meinem Zustand ist sogar das da zu viel des Guten.« Er wies auf das vergitterte Fenster.

Der Zivilist grinste erneut, und wie zuvor widersprach der kühle Blick seinem Lächeln. »Sie beherrschen das Englische ganz gut,

Leutnant, deshalb glaube ich nicht, dass Sprachprobleme die Ursache sind, warum wir aneinander vorbeireden. Wir haben keine Angst, Sie würden uns davonlaufen, da haben Sie recht. Ich will Sie vielmehr auf den simplen Umstand hinweisen, dass niemand hier Fragen stellen wird, wenn Sie auf einmal, äh, verlegt werden sollten.«

Sie bluffen, hoffte Sterner, im Allgemeinen halten sich die Engländer an die internationalen Abmachungen über die Behandlung von Kriegsgefangenen.

»Kein Mensch außer uns weiß, dass Sie den Absturz überlebt haben«, ergänzte der Major.

»Sie ziehen alle Register, meine Herren«, antwortete Sterner und blickte seine drei Befrager der Reihe nach an. Der Lieutenant, der am Tisch saß und sich bisher mit keinem Satz an dem Verhör beteiligt hatte, verharrte über seinen Papieren. Es war offensichtlich, dass er Protokoll führen sollte.

Wie jedes Besatzungsmitglied eines Luftschiffs wusste auch Sterner über die Vorfälle nach dem Absturz der L19 im Februar 1916 Bescheid. Nachdem sie beim Rückflug von England verschollen war, wurde Tage später eine Flaschenpost an den Strand der Nordseeinsel Juist gespült. Darin befand sich ein Brief des Kommandanten, in welchem Kapitänleutnant Loewe das Schicksal von Luftschiff und Personal schilderte: »Mit fünfzehn Mann auf der Plattform der L19 auf 3° östlicher Länge. Die Ballonhülle schwimmt ohne Gondel, dreimal hatten wir Motorhavarie. Stärkster Gegenwind verzögerte die Rückreise und trieb uns im Nebel auf Holland zu, wo wir mit Gewehren beschossen wurden. Drei Motoren versagten gleichzeitig. Die Lage wird immer schwieriger, unsere letzte Stunde naht. Loewe.« Die Meldung des Offiziers schloss mit einer Reihe persönlicher Grüße an die Angehörigen seiner Riege, geschrieben in der Gewissheit des sicheren Todes.

Die Nachricht enthielt zudem den Namen King Stephen, eines mit einer Kanone ausgerüsteten britischen Fischdampfers, der sich den Schiffbrüchigen auf Rufweite näherte. Loewe bat darum, sie aufzunehmen. Aber der Kutter drehte ab und überließ die Männer ihrem Schicksal. Die Besatzung der King Stephen waren Fischer, also Zivilisten, auch wenn das Schiff bewaffnet war. Zivilpersonen waren die häufigsten Opfer der Luftangriffe. Die Reaktion der Mannschaft des Dampfers war für Sterner zwar niederträchtig, allerdings nachvollziehbar gewesen. Er dagegen befand sich in der Hand der Streitkräfte. Fühlte sich die britische Armee mittlerweile noch an internationale Absprachen gebunden?

Die Geste des Arztes, der ihm eine Zigarette anbot, als er aus der Bewusstlosigkeit erwachte, die nicht weniger freundliche Schwester verblassten gegenüber der Hilflosigkeit, die sich seiner nun bemächtigte.

»King Stephen!«, rief Sterner laut. Der Major und der Zivilist musterten ihn jedoch bloß mit unbewegten Mienen und machten keine Anstalten, auf seinen Protest einzugehen.

Ohne es auszusprechen, hatten sie damit gedroht, ihn zu töten, wenn er ihnen bei der Entschlüsselung der Codes des Marine-Signalbuchs nicht behilflich wäre. Anders war der Hinweis nicht zu verstehen, sein wundersames Überleben sei nicht weitergemeldet worden. Mit einem Mal wurde ihm bewusst, was das außerdem bedeutete: Zu Hause hielten sie ihn für tot.

»Was ist mit dem Piloten des Eindeckers, der uns abgeschossen hat?«, wollte Sterner mit matter Stimme wissen.

»Hat der etwas von Überlebenden berichtet?«, fragte der Major mit siegesgewissem Ton den Lieutenant.

»Das wäre mir neu, Sir.«

Wie in einer Schmierenkomödie, dachte Sterner.

»Falls Sie jetzt auf unser medizinisches Personal hoffen«, bemerkte der Major trocken und blickte Sterner von oben herab an, »sollten Sie nicht vergessen, dass dieses einen Eid auf die Krone und das Empire geschworen hat.«

Wie Sterner es drehte und wendete, der über sein Schicksal informierte Kreis war überschaubar. Die Männer, die ihn verhörten, gingen kein Risiko ein, wenn sie ihm mit Folter und Tod drohten. Auch wenn sie es bisher nicht offen benannt hatten, wusste Sterner, sie würden nicht zögern, solche Maßnahmen zu ergreifen, sollte er nicht kooperieren.

»Ich bin kein Verschlüsselungsexperte«, räumte er schließlich ein.

»Das macht nichts«, entgegnete der Zivilist und setzte sich auf den Rand des Bettes. »Deshalb bin ich ja hier.« Er hielt Sterner das aufgeschlagene Buch unter die Nase, weitere Ascheflocken rieselten auf die helle Decke herab. »Dann wollen wir mal«, insistierte er.

Es war mitten in der Nacht, als Maggie zurückkehrte. Sterner war völlig erschöpft von der stundenlangen Vernehmung, doch gleichzeitig fühlte er sich in nervöse Anspannung versetzt. Eine ununterbrochene Flut von bedrückenden Gedanken trieb ihn zu sehr um, als dass er ruhig und fest hätte schlafen können. Er hörte das leise Geräusch der sich öffnenden Tür sofort, beschloss aber, sich schlafend zu stellen. Er hatte verstanden, dass sein Krankenzimmer unverschlossen blieb. Die Wachen, die es zweifellos geben musste, waren anderswo postiert.

»Sie sind wach, ich weiß es genau«, flüsterte die Schwester. »Sie brauchen sich keine Mühe zu geben.« Mühsam richtete sich Sterner auf. Zum Glück konnte er wenigstens ein Bein beugen, sonst hätte er selbst beim Pinkeln in den Nachttopf Hilfe gebraucht. Maggie zog die Vorhänge zu. Erst daraufhin entzündete sie die kleine Karbidlampe, die sie im Dunkeln aus dem unteren Fach des Nachttischs hervorgeholt hatte. Die elektrische Beleuchtung blieb ausgeschaltet. Die Funzel tauchte den Raum in ein schummriges Licht, das leicht tanzende Schatten erzeugte.

»Wo ist es?«, fragte sie unvermittelt.

Sterner atmete auf. Er hatte alles Mögliche befürchtet, im schlimmsten Fall eine Fortsetzung des Verhörs vom Nachmittag mit anderen Mitteln. Sie wollte nur ihr Kartenspiel zurück, auf das Sterner noch keinen näheren Blick geworfen hatte. Er tastete unter sein Kopfkissen, holte es hervor, wog es in der Hand und begann das Blatt zu mischen. Anschließend fächerte er die 78 Karten auseinander, zog eine heraus und legte sie verdeckt auf seinem Bett ab.

»Nehmen Sie auch eine«, forderte er Maggie auf. Sie rückte den Stuhl neben ihn. Während ihr Blick durch die Zelle wanderte, zog

sie eine der Karten und reichte sie ihm. Leicht versetzt legte Sterner diese Karte auf die andere, ohne sie aufzudecken. Nun reichte er Maggie den Stapel. Sie mischte erneut und spielte in rascher Folge weitere Karten aus, welche sie rings um die beiden verdeckt liegenden platzierte, diesmal mit der Bildseite nach oben. Sterner nickte kurz. Maggie griff nach den beiden Karten, die sie zuerst abgelegt hatten, und wollte sie gerade wenden, als Sterner ihre Hand sanft berührte. Sie verharrten für einen Moment, dann drehten sie die zwei Symbole gemeinsam um.

»Die Königin der Scheiben«, murmelte sie.

»Und direkt darunter liegt die Prinzessin der Kelche«, ergänzte er. »Zwei Hofkarten aus dem kleinen Arcanum.« Sterner nahm beide hoch und drehte sie in das dämmrige Licht, um sie besser erkennen zu können.

»Es sind erste Skizzen«, erklärte Maggie.

»Stammen die Entwürfe von Ihnen?«

»Nein«, versetzte sie mit einem beinahe schroffen Unterton. Sterner spürte, dass sie darüber nicht sprechen wollte.

»Auf jeden Fall eine interessante Konstellation«, merkte er an. »Die Königin der Scheiben ist ein Wasserzeichen. Aber es wird auch von der Erde beherrscht, das heißt, unsere Königin steht für das Wasser, das die Erde bedeckt.«

»Also den Ozean, das Meer.«

»Eher für den Fluss, der sich durch eine Wüste schlängelt, um der verdorrten Erde neues Leben zu bringen. Übrigens, ich habe höllischen Durst.«

Maggie lachte hell auf und verließ den Raum. Wenig später kam sie mit einer Karaffe Wasser zurück. Gierig trank Sterner zwei Gläser, beide Male ohne abzusetzen. Mit einem wohligen Laut sank er in das Kissen und war Sekunden später tief eingeschlafen. Noch immer lagen die Tarotkarten auf dem Bett, zwar leicht verrutscht, doch ihre ursprüngliche Anordnung war weiterhin zu erkennen. Maggie sammelte sie mit flinken Fingern ein und nahm auch die auf dem Nachttisch abgelegten Karten an sich. Sie löschte die kleine Lampe und ging aus dem Zimmer, ohne dass Sterner darüber aufgewacht wäre.

04 : Spielstand

»Na, gut geschlafen?«

»Keineswegs, denn ich penne noch«, drang die kaum verständliche Antwort aus dem Schlafsack.

»In der Küche gibt's Kaffee. Aber ich fürchte, das ist auch schon alles. Immerhin war ich seit Wochen nicht mehr hier und bin nicht zum Einkaufen gekommen.«

»Schon gut«, brummte es zurück, doch das Einrasten des Türschlosses deutete an, dass Volker Kant den Raum verlassen hatte, in dem er Martin ein Nachtasyl gewährte.

Der Hamburger IT-Unternehmer schien gut zu verdienen, denn er verfügte in München über eine eigene Wohnung, obwohl er sich höchstens zwei- bis dreimal im Jahr darin aufhielt. Als sie in den frühen Morgenstunden in seinem X5 zu ihm gefahren waren, erklärte Kant, es sei nur ein ausgebauter Dachstuhl. Der entpuppte sich als nobles Penthouse in der Ohmstraße im Zentrum Schwabings.

»Ist doch ein Witz, ausgerechnet in meiner Wohnung hat früher Rainer Langhans mit seinem Harem gehaust«, sagte er beim Eintreten.

»Kenn' ich nicht.«

»So ein langhaariger Kommunarde. Ein Achtundsechziger«, erklärte Kant.

»Dann musstest du die Bude nach deinem Einzug wohl entkeimen«, höhnte Martin.

Kant grinste. »Hier kannst du schlafen.« Er führte seinen Gast in einen kleinen Raum, in dem neben einer Couch noch ein paar unausgepackte Umzugskartons herumstanden.

»Irgendwo hab ich doch einen Schlafsack«, rätselte er, während er in einigen Wandschränken herumwühlte. Schließlich zerrte er einen ordentlich zusammengerollten aus Bundeswehrbeständen heraus und reichte ihn Sterner.

»Scheinst dich ja nicht sehr für Zeitgeschichte zu interessieren, wenn du Langhans nicht kennst«, vermutete Kant.

»Man kann nicht alles wissen«, parierte Martin trocken. »Außerdem liegst du da komplett daneben.«

»Ach ja? Dann erzähl mal!«

»Was soll ich schon erzählen?«

»Fang einfach irgendwo an. Ich glaube, es gibt Bier im Kühlschrank. Auch eins?« Martin nahm gerne an. Als Volker in das Zimmer zurückkam, warf er ihm eine eiskalte Dose *Jever* zu. »Besser als das bayerische Gebräu! Also, was interessiert dich aktuell und historisch?«

Martin öffnete den Verschluss, trank einen Schluck.

»Es ist im Grunde meine Familiengeschichte.«

»Ah ja, ich hatte die ganze Zeit geahnt, dass ich deinen Namen irgendwoher kenne.«

»So berühmt ist meine Familie nicht. Nur mein Urgroßvater hat während und nach dem Ersten Weltkrieg eine gewisse Rolle gespielt. Mein Großvater hat mir viel von ihm erzählt und jede Menge Unterlagen über ihn gegeben. Aber bloß, wenn meine Eltern es nicht mitbekamen.«

»Wieso?«, wollte Kant wissen, der sich auf der Couch breitgemacht hatte, auf der Martin den Schlafsack ausrollen wollte.

»Für meinen Vater ist sein Opa so etwas wie ein rotes Tuch.«

»Verstehe ich nicht.«

»Na ja«, präzisierte Martin, »nach allem, was ich bisher rausbekommen habe, war mein Urgroßvater ein Held. Ein echter Held. Für meinen Alten dagegen stand er eindeutig auf der falschen Seite. Er und sein Vater sind sich deswegen richtig in die Haare geraten.«

»Was heißt auf der falschen Seite?«, fragte Kant nach.

»Moritz Sterner war Leutnant zur See im Ersten Weltkrieg.«

»Das waren damals viele.«

»Nach dem Krieg hat er bei diesen Freikorps mitgemischt und in einigen anderen Gruppen.«

»Verstehe. Dein Vater ist wohl auch so ein Achtundsechziger, für den eher die Bolschewisten in der Räterepublik im richtigen Lager standen.«

»Kann man so nicht sagen. Er behauptet immer, für die Studentenrevolte wäre er zu jung gewesen, was stimmt, er ist jetzt Mitte vierzig. Er ist sicher kein Linker, wenigstens das.«

»Aber ebenfalls kein Rechter, wenn ich deine Worte richtig deute. Ich sag' dir, ich habe täglich mit stinknormalen Bürgern zu tun. Gut verdienende leitende Angestellte, Beamte, Selbstständige, Unternehmer. Sie alle haben eines gemeinsam, sie pflegen letztlich windelweiche Ansichten, sind ohne Mumm, beziehen keine Stellung. Kurz, sie stehen mir bis hier!«

»Mein Alter ist genau so ein Typ. Und er hasst meinen Urgroßvater abgrundtief, obwohl er ihn nie kennengelernt hat.«

»Tja, wundert mich nicht, dass du da Probleme hast«, meinte Volker. »Wenn ich die Wahl habe, mit wem ich mich auseinandersetzen soll, nehme ich lieber einen Kommunisten als ein langweiliges bürgerliches Arschloch.«

»Dem Kommi kannst du wenigstens sofort eine langen.«

»Das geht beim wohlanständigen Bürger auch.« Kant imitierte eine vornehme hanseatische Sprechweise.

»Wo du recht hast, hast du recht«, lachte Martin. »Aber hör zu, es ist verdammt spät, und ...«

»Kein Problem, junger Freund«, sagte Volker und stand auf. »Doch eins musst du mir versprechen!«

»Was immer du willst, solange ich dabei nicht einschlafe.«

»Du erzählst mir noch den Rest deiner Familiengeschichte und von Moritz Sterner, dem Leutnant zur See.«

»Interessiert dich das wirklich?«

»Klar. Ich hab' dir gesagt, ich bin sehr an Geschichte interessiert. Ganz besonders an deutschen Helden.«

Es war mitten in der Nacht, 3.28 Uhr, um genau zu sein, als Ilona mit ihrem neuen Dienstwagen, einem erst vor ein paar Wochen geleasten A3, in die Straße unterhalb des Stadions bog. Auch das gehörte zu ihrem Job: in unregelmäßigen Abständen und vor allem ohne Vorwarnung bei den Großobjekten aufzutauchen und nach dem Rechten zu sehen. Dabei ging es weniger um einen zusätzlichen Schutz der Gebäude, welche rund um die Uhr von ihrer Firma bewacht wurden; die unangemeldeten Kontrollen galten vielmehr dem eigenen Personal, bevorzugt während der Nachtschicht. Jeder Mitarbeiter kannte die Richtlinie: Wer dabei erwischt wird, dass er pennt, fliegt.

Ilona überlegte, wo sie in die Anlage hineinfahren sollte. Ihr Ziel waren die Ebenen 0 und 1, auf denen sich neben den Parkdecks für Mitarbeiter, VIPs und die Spieler auch etliche Lager-, Technik- und Büroräume befanden.

Das Auto bewegte sich auf der tiefsten Anfahrt im Schritttempo durch eine menschenleere Szenerie, von der Straßenbeleuchtung und den Scheinwerfern in ein kaltes Licht getaucht. In wenigen Stunden würde wesentlich mehr Betrieb herrschen; anliefernde LKWs und das kleine Heer an Beschäftigten, das hier selbst an spielfreien Tagen jobbte, würden Zu- und Abfahrt in belebte Straßen verwandeln. Jetzt war nichts los. Dennoch war die Chance, einen Kollegen im Tiefschlaf zu erwischen, gleich Null. Spätestens an der Schranke zur Einfahrt stünde einer ihrer Leute, der, sobald sie im Inneren des Komplexes verschwunden wäre, zum Handy greifen würde, um den Besuch anzukündigen. Keiner war mehr so dumm, dafür sein Funkgerät zu benutzen, seit vor Jahren der Boss persönlich bei einer Überprüfung die Warnrufe wegen seines überraschenden Besuchs am eigenen Apparat mitgehört hatte.

Linker Hand erhob sich die imposante Spielstätte. Von Anfang an war das Stadion in ihrem Betrieb zur Chefsache erklärt worden. Als Assistentin des Firmenleiters hatte sie das rasante Wachstum dieses Monuments für den Sport und vor allem den Kommerz miterlebt. Ebenfalls über ihr, aber auf der rechten Seite, rauschte der Verkehr auf der Autobahn so nah am Fußballtempel vorbei, dass man den Eindruck bekam, sie wären nur einen Steinwurf voneinander entfernt.

In den wenigen Stunden tief in der Nacht, wenn tatsächlich so etwas wie Ruhe über diesen Ort hereinbrach, glich der Bau für Ilona einer modernen Kathedrale. Nicht an den Spieltagen mit ihren Hoheliedern aus Jubel, Anfeuerung, Schlachtrufen und den Aufschreien aus tiefster Enttäuschung, die von Tausenden heiserer Kehlen ausgestoßen wurden und sich mit den Trommeln, Pfeifen und Rasseln zu leidenschaftlichen Chorälen verwoben. Es war die Stille, in der dieses Gebäude von einer Zukunft erzählte, in der sich das Interesse längst von ihm abgewandt und die Natur einen großen Teil des Bauwerks zurückerobert haben würde.

Noch ging Ilona ihre düstere Vision durch den Kopf, als sie unwillkürlich auf die Bremse trat. Sie legte den Rückwärtsgang ein und ließ das Fahrzeug zurückrollen. Gleichzeitig öffnete sie das Handschuhfach und kramte eine unterarmlange Stablampe hervor. Mit einem Knopfdruck surrte das Seitenfenster an der Fahrertür nach unten.

Sie war sich nicht ganz sicher, doch sie glaubte, aus den Augenwinkeln eine Bewegung vor oder hinter dem Zaun, der den Tiefbereich sicherte, wahrgenommen zu haben. Wieder stand der Wagen, und der Schein der Lampe tastete die Gegend ab, erfasste einige Betonsäulen, den Zaun, dahinter befindliche Gegenstände. Die Umrisse verrieten eingeschweißte Paletten, daneben zwei größere Kisten, in denen die Kioskbetreiber Klapptische und Stühle einlagerten.

Sollte sie sich getäuscht haben? Es war nichts Ungewöhnliches zu sehen, nichts, was sich bewegte, kein Mensch, nicht einmal eine streunende Katze. Ilona drehte den Zündschlüssel, hörte, wie der leise schnurrende Motor verstummte, und lauschte angestrengt in die Dunkelheit. Sie stieg aus und ging quer über die Straße. Obwohl sie ihre Jacke im Auto gelassen hatte, spürte sie nichts von der Kühle, die durch ihre dünne Bluse kroch. Wie der Stock eines Blinden glitt der Strahl ihrer Lampe tastend durch die Dunkelheit. Sie begann schneller zu gehen, leuchtete in jeden Winkel und schwenkte den Lichtkegel zu den niedrigen Büschen auf der anderen Straßenseite.

Nichts.

Dann das Geräusch hinter ihr, ein leises Atmen. Sie drehte sich blitzschnell herum. Der Hieb mit dem Baseballschläger traf ihren zur Abwehr hochgerissenen rechten Arm. Die Taschenlampe sprang aus ihrer Hand, flog in hohem Bogen davon und zeichnete seltsame helle Spuren in die Nacht, bevor sie auf dem Asphalt aufschlug. Das Licht flackerte kurz, erlosch jedoch nicht, sondern beleuchtete fächerförmig den Straßenbelag.

Den nächsten Angriff sah Ilona ebenso wenig wie den ersten, wiederum vernahm ihr feines Gehör die Richtung, aus welcher er erfolgte. Noch hatte der Schmerz keine Gelegenheit gehabt, sich in ihrem Arm auszubreiten, da donnerte der zweite Schlag auf sie herab. Diesmal war sie besser darauf vorbereitet, sie sprang zur Seite und konnte so zwar der Hauptwucht der Attacke entgehen, allein sie wurde von Neuem gestreift und am rechten Arm getroffen. Jetzt durchzuckte sie der Schmerz augenblicklich wie ein feuriger Pfeil.

Ihre Gegner waren zu zweit. Mehr konnte sie nicht erkennen, denn die Stablampe leuchtete von ihr und ihren Kontrahenten weg. Zudem trugen sie dunkle Kleidung und tief ins Gesicht gezogene Wollmützen. Eines aber wusste Ilona sofort: Es waren Männer.

Sie war fast in die Hocke gegangen, so sehr hatten sie die beiden Hiebe aus dem Gleichgewicht gebracht. Dennoch konnte der Kerl keinen weiteren Treffer mehr anbringen. Bevor sein Baseballschläger erneut herabsauste, ging Ilona zum Angriff über, schnellte dem Mann entgegen und rammte ihren Schädel gegen seinen Solarplexus. Die massige Gestalt wich einen Schritt zurück, der dritte Schlag rauschte ins Leere, und das

Holz knallte gegen den Boden. Im gleichen Moment stieß Ilona dem Angreifer ihr Knie wuchtig zwischen die Beine. Die verblüffende Wirkung solcher Attacken auf die ungeschützte Männlichkeit blieb auch hier nicht aus. Mit einem erstickten Wimmern klappte der Kerl zusammen, während Ilona zur Seite wich, um seinen Sturz nicht dadurch abzudämpfen, dass er sich an ihr festklammern konnte. Überflüssig. Seine Hände waren ohnehin in den Schoß gepresst, und er klatschte satt auf den Asphalt.

Damit war der Tanz allerdings nicht vorbei, und der zweite Gegner erwies sich als wesentlich härterer Brocken, obwohl er deutlich kleiner war. Ilona wollte ihn mit einem gut platzierten Tritt möglichst in den Bauch oder in die Seite treffen. Der andere war jedoch schneller, riss ebenfalls ein Bein hoch, wehrte so ihren Angriff ab und versuchte Ilona auf die gleiche Weise zuzusetzen, wie sie es vorgehabt hatte: mit dem Außenrist des Fußes direkt vor die Brust.

Obgleich mehr und mehr Frauen Kurse in Selbstverteidigung absolvieren, sind Männer immer noch und immer wieder erstaunt, wenn sich ein weiblicher Kontrahent als erfahren und ebenbürtig erweist. Ilona kannte das vor allem aus Wettkämpfen. Selbst dort konnte sie dieses Moment der Verwunderung nicht selten zu ihren Gunsten nutzen. Ein schmutziger Straßenkampf indessen war etwas Neues für sie. Während ihres Polizeidienstes war es bei Festnahmen wohl zu gelegentlichen Rangeleien gekommen, aber nie zu einem echten Duell, da sie und ihre Kollegen sich stets in der Überzahl befunden hatten.

Beim ersten ihrer Gegner war der Überraschungsvorteil auf ihrer Seite gewesen, der zweite, sehr viel wendigere Kerl schien von ihrer Kraft nicht sonderlich beeindruckt zu sein. Geschickt wie ein Faustkämpfer wich er jeder Attacke aus. Ilonas Kondition war nicht schlecht, doch das hier war keine Trainingseinheit, auf die sie sich hatte vorbereiten können. Auch darum war Ilona über die Gelassenheit erstaunt, mit der sie auf die Situation reagierte. Sie ahnte aber, dass Angst und

Aufregung nur darauf warteten, an die Oberfläche durchzubrechen.

Die Kontrahenten waren auf größere Distanz gegangen und umkreisten einander lauernd. Mit einer raschen Abfolge von Tritten und Sprüngen versuchten sie, den entscheidenden Treffer zu setzen. Ilona bedauerte zutiefst, das Halfter mit der Glock19 im Auto gelassen zu haben. Plötzlich blitzte es in seiner rechten Hand bedrohlich auf.

Nur um Zentimeter sauste die Klinge des Messers an ihrem Hals vorbei. Das ging so schnell, dass es schien, als hätte ihr Gegner es geworfen. Tatsächlich aber war Ilona einem blitzschnell ausgeführten Stoß entgangen. Der Kerl hatte mit dieser Attacke alles auf eine Karte gesetzt. Ilona konnte jetzt mit beiden Händen zupacken, erwischte den Unterarm des Angreifers und verdrehte ihn brutal. Dem Mann entglitt die Waffe, und er begann für einen Moment zu taumeln. Ilona hielt ihn weiter fest und versetzte ihm ebenfalls einen kräftigen Tritt mit dem Knie, allerdings nicht so zielsicher wie beim ersten Gegner. Dennoch geriet auch dieser aus dem Gleichgewicht. Im Stürzen zerrte er mit aller Kraft an Ilona, so dass beide nebeneinander auf den Boden krachten. Statt wie gehofft auf den Kerl zu fallen, verlor Ilona durch den harten Aufprall wertvolle Augenblicke lang die Sinne.

»Hey! Was ist da los? Halt!«, schrie auf einmal eine Stimme, Schritte näherten sich eilig. Das hin- und hertanzende Licht einer Taschenlampe malte helle Tupfer auf die Straße. Der Mann war trotz des heftigen Aufschlags fix wieder auf den Beinen. Schneller als Ilona, der er im Weglaufen einen rüden Tritt in die Rippen verpasste, bevor er den anderen hochriss, der sich etwas erholt hatte. Sie waren so plötzlich in der Dunkelheit verschwunden, wie sie zuvor aufgetaucht waren. Die einzigen Spuren ihrer Anwesenheit waren Prellungen und Schürfwunden, mit denen Ilonas Körper übersät war, sowie zwei Waffen, das Springmesser und der Baseballschläger.

Diesmal saßen sie in Kellers Büro. Der dicke Hauptkommissar richtete einen ebenso verwirrten wie mitfühlenden Blick auf Ilona. Schließlich begriff sie, dass er ihr nicht in die Augen sah. Er starrte das Pflaster an, das ihr von der Stirn bis zur Schläfe reichte.

»Stammt das auch von letzter Nacht?«, vermutete er.

»Ja, aber daran bin ich gewissermaßen selber schuld«, erwiderte Ilona und trank einen Schluck von dem lauwarmen Kaffee, den ihr Keller aus einer mit Paketklebeband geflickten Thermoskanne in einen Becher mit dem Aufdruck »Polizei-Sportfest Köln-Nippes 1996« eingeschenkt hatte. Kein Wunder, dass die Plörre in so einem Gefäß nicht heiß bleibt, dachte sie und zeigte ein säuerliches Lächeln. »Beim Boxen«, fuhr sie fort, »wird so etwas ›Cut‹ genannt. Nicht weiter gefährlich, nur nichts, womit ich in einer neuen Karriere als Covergirl der *Vogue* punkten könnte.«

Keller schmunzelte.

»Ich habe einem der Kerle den Schädel in den Bauch gerammt«, erläuterte Ilona, »und dabei leider nicht sehen können, dass seine Jacke halb geöffnet war.«

»Reißverschluss?«, flachste Keller. »Wollen mal hoffen, dass Ihr Arzt das nicht missverstanden hat.«

Ilona blickte ihn fragend an.

»Möglicherweise hat er ja einen kleinen Reißverschluss in Ihre Kopfhaut genäht.«

»Dann wird es vielleicht doch noch was mit einer Karriere bei *Vogue*«, gab Ilona zurück. »Als Mrs Frankenstein.«

»Ich drücke die Daumen.« Der plötzliche Wechsel in Kellers Mimik deutete an, dass er das heitere Vorspiel beenden wollte.

»Was gefunden?«, erkundigte er sich und wies auf den Bildschirm, auf dem eine stattliche Porträtsammlung einschlägig bekannter Personen zu besichtigen war.

Ilona verneinte. Sie hatten bereits am Telefon ausführlich über mögliche Hintergründe und Motive des Überfalls gesprochen, letztlich aber waren sie mit ihren Überlegungen keinen Schritt weitergekommen – insbesondere weil es den Angreifern gelungen war, unerkannt zu entkommen. Was sie zu dieser Zeit beim Stadion gesucht oder beabsichtigt hatten, darauf gab es noch keine Antwort. Auch die kriminaltechnische Untersuchung des Baseballschlägers und des Messers führte zu keiner verwertbaren Spur, Fingerabdrücke gab es dank Handschuhen nicht. Ilona beschäftigte zudem die Frage, warum sie attackiert worden war. Zeit, klammheimlich zu verschwinden, wäre den Männern nämlich genug geblieben.

»Es war schlicht zu dunkel, um die Gesichter klar zu erkennen«, erläuterte Ilona und zeigte auf den Monitor. »Zwei Dinge sind trotzdem sicher, es waren Weiße, und zumindest einer hatte Kampferfahrung. Der andere war eher nur ein brutaler Schläger. Eventuell handelt es sich doch bloß um einen simplen Einbruchsversuch, immerhin wird dort unten eine Menge gelagert.«

»Es war völlig richtig, dass Sie sich wegen des Überfalls mit mir in Verbindung gesetzt haben«, stellte Keller mit Bestimmtheit fest. »Was ist das für Zeug, das sich dort unten stapelt?«

»Keine Ahnung, worum es sich da im Einzelnen handelt. T-Shirts für die Fanshops vielleicht, die angeliefert, aber noch nicht ordentlich verstaut wurden, oder Dosen mit Würstchen.«

»Also nichts Wertvolles, wenn ich Sie richtig verstehe.«

»Von wegen nichts Wertvolles! Haben Sie schon mal im Fanshop ein Trikot gekauft? Wissen Sie, was Sie dafür hinlegen müssen?« Keller deutete ein Grinsen an.

»Ich weiß, dass Sie mal zur Truppe gehörten«, sagte er, das Thema wechselnd, »wenn auch nicht in unserer schönen weiß-blauen Landeshauptstadt und ...«

»Schon gut«, unterbrach Ilona den Hauptkommissar. Jetzt bloß keine Sentimentalitäten. »Ich wäre ohnehin gekommen, auch ohne den Vorfall in der letzten Nacht.«

Keller sah sie erwartungsvoll an.

»Meine Tochter«, sprach Ilona weiter, »hat bei mir zu Hause zufällig die Kopie von dem Spiel gefunden, die Sie uns mitgegeben haben ...«

»Moment mal«, unterbrach nun Keller, »was hat dieses elende Machwerk in Ihren Privaträumen verloren?«

Ilona spürte, wie ihr das Blut ins Gesicht schoss.

»Ganz einfach«, erklärte sie betont arglos, »im Büro finde ich keine Zeit, mich damit zu beschäftigen, und ich hatte da eine Idee.«

»Eine Idee, so, so.« Der Hauptkommissar klang auf einmal nur noch halb so freundlich.

»Ein Bekannter von mir kennt sich mit so etwas gut aus«, fuhr Ilona so ungerührt wie möglich fort. »Dem wollte ich es zeigen.«

»Womit kennt sich dieser Bekannte aus? Mit der Neonaziszene?«

»Nein, mit Computerspielen.«

»Aha, einer der vielen selbst ernannten Experten. Hören Sie, Frau ehemalige Kollegin«, Keller klang verärgert, »das Thema sollte vertraulich bleiben. Ich habe keine Lust, dass sich Gott und die Welt damit beschäftigt, keine Computerindianer und erst recht keine Kinder!«

»Herr Hauptkommissar, meinen Sie, ich fand es o.k., dass meine Tochter die CD in die Finger bekommen hat? Und vor allem: Glauben Sie, ich wäre so dämlich, Ihnen das einfach so zu erzählen?«

Er starrte sie kampflustig an, ließ sich aber wieder in seinen Schreibtischsessel sinken.

»Dann spucken Sie aus, was Ihre privaten Recherchen ergeben haben.« Kellers Lautstärke ging um ein paar Phon zurück. »Wer ist dieser Fachmann?«

»Wie gesagt, ein alter Bekannter. Er stammt aus Holland und führt seit Anfang der neunziger Jahre hier in München ein Unternehmen. Früher haben sie Computerspiele hergestellt, jetzt sind sie auf Firmensoftware spezialisiert.«

»Software, aha«, brummelte der Kriminalist. »Hat dieser Mensch auch einen Namen?«

»Klar«, entgegnete Ilona. »Aber darum geht es nicht. Denn ich bin noch nicht dazu gekommen, ihm die CD vorzuführen.«

»Was?!« Kellers Gesicht bekam allmählich eine ungesunde Farbe, die auf einen zu hohen Blutdruck schließen ließ. Ilona sah dem Polizisten an, dass er momentan den Eindruck gewann, sie wolle ihn auf den Arm nehmen.

»Ich möchte Ihnen lediglich sagen«, sprach Ilona ruhig, »was mir meine Tochter über dieses Spiel erzählt hat.«

»Sagen Sie bloß, es kursiert bereits an unseren Schulen?«

»Nein, soweit ich weiß, nicht. Es war auch ihr neu, obwohl das nichts heißt.«

Kellers Stirn furchte sich. Unter halb geschlossenen Lidern sah er sie mit wachsenden Zweifeln an.

»Sie interessiert sich, Gott sei's gedankt, getrommelt und gepfiffen, kaum für Computerspiele. Sie wissen gar nicht, wie froh ich darüber bin«, redete Ilona weiter, ohne den ironischen Unterton, der sich in ihre Stimme eingeschlichen hatte, ganz unterdrücken zu können.

»Spart sicher 'ne Menge Geld«, erwiderte Keller.

»Töchter in ihrem Alter finden problemlos andere kostspielige Leidenschaften«, wusste Ilona aus Erfahrung. »Ich gebe zu, ich war zuerst etwas schockiert, als ich Jenny fröhlich mit dieser CD beschäftigt sah. Obgleich bei ihr mit Sicherheit keine Gefahr besteht, dass sie sich für rechtsextremistische Propaganda interessiert. Sie würde Politikern nur dann ein Quäntchen Aufmerksamkeit widmen, wenn sich zufällig ein gut gebauter junger Mann, der Johnny Depp oder Orlando Bloom ähnlich sieht, unter sie mischen sollte.«

»Gibt's das?«

»Eben«, antwortete Ilona, »meiner Meinung nach nicht. Aber zurück zum Thema. Während wir uns darüber unterhielten, sagte ich ihr, der Soundtrack stamme von dieser Skinband

Trutzstaffel. ›Ach, die existieren noch?‹, meinte da Jenny. Mit anderen Worten, der Name war ihr bekannt, irgendwo war ihr diese grauenhafte Truppe schon mal über den Weg gelaufen.«

»Glauben Sie weiterhin, Ihr Töchterlein lässt sich von braunen Parolen nicht beeindrucken?«, fragte der Hauptkommissar mit besorgt skeptischem Blick.

»Ich gebe zu, ich war im ersten Moment irritiert«, entgegnete Ilona. »Doch dann erzählte sie mir, dass ein Typ, der mit dieser Band zu tun hat, bis vor zwei Jahren bei ihr auf dem Gymnasium war.«

»Hm«, grummelte Keller wenig überzeugt. »Ich hab die Unterlagen über *Trutzstaffel* hier.«

Er stand auf und ging zu einem Aktenschrank, auf dessen Ablagefläche sich beängstigend hohe Türme aus Ordnern, Mappen und Papieren stapelten. Wie auf diesem Möbelstück sah es fast überall in Kellers Büro aus. Mit schlafwandlerischer Sicherheit hob er einen der Stapel an und zerrte ein schmales Dossier hervor. Wieder am Tisch, schlug er es auf, ohne dass Ilona Genaueres erkennen konnte.

»Zwei Mitglieder dieser Combo«, Keller benutzte den Begriff mit voller Absicht, »stammen aus München, der Dritte aus Nürnberg. Zwei leben seit mehr als einem Jahr in Berlin, den Nürnberger hat's aufs Land getrieben, nach Nassenheide, ein Kaff im Norden von Berlin.«

»Es zieht sie wohl gelegentlich in die alte Heimat«, warf Ilona ein. »Dieses Ausflugslokal, das Waldröschen, befindet sich im Münchner Umland, oder?« Der Kriminalist bestätigte. »Haben die hier noch Familie?«

Keller lachte mit einem freudlosen Ausdruck um die Augen. »Familie. So kann man es auch nennen. Die beiden Münchner sind Zwillinge und haben in der Tat eine große Familie. Der Vater ist Alkoholiker, seit Jahren arbeitslos, immer mal wieder im Knast wegen kleinerer Delikte. Die Mutter bekommt, genauer gesagt bekam, jedes Jahr ein weiteres Kind. Ob immer vom selben Mann, weiß wahrscheinlich nicht einmal sie selbst. Inzwischen ist, Gott sei Dank, die biologische Uhr abgelaufen, die Mutter ist jenseits der Wechseljahre. Entschuldigen Sie die Wortwahl.«

»Verstehe«, nickte Ilona, die aus ihrer Zeit als Polizistin noch ganz andere Ausdrucksweisen gewohnt war.

»Der Dritte im Bunde, der Franke, ein gewisser Anselm Steiner, kommt aus bürgerlicheren Verhältnissen. Der Vater war Standesbeamter, die Mutter Hausfrau, und der Junge litt unter seinem Namen, bis er kräftig genug war, dass es niemand mehr wagte, ihn deswegen zu hänseln. Jetzt nennt er sich Acht-Acht, was nichts anderes heißt als Heil Hitler.«

Ilona verstand. »H, der achte Buchstabe im Alphabet«

»Der Vater ist vor rund zehn Jahren gestorben, Herzanfall. Seitdem kam die Mutter mit ihrem Sprössling endgültig nicht mehr zurecht, vermute ich mal.« Keller klopfte auf die Mappe. »So etwas steht nämlich hier nicht drin. Dafür aber, dass er aus fast einem Dutzend FCN-Fanclubs rausgeworfen wurde.«

»Wahrscheinlich, weil er sogar für hartgesottene Anhänger etwas zu gewaltbereit und rassistisch war.«

»Die meisten Fans wollen guten Fußball und ihre Mannschaft gewinnen sehen. Da stören Figuren wie Acht-Acht nur«, pflichtete Keller bei. »Die *Red Dragon* haben ihn rausgeschmissen, die *Pegnitz-Bomber* ebenfalls. Er hat's auch bei Vereinen im Nürnberger Umland versucht, zum Beispiel bei *Schelle7*, und ist dort genauso vor die Tür gesetzt worden.«

»Ich muss immer wieder über die Namen schmunzeln, die sich die Fanclubs verpassen«, merkte Ilona grinsend an.

»*Schelle7*, das kann nur vom Schafkopf kommen«, sprach Keller weiter. »Als er nach München gezogen ist, hat er versucht, sich den Frankenmissionaren anzuschließen, doch mittlerweile war er bereits als Obernazi bekannt, so dass man auf seine Mitgliedschaft keinen gesteigerten Wert legte, sondern sich lieber an den Fanbeauftragten wandte. Ebenso ist er später bei den *Clubberern 04* in Brandenburg abgeblitzt.«

»Recht so«, kommentierte Ilona den Werdegang trocken.

»Hier ist noch vermerkt, dass er trotz seiner solideren Herkunft nicht einmal die mittlere Reife geschafft und die Schule ohne jeden Abschluss verlassen hat, im Jahr ...« Er stockte und blätterte hektisch. »Finde ich gerade nicht, ist aber schon ein Weilchen her.« Er blickte auf. »Ihre Tochter ist ...?«

»Sechzehn.«

»Dann passt da irgendwas nicht, wenn sie behauptet, einer der Burschen wäre vor zwei Jahren bei ihr auf der Schule gewesen. Keiner von denen hat je ein Gymnasium von innen gesehen.«

»Langsam«, stellte Ilona klar, »ich sprach nicht von einem Bandmitglied. Das hat meine Tochter nicht gesagt. Sie erwähnte jemanden, der mit der Band zu tun hatte. Einen gewissen Martin Sterner.«

»Moment, Sterner? Wie gesagt, Acht-Acht heißt bürgerlich Steiner. Das kann man verwechseln.«

»Meine Ohren sind ganz brauchbar und die meiner Tochter exzellent«, wandte Ilona ein, »sie hört vor allem das ...«

»... was sie nicht hören soll«, nahm Keller die Vorlage sicher an. »Nun, der junge Mann heißt also Martin Sterner.« Er sah erneut die Akte durch.

»Zu einer Band gehören mehr Leute als die Musiker, auch wenn diese Bezeichnung sich im Fall von *Trutzstaffel* wie blanker Hohn anhört.« Ilona hielt Keller die Hand entgegen und zählte an ihren Fingern ab: »Manager, Roadies, Tontechniker, Grafiker, Produzenten.«

»Und Groupies«, knurrte Keller, mit unverhohlenem Widerwillen auf Ilonas schulmeisterliche Geste starrend.

»Martin Sterner ist der Grafiker von *Trutzstaffel*. Er muss mit seinen Entwürfen für die CDs der Band in der Schule herumgeprahlt haben wie das Alpha-Männchen einer Paviansippe.«

Keller lehnte sich zurück. »Das ist tatsächlich interessant. Es ist immer hilfreich, etwas über das Umfeld solcher Gruppen zu erfahren.«

»Jenny hat mir diesen Typen ganz gut beschrieben. Und sie hat mich außerdem darüber informiert, dass es solche und solche Skinmusik gibt.«

»Was soll das schon wieder heißen?«, brummte Keller gereizt.

Der Leiter einer SoKo Rechtsextremismus sollte so etwas wissen, wunderte sich Ilona, hütete sich aber, ihre Meinung auszusprechen. »Es war während des Treffens mit der Ministerialdirigentin«, sagte sie stattdessen. »Einer Ihrer Mitarbeiter hat kurz erklärt, was das für eine Musik ist, die *Trutzstaffel* macht. Oi!-Musik nannte er es. Jenny hat sich mit Händen und Füßen dagegen gewehrt, dass *Trutzstaffel* Oi!-Musik machen würden. Sie meinte, ursprünglich seien Skins nicht rechts gewesen, ganz im Gegenteil, und nach ihren Worten gibt es in dieser Bewegung ebenfalls eine politisch weit links stehende Fraktion. Die haben mit den von Neonazis vereinnahmten Skins nichts zu tun. Klingt das nachvollziehbar?«

Keller starrte sie an. »Ich könnte nun ja fragen, was es für einen Unterschied macht, ob Oi! links- oder rechtsradikal ist. Wie ich Sie einschätze, stehen Sie dann auf und unser Gespräch ist beendet.«

Ilona schwieg. Sie würde den Teufel tun und sich provozieren lassen.

»Hatte Ihre Tochter näheren Kontakt zu diesem Sterner?«, wollte Keller nach einer fast unangenehm langen Pause wissen.

»Zwangsläufig«, erwiderte Ilona einsilbig.

»Was soll das heißen?«

»Dieser Mistkerl hat sie vor ein paar Jahren während einer Schulfete angebaggert, konnte aber nicht bei ihr landen.«

»Was sagten Sie, wie alt ist Ihre Tochter?« Keller machte sich keine Mühe, seine Verblüffung zu kaschieren.

»Sechzehn. Vor einem Monat ist sie sechzehn geworden.«

»Und dieser Sterner hat sie vor ein paar Jahren angemacht?«

»Richtig, vor drei Jahren.« Ilona blickte den Beamten mit kühlem Ausdruck an.

»Da war sie ja erst dreizehn.«

»Haben Sie Kinder, Hauptkommissar?«, fragte Ilona. Keller erschrak.

»Ja und nein«, antwortete er ausweichend.

»Was soll das jetzt heißen?«, gab Ilona zurück und bemühte sich darum, Kellers Tonfall zu imitieren.

»Ich möchte lieber über unser eigentliches Thema sprechen.« Er kniff seine Augen zu kleinen Schlitzen zusammen. Ilona gab sich alle Mühe, seinem Blick standzuhalten, doch es gelang ihr nicht.

»Hat Ihnen Ihre Tochter noch mehr über diesen Kerl erzählt?«, setzte Keller seine Befragung fort.

»Nicht sehr viel. Hauptsächlich hat sie von der Schulfete erzählt, auf der Sterner sie angebaggert hat. Diese Party war nämlich noch wegen eines anderen Ereignisses bemerkenswert.«

»Lassen Sie hören!«

»Die Band, die zuerst gespielt hat, ist wohl bei einem Teil der Gäste nicht besonders gut angekommen. Es muss eine ziemlich aggressive Stimmung geherrscht haben. Sterner konnte jedenfalls seine Anmache nicht fortsetzen, weil er laut Jenny noch etwas Dringendes zu erledigen hatte.«

»Wissen Sie, worum es sich gehandelt hat?«

»Oh ja!«, entgegnete Ilona. »Mit dreijähriger Verspätung habe ich jetzt ein paar aufschlussreiche Details darüber erfahren, was an ihrer Schule so vor sich geht.«

Der Polizist sah sie fragend an.

»Nach dieser Musikgruppe sollte ein DJ auflegen. Doch der kam nicht. Stattdessen wurde auf einmal der Abbau der Verstärker, der Mikrofone und des Schlagzeugs gestoppt, und eine neue Band betrat die Bühne. Dreimal dürfen Sie raten, wer.«

»Etwa unsere Freunde hier?« Er klopfte auf die Mappe.

»So viel zu Ihrer Meinung, die Mitglieder von *Trutzstaffel* hätten nie ein Gymnasium von innen gesehen.«

»Kaum zu glauben«, stöhnte der Hauptkommissar. »Waren denn überhaupt keine Lehrer anwesend?«

»Schon«, antwortete Ilona, »aber bis die kapierten, was für eine Show da gerade abging, war der Schülersprecher bereits aktiv geworden und hatte die Polizei gerufen.«

»Interessant«, murmelte Keller, doch sein Gesicht hatte sich zu einer finsteren Miene verzogen. Irgendetwas schien ihm überhaupt nicht zu gefallen. »Davon steht in meinen Informationen kein Sterbenswörtchen.«

»Weil auch diese Band niemanden im Publikum begeisterte.«

»Ist das eine Vermutung?«

»Nein, das hat mir Jenny erzählt. In dem Fall waren die Schüler zwar klüger als ihre Lehrer, die zu der späten Stunde eine gewisse Behäbigkeit entwickelt hatten. Anderseits hat jemand die Nazi-Rabauken gewarnt, denn so schnell, wie sie die Bühne erobert hatten, so schnell waren sie auch wieder abgetaucht.«

»Entnehme ich Ihren Worten, dass der Zugriff der Kollegen ins Leere ging?«, fragte Keller. »Dann wundert es mich etwas weniger, wenn dieser Vorfall in meinen Unterlagen unerwähnt blieb.«

»Die ganzen Mitteilungen ...«, hob Ilona an und zeigte auf die hellbraune Mappe.

»Vom Verfassungsschutz«, klärte Keller sie auf. »Der Mitarbeiter, den Sie bei der Besprechung gesehen haben, ist für den Einsatz einer Reihe von V-Männern verantwortlich, die er in die Szene eingeschleust hat. Einige seiner Quellen scheinen ganz ergiebig zu sein. Vielleicht ...« Er hielt inne und beendete den Satz nicht.

»Ja?«

»Nichts, Frau Kollegin.« Ilona registrierte nicht ohne Stolz, dass sie in seiner Anrede wieder zur Polizistin aufgestiegen war.

»Wie hieß der Bekannte noch mal?«, fragte Keller.

»Martin Sterner.«

»Nein, den habe ich bereits notiert, den meine ich nicht«, präzisierte Keller. »Ihr Computer-Indianer, dem Sie unter Umgehung der vereinbarten Vertraulichkeit die CD zeigen wollten.«

Er lässt nicht locker, dachte Ilona, antwortete aber dennoch. »Henk Dörtjebie.«

»Und seine Firma?«

Was wollte er von ihm? »LL, *Lime Leader*«, tat sie ihm den Gefallen.

»So fit unsere Jungs auch sind«, gestand Keller ein, »manchmal brauchen selbst wir externe Berater, und da bin ich für jeden Tipp dankbar.«

»Ich fürchte, den Mann werden Sie nicht bezahlen können«, entgegnete Ilona und stand auf. Keller erhob sich ebenfalls aus seinem Schreibtischstuhl.

»Fragen kostet nix«, erwiderte der Hauptkommissar und gab Ilona die Hand. »Gelegentlich hilft ja auch mal jemand der Polizei. Einfach so, wissen Sie.«

»Tja, da haben Sie möglicherweise recht«, spielte Ilona den Ball zurück und öffnete die Tür. »Diese Leute soll's geben.«

»Solche Leute gibt's!«, rief ihr Keller hinterher.

Wieder einer, der dauernd das letzte Wort haben muss, stellte Ilona fest. Eigentlich waren ihr solche Menschen höchst suspekt. Doch bei Keller hatte sie den Eindruck gewonnen, bei dieser Einschätzung eine Ausnahme machen zu können.

Er lässt partout nicht locker, sagte sie sich erneut. Wenn etwas einen guten Bullen ausmacht, dann die Fähigkeit, beharrlich zu sein und sich nicht abweisen zu lassen. Als sie den altmodischen Paternoster bestieg, um ins Erdgeschoss zu fahren, ertappte sie sich dabei, dass sie den alten, hässlichen Kerl immer noch sympathisch fand, obwohl er alles tat, um sie zu ärgern.

Das Problem mit sturen Leuten ist, dass sie meistens nicht lockerlassen können. Solche Typen sind die ganze Zeit verkrampft. Es war seltsam, dass ausgerechnet diese Überlegung Ilona richtig heiter stimmte.

IV Saturn im vierten Haus

Am Anfang kamen sie täglich, dann alle zwei Tage, bald lediglich einmal die Woche. Zuletzt ließ sich nur noch der protokollführende Lieutenant ab und zu blicken. Längst war alles gesagt, was Sterner mitteilen konnte, viel mehr, als er hatte kundtun wollen. Die Drohung wurde nicht wiederholt. Nachdem er weitergegeben hatte, was von ihm verlangt worden war, behandelten ihn die namenlosen Befragungsspezialisten korrekt. Irgendwann erfuhr er beiläufig, man habe das Rote Kreuz über seine Gefangennahme informiert.

Als die Verhöre vorbei waren, nahm Sterner gutgläubig an, es handle sich bei den Aufwartungen des Lieutenants um Höflichkeitsbesuche auf der Ebene von Kameraden gleichen Ranges – so, wie man mehr oder weniger regelmäßig bei kranken Verwandten vorbeischaut, wenn man ohnehin in der Gegend zu tun hat. Zu Dr. William hatte Sterner eine herzliche Beziehung aufgebaut; aus seinem Verhältnis zu Maggie war jedoch etwas ganz Besonderes geworden. Mit ihr verband ihn mittlerweile eine beinahe selbstverständliche Vertrautheit, und Maggie war es auch, die ihm über die Absichten des Lieutenants die Augen öffnete.

»Natürlich ist er an deiner Verfassung interessiert. Aber du kannst mir glauben, sein Mitgefühl hält sich in Grenzen. Er will wissen, wann es dir so gut geht, dass du transportfähig bist. Also beweg dich gefälligst nicht so flink auf den Krücken, wenn er da ist. Bisher konnten Dr. William und ich ihm immer noch weismachen, dass die Narben schlecht verheilen und eitern.«

»Wie bitte?«

»Ja! Von denen macht sich keiner die Mühe, dir den Gips abzunehmen und selber nachzusehen. Durch schlecht heilende Wunden besteht die Gefahr, dass du jederzeit wieder Fieberanfälle bekommen

kannst, ganz besonders unter den hygienischen Bedingungen von Chesham.«

»Chesham?«

»Das Kriegsgefangenenlager, in das du gebracht wirst, sobald wir dich hier laufen lassen.« Maggie kicherte, allerdings stand ihr Gesichtsausdruck in deutlichem Widerspruch zur Heiterkeit ihrer Worte.

Sterner war längst bewusst, was er an ihr besaß. Dass sie jedoch so weit gehen würde, hatte er nicht im Traum erwartet, obwohl ihm schon früh klar gewesen war, dass sie ihn, ausgerechnet ihn, einen Feind ihres Landes, nicht für völlig abstoßend hielt. Er empfand sie von der ersten Minute an als hinreißend, was er ihr in dieser Deutlichkeit bisher nicht zu sagen gewagt hatte. Er versteckte seine Zuneigung stattdessen in fein dosierten Anspielungen und Schmeicheleien, die auch als freundliche Gesten ohne Hintergedanken gewertet werden konnten.

Sie wehrte dergleichen nicht ab, wahrte trotzdem eine freundliche Distanz, und er gewann den Eindruck, dass sie ihn mochte, aber der Krieg und ihre berufliche Situation weitere Schritte aufeinander zu nicht erlaubten. Zumal er aus ihren Äußerungen immer wieder Andeutungen herauszuhören glaubte, es gebe außerhalb der Klinik jemanden, für den Maggie mehr empfand als nur Sympathie. Sie sprach nicht darüber. Und Sterner bedrängte sie nicht, obwohl er gerne Takt und Zurückhaltung aufgegeben hätte, um ihr näherzukommen. Und bislang war er ja fest davon überzeugt gewesen, dafür alle Zeit der Welt zu haben. Diese Hoffnung zerplatzte in dem Augenblick, als sie ihn mit erschreckender Nüchternheit darauf hinwies, welche Motive den Lieutenant bewegten.

Sterner ärgerte sich heftig darüber, dass er nicht selbst diese naheliegende Schlussfolgerung gezogen hatte, und schalt sich über die Maßen naiv. Für einen Moment raubte ihm diese Selbsterkenntnis den Atem, und das Schmunzeln, das er Maggie schenken wollte, verunglückte zu einem Ausdruck zwischen Erschrecken und Verwunderung.

»Noch Schmerzen?«, fragte sie mitfühlend. Am liebsten hätte er geschrien: »Ja! Ja! Nicht in den Beinen, sondern hier!« und sich mit den Fingern gegen die Stirn getippt. Die Hand blieb aber ruhig, und das Lächeln kämpfte weiter darum, die säuerliche Miene zu vertreiben.

Wie wertvoll Maggies Zuwendung war, hatte Sterner spätestens an dem Tag verstanden, als sie ihm das blaue Notizbuch im Oktavformat schenkte und ihn zudem mit Bleistiften versorgte. Er möge darin all das festhalten, was ihm auf der Seele liege, war Maggies Vorschlag. Sie redete dabei zu seiner Verblüffung auf Deutsch – mit Akzent, doch sie vermochte sich flink und geschickt auszudrücken, weshalb sie sich zuweilen in seiner Muttersprache miteinander unterhielten. Maggie hatte sie in der Schule gelernt, und da immer mehr verwundete Kriegsgefangene zu behandeln waren, wurden die meisten Krankenschwestern mit Deutschkenntnissen zu deren Betreuung abkommandiert.

Für sein blaues Buch gab es im Krankenzimmer sogar ein gutes Versteck unter dem Fensterbrett, das sich an einer Seite anheben ließ. Zwischen der Außenmauer und der Innenwand befand sich ein schmaler Spalt. In diese Lücke, die Sterner mit seiner Hand ertasten konnte, passte der Band so genau hinein, als wäre er eigens für diesen Hohlraum angefertigt worden.

Unterdessen war ihm auch offiziell erlaubt worden, einen persönlichen Brief an seine Eltern in Hamburg zu schreiben. Ob sie ihn erhalten hatten, entzog sich seiner Kenntnis. Bis heute gab es jedenfalls keine Antwort. Nur eines wusste er sicher: Außer seinen Aufzeichnungen im Notizbuch wanderte alles, was er verfasste, durch die Mühlen der britischen Militärzensur. Und es würde ihn nicht wundern, wenn sein Brief England noch gar nicht verlassen hätte, weil genügend Leute eifrig damit beschäftigt waren, eine geheime Botschaft in dem Schreiben zu entschlüsseln, die es gar nicht enthielt.

Während der ersten Verhöre war er aufgefordert worden, seinen Lebenslauf, seine Ausbildung, seinen Werdegang in der kaiserlichen Marine zu dokumentieren. Alles wollten sie wissen, doch von ganz *besonderem Interesse war die Zeit bei der Luftschiffflotte. Gelegentlich kamen Experten, die ihn über Peter Strasser ausfragten, den Anführer der entsprechenden Marineeinheiten. Einer erwähnte Dr. Hugo Eckener, der ständig zwischen den norddeutschen Stützpunkten unterwegs war, um die Kommandanten zu beraten, Navigatoren und Rudergänger auszubilden, und wollte wissen, ob der engste Mitarbeiter des Grafen Zeppelin als Zivilist für die Luftschiff-Abteilung der Marine arbeite oder einen militärischen Dienstgrad bekleide. Sterner überlegte kurz und log dann umso ungenierter, er habe Dr. Eckener lediglich einmal kurz gesehen und sei hauptsächlich von Strasser geschult worden. »Das beantwortet nicht meine Frage«, beharrte der Fachmann. Sterner wusste, dass es lebensrettend sein konnte, den zivilen Status von Eckener zu verschweigen, anderseits vermochte er sich nicht zu entsinnen, mit welchem Rang Eckener auftrat. »Kapitänleutnant«, versetzte er schnell, worauf sein Gegenüber ihn ungläubig ansah, die Antwort dennoch notierend.*

»Das scheint mir ein niedriger Rang für einen Mann, der für die Entwicklung der Luftflotte so viel geleistet hat«, wandte der Befrager ein.

Sterner zuckte mit den Schultern. »Dieser Bereich der Marine ist ein ungeliebtes Kind«, erklärte er, »selbst Strasser ist nur Fregattenkapitän.«

Sterner war sich darüber im Klaren, dass den Engländern Luftschiffbesatzungen nicht eben häufig lebend in die Hände fielen. Verfügten sie zu Beginn des Krieges kaum über eine wirksame Abwehr gegen die dunklen Riesen, so nahmen ihre Erfolge bei deren Bekämpfung in letzter Zeit in erschreckendem Ausmaß zu, denn es gelang den britischen Flugzeugen immer häufiger, die Kolosse abzuschießen. Das bedeutete aber in fast allen Fällen, dass das Luftschiff in Flammen aufging und die gesamte Mannschaft in den Tod gerissen wurde. Fallschirme hatten sich bereits zu Beginn der Angriffe als unbrauchbar erwiesen, da es nahezu unmöglich war, dem herabstürzenden Wrack bei einem Absprung auszuweichen.

Was blieb den Engländern also? Ausgebrannte Trümmer und verkohlte Leichen. Nichts, was ihnen Hinweise auf die technischen

Feinheiten liefern konnte, die diese Flugkörper trotz aller Verluste noch immer zu einer furchtbaren Waffe machten, die den britischen Prallschiffen und Ballons haushoch überlegen war. Daher das Interesse am Gefangenen Sterner und die bessere Behandlung, die er genoss. Doch wie wenig konnte er ihnen sagen! Er war schließlich nur wachhabender Offizier gewesen, jeder der Rudergänger hätte mehr über die Technik gewusst als er. Sterner unterdrückte ein Grinsen. Abgesehen vom nicht verbrannten Code-Buch für den Funkverkehr, stellte er für die Engländer wohl einen ausgesprochen unergiebigen Fang dar. Würde ihnen dagegen jemand wie Strasser oder Eckener in die Finger geraten, wären die Konsequenzen kaum auszumalen. Und wüssten sie zudem, dass Eckener nach wie vor als Zivilist seinen vielfältigen Pflichten in der Luftschiff-Abteilung der Marine nachging, besäßen sie das perfekte Druckmittel, um sein Wissen aus ihm herauszupressen wie den Saft aus einer überreifen Zitrone. Denn als Zivilperson wäre er kein Kriegsgefangener, sondern lediglich Kombattant. Sein Leben wäre verwirkt, da einem bewaffneten Zivilisten im Kriegsfall die standrechtliche Erschießung drohte. Und sie waren ja schon ihm gegenüber alles andere als zimperlich gewesen.

»Hörst du mir überhaupt zu?« Maggies Stimme drang wie durch einen Nebel zu ihm.

»Entschuldige bitte«, erwiderte er angemessen zerknirscht. »Dass ich es gerade mal schaffe, mit Hilfe der Krücken allein ins Bad zu gehen, verführt meine Gedanken dazu, sich selbstständig zu machen und auf Reisen zu begeben.«

»Ich hätte große Lust, deine Bewegungsfreiheit weiter einzuschränken und dich von neuem in einen Liegegips zu stecken. Wenn einer der Herren sieht, wie gut du schon wieder herumlaufen kannst, ist es vorbei mit dem gemütlichen Einzelzimmer mit schöner Aussicht in Maggies Pension. Dann können wir uns bloß noch Briefchen schreiben und warten ...«, sie stockte kurz und fügte trotzig hinzu, »bis der Krieg vorbei ist.« In ihren Augen schimmerte es feucht. So hatte sie noch nie zu ihm gesprochen. Die Sorgen um ihn, um weitere gemeinsame Tage mit ihm, übertönten den wütenden Grundton, der in ihrer Rede mitschwang.

»Maggie«, versprach Sterner theatralisch, »sobald ich in Sichtweite eines der Herren komme, breche ich derart überzeugend zusammen und ziehe mich wimmernd über den Boden, dass mich keiner für transportfähig halten wird. Niemand!«

Maggie verzog ihre Lippen zu einem gequälten Lächeln. Immer mehr an Moritz Sterner ließ sie an ihren Cousin Aleister denken, dem sie bereits als kleines Mädchen verfallen war, freilich hoffnungslos. Jetzt lebte er schon lange in New York und würde sicher nicht so rasch nach England zurückkehren, jedenfalls nicht, bevor der Krieg zu Ende wäre. Erst kürzlich erhielt sie einen Brief von ihm; er hatte sich mit einer gewissen Anne Katherine Miller am Central Park ein Zimmer gemietet. Er berichtete von dieser Frau als von seinem »braunen Mädchen« und hatte ihr unter anderem den Spitznamen »Der Hund« gegeben.

Manche Züge an Moritz erinnerten sie an Aleister, obwohl ihr Cousin gut zwanzig Jahre älter war als der Leutnant, der ihr so hilf- und wehrlos ausgeliefert war. Zu der Zeit, als Aleister so jung war wie Sterner heute, musste er, davon war Maggie überzeugt, in Charakter und Geisteshaltung ganz ähnlich gewesen sein – und in seinen gelegentlichen Anflügen von Albernheit. Doch die waren für Maggie kein Quell der Freude, die mochte sie weder an Sterner noch an ihrem Verwandten.

Von den anderen Patienten der Klinik hatte Sterner bislang nichts mitbekommen; der Flur im Erdgeschoss, in dem seine Zelle lag, war ansonsten ungenutzt. Erst jetzt sollte er zwei der übrigen Kranken zu Gesicht bekommen. Er saß an dem schmalen Tisch vor seinem Fenster und schrieb in sein Notizbuch. Als er aufsah, nahm er am hinteren Ende des Parks eine Bewegung wahr, die seine Aufmerksamkeit fesselte. Unter einem Rhododendronbusch kroch ein Mann hervor und spähte sorgfältig um sich. Sein schlichtes und nicht für draußen bestimmtes Gewand verriet, dass es sich um einen Patienten handelte. Die Sonne schien gegen Sterners Fenster, so dass der Unbekannte ihn nicht sehen konnte, obgleich er die Umgebung noch immer wachsam musterte. Nach einer Weile war er wohl davon überzeugt, dass er sich allein im Park befand. Der Mann bückte sich zum Strauch hinab, fuhr mit seinem Arm unter die Zweige, und eine ebenso luftig gekleidete Frau kam hervor. Das Paar ging vorsichtig ein Stück in Sterners Richtung, nicht weit von ihm bogen sie nach rechts ab. Sie verschwanden zwar aus Sterners Blickfeld, er konnte sie gleichwohl gut hören. Und was er vernahm, veranlasste ihn, sich trotz seiner reichlich wackligen Beine ganz zu erheben und auf der Tischplatte abzustützen. Nur wenige Meter von ihm entfernt hatten sie sich in einer kleinen Nische an der Hecke niedergelassen und küssten sich. Ihre Bewegungen entsprangen jedoch keinem zärtlich versunkenen Liebesspiel, sie waren vielmehr hektisch und unbeholfen. Das fiel auch Sterner auf, obwohl er, von gelegentlichen Bordellbesuchen mit den Kameraden in Hamburg abgesehen, selbst nicht viel Erfahrung mit Frauen hatte. Er sah zu, wie sie sich hastig auszogen und mit einer Heftigkeit übereinander herfielen, die ihn erschreckte, so dass seine spontane Erektion sehr schnell wieder verging, während die beiden einem ungestümen Höhepunkt entgegenhetzten.

Es dauerte kaum zwei Minuten, da war der Mann bereits fertig, und die Frau schien ebenfalls nichts weiter einzufordern. Noch bevor er sein Kleidungsstück übergestreift hatte, fragte sie ihren Liebhaber: »Und du bist sicher, wir sind hier wirklich allein?« Sterner wich unwillkürlich ein Stück vom Fenster zurück.

»Natürlich. Der Trakt steht schon lange leer.«

»Aber Jane hat etwas von deutschen Kriegsgefangenen erzählt, die hier interniert sind«, erwiderte sie. »Und Jane ist immer ziemlich gut informiert.«

»Das ist Unsinn«, antwortete der Mann und küsste sie nun wesentlich ruhiger auf den Mund. »Wenn sie hier tatsächlich Deutsche einsperren würden, dann kämen sie in die alten Verliese im Keller. Glaub mir, ich weiß es genau; seit Heathers Kreuzigung ist dieser Flügel leer.«

Beruhigt lehnte sie ihren Kopf an seine Schulter. Erst jetzt nahm Sterner wahr, dass es sich bei beiden nicht gerade um Schönheiten handelte. Sie war lang, dürr, grauhaarig und faltig, er etwas jünger, klein, dicklich und mit spiegelnder Halbglatze.

»Nun komm! Wir müssen zurück«, befahl er. »Es gibt bald Essen.« Sie rannten quer über den Rasen – eigentlich schon eine Wiese, so untypisch hoch für englische Verhältnisse stand das wuchernde Gras – und verschwanden wieder unter dem Rhododendron.

Sterner hätte hinterher nicht zu sagen gewusst, wie lange er noch hinter dem Fenster gestanden und nach draußen gestarrt hatte. Erst als ihm die Arme, mit denen er den größten Teil seines Gewichts abstützte, um die eingegipsten Beine zu entlasten, müde wurden, hinkte er zu seinem Bett. Das lebhafte Entsinnen an das Geschehene löste zwiespältige Gefühle in ihm aus. Er hätte schockiert sein sollen. Und er war es ja auch, obgleich nicht aus den Gründen, die man erwarten konnte. Die rohe Vereinigung, die unansehnlichen Körper waren zweifellos abstoßend. Was Sterner aber noch tiefer erschreckte, war seine eigene Reaktion auf das Gesehene, die Erregung, die er flüchtig, doch unleugbar gespürt hatte. Was ihm hätte widerstreben sollen, schien ihn anzuziehen.

Eine Einsicht, die verlangte, als Geheimnis behandelt zu werden. Eines, das sich lediglich dem blauen Buch anvertrauen ließ, zu dem Maggie gesagt hatte, nur er habe über dessen Inhalt zu bestimmen, es sei seine Freiheit während der Kriegsgefangenschaft. Niemand außer ihm werde es lesen, denn es gebe gute Verstecke im Raum, und sie selbst werde die Existenz der Notizen sowieso niemandem verraten.

Wenig später betrat sie, begleitet von Dr. William, das Zimmer. Moritz lag auf seinem Bett, bereit zur täglichen Untersuchung. Als der Arzt sich kurz darauf verabschiedete und mit der Schwester im Schlepptau die Zelle verließ, rief Sterner Maggie noch einmal zu sich.

»Was gibt's?«, drängte sie, »ich muss weiter, ich komme später am Nachmittag, wenn ich mehr Zeit habe.«

»Wer ist Heather?«, fragte er direkt. »Und was hat es mit ihrer Kreuzigung auf sich?«

Maggie starrte Sterner schweigend an. Dann drehte sie sich wortlos um und verließ ihn mit raschen Schritten.

05 : Start Level 2

»Es ist das letzte Mal!«, schimpfte Ilona.

»Hab dich nicht so, du bist doch bloß eifersüchtig.« Dana legte das bezauberndste Lächeln auf, dessen sie fähig war.

Ich bin wirklich neidisch, gestand sich Ilona ein, es ist unglaublich, sie ist schon wieder verliebt. Mühsam unterdrückte sie ein Seufzen.

Die beiden Frauen konnten kaum unterschiedlicher sein. Während Ilona hart dafür arbeitete, ihre schlanke, an den richtigen Stellen muskulöse Figur straff und fit zu halten, hatte Dana derartige Ambitionen bereits als Kind aufgegeben. Sie war nie besonders schlank gewesen, kochte und aß mit der Leidenschaft einer Genusssüchtigen. Mit der gleichen Passion widmete sie sich einer weiteren Freude des Lebens und schleppte einen Mann nach dem anderen ab, ohne dabei, wie sie selbst zugab, sonderlich wählerisch zu sein.

»Im Gegensatz zu dir«, hatte sie schon vor Jahren Ilona anvertraut, »kann ich es mir nicht leisten, allzu hohe Ansprüche zu stellen. Ich nehme, was ich bekommen kann. Basta.«

Dieses trotzige Wort, mit dem die Engländerin lange Zeit jeden zweiten Satz beendete, hatte ihr prompt einen weiteren Spitznamen eingebracht: »Bastete« oder »Bastetchen«. Keine besonders nette Anspielung auf ihre Rubensfigur, wie Ilona fand. Dana hatte nur gelacht und damit einmal mehr bewiesen, dass sich unter ihrem dunklen Pony mehr verbarg als bei den meisten ihrer Kollegen. »Ist doch nett«, hatte sie angemerkt, als sie den Kosenamen das erste Mal hörte. »Bastet ist meine top favourite goddess, meine absolute Lieblingsgöttin. Keine von den hohen Frauen aus dem ägyptischen Himmelspalast steht mir näher als sie! Und wenn ich nebenbei für meine Lover so etwas wie eine feine Pastete bin, dann ist das völlig in Ordnung.« Sie zwinkerte Ilona zu.

»Irgendwann fällt es auf«, warnte Ilona, »dass du dir immer freinimmst, sobald eine Übung auf dem Plan steht.«

»Ich weiß, Schätzchen«, beruhigte Dana. »Aber du darfst mir ruhig glauben, selbst wenn Gebauer das schnallt, ist er der Letzte, der mich feuern wird!«

»Was?!« Ilona war unwillkürlich lauter geworden. Ihr dämmerte etwas. »Das darf nicht wahr sein!« In ihre Skepsis mischten sich Staunen und Heiterkeit.

»Doch, doch«, flötete Dana.

»Nein!« Ilona versuchte, entrüstet zu klingen. Was bei ihrer Tochter noch gelang, scheiterte gegenüber ihrer Freundin kläglich. Musste sie sich eingestehen, dass sie insgeheim eifersüchtig auf Dana war?

»Gebauer?«, flüsterte Ilona.

»Gebauer«, sagte Dana trocken.

Auf solch ein Abenteuer konnte Ilona wirklich nicht neidisch sein, unmöglich. Ein uncharmantes Nagen in der Magengegend blieb aber. Es waren nicht die Typen, mit denen Dana ihre Techtelmechtel hatte, es war die Nonchalance, die Leichtigkeit, mit der sie ihre flüchtigen Liebschaften pflegte. Es war, genau gesagt, die Tatsache, dass Dana überhaupt ein Liebesleben hatte – im Gegensatz zu ihr. Würde man sie einem neutralen Bewerter gegenüberstellen, der vom ersten Eindruck her sagen sollte, wer von beiden eine erfülltere Sexualität genoss, war sich Ilona sicher, dass der Juror, ohne zu zögern, auf sie zeigen – und damit voll daneben liegen würde. Es war zum Heulen. Während Dana sich erotischen Freuden hingab, stemmte Ilona Eisen im Kraftraum der Firma oder bei ihrem verehrten Meister Sukawi; während ihre Freundin sich ihren Lovern, wie sie sagte, als Dessert darbot, durfte Ilona sich nächtens mit unbekannten Schlägern herumprügeln. Sah man ihr die Verzweiflung ob dieser Ungerechtigkeit an? Ilona hoffte nicht, denn trotz aller Eifersucht mochte sie Dana und bewunderte sie wegen ihrer Erfolge, die sie ihr von Herzen gönnte, meistens zumindest.

»Du weißt genau«, erklärte Dana, »dass ich Büropute bei den Übungen so überflüssig bin wie ein Kropf. Und Pelé ist nur morgen in München.«

»Pelé?«, fragte Ilona aufhorchend.

»Ja, ist das nicht toll? Er heißt wie die brasilianische Fußballlegende, sieht genauso gut aus, ist aber höchstens ein Drittel so alt.«

»So etwas nennt man auch Verführung Minderjähriger«, lästerte Ilona.

»No, no, Senhorita«, erwiderte Dana. »Ich gebe ja zu, er ist ein wenig jünger als ich. Und Pelé ist bloß sein Spitzname. In Wirklichkeit heißt er José Victor do Carvahal Esmeraldo de Atouguia e Càborghet-Pelon. Er hat schon verdammt viel erreicht, und das schafft man nicht, wenn man noch ein Knabe ist.«

Ilona lachte. Der Name gefiel ihr so gut wie das Wort ›Knabe‹, das Dana verwendete.

»Ich vermute, jemand mit einem solchen Namen genoss bereits kurz nach der Geburt viel Ruhm. Das klingt nämlich nach altem Adel«, murmelte Ilona, die mit den Einsatzplänen für den nächsten Tag beschäftigt war.

»Ich kenne ihn schon seit über einem Jahr«, gab Dana preis, »weil er allerdings in Lissabon lebt und dort eine Firma hat, konnten wir uns bislang nur selten sehen.«

»Bislang?«

»Das wird auch so bleiben«, wiegelte Dana ab. »Er ist verheiratet und hat zwei Kinder. Aber immer, wenn er in München zu tun hat ...«

»... ruft er vorher an«, erahnte Ilona das Zuspiel, und Dana blinzelte ihr anerkennend zu.

»In welcher Branche ist dein ritterlicher Pelé tätig? Lässt er Kinder in der Dritten Welt Fußballschonbezüge häkeln, oder werden in seiner Firma Suspensorien geschnitzt?«

»Suspenwas?«

»So gut Deutsch kannst du nach zwanzig Jahren München also doch nicht«, spottete Ilona und grinste.

»Fünfzehn Jahre Deutschland und davon fünf in München, das weißt du genau! Und jetzt spann mich nicht auf die Folter, was ist das?«

»Ein Sackschutz«, erklärte Ilona mit todernster Miene.

»Du verarschst mich.«

»Keineswegs«, sagte Ilona. »Die Dinger sind freilich höchst unbeliebt.« Zum Glück, fügte sie in Gedanken hinzu und erinnerte sich an die überzeugende Wirkung, die sie unlängst dank eines gezielten Tritts erreichen konnte.

Es war die zweite Großübung innerhalb kurzer Zeit, wie üblich von den Katastrophenschutzbeauftragten der Stadt München und des Bayerischen Innenministeriums gemeinsam geleitet. Bei ihnen liefen die Fäden zusammen. Beteiligt waren die Katastrophenkommission der Kriminalpolizei, städtische Feuerwehr, Bereitschaftspolizei, Technisches Hilfswerk und Rotes Kreuz. Hinzu kamen eine Reihe weiterer Helfer von verschiedenen freiwilligen Feuerwehren des Umlands, von Rettungs- und Sanitätskräften und nicht zuletzt die Sicherheitsmannschaft der *Munich Facility & Security Management*.

Während der Übung, die wie ein Manöver ablaufen sollte, übernahm Ilonas Chef Karl Gebauer persönlich die Einsatzleitung für die Beteiligten der Firma. Das Stadion wurde an diesem Tag für den sonst üblichen Besucherverkehr gesperrt. Ilona wunderte sich weder, als sie Hauptkommissar Keller bei den Kollegen der Kripokommission sah, noch, als ihr Ministerialdirigentin Winter über den Weg lief, die sich ständig im Kielwasser der beiden Schutzbeauftragten befand. Winters maßgebliche Verantwortung für das Zustandekommen der Übung bewies, dass das von Keller initiierte Gespräch Wirkung gezeigt hatte. Gegenüber der Presse und der Öffentlichkeit sollte ein effektives und störungsfreies Funktionieren aller im Katastrophenfall zusammenarbeitenden Kräfte demonstriert werden.

»Vorsicht, Trio Infernal im Anmarsch«, raunte Bert Wöhner in Ilonas Ohr, kurz bevor sich die Tür zum Monitorraum öffnete und Winter mit den Bevollmächtigten hereinrauschte. Wöhner war einer der Wachleute des Stadions, der für das reibungslose Funktionieren der Sicherheitstechnik, insbesondere der Überwachungskameras, zuständig war. Karin Winter nickte Ilona kurz zu und verschwand mit ihren Begleitern ebenso rasch, wie sie aufgetaucht war. Der Wachmann rümpfte die Nase. Ilona musste seiner Verwunderung insgeheim recht geben, sie verstand gleichfalls nicht, was die so wortlose wie hektische Aktivität des Führungstrosses zu bedeuten hatte.

»Die machen sich bloß wichtig«, kommentierte Wöhner schließlich. Ilona begriff, dass er mehr sagen wollte, sich ihr gegenüber jedoch nicht traute. Sie spürte deutlich die nervöse Anspannung, die ihn und die übrigen Kollegen ergriffen hatte. Keiner von ihnen arbeitet noch mit Freude, empfand sie. Sie haben alle gewaltigen Schiss, dass wirklich etwas Schlimmes passiert. Die meisten versuchen, sich nichts anmerken zu lassen, aber je näher der Anpfiff rückt, desto mehr geht ihnen der Arsch auf Grundeis.

»Da«, Wöhner wies auf einen der Bildschirme, »die Presse ist schon da.«

»Das gehört zum Geschäft«, beruhigte Ilona. »Es ist immerhin nicht nur eine Übung, sondern auch ein politisches Manöver.« Wöhner sah sie skeptisch an. »Nachdem bekannt wurde, dass der OB kommt, um sich die Simulation anzusehen, wird sich der Herr Minister nicht zweimal bitten lassen.« Gelegentlich war Ilona anzuhören, dass sie aus dem Rheinland stammte, es fehlte nicht viel, und aus dem Oberbürgermeister wurde ein OhWeh …

Inzwischen hatten einige hundert Freiwillige auf den oberen Rängen der Südkurve Platz genommen. Unterhalb der Anzeigetafel, welche die Fläche einer luxuriösen Wohnung besaß, sollte sich ein, wie es offiziell hieß, »inszeniertes Schadensereignis mit Explosion und Rauchentwicklung« zutragen. Ilona rannte die Treppe hoch, um an den ihr zugedachten Platz zu gelangen. Gebauer hatte keinen Ton gesagt, als er erfuhr, dass Dana sich ausgerechnet an diesem Tag freigenommen hatte. Sie wäre, hätte sie denn gearbeitet, ohnehin im Büro in der Innenstadt geblieben. Ilona stellte sich den portugiesischen

Teilzeitlover ihrer Freundin trotz deren Beschreibung als älteren, bereits grauhaarigen Mann mit extrem krummen Beinen voller knotiger Krampfadern vor. Wenn einer schon Pelé heißt, schmunzelte sie.

»Frau Hall!« Gebauer packte Ilona am Arm und zog sie in die Einsatzzentrale. Stimmengewirr und die Geräuschkulisse geschäftiger Hektik durchdrangen die Leitstelle und erfüllten sie mit einer spürbaren Spannung. Gebauer dirigierte Ilona durch die Tischreihen, vorbei an Dutzenden von Leuten, die vor flimmernden Laptops saßen und in Funkgeräte oder Handys sprachen. »Es muss reibungslos klappen«, hörte sie eine energisch geäußerte Anweisung, wobei der Kollege die Worte ›muss‹ und ›reibungslos‹ stark betonte. »Denkt dran, Jungs, die Presse schaut euch heute genau auf die Finger.« Doch trotz aller zur Schau getragenen Zuversicht und aufmunternden Parolen konnte auch in der Zentrale niemand die Ängste und Befürchtungen kaschieren. Wenn es wirklich zu einem Anschlag kommt, nützen Spielchen wie dieses herzlich wenig, und das ist hier allen klar, dachte Ilona.

Am anderen Ende des Saales schob Gebauer sie in ein kleines Nebenzimmer und schloss die Tür sorgfältig. Der Lärm versiegte, und Ilona sah, dass sie in dem fensterlosen Besprechungsraum bereits erwartet wurde. Hauptkommissar Keller drehte sich zu ihr um und wies auf einen der Stühle.

»Ich hab's Ihrem Chef schon mitgeteilt«, sagte er sichtlich beunruhigt. »Die beiden Kerle, die Sie neulich attackiert haben ... Nun, wir müssen ab sofort von einer erhöhten Gefahrenlage ausgehen.«

»Wir passen 24 Stunden am Tag überall im und um das Stadion herum auf«, hielt Gebauer dagegen. »Hier kommt niemand unkontrolliert rein oder raus, wir haben alles im Blick.« Deinen Optimismus möchte ich haben, zweifelte Ilona und beschloss, Gebauer nach der Übung noch einmal ins Gebet zu nehmen. Aber vielleicht sagt er das alles bloß, um sich selbst zu beruhigen, überlegte sie.

»Wir müssen ab sofort von einer erhöhten Gefahrenlage ausgehen!«, wiederholte Keller mit Nachdruck.

»Und das heißt?«, wollte Ilona wissen, während ihr Blick zwischen Gebauer und Keller hin- und herwechselte.

»Leider sind meine Informationen nur lückenhaft, gleichwohl ist heute das hier auf meinem Schreibtisch gelandet.« Er schob Ilona ein Blatt Papier zu, die Kopie eines als »Vertraulich« gestempelten Berichts, die näheren Angaben zum Absender waren geschwärzt.

»Das kam schon so bei mir an«, erläuterte Keller. »Damit soll wohl die Identität des V-Mannes gedeckt werden.«

Ilona las:

KGNR und eine neue Gruppierung namens *Thule kämpft!* haben sich in Dänemark getroffen. Vordergründig ging es um eine organisatorische Zusammenarbeit. Hinter den Kulissen wurde von den Führungskadern jedoch eine militante Aktion abgesprochen. Ziel: Stadion München. Zeitpunkt: wahrscheinlich während eines der Spiele in der englischen Woche.

Thule kämpft! verfügt offensichtlich über ein Geheimlager mit Semtex, das noch nicht lokalisiert werden konnte. Gerüchteweise soll KGNR ein bislang nicht näher ermitteltes Labor mit der Herstellung eines biologischen Kampfstoffs beauftragt haben. Semtex-Proben wurden während des Treffens bei einer Wehrsportübung getestet.

»Wer oder was ist KGNR?«, fragte Ilona. Mit einem Mal durchfuhr es sie heiß und kalt. Es war, als wäre endgültig eine Grenze überschritten worden. Die sachlichen Worte Kellers von einer »erhöhten Gefahrenlage« und der bemüht zurückhaltend verfasste Bericht bestätigten die Angst, die Ilona seit geraumer Zeit bei ihren Kollegen verspürte, und verstärkten ihre eigenen Befürchtungen.

»*Kampfgruppe Nationale Revolution*«, erwiderte Keller. »Das ist ein Kreis gewaltbereiter Neonazis, denen die Sprüche und die Politik von NPD, DVU und Republikanern noch viel zu angepasst sind. Offiziell gibt es diese Vereinigung natürlich nicht, das heißt, Verbote greifen ins Leere. Die Mitglieder kennen sich über rechte Kameradschaften, und der Kreis wird bewusst sehr klein belassen, um den Kontakt untereinander einfach und überschaubar zu halten.«

»Die Mitteilung stammt wohl von einem V-Mann«, vermutete Ilona. »Und dem ist es gelungen, ins Zentrum dieser Gruppe vorzustoßen?« Sie klang unentschieden, ob hier eher Skepsis oder Bewunderung angebracht war.

»Wie nah er an die Führungskader herangekommen ist, weiß ich nicht«, gab Keller zu. »Das Amt lässt sich nicht gerne in die Karten blicken.«

»Was hat es mit dieser anderen Gruppe auf sich?«

Keller hob kurz die Schultern an. »Augenscheinlich weiß auch der Verfassungsschutz nichts über *Thule kämpft!*«

»Mich würde interessieren, warum Sie Herrn Gebauer und mir diese Verschlusssache zeigen.«

»Das ist einfach zu beantworten«, entgegnete der Hauptkommissar. »Ich nehme an, Sie zählen zum exklusiven Kreis derjenigen, die bereits etwas mit diesem Gesindel zu tun hatten.«

»Sie meinen den Überfall?«

»Wenn tatsächlich ein Anschlag in Vorbereitung ist, reicht es den Tätern nicht, das Stadion während eines Matchs mal von innen gesehen zu haben.«

»Ich fürchte«, räumte Gebauer kleinlaut ein, »Sie haben recht.«

Holla! Ilona unterdrückte den Impuls, ihrer Verwunderung lauthals Ausdruck zu verleihen. Zu gut entsann sie sich des ersten Gesprächs bei Keller und insbesondere, wie es ihrem Chef im zweiten Anlauf gelungen war, die Brisanz aus der Diskussion zu nehmen. Oder, wie er es anschließend stolz formuliert hatte, »die Wogen zu glätten«. Niemand widersprach ihm, als er den Blick von den möglichen Aktivitäten rechtsradikaler

Kreise auf islamistische Fundamentalisten lenkte, die doch eine viel größere Gefahr darstellen würden. Dass die Debatte daraufhin ins Unverbindliche abglitt, schien ihn nicht weiter zu stören.

Besser spät als nie, sagte sich Ilona, die Gebauer ansah, dass er sich mittlerweile echte Sorgen machte. Zu Recht, schließlich rückten die Spieltermine immer näher. Und wenn dann irgendetwas geschah, war es für die meisten Menschen und mögliche Betroffene egal, wer letztlich dahintersteckte.

Die Simulation verlief planmäßig. Nach außen hin war den Mitwirkenden wenig von den Befürchtungen anzumerken, die sich einem schleichenden Gift ähnlich ausgebreitet hatten. Auch Ilona gelang es, professionell und routiniert ihre Arbeit zu tun. Nachdem die Sanitäter eindrucksvoll demonstriert hatten, wie schnell sich ein paar Dutzend Verletzte mit Hilfe von Bergetüchern und Krankentragen aus der steilen Zuschauertribüne abtransportieren ließen, traten der Oberbürgermeister und der Innenminister, assistiert von der Ministerialdirigentin, im Pressesaal gemeinsam vor die Medien.

»Ein Lob an alle Beteiligten«, sagte der Minister.

»München hat bewiesen: Es ist auf einen Katastrophenfall vorbereitet«, ergänzte der Oberbürgermeister.

»Das effiziente Zusammenwirken aller Einsatzkräfte war beispielhaft«, hob Frau Winter hervor.

»Gibt es denn«, fragte ein ergrauter Journalist, »konkrete Anhaltspunkte, dass eines der nächsten Spiele in München Ziel eines Anschlags sein könnte? Und wenn ja, haben Sie Hinweise, wer so etwas planen könnte?«

»Nein, solche Indizien gibt es zum Glück nicht«, antwortete Karin Winter eine Spur zu eilig. »Veranstaltungen wie die heutige gehören zum Routineprogramm unserer Sicherheitskräfte.«

»Das war das zweite Mal innerhalb weniger Wochen«, hakte der Grauhaarige nach.

»Solche Übungen können nicht oft genug abgehalten werden«, mischte sich der Minister ein. »Sie erhöhen unser aller Wachsamkeit und verhelfen den kooperierenden Institutionen zu wertvollen Erkenntnissen.«

Der OB ergänzte, der Schutz von Zuschauern und Spielern besitze oberste Priorität, schließlich gehe es darum, dass jeder die kommenden Begegnungen ungetrübt genießen könne, wer auch immer als Sieger daraus hervorgehe. Für München stehe der Sport an erster Stelle, und damit das so bleibe, sei es notwendig, dass hinter den Kulissen alle Verantwortlichen reibungslos zusammenarbeiteten. Genau das habe das Szenario verdeutlicht.

»Außerdem darf man bei einer Katastrophe nicht immer von einem terroristischen Hintergrund ausgehen. Selbst wenn uns die traurigen Ereignisse der letzten Jahre gezeigt haben, dass es in Europa keinen hundertprozentigen Schutz vor Anschlägen gibt«, fügte Karin Winter hinzu. »Wir wissen, dass die überwiegende Mehrheit der Fußballfans friedliche Menschen sind. Es gibt zudem die Hooligankartei und die größtmögliche Aufmerksamkeit unserer Sicherheitsorgane, um gewaltbereite Unruhestifter bereits im Vorfeld zu isolieren. Trotzdem kann niemand dafür garantieren, dass es nicht doch einigen dieser Elemente gelingt, ins Stadion zu kommen und dort für Randale zu sorgen. Unsere Übung hat gezeigt: Wir sind auf solche Eventualitäten gut vorbereitet.«

Und nach dem gegenseitigen Schulterklopfen gibt's kalte Häppchen und warme Getränke für die VIPs im gewöhnungsbedürftigsten aller Stadionräume, argwöhnte Ilona, die im Vorbeigehen durch die offene Tür in den Pressesaal lugte. »Goldgruft« nannten manche Kollegen den VIP-Bereich, dessen Decke die Architekten mit golden lackierten Aluminiumröhren hatten verkleiden lassen. Andere hielten noch zweideutigere Vergleiche parat. Der unzähligen Rohre wegen, welche an die Düsen eines gigantischen Duschkopfs erinnerten, wurde der Saal auch als »Golden Shower« bezeichnet. Hier sollten diejenigen, die beim Manöver lediglich zugeschaut hatten, den anstrengenden Tag ausklingen lassen.

Als Ilona gut eine Stunde später erneut dort vorbeikam, sah sie zu ihrem Erstaunen immer noch Leute. Ein kleines Grüppchen umstand die einzige anwesende Frau. Ilona fiel auf, dass Karin Winters Seidenschal, Bluse, Rock und Blazer farblich exakt auf das metallische Licht abgestimmt waren. Unter den Männern entdeckte Ilona ihren Chef und – neben der Ministerialdirigentin – jenen Mitarbeiter des Verfassungsschutzes, dem sie bereits in der Runde beim Hauptkommissar begegnet war.

Etwas ließ Ilona innehalten. Sie befand sich draußen im Gang, und keine der im Saal verbliebenen Personen hatte sie bemerkt. Der Geheimdienstler flüsterte etwas ins Ohr von Karin Winter, die sich davon unbeeindruckt weiter mit einem elegant gekleideten Herrn unterhielt, der vor ihr stand und mit abgehackten Gesten auf sie einredete. Sie nickte knapp und Ilona fragte sich, wem das galt: dem Mann vom Dienst oder ihrem Gesprächspartner.

»Aufgeregtheiten nützen im Moment niemandem«, hörte Ilona die Vertreterin des Ministeriums sagen. Ihre Körpersprache verriet indessen etwas anderes: Das nervöse Flattern der Finger war aussagekräftiger als jedes ihrer Statements, und die zu einem Lächeln bemühten Lippen standen im Widerspruch zur Unruhe der Augen. Sie kennt den vertraulichen Bericht sicher schon länger, war sich Ilona gewiss.

Der Verfassungsschützer löste sich aus der kleinen Versammlung und verließ den Ort mit raumgreifenden Schritten. Ilona sah ihn den Flur entlangeilen und setzte ihm, einer Eingebung folgend, hinterher. Kurz vor der Treppe hatte sie ihn eingeholt. Da sie Schuhe mit dämpfenden Sohlen trug, hörte der Mann sie erst, als sie unmittelbar hinter ihm war.

»Hallo«, sagte Ilona und bemühte sich, die etwas beschleunigte Atmung zu beruhigen. Der Geheimdienstler drehte sich um und blickte sie mit ausdrucksloser Mimik an.

»Hallo«, antwortete er lakonisch. Es war ihm nicht anzumerken, ob er sie erkannte.

»Ilona Hall«, stellte sie sich vor und streckte ihm die Hand entgegen, »wir haben uns vor ein paar Wochen bei einer Gesprächsrunde bei Hauptkommissar Keller getroffen.« Er blickte auf ihre Hand, die er zögernd ergriff und einmal kurz schüttelte.

»Ich weiß«, erwiderte er knapp. Eine Pause entstand, in der Ilona spürte, wie ihr das Blut ins Gesicht schoss. Warum bin ich Idiotin wie ein dummes Hündchen diesem Eisklotz nachgelaufen, brannte es hinter ihrer Stirn.

»Wollte nur kurz grüßen, nachdem ich Sie hier wiedergesehen habe«, brachte sie mühsam hervor.

Der Mann stand immer noch gesprächig wie ein Karpfen vor ihr, aber dann bewegte er bedächtig den Kopf von oben nach unten.

Doch ein Mensch? Ilona beließ es angesichts dieser kleinen Geste bei einer Gelben Karte.

»Gut«, sagte er endlich, ohne dass es so geklungen hätte. Eindeutig, diese Person hatte jemand stumm geschaltet. Auch die zweite Chance kläglich vergeben. Gelb-Rot also.

»Bis die Tage«, schloss Ilona und wandte sich barsch ab. Ich kann genauso unhöflich sein, dachte sie nicht ohne Genugtuung. Sie zwang sich dazu, sich nicht umzudrehen, fest davon überzeugt, dass ihr sein Blick folgte.

Warum, fragte sie sich, ist eigentlich das Bundesamt hier präsent? Das ist doch eine Angelegenheit der Landesbehörde. Ist die Lage dramatischer, als man uns erzählt? Immerhin muss diese Eisscholle jedes Mal aus Köln anreisen. Bundesamt, Landesamt, das bedeutet ein Kompetenzgerangel ohne Ende.

Ilonas Gedanken schweiften vom Verfassungsschutz zum Bundesnachrichtendienst, eine wegen des jahrzehntelangen Sitzes in Pullach auch örtlich naheliegende Assoziation. Die Organisation Gehlen, die Vorläuferin des BND, gehörte zu den zahlreichen fast nahtlosen institutionellen Übergängen aus der NS-Zeit in die Bundesrepublik. Der Verfassungsschutz besaß ebenfalls das, was man mit freundlichen Worten eine bewegte Vergangenheit nennen konnte. Schon sein erster Präsident, Otto John, tauchte unter bis heute ungeklärten Umständen plötzlich als Überläufer in der DDR auf, während sein Nachfolger Hubert Schrübbers wegen seiner Nazivergangenheit vorzeitig den Dienst quittieren musste. Und dabei blieb es nicht, denn sieben von elf Präsidenten hatten aufgrund unzähliger Skandale vorzeitig ihren Sessel räumen müssen.

In diesem Augenblick fiel es Ilona wieder ein. Die Erkenntnis durchfuhr sie wie ein Blitz, sie blieb so unvermittelt stehen, als wäre sie gegen eine Mauer gelaufen. Nun wusste sie, woher sie den Mann kannte, und sah sich nach ihm um. Aber der Gang hinter ihr war menschenleer.

V Bücher von Lügen und Gesetzen

Die Geschichte, die Sterner zu hören bekam, erwies sich als grausig und nützlich zugleich. Der positive Effekt war, dass er endlich erfuhr, wo er sich befand. Als er seinen Eltern schreiben durfte, hatte man ihm auf die Frage nach Datum und Ort beschieden, er solle »Moritz Sterner, an unbekannter Stätte in England im Juli 1917« notieren. Inzwischen war ein Monat vergangen, und Sterner hatte in seinem blauen Buch eine Art Kalender angelegt.

Moritz fühlte sich zu Maggie hingezogen und wusste, er war auch ihr nicht gleichgültig. Er tat sich jedoch schwer damit, sie zu benutzen, um Informationen zu gewinnen, die man vor ihm verbergen wollte. Zu diesen militärischen Geheimnissen zählte, so lächerlich es im Grunde war, das Wissen über seinen Aufenthaltsort. Es war der 5. August, als er vernahm, dass er sich in einer Klinik für Geisteskranke befand – im St. Pancras Hospital in Luton, einer kleinen Stadt nördlich von London, auf halber Strecke zwischen Oxford und Cambridge.

Er hatte Maggie mit keinem Wort verraten, was sich im Park abgespielt hatte. Als sie ihn fragte, wie er von Heathers Kreuzigung erfahren habe, wich er mit einem irritierten Blick aus. »Ich weiß es nicht, vielleicht von ihr selbst«, log er.

»Unmöglich«, hielt Maggie dagegen. »Heather starb Jahre, bevor der Krieg begann.«

»Woran?«

»An den Folgen der Kreuzigung«, antwortete Maggie. »Ich weiß es nur vom Hörensagen. Das alles hat sich zugetragen, bevor ich hier angefangen habe.«

Sterner sah sie zweifelnd an.

»Die riesigen Nägel waren alt und rostig und haben eine Blutvergiftung verursacht, an der sie gestorben ist.«

»Was ist geschehen?«

»Keiner war dabei, von den Pflegern, Schwestern und Ärzten ohnehin nicht, und von den übrigen Patienten will ebenfalls niemand etwas mitbekommen haben«, entgegnete Maggie und wies mit dem Finger auf den Fußboden. »Man fand sie hier unten.«

»Etwa in diesem Zimmer?«

»Nein, ein Stockwerk tiefer, in den Kellerräumen in diesem Flügel des Gebäudes. Irgendwann wurde sie vermisst, und man suchte nach ihr. Letztlich entdeckte sie ein Mitarbeiter dort in ihrem Blut.« Maggie deutete abermals nach unten. »Sie hat sich an einem Rahmen, aus dem man die Tür ausgehängt hatte und der auf einer dicken hölzernen Schwelle ruhte, die Füße festgenagelt.«

»Wie bitte?«, fragte Sterner betroffen.

»Dann hat sie es noch geschafft, ihre linke Hand mit einem Nagel zu durchbohren und im Holzrahmen zu befestigen. Als der Pfleger sie fand, war sie bei Bewusstsein. Sie habe ihn gebeten, ihr bei der rechten Hand behilflich zu sein. Der Hammer war ihr entglitten und lag neben einem der großen Nägel, mit denen Dachstühle gezimmert werden.«

»Unglaublich«, murmelte Sterner, »sie hat sich das selbst zugefügt? Das kann ich nicht fassen. Wie hat sie das fertiggebracht, wie hat sie die Schmerzen ertragen?«

»Sie muss sich zuerst den Nagel durch die Hand getrieben haben. Als er fest darin steckte, hat sie ihn mit dem Hammer ins Holz geschlagen.« Sterner schüttelte sich.

»Auch der offizielle Untersuchungsbericht kam zu dem Schluss, dass sie es allein getan hat. – Doch wie hast du davon erfahren?«, war es nun an Maggie, Fragen zu stellen.

»Es waren bloß undeutliche Bilder und eine Stimme. Du weißt, ich versuche mich regelmäßig in Trance zu versetzen. Ich habe vor dem Krieg jemanden kennengelernt, der lange in Indien und Tibet war und dort in einem buddhistischen Kloster großes Wissen und erstaunliche Techniken erworben hat. Er hat mir und anderen Adepten einige dieser Fertigkeiten beigebracht. Als ich heute früh wieder in einen solchen Zustand hinüberglitt, befand ich mich nicht mehr in diesem Raum, nicht einmal mehr in meinem Körper. Ich schwebte gestaltlos über einer Wiese und vernahm eine Stimme.« Sterner hielt inne und blickte Maggie forschend an, um zu sehen, welchen Eindruck seine Geschichte auf sie machte.

»Und was hat sie gesprochen?«

»Ich weiß nicht, wo sie herkam, ich weiß nicht, wer da geredet hat.«

»Was hat die Stimme gesagt?«, wiederholte Maggie flüsternd.

»Zuerst nur den Namen, stets von Neuem erklang der Name ›Heather, Heather, Heather!‹, als suchte jemand eine Frau. Daraufhin war es, als sprächen zahllose Stimmen durcheinander, ich konnte keine Einzelheiten mehr verstehen außer einer kurzen Bemerkung. Ich hörte deutlich die Worte ›dein Opfer, Heather, deine Kreuzigung‹, bevor erneut das Stimmengewirr einsetzte. Mit einem Mal war alles vorbei, ich wachte auf, war mir jedoch sicher, das Erfahrene hatte etwas mit diesem Ort zu tun.«

»Du hattest eine Vision! Du bist in der Lage, Kontakt mit den verborgenen Sphären aufzunehmen, die jenseits unserer sinnlichen Wahrnehmung liegen.« Maggies ernster Gesichtsausdruck zeigte, dass sie aus tiefster Überzeugung sprach.

Endlich hatte Sterner das richtige Thema gefunden, um ihr noch näher zu kommen. Sie berichtete ihm zuerst zögernd, dann *immer offener von streng geheimen Ritualen, die ihr Cousin in alten Überlieferungen entdeckt und weiterentwickelt hatte. In einige davon hatte er sie eingeweiht, weil sie ihm zu einer bestimmten Zeit für seine Magie unverzichtbar war. Diese Ausführungen erregten Sterners Neugier.*

»Was für Kulte? Von welchen Traditionen sprichst du?«

»Ich bin bei weitem nicht so kundig wie Aleister«, sagte Maggie, »aber ich habe mir vieles gemerkt und aufgeschrieben. Gelegentlich hat er mir seine Aufzeichnungen überlassen. Mittlerweile hat er eine Reihe von Büchern über die unterschiedlichsten Gebiete der Geheimwissenschaften, des Okkulten und der Magie veröffentlicht. Entscheidende Details wird man in diesen Schriften aber nicht finden, die sind lediglich ihm und einer Handvoll wissender Personen bekannt.«

»Auch dir?«

»Auch mir«, bekräftigte Maggie. »Aleister arbeitet schon lange an den Entwürfen zu den Tarotkarten, die du kennst. Doch das ist nur ein Aspekt seines Tuns. Er untersucht die Übereinstimmungen zwischen Astrologie, Tarot und I Ging. Das alles sind für ihn nur unterschiedliche Ausdrucksformen, Schatten, Spuren einer jenseitigen Welt, in der andere Gesetze und machtvolle Wesen herrschen. Geheimnisvolle Autoritäten, welche die Geschicke unserer Welt bestimmen, ohne dass wir es bemerken.«

Sterner verstand – nicht zuletzt, weil er bereits in Berlin von den verborgenen Meistern gehört hatte. War dieser Aleister Crowley ein Bruder?

»Du musst mich«, sagte er in beschwörendem Tonfall, »in die Kunst und Durchführung dieser Rituale einweihen.«

»Das geht ni…«

»Es geht!«, unterbrach Moritz bestimmt. »Wie lautet das Leitmotiv deines Cousins? Du hast es erst kürzlich erwähnt.« Sie starrten sich in die Augen, dann senkte Maggie die Lider.

»Tu, was du willst! Richtig?«

»Tu, was du willst, sei dein ganzes Gesetz«, wiederholte Maggie mit leiser Stimme.

Moritz zog sie behutsam zu sich aufs Bett und umfasste ihren Kopf mit der linken Hand. Ganz langsam näherten sich ihre Gesichter, bis sich ihre Lippen berührten. Maggie umschlang ihn mit beiden Armen, und die sanfte Berührung loderte auf zu einem Kuss voller Leidenschaft und Verheißung. Wir versanken in diesem Kuss, der uns gleichsam Atem und Bewusstsein raubte, schrieb Moritz Sterner wenig später in sein Notizbuch.

06 : Start Level 3

Anfang des Jahres. Kabul, Afghanistan.

Trotz der Entfernung und der geschlossenen Fenster und Türen war der Lärm aus der Drop Zone bis zum Wachhäuschen am Südeingang von Camp Warehouse deutlich zu hören. Nach den letzten Raketenangriffen und der Autobombenexplosion vor dem Nordzugang waren die lange versprochenen Gitterrolltore eingeflogen worden. Man hatte sie bei Einbruch der Dunkelheit verschlossen, die Schranke davor herabgelassen; Scheinwerfer beleuchteten den ganzen Stützpunkt. Erst bei Sonnenaufgang würden wieder zahllose Afghanen kommen und abgefertigt werden. Die meisten von ihnen arbeiteten im Camp, andere wollten ins Krankenhaus. Jeder musste nach Waffen und Sprengstoff durchsucht werden. Besucher wurden jetzt nicht mehr erwartet, und auf dem Dienstplan waren keine späten Patrouillenfahrten vermerkt. Für die stationierten Soldaten herrschte die übliche nächtliche Ausgangssperre. Seit das Lager vor etlichen Jahren auf dem weitläufigen Gelände eines ehemaligen Bauhofs im Osten Kabuls eingerichtet worden war, hatte man es schrittweise ausgebaut und befestigt. Wälle aus Beton und Sandsäcken umschlossen die kleine Stadt, die anfangs fast nur aus Zelten bestanden hatte. Mittlerweile bestimmten Containerbauten und gemauerte Häuser das Bild.

Die beiden wachhabenden Soldaten am Tor ärgerten sich über die Ungerechtigkeit der Diensteinteilung, die sie zur

Arbeit verdonnerte, während in hundert Metern Entfernung die Stimmung in der Bar immer ausgelassener wurde.

»Wenn Römer nicht gekniffen hätte, könnten wir wenigstens ein paar Runden Skat kloppen«, maulte einer der beiden.

»Mann, war doch klar, dass Römer alle Hebel in Bewegung setzen würde, um bei der Feier dabei zu sein«, erwiderte der andere leicht gereizt.

»Sicher, aber dass von denen da drüben mal einer an die Kameraden hier draußen denkt, das ist wohl zu viel verlangt.«

»Ich begreif dich nicht, Erwin. Erwartest du, dass Römer hier sitzt und Wache schiebt, während du dich bei Bellmanns Abschied amüsierst? Römer und Bellmann kennen sich seit Unzeiten, kannten sich lange vor Bund und ISAF.«

»Du verstehst mich falsch«, sagte Erwin, der trotz der eiskalten Nacht und des nur wenig Wärme spendenden Radiators Jacke und Mantel über die Stuhllehne gehängt hatte und in Hemd und Splitterweste an dem schmalen Tisch in der Wachstube saß. »Das ist kein Neid. Natürlich soll Römer feiern, allerdings könnte sich eine der Pappnasen mal zu einem kleinen Abstecher bequemen und die armen Schweine besuchen, die sich hier die Nacht um die Ohren schlagen müssen.«

»Du meinst wohl Freibier bis zum Abwinken für alle Wachen«, warf der andere ein. »Damit man auf'm Posten ein kleines Nickerchen halten kann.«

»Ach, Huber, du willst nicht kapieren ...«, brauste Erwin auf. Bevor er seinen Satz beenden konnte, schlug jemand von außen gegen die Tür. Huber konnte durch die beschlagenen Scheiben nichts erkennen. Achselzuckend öffnete er, und sofort strömte eiskalte Luft ins Innere, die beide unwillkürlich frösteln ließ.

»Oh, Bellmann, äh Entschuldigung, Oberleutnant«, grüßte er. Der Angesprochene zwängte sich an Huber vorbei in die Bude.

»Hier, Männer!« Bellmanns gerötetem Gesicht war deutlich anzusehen, dass er an seinem letzten Abend in Camp

Warehouse nicht abstinent geblieben war. Er schlug seinen Mantel zur Seite und zog aus der Innentasche zwei Dosen. »Ein Gruß von der Heimat«, meldete der Offizier mit leicht stockender Stimme. »Ihr sollt hier schließlich nicht auf dem Trockenen sitzen.«

»Danke, Herr Oberleutnant.« Erwin war aufgesprungen und nahm das Bier in Empfang. »Sie werden lachen, aber gerade haben wir ...« Huber unterbrach ihn mit einer Handbewegung. »Nicht während des Dienstes«, versicherte er.

»Jungs, morgen geht's für mich zurück nach Hause«, sagte Bellmann. »Ihr müsst es noch länger in diesem Land aushalten, wo die eine Hälfte der Bevölkerung nicht ganz richtig in der Birne ist und die andere verschleiert rumrennt. Offen gesagt, heute ist es mir völlig egal, wann ihr einen hebt, Hauptsache, ihr trinkt auf mich. Verstanden?«

»Sehr wohl, Oberleutnant«, entgegnete Erwin. »Wird gemacht, wir trinken auf Ihr Wohl und eine gute Heimreise!«

Bellmann tippte mit zwei Fingern in Richtung seiner Mütze und drehte sich mit leicht schwankendem Schritt. Er trat nach draußen und hatte die Tür fast wieder zugezogen, da steckte er noch einmal den Oberkörper in die Wachbude. Aus seinem Mund strömte weißer Atem. Er blickte, ohne ein Wort zu sagen, mit glasigen Augen zwischen den Soldaten hin und her. Dann zeigte er auf Erwin und winkte ihn mit einer knappen Bewegung von Zeige- und Mittelfinger zu sich.

»Kommen Sie mal her!«, befahl Bellmann und verschwand endgültig nach draußen. Erwin schlüpfte in seine Jacke und trat ins Freie.

»Tür zu!«, ertönte es postwendend von Huber.

Bellmann schien die Kälte gutzutun, er ließ nun keine alkoholbedingte Unsicherheit mehr erkennen. »Gib her«, forderte er.

Erwin zog einen Schlüsselbund aus der Tasche. Bellmann steckte ihn in seinen Mantel und ging wortlos zum Rollgittertor. Direkt daneben befand sich ein kleinerer Durchgang für Fußgänger, den der Oberleutnant aufschloss. Er war jetzt im Zentrum des Lichtkegels, der die Einfahrt erhellte. Bellmann warf einen kurzen Blick zu der neu installierten Überwachungskamera am Dach des Wachhäuschens hinüber. Erwin, nach wie vor im Schatten neben der Hütte stehend, schüttelte den Kopf. Unter einem kleinen Vorbau nicht weit hinter ihm hatte jemand einige Kisten und Behälter abgestellt, die im Dunkeln kaum auszumachen waren; bei seinem heutigen Dienstantritt waren sie noch nicht dort gewesen. Eines der Pakete fiel ihm auf, da es einen Gegenstand von etwa drei Metern Länge enthielt.

Eine Antenne, dachte Erwin und verdrehte die Augen ob der ›Andenken‹, die sich manch einer von seinem Einsatz mitnahm.

Die Scheinwerfer tauchten die Straße vor dem Stützpunkt gut zehn Meter weit in grelles, kaltes Licht. Deutlich waren die Betonbarrieren zu sehen, die jedes Gefährt zu einem Zickzackkurs zwangen. Ein wenig außerhalb des erhellten Kreises machte Erwin ein Fahrzeug aus, das erst vor kurzem eingetroffen sein konnte, denn die wenigen Schneeflocken, die vom nächtlichen Himmel fielen, schmolzen auf der Motorhaube sofort. Es handelte sich um einen der in Afghanistan häufig anzutreffenden Kleintransporter, die ungeachtet ihrer Größe von den Besitzern mit einer Fracht beladen wurden, die man in anderen Ländern auf mehrere LKWs verteilt hätte.

Bellmann kam mit raschen Schritten zurück und drückte die Schlüssel in Erwins Hand. Der spürte mittlerweile die empfindliche Kälte und beeilte sich, in die leidlich aufgewärmte Wachstube zu gelangen.

»Was wollte Bellmann?«, fragte Huber, nachdem sich Erwin wieder auf seinen Platz gesetzt hatte.

»Die Lampe.«

»Welche Lampe?«

»Mann, bist du schwer von Begriff!«, stöhnte Erwin übellaunig und öffnete eines der spendierten Biere. »Hab ich dir schon gesagt. Einer der Scheinwerfer ist ausgefallen und Bellmann ...«

»Das darf wohl nicht wahr sein«, unterbrach ihn Huber. »Da ist der Mann voll wie zehn Matrosen, fliegt morgen nach Hause und hat nichts Besseres zu tun, als dich wegen so etwas anzuscheißen.«

»Uns«, korrigierte Erwin knapp, »uns anzuscheißen.«

»Das ist ja noch schöner. Und ich dachte schon, er wäre kein so übler Kerl.«

»Deswegen?« Erwin zeigte auf die Bierdosen, doch Huber behielt die Antwort für sich.

Einige Zeit später kam Erwin auf den Vorfall zurück. »Sei froh, dass er nur das mit dem Scheinwerfer gesehen hat«, bemerkte er beiläufig. Huber fuhr hoch. Er war tatsächlich kurz eingenickt und blickte schuldbewusst auf seine Armbanduhr. Seinem Gesichtsausdruck war das schlechte Gewissen deutlich anzusehen. Er hätte das Bier nicht trinken sollen.

»Was meinst du?«, fragte er verwirrt.

»Das da«, verwies Erwin lakonisch auf die Batterie aus kleinen Bildschirmen, die sich hinter Huber befanden. Der drehte sich um und starrte auf die Monitore.

»Oh, shit«, sagte er.

Während die meisten ein fahl ausgeleuchtetes nächtliches Bild zeigten, rieselte auf drei Geräten nur Schnee.

*

Sie saßen schon die halbe Nacht in Danas Appartement und redeten sich die Köpfe heiß, denn unter der Hektik der letzten Wochen hatte ihre Kommunikation stark gelitten. Ilona hatte ihrer Freundin bislang lediglich das Allernötigste vom nächtlichen Überfall vor einigen Tagen erzählen können. Umgekehrt brannte sie auf die pikanten Einzelheiten, die ihr Dana im Laufe des Abends über Pelé anvertrauen würde – unter Zugabe intimer Informationen über weitere Vertreter des männlichen

Geschlechts, die unweigerlich zur Sprache kommen würden. Mit anderen Worten, ihr privates Meeting war überfällig und unverzichtbar für ihre seelische Balance.

»Und du bist sicher, dass du ihn wiedererkannt hast?«, fragte Dana, während sie an einer Käsestange kaute. Die Schüsselchen mit vielerlei Leckerbissen, die sie sich vom Japaner hatten bringen lassen, waren längst geleert.

»Klar«, erwiderte Ilona. »Im Grunde brauche ich nur auf meinen Instinkt zu achten. Hätte ich das aufmerksamer getan, wäre es mir viel früher eingefallen, denn das Erste, was mir einfiel, war nun mal Richie.«

»Der schöne Richie«, seufzte Dana.

»Du kennst ihn ja bloß von den Bildern, die ich dir in einer schwachen Minute gezeigt habe.«

»Das reicht«, lachte Dana.

»Wofür?«

»Du sollst nicht immer die Stirn runzeln«, tadelte Dana, »irgendwann wirst du die Falten nicht mehr los.«

»Wofür reicht das?«, insistierte Ilona, ohne ihre Stirn zu glätten.

»Um zu sehen, dass er ... Ich habe dafür neulich ein schönes Wort gelesen«, machte Dana es spannend, »um zu sehen, dass er ein Hallodri ist.«

»Das musst du erklären«, reagierte Ilona skeptisch. In Bezug auf Richie wollte sie Danas Heiterkeit nicht teilen.

»Für wen ist Deutsch die Muttersprache?«, gab Dana spöttisch kontra, fügte jedoch hinzu: »Wie ich verstanden habe, darf man mit Hallodri den Typ Mann bezeichnen, der witzig, charmant, oberflächlich und genau richtig für einen heißen One-Night-Stand ist.« Ilona schluckte zweimal.

»Das Dumme ist«, fuhr Dana fort, »um zu dieser Erkenntnis zu kommen, müssen Frauen sich erst einmal gründlich und vor allem unglücklich in so einen Typ verlieben.«

»Der schöne Richie ist der hundsgemeinste Herzensbrecher zwischen Spitzbergen und Kapstadt«, murmelte Ilona.

»Der eigene Hallodri ist stets der übelste auf der ganzen Welt«, widersprach Dana.

»Keiner toppt Richie«, sagte Ilona kategorisch. Sie merkte, dass sie ein Glas Wein zu viel getrunken hatte. Die Schilderung von Danas Liebesleben war weit amüsanter gewesen als das, was sie Dana berichtet hatte.

»Du solltest ihn unbedingt wiedersehen«, entgegnete Dana und räkelte sich auf ihrer Couch.

»Wie bitte?« Ilona fragte mit einem Ton nach, der ihre Empörung nur mühsam bändigen konnte.

»Du musst ihn treffen. So schnell wie möglich.« Dana sah ihrer Freundin harsch ins Gesicht.

»Spinnst du?«

»Das ist kein Scherz, ich meine es ernst!«

»Darf ich erfahren, wie du auf diese Schnapsidee kommst?«

»Weil dich das Geschehene bis heute schmerzt und du noch immer etwas für ihn empfindest.«

»Oh ja! Da hast du völlig recht«, brach es heftig aus Ilona hervor, »abgrundtiefen Hass. Glaub mir, wenn er mir zufällig über den Weg laufen sollte, dann garantiere ich für nichts mehr.«

»Genau aus diesem Grund musst du ihn sehen.«

»Willst du mich anstelle eines Totschlags im Affekt zu einem planmäßigen Mord anstacheln?«

Dana lachte glucksend. »Du weißt so gut wie ich, dass das nicht passieren wird, weder Totschlag noch Mord.«

Ilona starrte ihre Freundin verblüfft an. Sie begann zu verstehen, dass Dana ihren Vorschlag keineswegs nur lustig meinte. »Schlag dir das aus dem Kopf«, befand sie trocken und wollte das Thema damit beenden.

»Bestimmt nicht, meine Liebe, und ich weiß, wovon ich rede. Wenn du ihm nach der ganzen Zeit wieder begegnest, wirst du hinterher distanzierter und gelassener sein.« Ilona setzte zu einer Erwiderung an, aber Dana redete weiter: »Außerdem bist du das Jenny schuldig.«

»Das ist unfair«, wehrte Ilona ab.

»Nein, ist es nicht. Sie ist alt genug, um das zu verkraften.«

»Das meinte ich nicht.«

»Du meinst dich, hm? Hör mal, es dürfte ein Leichtes sein, herauszufinden, wo Richie lebt. Ich würde sagen, das erledigst du morgen Vormittag, dann reserviere ich für uns drei in Hamburg ein Hotel. Oder noch besser frage ich Veronika, ob wir bei ihr wohnen können, und wir fahren los.« Ilona blickte Dana ungläubig an.

»Moment mal, das geht mir einen Tick zu schnell. Wir haben Urlaubssperre. Schon vergessen?«

»Ich rede nicht von Urlaub, sondern von einem Wochenende. Freitagabend hin, Sonntag zurück. Du kannst es dir doch aussuchen! Bei einem der beiden Heimspiele darfst du freinehmen.«

»Ich kann ja verstehen, dass dir der ganze Stress über den Kopf wächst«, lenkte Ilona ab.

»Stimmt, es ist die Hölle!«

»Da irrst du dich, meine Beste. Wir sind im Vorhof, die eigentliche Hölle steht uns noch bevor.«

»Mag sein«, entgegnete Dana und wedelte Ilonas Ausflucht mit einer entschiedenen Armbewegung beiseite, als wollte sie ein lästiges Insekt verjagen. »Wir müssen das nur koordinieren. Fliegst du lieber, oder sollen wir mit der Bahn …«

»Mit dem Zug, sonst wachsen die Ausgaben ins Uferlose.« Ilona verstummte und ärgerte sich über ihr Einlenken. »Das geht alles nicht, zumindest nicht, wenn Jenny mit soll«, befand sie von neuem.

»Du hast recht, wir fahren mit der Bahn, so kurzfristig sind keine billigen Flüge zu bekommen«, plante Dana ungerührt die Details. »Was das Kind anbelangt, da wird uns schon etwas einfallen.«

»Und du fährst wirklich mit?«

»Auf jeden Fall.«

»Warum?«, fragte Ilona nach kurzem Schweigen, »warum tust du das?«

»Weil ich denke, es geht dir danach besser. Und vielleicht lässt sich ja bei einem gemütlichen Plausch mit Richie so ganz nebenbei herausfinden, was dein Ex mit den Schlapphüten vom Verfassungsschutz zu schaffen hatte.«

Ilonas Erinnerung zeichnete die Szene in einer Schärfe, als hätte sie sich gestern ereignet und nicht vor siebzehn Jahren. Es war das vorletzte Mal, dass sie Richie traf. Sie wusste bereits von ihrer Schwangerschaft, hatte aber noch nicht den Mut gefunden, es ihm zu sagen, denn ihr Verhältnis war seit kurzem merklich abgekühlt. Sie hatte den Eindruck, es wäre ihm peinlich, mit ihr zusammen gesehen zu werden – vor allem, wenn Kollegen anwesend waren. Anderseits kam er fast an jedem freien Abend bei ihr vorbei und schlief mit ihr. Misstrauisch hatte Ilona ihren Sex beäugt, doch in dieser Hinsicht verstanden sie sich unverändert gut. Immer war er zärtlich, so sie es wollte, und leidenschaftlich und wild, wenn sie es verlangte.

Die zufällige Begegnung auf dem Flur des Polizeipräsidiums am Waidmarkt war kurz gewesen und Ilona darum zunächst unbedeutend erschienen. Erst einige Tage später sollte Richie sie mit seinem so überraschenden wie endgültigen Abschied und der Nachricht vor den Kopf stoßen, er werde die Stadt verlassen und nach Hamburg ziehen – und zwar allein.

Ilona, die damals eine Akte abzugeben hatte, sah ihn am Ende des Ganges, wo die Fenster des Hochhauses einen Ausblick über die angrenzenden Dächer und Straßen hinweg gewähren. Dort stand er mit genau jenem Agenten vom ›Amt‹, den Ilona in der letzten Zeit zweimal getroffen hatte. Der Flur war ziemlich belebt, Leute kamen und gingen, verschwanden hinter Türen oder liefen das Treppenhaus hinab, die meisten im vertrauten Grün der Uniform. Die beiden Männer waren erkennbar in ein Gespräch vertieft, und Richie nickte Ilona so kühl und abweisend zu, dass sie ihr freundliches Zuwinken schnell bereute. Richies ganze Aufmerksamkeit galt seinem Gegenüber, sie unterhielten sich lebhaft, aber in gedämpftem Ton, also konnte Ilona nichts davon verstehen. Statt wie üblich das Treppenhaus zu benutzen, blieb sie verwundert vor dem Paternosterschacht stehen und ließ eine Reihe von Kabinen nach unten fahren, bevor sie sich endlich losriss und eine betrat. Wäre der Dialog lauter verlaufen oder Ilona näher gestanden, hätte sie vernommen, dass von Hamburg die Rede war, »keine Frau, keine Familie«, »das ist Voraussetzung«, »wird unter Garantie nicht langweilig«, und dass Richie sich schnell entscheiden müsse.

Als Ilona dem Verfassungsschützer während des Meetings nach so langer Zeit wieder begegnete, hatte sie das Gefühl, ihn schon einmal gesehen zu haben. Für ihn hingegen war es sicher das erste Mal, dass er von ihr Notiz nahm. Ob ihm ihr Hintergrund bekannt war? Wohl kaum. Auch Geheimdienstler sind nur Menschen, und die Annahme, sie durchleuchteten aus Gewohnheit jedes Detail im Leben ihrer Gesprächspartner, kam Ilona absurd vor. Das wäre reine Zeitverschwendung. Was sollte schon bedeutend sein an der Tatsache, dass sie vor Jahren mit einem Kerl liiert gewesen war, mit dem er sich auf einem Gang des Kölner Polizeipräsidiums unterhalten hatte? Weil sie sich dieses Mannes nach einer nur flüchtigen Begegnung und trotz der Spuren, die das Altern im Gesicht eines Menschen hinterlässt, entsonnen hatte, drängte sich Ilona die Frage auf, wie Richie heute aussehen mochte. Wie früher, anders, sehr verändert? Hatte er zugenommen und weniger Haare, graue vielleicht? Dass sie ihn wiedererkennen würde, daran allerdings hegte sie keinen Zweifel.

»Hallo.« Danas Stimme drang wie aus weiter Ferne zu ihr. »Denk nicht so viel darüber nach, erst recht nicht mitten in der Nacht.«

»Hast du was zu trinken da?«, erkundigte sich Ilona.

»Natürlich. Was willst du? Saft, Wasser?«

»Nein, ich brauche was Härteres, einen Cognac oder einen Schnaps.«

»Wie bitte? Das gibt's nicht! Madame Kampfsport, die höchstens mal ein halbes Gläschen Sekt mit Orangensaft während der Weihnachtsfeier trinkt, will einen Schnaps!« Den Wein, den sie bereits intus hatten, verschwieg Dana. Sie stand in gespielter Empörung auf und öffnete eine Schranktür. »Hier ist das Richtige für dich. Zwanzig Jahre alter Armagnac aus dem letzten Jahrtausend.« Sie holte die Flasche hervor, entkorkte sie und schenkte so viel in die beiden Cognacschwenker, dass es noch für zwei weitere gereicht hätte.

Am besten wäre ich nach Hause gelaufen, meldete sich Ilonas Gewissen, als sie in die Kantstraße einbog. Dass sie nicht mehr mit dem Wagen hätte fahren dürfen, war ihr schon beim Anblick der gut gefüllten Weinbrandgläser klar gewesen. Für die U-Bahn war es jedoch zu spät, und ein Taxi wollte sie nicht nehmen; zu Fuß wäre sie eine gute halbe Stunde unterwegs gewesen, und Danas Angebot, bei ihr zu übernachten, hatte sie wie üblich abgelehnt.

»Das lasse ich gar nicht erst einreißen«, betonte sie und hatte dabei eher ihre Tochter im Sinn.

»Das Kind ist sechzehn und wird auch mal über Nacht wegbleiben wollen«, konterte Dana, die Ilona gut genug kannte, um deren Bemerkung richtig zu verstehen.

»Jenny ist alt genug, um eine Nacht woanders zu verbringen«, antwortete Ilona, »aber dann weiß ich darüber Bescheid. Wenn ich selber nicht nach Hause komme, ohne einen Ton zu sagen, verhalte ich mich nicht gerade beispielhaft.«

»Verstehe«, strich Dana die Segel und gab Ilona einen Abschiedskuss.

Als sie die Frohschammerstraße überquerte, sah sie das stumme Rotieren des Blaulichts. Nun bin ich den Lappen los, dachte sie voller Panik und passierte das am Straßenrand abgestellte Polizeiauto in scheinheiligem Tempo. »Schwein gehabt!

Keine Verkehrskontrolle«, seufzte sie erleichtert, da sie im Rückspiegel sah, dass man keinerlei Notiz von ihr nahm. Was wollten die dann? War irgendetwas in der *Kulturfabrik* nicht in Ordnung, in deren Nachbarschaft sich Ilonas Wohnung befand? Sie konnte sich das nicht recht vorstellen. Allein, wie gut kannte sie die Organisationen, die in den Räumen des ehemaligen Werks untergebracht waren? Sicherheitshalber fuhr sie einfach geradeaus weiter und querte wenig später die Nietzschestraße. Es herrschte nur wenig Verkehr, alles war still. Ilona fluchte leise, weil sie keinen Parkplatz fand. An der kleinen Grünanlage neben dem Gluckplatz entdeckte sie endlich eine Lücke, stellte das Fahrzeug ab und marschierte zurück. Als Fußgängerin war ihr Alkoholpegel ihre persönliche Angelegenheit.

Erst jetzt erblickte sie das ganze Aufgebot an Streifenwagen. Die meisten hatten ihre Signalleuchten längst ausgeschaltet. Sie standen überwiegend vor dem Eingang zu ihrem Haus, wo sie die ganze Straße blockierten. Ein eiskalter Stich fuhr ihr durchs Herz, Ilona spürte, wie ihr Puls in einer furchtbaren Ahnung zu rasen begann. Sie rannte los, die menschenleere Straße entlang, vorbei an den grünweißen Polizeiautos und weiteren zivilen Einsatzfahrzeugen mit Blaulichtern auf den Dächern.

Was, um Himmels willen, war da los?

In einem Wagen saß ein Uniformierter und sprach in ein Funkgerät, so dass Ilona im Vorbeihasten das charakteristische Knacken und Rauschen des Polizeifunks hören konnte. Aus dem Augenwinkel sah sie im ersten Stock des gegenüberliegenden Hauses jemanden hinter einem Vorhang verschwinden. Bestimmt hing trotz der nächtlichen Stunde die halbe Nachbarschaft an den Fenstern und glotzte.

Ilona stürmte durch die sperrangelweit offen stehende Haustür in den Flur. Das Licht, das sie umfing, war grell und kalt. Nun erinnerte es sie an die Beleuchtung in Kliniken, Operationssälen und den Leichenschauhäusern, die sie während ihrer Zeit als Polizistin mehr als einmal von innen gesehen hatte.

»Wir gehen«, ertönte in diesem Augenblick eine vertraute Stimme durch das Treppenhaus. »Wann seid ihr fertig?«

Die Antwort kam aus einer Wohnung und war unverständlich. Ilona eilte die Stufen hoch und hätte beinahe Hauptkommissar Keller umgerannt, der aus ihrer Tür trat.

»Oh, Frau Hall! Das trifft sich gut.«

»Was ist passiert?«, rief Ilona voller Anspannung.

Keller sah sie kurz an, dann drehte er sich um und winkte einer jungen Polizistin, die sich im Eingangsbereich der Wohnung aufhielt. »Sie kommt auch mit«, ordnete er an und zeigte in provozierender Weise auf Ilona. »Sie ist die Mutter«, fügte er als Erklärung hinzu.

»Was ist los?«, schrie Ilona und erschrak über die Lautstärke. Das gekachelte Stiegenhaus wirkte wie ein Verstärker mit Halleffekt.

»Mitkommen!«, befahl Keller einsilbig und fasste Ilona am Arm. Mit einer heftigen Bewegung schüttelte sie seine Hand ab. Hinter der Beamtin tauchte das bleiche Gesicht von Jenny auf, aschfahl war sie. Dennoch wurde Ilona bei ihrem Anblick von einem unbeschreiblichen Gefühl der Erleichterung überwältigt. Eine zweite Uniformierte legte Jenny eine Jacke über die Schultern. Ganz hinten, am Ende des Flurs, sah Ilona eine weiß gekleidete Gestalt über den Gang huschen und in Jennys Zimmer verschwinden, jemand in der Schutzkleidung der Spurensicherung.

»Was wollen all diese Leute hier?«, fragte Ilona mit mühsam beherrschter Stimme.

»Das erfahren Sie früh genug, Frau Hall. Kommen Sie, gehen wir«, erwiderte Keller, der erneut nach Ilonas Arm greifen wollte. Sie wich ihm demonstrativ aus und ging allen voran die Treppe hinab. Keller bemühte sich, Schritt zu halten, die beiden Polizistinnen und Jenny folgten schweigend. An den Geräuschen konnte Ilona erkennen, dass noch weitere Personen aus ihrer Wohnung kamen.

ANGRIFF

2

VI Die Evokation des Schlangengottes

Kurz vor Abschluss meiner Aufzeichnungen muss ich das Gebot, die darin auftretenden Personen frei von meinen Wertungen sprechen zu lassen, durchbrechen und mich selbst zu Wort melden.

Der Grund dafür ist einfach. Anfangs hoffte ich, es könne mir gelingen, mir selbst, vor allem aber meinem ungeborenen Kind gegenüber jene Distanz zu wahren, die notwendig ist, um das Geschehene mit sachlichem Blick zu schildern. Zumal diese Notizen keinen offiziellen Charakter besitzen; ich bringe sie nur für mich selbst zu Papier. Trotzdem habe ich es nicht geschafft, meinem Anspruch auf Objektivität gerecht zu werden. Es war wohl von Anfang an vermessen zu glauben, ausgerechnet eine der zentralen Figuren sei in der Lage, ihre Geschichte so unvoreingenommen darzustellen, als würde sie von jemand anderem erzählt. Darum ist es kein Wunder, dass mein Elan desto kleiner, die Feder in der Hand umso schwerer wird, je mehr sich diese Niederschrift ihrem Ende zuneigt.

Ja, ich bin eine der beiden Hauptpersonen, und ich bin deine Mutter, die im Moment von ganzem Herzen erhofft, die Kraft aufzubringen, dich vorbehaltlos zu lieben, mein Kind.

Wer wirst du sein? Mein Sohn? Meine Tochter? Ich freue mich so darauf, dich in den Armen zu halten, dass dieses Verlangen es nahezu unmöglich macht, den Rückblick zum Abschluss zu bringen. Anderseits musste ich es versuchen, diese gemeinsamen Erlebnisse in eigene Worte zu fassen; so sind wenigstens unsere Erinnerungen vereint, wenn uns selbst dieses Glück schon nicht vergönnt ist. Die Monate, die ich mit Moritz erleben durfte, waren trotz aller Schwierigkeiten, der widrigen Umstände und der vielen Lügen schön. Doch diese Zeit ist endgültig vorbei.

Ich entsinne mich, wie mein Cousin Aleister, der einen kleinen Nebenpart in unserem Stück spielte, einmal formulierte:

»Die Zeit ist nur ein Dämon von niedrigem Rang, der Unterteufel eines Unterteufels, noch nicht einmal würdig, einen eigenen Namen zu tragen.«

Es ist typisch für Aleister, dass er in der gemeinsamen Aufführung von Moritz und mir eine Rolle übernahm, ohne ein einziges Mal persönlich anwesend zu sein. Jahrelang habe ich Aleisters Ausspruch als eine seiner üblichen Erklärungen abgetan, die ein von sich selbst zu sehr eingenommener Hochstapler bei Bedarf so unters Volk streuen kann, wie Fürsten gelangweilt gute Gaben verteilen, damit der Hofstaat endlich geruht, den Mund zu halten. Heute bin ich darüber anderer Meinung.

Nun trete ich zwischen die Zeilen zurück und überlasse den Rest der Geschichte den Aufzeichnungen von Moritz Sterner, die er bei seiner Flucht in Luton zurückgelassen hat; jetzt soll der andere zentrale Darsteller den Fortgang der Ereignisse aus seiner Sicht wiedergeben.

*

Ich weiß mit Bestimmtheit zu sagen, dass die Lüge, auf der meine Annäherung an Maggie beruhte, nicht nur notwendig war, sondern von ihr herbeigesehnt wurde. Hat sie nicht selbst die Schriften ihres Cousins erwähnt? Hat sie mir nicht in den höchsten Tönen von Crowleys Titeln »Das Buch des Gesetzes« und »Das Buch der Lügen« vorgeschwärmt? Wie sehr wünsche ich mir dagegen meine kleine Bibliothek mit deutschen Werken herbei! Mit Büchern, die ich mir selbst aussuchen kann. Allmählich beginne ich, die von Maggie mitgebrachte englische Literatur und mit ihr die ganze Sprache zu hassen. Doch genug, ich schweife ab!

Das Wichtigste zuerst: Ich kann wieder gehen, und zwar ohne Krücken und vor allem ohne Gips! An meinem linken Bein ist eine lange Narbe zurückgeblieben, die feuerrot leuchtet und mich beständig an das erinnern wird, was geschehen ist.

Maggie hat den Gips beim Öffnen so angeschnitten, dass ich ihn in Windeseile über meine Beine streifen kann. Mit einem Stück Mullbinde umwickelt, hält er wie angegossen – für den Notfall, dass mich meine Freunde aus Chesham besuchen kommen. Allerdings haben sie sich schon seit längerem nicht mehr blicken lassen, so dass wir insgeheim hoffen, sie haben mich hier vergessen. Dr. William war ebenfalls seit einigen Wochen nicht mehr bei mir. Schade, denn neben Maggie kümmert sich nur noch ein stummer Pfleger um mich, doch den scheint meine Hohepriesterin in ihre kleine Intrige eingeweiht zu haben.

Da wir uns täglich sehen und sie mir mal Bücher, mal neue Bleistifte, mal frische Blumen und gelegentlich sogar einen selbst gekochten Pudding mitbringt, sind wir uns so vertraut, wie es ein sich liebendes Paar wohl werden kann. Wären wir uns in Friedenszeiten begegnet, ich hätte sie so schnell wie möglich geheiratet. Als Mann, Soldat und Offizier wäre es mir gleichgültig, wie wir zusammenkämen!

Ihr Interesse an der Welt der Geister, an übernatürlichen Kräften, die unsere Welt im Verborgenen zusammenhalten, an Astrologie und Tarot war ein fruchtbarer Schoß für ein zärtliches Verhältnis. Meine Einlassungen zu diesen Gebieten weckten nicht nur ihre Neugier, sondern erleichterten es mir ebenso, Maggies Zutrauen zu gewinnen. Und Vertrauen, das habe ich in den Monaten meiner Kriegsgefangenschaft wahrhaft gelernt, ist schwieriger zu erwerben als Zuneigung. Maggie liebte mich längst, als sie endlich begann, sich mir anzuvertrauen. Erst dann war es soweit, dass ich ihren Körper genießen und feststellen durfte, wie erfahren sie war – und das mit Hilfe der Lüge, die sie hoffentlich nie erfahren wird. Denn die aufgeschnappte Bemerkung über Heathers Kreuzigung und meine damit verwobene Tranceerzählung überzeugten Maggie von meinen besonderen Talenten. Fähigkeiten, so sollte sie glauben, die noch gänzlich ungeformt in mir ruhten und darauf warteten, unter ihrer kundigen Führung entwickelt zu werden.

Lange bevor wir uns das erste Mal dem Rausch unseres Verlangens hingaben, sann sie nach besonderen Ritualen, um meine übersinnlichen Kräfte erfolgreich zu wecken. Hat sie mir nicht in erstaunlicher Offenheit vom Treiben ihres Cousins erzählt? Hat sie mir nicht jene magisch-sexuellen Messen geschildert, die Aleister mit seinen Jüngern abhält, wobei er mit Vertretern beiderlei Geschlechts zu verkehren pflegt, um einen Zauber zu beschwören und sich diesen oder jenen Dämon nutzbar zu machen?

Wie habe ich diesen Geschichten aus ihrem Mund gelauscht, wie das Gipskorsett verflucht, das mich zur Tatenlosigkeit verdammte und selbst in meinen Phantasien behinderte! Schlaflose Nächte haben mir ihre Berichte bereitet, in denen die Lust in mir schrie und um Erfüllung flehte. Und nun bietet Maggie sich mir als Priesterin an, versteht sich als lebender Altar für meine Energie und schwärmt davon, welch ungeheure Mächte wir entfesseln können.

Sie wollte die ersten Rituale nicht in meinem Krankenzimmer durchführen. »Dafür müssen wir die engen Grenzen dieser kleinen Welt sprengen«, sagte Maggie mir und versprach, einen Weg zu finden, um mir in der kommenden Nacht erstmals die weitläufigen Kellerräume unter der Klinik zu zeigen. »Glaubst du, es ist sinnvoll, die Zeremonie dort stattfinden zu lassen, wo sich Heather ...« Ich ließ den Rest des Satzes unausgesprochen.

»Wenn dir Heathers Kreuzigung in der Trance erschienen ist«, bekräftigte Maggie, »dann ist das ein eindeutiges Zeichen. Die Mächte der unsichtbaren Sphären haben dich auf diesen Ort aufmerksam gemacht. Es wäre nicht nur dumm, es wäre geradezu vermessen, diesem Wink nicht zu folgen.«

Mit Kerzen, Tüchern, Weihrauch und einem magischen Gefäß ausgestattet, schlichen wir also in der folgenden Nacht durch die dunklen Flure des Krankenhauses. Maggie ging voraus, blieb an jeder Ecke stehen, lugte vorsichtig um sich und winkte mir, wenn die Luft rein war. Mit einem rostigen Schlüssel öffnete sie im Treppenhaus, durch dessen vergitterte Fenster blasses Mondlicht schien, eine Tür, die in den Keller führte. Ich musste den Kopf einziehen, so niedrig war die Treppe, und erst als Maggie hinter uns abschloss und wir auf den Stufen standen, erlaubte sie, eine der Kerzen anzuzünden, deren flackerndes Licht der Umgebung nur wenig von ihrer Düsternis nahm.

»Wir sind da«, sagte sie nach etlichen tastenden Schritten in den Gewölbegängen und zeigte mir einen kleinen Mauervorsprung, auf dem ich den Kerzenständer abstellen konnte. Mittlerweile hatten sich meine Augen so an die Dunkelheit gewöhnt, dass ich die

wuchtige Holztür aus Maggies Schilderung auf Anhieb erkannte. Noch immer lehnte sie im Gang neben dem Raum, den sie eigentlich schließen sollte. Die breite Bohle, welche den Rahmen von unten begrenzte, wies tatsächlich zwei Löcher auf; ein drittes war in Schulterhöhe am seitlichen Türholz zu sehen.

Weitere Kerzen wurden angesteckt. Mit einer Bewegung, der man ansah, dass Maggie sie oft ausgeführt hatte, zeichnete sie mittels eines Stabes in einem einzigen Strich und ohne abzusetzen ein unsichtbares Pentagramm auf den Boden. Sie zog die Linie des fünfzackigen Sterns so durch die Türöffnung, dass die Schwelle im Zentrum des Symbols lag. Aus einem Säckchen ließ sie sodann ein weißes Pulver entlang der beschriebenen Figur auf den Boden rieseln. Die Worte, die sie dabei murmelte, entstammten keiner mir bekannten Sprache. Daraufhin setzte sie bisher nicht entzündete Kerzen von schwarzer Farbe auf die Spitzen des Sterns und kniete sich im Mittelpunkt des Fünfecks auf den Boden. Weitere Sentenzen murmelnd und sich dabei mehrfach verbeugend, ließ sie nacheinander das Licht der fünf Kerzen aufflammen.

Mit dem Stock und dem Pulver markierte sie rings um den Stern eine Abfolge von Symbolen, von denen mir einige geläufig, andere unvertraut waren. Abschließend zog sie mit dem Stab noch einen äußeren Zirkel um Zeichen und Pentagramm, der beiderseits bis an die Kellerwand reichte und den sie jenseits der dicken Mauern fortsetzte. Dabei stieß sie mit dem Stock so heftig gegen die Wand, dass ich befürchtete, sie würde den mit Silberblech beschlagenen Stab zerbrechen.

»So«, sagte sie endlich, »jetzt geht der Kreis durch die Mauern hindurch.«

Sie entzündete den Weihrauch in der Schale und bat mich, die anderen Lichter zu löschen. Ich tat wie geheißen und bemerkte, dass sie sich ihrer Kleidung entledigte, die sie außerhalb des magischen Zeichens auf den schmutzigen Boden warf, als wären es Lumpen, derer sie nicht mehr bedurfte.

»Innerhalb dieses Symbols?«, fragte ich, und sie musste in meiner Stimme eine gewisse Unsicherheit gehört haben, denn sie

lächelte und richtete sich nackt, wie sie war, zu voller Größe auf. Sie stand im Zentrum des Pentagramms und reckte die Arme nach oben. Ihre Handflächen umklammerten den oberen Balken des Türrahmens von beiden Seiten. Die Beine waren leicht gespreizt, ein Fuß befand sich im Gang, der andere im Kellerraum.

Ich konnte nicht umhin, auf die festen, dunklen Knospen ihrer Brustwarzen zu starren. Rasch schlüpfte ich aus Hemd und Hose, und als Maggie sah, dass ich bereit war, begann sie mit lauter Stimme in der unverständlichen Sprache zu singen. Sie winkte mich zu sich ins Innere des magischen Zeichens und dirigierte mich, immer weitersingend, zu sich, bis ich schließlich eng an sie gelehnt hinter ihr stand. Ich ging leicht in die Knie, sie bückte sich nach vorne, umfasste mit ihren Händen den seitlichen Türrahmen und presste ihr Hinterteil so gegen mich, dass ich mit einer Leichtigkeit in sie hineinglitt, als wären unsere Körper seit einer Ewigkeit zu dieser Form der Vereinigung bestimmt. Ungewöhnlich wegen des Ortes und der Umstände, wäre es auch in einer normalen Umgebung ein bleibendes Erlebnis gewesen, obwohl sich trotz aller magischen Gesänge und aller Beschwörungen kein Geistwesen zeigen wollte. Es war unvergleichlich schön. Wir waren, vielleicht dank des Rituals, imstande, die Intensität unserer gemeinsamen Empfindungen zu ungeahnten Genüssen zu steigern.

Als ich am Ende unseres Aktes am schweißgebadeten Leib meiner Geliebten zu Boden glitt, kam ich mit dem bloßen Hintern auf jener Holzbohle zu sitzen, an der sich Heather die Füße festgenagelt hatte. Mit einem langgezogenen Seufzer sank Maggie auf mich herab. Ein jäher Schmerz durchzuckte mich, ich schrie unwillkürlich auf, und Maggie sprang sofort wieder in die Höhe.

»O Gott, deine Beine! Tun sie dir weh?«

Ich verneinte, erhob mich und deutete mit zusammengepressten Lippen auf mein Gesäß. Maggie besah sich die Bescherung und brach in leises Lachen aus.

»Da ist wohl ein Spreißel in deinem süßen Po. Aber es ist zu dunkel, hier bekomme ich den Splitter nicht raus. Komm! Wir gehen nach oben, dort kann ich dich besser verarzten«, sagte sie.

Es war mir angenehm, unseren exotischen Spielort dank des kleinen Malheurs zu verlassen. Und es war mir recht, dass Maggies Kult nicht das Ergebnis zeitigte, das sie sich möglicherweise versprochen hatte. Jedoch konnte keine Rede davon sein, dass sie deshalb enttäuscht gewesen wäre; das Erreichte schien ihr vorerst zu genügen. Später, nachdem sie mir den Spreißel aus meinem Allerwertesten gezogen und die Wunde mit reichlich Alkohol versorgt hatte, ließ sie mich den Rest der Nacht mit meinen Gefühlen und Gedanken allein.

Ich bin mittlerweile fast vollständig wiederhergestellt. Der Sommer wird irgendwann zu Ende gehen, und ich frage mich nicht nur, wie lange ich es noch in meinem sonderbaren Gefängnis aushalten muss, sondern ebenfalls, wie lange der Krieg wohl noch dauert und ob es den Armeen des Deutschen Kaiserreichs und Österreich-Ungarns mitsamt ihren wenig verlässlichen Verbündeten gelingt, ihn endlich zu gewinnen.

Trotz der atemberaubenden Erlebnisse, mit denen mir Maggie mein Dasein als Eingekerkerter zu versüßen versteht, keimen in mir die ersten Gedanken an Flucht. Je mehr ich genese, desto stärker fühle ich mich eingesperrt. Das Gebäude wird rund um die Uhr bewacht, und ab und an höre ich durch das offene Fenster das Gebrüll der Soldaten, die durch den Park oder außerhalb der ihn umgebenden Mauer patrouillieren.

Erst durch eine Nachlässigkeit sind aus zaghaften Überlegungen ernste Absichten geworden. Nun schmiede ich Pläne und stelle auf eigene Faust Erkundungen an. Denn als wir in den Kellerräumen einmal mehr eine Nacht mit der vergeblichen Evokation von übernatürlichen Wesen verbracht hatten, entdeckte ich, wo der rostige Schlüssel zur Treppe aufbewahrt wird. Sobald mich Maggie an jenem frühen Morgen verließ, schlich ich ihr unbemerkt hinterher. Anfangs wollte ich sie einfach am Ende des Ganges erschrecken und einige Küsse einfordern. Doch dann beobachtete ich, wie sie die Tür zu einem Raum öffnete, ohne aufschließen zu müssen. Sie verschwand kurz darin, erschien wieder, schloss nach wenigen

Schritten mit dem Hausschlüssel das wuchtige Tor auf und verließ die Klinik, ohne dass sie mich bemerkt hätte. Durch die Eingangstür hörte ich Stimmen, ihre und die eines Mannes, sicherlich eines Wachpostens. Vermutlich wünschte Maggie ihm einfach eine gute Nacht.

Minutenlang verharrte ich hinter der Ecke und starrte auf den leeren Flur. Durch die schmalen Streifen aus farbigem Glas, welche in die Haustür eingelassen waren, drang ebenso Licht wie durch ein halbrundes Fenster darüber. Ich konnte den Schirm der elektrischen Bogenlampe erkennen, die den Platz vor dem Eingang ausleuchtete.

Während der gesamten Zeit, die ich bisher in Luton zugebracht habe, konnte ich keinerlei Anzeichen dafür bemerken, dass sich das Land im Krieg befindet. Ich weiß von früheren Feindfahrten, dass die Engländer immer dann, wenn sie unsere Luftschiffe bemerken, eiligst Ortschaften und ganze Stadtviertel verdunkeln. Selbst einzeln liegende Höfe versinken in Finsternis, um uns nur ja keine beleuchteten Ziele anzubieten oder die Navigation während der Nachtfahrten zu erleichtern.

Manche Nacht habe ich in meinem Gefängnis wach gelegen und auf die Reflexionen der Lichter gestarrt, die ich von meinem Bett aus sehen kann. Kein einziges Mal habe ich erlebt, dass die Lampen erloschen. Nicht eine Glocke erklang, keine Sirene heulte, um vor einem Luftangriff zu warnen. Es scheint, als stünde die Zeit still und als verharrte alles in einem einzigen Augenblick, in dem der Krieg nicht mehr stattfindet. Das ist merkwürdig und wurde mir erst in jener Nacht bewusst, als ich allein im Erdgeschoss des riesigen Gebäudes stand, auf den Flur blickte und auf das große massive Tor, durch das Maggie gerade in ihre Welt zurückgegangen war. Eine Welt, die mir stets verschlossen bleiben wird. Nichts anderes hat es zu bedeuten, dass die Zeit auf so wunderliche Weise stehen geblieben ist. Konnten sie anfangs wegen meiner gebrochenen Beine völlig sorglos sein, da an Flucht nicht zu denken war, so bildet der angehaltene Lauf der Zeit nun, da es mir besser geht, ein perfektes Gefängnis, aus dem kein Entrinnen möglich ist. Dennoch ist der Gedanke an einen Ausbruch für mich zur fixen Idee geworden. Ich muss die Widersinnigkeit meiner Situation mittels einer anderen Absurdität, eines Hirngespinstes, bekämpfen. Würde es mir gelingen zu entkommen, so hätte ich zugleich den Stillstand überwunden, der mich zunehmend fesselt, denn neben meiner körperlichen Gefangenschaft gerate ich mehr und mehr in einen geistigen Kerker, trotz aller okkulten Übungen.

Ich ging durch den Korridor auf das Tor zu. Ein paar Sekunden lang war ich versucht, an dem breiten Türgriff zu rütteln und zu prüfen, ob es sich nicht auch für mich öffnete. Dann würde ich Maggie nacheilen und ... Natürlich ruckte ich nicht an der verschlossenen Tür. Der Posten hätte mich bemerkt und Meldung gemacht. Stattdessen öffnete ich das Zimmer, das Maggie kurz zuvor betreten hatte. Es handelte sich um ein Büro, das ein vergittertes Fenster zum Gang besaß. Durch ein zweites, auf die gleiche Weise gesichertes Fenster konnte ich draußen die Straße und die breiten Stufen gewahren, die zum Tor führten. Als mein Blick über eine menschenleere, nach vielleicht vierzig Schritten im Dunkel der Nacht verschwindende Straße glitt, zuckte ich heftig zusammen und hätte beinahe den Schemel vor einem staubigen Schreibtisch umgestoßen: Vor dem Fenster stand plötzlich der Wachmann.

Ich sah direkt in sein von Schatten bedecktes Gesicht, sah, wie sich seine Miene ebenfalls zu einer vor Schreck erstarrten Maske verzog. Etwas Merkwürdiges geschah, denn mit einem Mal bewegte sich das Haupt des Soldaten von seinem Körper fort, als gingen sie nach einem Abschied getrennte Wege, und erst nach einem Moment der Verwirrung bemerkte ich, dass das Gesicht an der Fensterscheibe verharrte. Endlich erkannte ich es als mein Spiegelbild. Der Posten hatte mir für einen Augenblick den Rücken zugewandt, und genau in Höhe seines Hinterkopfes hatte sich mein Antlitz im Glas gezeigt. Jetzt lehnte er sich draußen nahezu regungslos mit einer Schulter an die Wand und hatte keine Ahnung, wie nahe ich mich *hinter ihm befand, dass ich ihn hätte berühren können, wäre nicht die dünne Scheibe zwischen uns gewesen.*

Nachdem ich den Schock überwunden hatte, trat ich auf Zehenspitzen einen Schritt zurück. Tief in Gedanken versunken, starrte der Soldat in die Leere der Nacht. Mühsam riss ich meine Aufmerksamkeit von seiner Gestalt und lenkte sie auf den Raum, der vor Zeiten wohl eine Art Pförtnerloge gewesen war. Die Tür zum Flur war halb geöffnet, und ich wollte den Ort rasch wieder verlassen, als mein umherschweifender Blick an dem staubigen Schreibtisch hängen blieb. Seine Schublade stand einen Spalt weit offen, so dass man gerade die Finger dazwischen bekam. Ich zog sie vorsichtig auf. Trotz meiner bedächtigen Bewegung knarrte sie vernehmlich. Das Holz hatte sich verzogen, weshalb sie sich nicht mehr richtig schließen ließ.

In dieser Sekunde drehte sich der Wachmann zu mir um. Ich sackte zusammen, versuchte, mit dem Schatten der Wand zu verschmelzen. Ein Licht blitzte vor dem Posten auf. Richtete er eine Lampe auf mich? War es gar eine Waffe? Erst dann erkannte ich, dass er sich eine Zigarette anzündete. Er nahm einen tiefen Zug, schnippte das verlöschende Zündholz auf die Straße und wandte sich von mir ab. Mit zitternden Knien erhob ich mich. Die Schublade war nun weiter geöffnet und darin lag ein einziger Gegenstand: der rostige Kellerschlüssel.

Von dieser Nacht an begann ich, mein Gefängnis systematisch zu erkunden. Der Weg in die oberen Stockwerke blieb mir verwehrt, weil das Treppenhaus auf halber Höhe durch eine Gittertür aus Metall gesichert war. Die im Erdgeschoss über den Flur erreichbaren Zimmer erwiesen sich allesamt als versperrt; bloß ein nahezu leergeräumter Saal, in welchem lediglich an einer Wand einige lange Tische standen, war unverschlossen.

Das düstere Kellergewölbe hingegen ist bis in die verzweigtesten Winkel zugänglich. Nach jedem Ausflug lege ich den Schlüssel wieder in die Schublade zurück und schiebe sie so weit zu, wie es geht, ohne sie vollends zu verkeilen, weil das sicherlich Maggies Verdacht erregen würde. Nicht immer steht der Posten am vergitterten Fenster. Aber auch wenn ich seiner nicht ansichtig werde, bemühe ich mich um völlige Lautlosigkeit, da das dünne Glas kaum ein Geräusch zu dämmen vermag.

War es anfangs einfach die Neugier, mehr von diesem muffig riechenden Untergeschoss zu sehen als bei den Gelegenheiten, in denen Maggie als Hohepriesterin einen Platz für weitere Rituale suchte, so bewegte mich schon bald der Wunsch, etwas zu finden, was mir bei einem Ausbruch behilflich sein könnte.

Dass ich fliehen will, unter allen Umständen die Flucht ergreifen muss, wird mir mit jedem Tag mehr zur Gewissheit. Maggie, so wünsche ich, wird es verstehen; ich hoffe, sie nach dem Ende des Krieges wiederzusehen, mit ihr vielleicht ein gemeinsames Leben in Freiheit zu beginnen, auf Reisen zu gehen, eine Familie zu gründen ... Das ist meine Absicht.

Einen praktischen Plan besaß ich bislang nicht, der Zufall hat mir jedoch weitergeholfen. Denn eines Nachts erblickte ich eine Schaufel im Kohlenkeller, der sich neben einer wuchtigen Kesselanlage befindet, mit der man das Gebäude beheizen kann – ein stählernes Ungetüm, das aus einer Lokomotive zu stammen scheint.

Als ich noch überlegte, wie ich das Werkzeug am sinnvollsten einsetzen könnte, um mir einen Weg in die Freiheit zu schaffen, ertönte auf einmal ein kurzes, nicht besonders lautes Klopfen. Trotzdem erschrak ich fürchterlich, packte die Schaufel und schnellte um die eigene Achse, doch niemand war zu sehen. Das Geräusch hörte sich an, als hätte jemand ein paarmal gegen eine massive Holztür geschlagen. Der matte Lichtkegel der Karbidfunzel tastete sich mühsam durch jeden Winkel des Raumes. Ratten oder Mäuse habe ich keine zu Gesicht bekommen; diese Tiere wären indessen zu klein, um ein derartiges Pochen zu verursachen. Woher es kam, entdeckte ich, als es sich wiederholte.

Rasch hob ich die Lampe an. In der Decke ist eine Öffnung, verschlossen mit einer aus Brettern bestehenden Klappe. Durch diese können von einem Fuhrwerk Kohlen und Holz in den

Heizungskeller geschaufelt werden. Das Klopfen, das mich zusammenfahren und aufhorchen ließ, stammte von Schritten. Jemand war auf die Luke getreten, wahrscheinlich ein Soldat, den man zur Bewachung des Gebäudes abkommandiert hatte. Die Abdeckung besteht aus zwei etwa ein Meter langen und knapp 50 Zentimeter breiten Teilstücken, die sich vermutlich zu beiden Seiten nach oben wegklappen lassen. Ist sie von außen durch ein Schloss gesichert? Davon habe ich auszugehen. Ein weiteres Problem besteht darin, dass es unmöglich ist, vom Kellerboden aus die beiden Flügel der Klappe zu erreichen, denn die Decke befindet sich in einer Höhe von mehr als drei Metern. Abgesehen von einigen kleineren Kohlehaufen in einer Ecke ist das Heizmaterial fast völlig aufgebraucht.

Ich benötige also eine Leiter. Komme ich erst einmal an die Luke heran, könnte es mir mit Hilfe der Schaufel gelingen, die Abdeckung aufzuhebeln und mit Kraft und Glück die Verriegelung zu sprengen. Leider sind meine Gastgeber nicht so fürsorglich gewesen, irgendwo eine Leiter zu deponieren. Ich entsann mich immerhin, dass im Gebäude Mobiliar herumstand, welches sich für meine Zwecke nutzen lässt. Einen Stuhl und einen Tisch gibt es in meinem Krankenzimmer, in dem großen Saal im Erdgeschoss stehen eine ganze Anzahl weiterer Tische herum, und in der Pförtnerloge ist ein Holzschemel. Ein Tisch sowie ein Stuhl oder Schemel sollten ausreichen, um sich zur Öffnung strecken zu können.

Seit der Entdeckung der Möglichkeit, aus meinem Gefängnis ausbrechen zu können, durchlebe ich ein Wechselbad der Gefühle. Euphorie und Tatendrang drängen mich vorwärts, Zweifel und Mutlosigkeit lähmen. Von meinen Brüchen bin ich zwar genesen, aber richtig belasten darf ich die Beine noch nicht. Und es bleiben Fragen: Was geschieht mit Maggie, sollte es mir gelingen zu fliehen? Würde man sie verdächtigen? Und was wird man mit mir anstellen, wenn das Vorhaben scheitert? Eine der Gefahren, die mich zaudern lassen, besteht darin, auf der Flucht erschossen zu werden. Und gewiss schlechter als derzeit wird es mir ergehen, wenn man mich lebend fasst und unter verschärften Bedingungen von neuem einsperrt. Sollte das Vorhaben glücken, werde ich Maggie für lange Zeit, vielleicht nie mehr wiedersehen.

Trotz dieser Bedenken verbrachte ich die ganze folgende Nacht damit, einen der Tische aus dem Saal in den Keller zu schleppen. Kein einfaches Unterfangen, schließlich musste ich mich allein mit einem Gegenstand abmühen, der für zwei Leute schwer genug gewesen wäre. Zudem durfte ich keinerlei Lärm machen, hallte es im Erdgeschoss doch fast wie in einer Kathedrale. Das schwierigste Hindernis freilich war die enge Kellertreppe, wo das Möbelstück auf halber Höhe beinahe steckengeblieben wäre. Es kostete mich eine herbe Kraftanstrengung und abgeschürfte Ellbogen, es wieder freizubekommen. Den Rest des Weges zum Heizungsraum habe ich den Tisch bloß noch mit ausgelöschtem Geist geschleppt, mechanisch und ohne einen Funken Verstand wie die berühmten Automate des Bamberger Kapellmeisters.

In der nächsten Nacht durfte ich mich erneut ganz in den Dienst Maggies stellen, die mich erstaunt über die Wunden an den Armen befragte. Die rasch improvisierte Lüge, sie stammten von unserer letzten rituellen Vereinigung, die tatsächlich sehr heftig gewesen war, quittierte sie mit einem undurchsichtigen Lächeln. Unser neues Treffen sollte von reiner Selbsterkenntnis bestimmt sein. Alles Exzessive, alle Äußerlichkeiten wollten wir ablegen, um zu des »Pudels Kern« vorzudringen, wie sie auf Deutsch formulierte. Maggie hatte dafür eine Droge mitgebracht, die auch ihr Cousin häufig einsetzte – eine ursprünglich von einer deutschen Chemiefirma entwickelte Substanz zur Bekämpfung von hartnäckigem Husten. In einer geringfügig höheren Dosierung würde sie jedoch für die Psyche normalerweise unüberwindbare Grenzen aufheben.

»Vielleicht gelingt es uns damit, unsere Seelen auf Wanderschaft zu schicken«, sagte Maggie und sah mir tief in die Augen. Allein dieses Blickes wegen wäre ich ihr geistig und körperlich überallhin gefolgt. »Man muss bei dem Stoff darauf achten, sich nicht vom Dämon der Gewöhnung überwältigen zu lassen«, fügte sie hinzu, »weshalb ich dieses Mittel nur zu besonderen und seltenen Gelegenheiten verwende.

Die weisen Frauen des Mittelalters haben sich ja auch nicht jeden Tag mit Flugsalbe eingerieben, sondern nur einmal im Jahr zur Walpurgisnacht.«

Sie injizierte das Heroin erst mir, dann sich selbst. Es war das erste Mal, dass ich einen Rausch erlebte, der nicht von Alkohol ausgelöst wurde. In der Tat gibt es keinerlei Ähnlichkeit zwischen dem Zustand, den übermäßiges Trinken verursacht, und den Erfahrungen, die man mit Heroin machen kann. Maggie erklärte mir, sie seien auch anders als beim Genuss von Opium; wir glitten in ein Zwischenreich, das sich Worten entzieht, in dem alle unangenehmen Empfindungen und Gedanken zuerst leicht und dann bedeutungslos wurden. Ich verstand jetzt, was sie meinte, als sie von der Gefahr eines wie selbstverständlichen Gebrauchs sprach. Allerdings war mir das gleichgültig, das Delirium höchst willkommen: Woran sonst hätte ich mich gewöhnen wollen, wenn nicht an diesen Zustand euphorisierender Schwerelosigkeit?

Als wir das Experiment begannen, war es bereits Abend, draußen aber noch hell und spätsommerlich warm. Wir waren entsprechend leicht gekleidet, und die Wärme, die sich in mir ausbreitete, war eine ganz andere als die äußere. Es war mir die ganze Zeit über, selbst als längst die Nacht hereingebrochen war, heiß wie in den Tropen. Trotz oder wegen der alles lähmenden Temperatur fühlte ich mich nach einer Phase von Trägheit und Stillstand auf einmal in einer von tiefer Dankbarkeit erfüllten Weise zu Maggie hingezogen, so dass ich ihre Nähe suchte. Wir entledigten uns der Kleidung und vereinigten uns im Lotussitz in einer so ruhigen und entspannten Weise, dass wir uns unserer Bewegungen nicht bewusst waren.

Dieses von Zärtlichkeit und Kraft gleichermaßen erfüllte Erlebnis ist noch nicht lange vergangen, trotzdem kann ich mich kaum an weitere Einzelheiten erinnern. Mit einer Ausnahme: Der Höhepunkt ließ nicht meinen Körper entflammen, sondern meinen Kopf. Ich war während dieser Augenblicke aller Fesseln entledigt. Als pulsierender roter Punkt raste mein Ich in ungezähmter Energie durch ein leuchtendes Weltenmeer, in dem Erde und Sonne zu einem Licht unter vielen verschmolzen, hin zu einem den Raum immer mehr ausfüllenden Zentrum, zu einem grellweißen, alles überstrahlenden klaren Kristall, um sich dort gänzlich aufzulösen.

Natürlich wäre ich nicht in der Lage, dies zu beschreiben, wenn dort tatsächlich alles zu Ende gewesen wäre. Obwohl ich mir in diesen Momenten nichts sehnlicher wünschte, als den Übergang zu jener anderen Seite für immer und unumkehrbar gefunden zu haben, wachte ich wenig später wieder in mir selbst und in Maggies Armen ruhend auf, überglücklich und unendlich traurig zugleich.

Ich weiß nicht, ob Maggie Ähnliches empfunden hat. Die letzten Tage ist sie jedenfalls erkennbar mitgenommen, was sich bei ihr in erster Linie darin äußert, dass sie kaum eine Minute länger bleibt, als es ihre Pflicht erfordert, von nächtlichen Besuchen ganz zu schweigen.

»Das verliert sich«, flüsterte sie mir ins Ohr, »gib mir ein wenig Zeit.« Doch bei den nächsten Begegnungen überraschte sie mich mit einer ungewöhnlich ernsten, noch verschlosseneren Miene. Ich vermochte ihren Gesichtsausdruck nicht zu deuten, so dass ich sie heftig bedrängte und zu wissen wünschte, was geschehen ist.

»Morgen wirst du verlegt«, gestand sie nach einer langen Pause. »Dr. William hat es mir vorhin bestätigt.« Kaum hatte sie die Neuigkeit ausgesprochen, da rannte sie bereits aus dem Zimmer, aber ich erkannte deutlich, dass sie ihre Tränen nicht zurückhalten konnte.

*

An dieser Stelle brechen die Aufzeichnungen in Moritz Sterners blauem Buch ab. Ursprünglich wollte ich mit der wörtlichen Übersetzung des letzten Teils auch meine eigene Niederschrift beenden. Nach deiner Geburt, mein Sternenlicht, habe ich jedoch das dicke Bündel an Blättern erneut gelesen und ich bin zu der Überzeugung gelangt, dass ich das Ende nicht offenlassen kann.

Aus seinen Notizen geht eindeutig hervor, dass Moritz zu fliehen beabsichtigte, nicht aber, ob es ihm gelang und was mit ihm weiter *geschah. Dich darüber aufzuklären, fühle ich mich verpflichtet; zudem möchte ich den von Moritz an mir bemerkten Stimmungsumschwung erklären, der nicht nur durch seine bevorstehende Verlegung ausgelöst wurde. Schon vor deren Ankündigung bemerkte ich nämlich erste Anzeichen, die mich – zu Recht – befürchten ließen, schwanger zu sein.*

Neben einigen Tatsachen, aus denen sich seine Flucht rekonstruieren lässt, bin ich auf Vermutungen angewiesen. Die wenigen Fakten, die ich kenne, sind rasch erzählt. In der Nacht, welche auf die Mitteilung seiner Verlegung folgte, verschaffte er sich wieder Zugang zu den Kellerräumen der Klinik. Mit Hilfe eines Tisches, eines Schemels und einer Schaufel gelang es ihm, im Heizungskeller die Klappe über einer Öffnung aufzubrechen, durch welche Kohlen geschüttet werden.

Die Zufahrt zu diesem Teil des Gebäudes befindet sich in einer Nebenstraße, in der von Zeit zu Zeit Wachsoldaten patrouillieren. Einer davon wurde von Sterner mit dem Stiel der Schaufel niedergestreckt. Bemerkenswert daran ist das kaltblütige Vorgehen. Der Posten gab nämlich später zu Protokoll, er habe an seinem Hinterkopf zuerst nur eine leichte Berührung gespürt, in deren Folge seine Mütze heruntergefallen sei. Sterner wischte sie ihm also erst vom Schädel, bevor er den Soldaten mit einem kräftigen Hieb ausschaltete. Er stieß den Ohnmächtigen alsdann durch die Luke in den Keller, entkleidete ihn und zog sich die englische Uniform über. Seine alten Sachen zerriss er und fesselte und knebelte mit den Fetzen den Bewusstlosen.

Da er das blaue Buch in seinem Versteck ließ, nehme ich an, er suchte überstürzt das Weite. Es gibt mehrere Möglichkeiten, warum er keine Zeit mehr fand, in sein Krankenzimmer zurückzukehren und es mitzunehmen. Die wahrscheinlichste ist, dass sich ein weiterer Wachmann näherte und er fürchten musste, entdeckt zu werden.

Schon am Tag nach seiner Flucht fand ich den Band in der Mauerlücke. Moritz hatte mir zwar zu keiner Zeit den Verwahrungsort verraten, aber trotz der Aufregung und Trauer über sein Verschwinden ließ mich mein Gedächtnis nicht im Stich. Als ich mich während eines unserer Liebesspiele mit beiden Händen an der Fensterbank abgestützt hatte, war mir aufgefallen, dass das Brett wacklig war. Und so ertastete ich seine Berichte. Sie sind neben dir das Einzige, was mir von ihm geblieben ist.

Was das weitere Schicksal deines Vaters anbelangt, gibt es einige Indizien. Am Stadtrand von Luton befindet sich eine Kaserne, wo kurz nach seinem Ausbruch ein Motorrad gestohlen wurde, das ein Meldegänger außerhalb des Geländes abgestellt hatte. Mehrere Wochen später entdeckte man diese Maschine in der Nähe von Weymouth. Sollte Moritz sie gestohlen haben, dann ist er in einem weiten Bogen westlich um London herumgefahren. Aus dem kleinen Hafen von Weymouth wurde im Zeitraum zwischen dem Diebstahl und dem Fund des Zweirads der Raub eines Fischkutters gemeldet. Als Angehöriger der kaiserlichen Marine verfügte Moritz über eine solide seemännische Ausbildung. Wie es ihm aber gelungen sein soll, damit ganz allein über den Kanal zu fahren, ist nicht nur mir ein Rätsel.

Dr. William, mit dem ich noch einige Male über unseren Patienten sprach, hält es für ein Ding der Unmöglichkeit, dass eine einzelne Person solch ein Schiff bedienen und steuern kann. Ich weiß es nicht. Vielleicht war Moritz zu dieser Zeit längst nicht mehr allein. Der Arzt glaubt felsenfest, auch wenn er seine Annahme mir gegenüber nicht offen ausspricht, dass Moritz während der Herbststürme mit dem Kutter gekentert und ertrunken ist. Ich weigere mich jedoch, dergleichen überhaupt in Erwägung zu ziehen. Für meine Überzeugung gibt es einen einfachen Grund. Wäre Moritz tot, wüsste ich es.

07 : Start Level 4

Felix fing Ilona bereits an der Pforte ab. Übermüdet und dennoch von Hektik erfüllt, tauchte sie viel zu spät in der Zentrale der *Munich Facility & Security Management* auf. Wie üblich hatte sie ihren kreditkartengroßen Plastikausweis mit dem Chip, auf dem ihre persönlichen Daten gespeichert waren, einfach nur hochgehalten und war an ihm vorbeigerannt. Mit einer Geschwindigkeit, die man dem reichlich korpulenten Mann kaum zugetraut hätte, stürzte er hinter dem Empfang hervor.

»Stopp!«, rief er und bekam Ilonas Jackenärmel zu fassen. Sie wandte sich ihm zu. Die strengen Falten, mit denen sich Sorgen und aufgestaute Wut in ihre Mimik eingeschrieben hatten, verhießen nichts Gutes.

»Was gibt's, Felix?«, sagte sie mit mühsam unterdrücktem Zorn. »Du siehst doch, ich hab's eilig!«

»Sie können hier nicht rein, Frau Hall«, erwiderte der Pförtner und nickte, als wollte er seine eigenen Worte bekräftigen.

»Was heißt das? Und seit wann siezen wir uns?«

»Einen Moment, bitte. Nehmen Sie Platz!«

Jetzt begriff Ilona seine Geste. Er wies mit dem Kopf auf die Stuhlreihe, die im Eingangsbereich der Firma für Besucher aufgestellt worden war.

»Hä?«, blaffte sie verständnislos.

»Einen Augenblick bitte, Herr Gebauer kommt gleich. Darf ich?« Während er sprach, zog der Kollege mit besorgter Miene an Ilonas Dienstausweis, den sie noch immer in der Hand hielt. Wie betäubt lockerten sich ihre Finger, und die Plastikkarte verschwand in der Tasche seines dunkelblauen Jacketts.

Mit einem Mal brachen die Müdigkeit, der Ärger, die vielen ungelösten Fragen und Probleme wie eine Welle über Ilona herein; sie fühlte sich leer, matt, ohne Widerstandkraft. Sie weigerte sich genauso zu glauben, was gerade geschah, wie sie sich sträubte, das zur Kenntnis zu nehmen, was sich wenige Stunden zuvor ereignet hatte. Gerne wäre sie auf der Stelle in

Tränen ausgebrochen; noch lieber hätte sie die Augen geschlossen und erst wieder aufgemacht, wenn es jemandem gelungen wäre, die Zeit um mindestens einen Monat zurückzudrehen.

Ein dezenter Signalton kündigte den Aufzug an. Die Fahrstuhltür öffnete sich, und Gebauer kam ihr mit raschen Schritten entgegen. Er warf dem Pförtner, der sich hinter seinem Tresen verschanzt hatte, einen Blick zu und packte Ilona am selben Arm, an dem sie bereits von Felix festgehalten worden war. Sein Griff war allerdings um einiges energischer, und seine Augen funkelten vor Zorn, als er Ilona entschlossen quer durch den Raum führte, bis er sich außerhalb der Hörweite möglicher neugieriger Zuhörer wähnte. Außer Felix und ihnen hielt sich jedoch niemand in der Eingangshalle auf.

»Sie sind vorläufig vom Dienst suspendiert!«, giftete Gebauer, und bevor Ilona auch nur dazu kam, den Mund zu öffnen, hob er den Arm und beschied ihr zu schweigen. »Ab sofort haben Sie bis auf weiteres Hausverbot, hier und natürlich in sämtlichen Objekten, die unsere Firma betreut, namentlich im Stadion. Raus mit Ihnen! Ihre persönlichen Dinge bekommen Sie per Post. Los, verschwinden Sie!«

»Die Spiele ...«, stammelte Ilona, die sich noch immer hilflos fühlte. »Wir brauchen doch jeden Einzelnen.«

»Zunächst sollten Sie sich abgewöhnen, ›wir‹ zu sagen, wenn Sie die Firma meinen«, teilte Gebauer weiter aus und fixierte Ilona mit eiskaltem Blick, »und um den Rest brauchen Sie sich keine Sorgen mehr zu machen. Die uns anvertrauten Aufgaben erledigen wir auf alle Fälle besser ohne Sie. Und nun fort mit Ihnen!« Mit diesen Worten machte er auf dem Absatz kehrt und stürmte zum Fahrstuhl zurück. Ilona war sprachlos, Luft und Spucke blieben ihr weg. Als sich die Aufzugtür hinter dem Rücken Gebauers schloss, schlurfte Felix mit gesenktem Haupt auf sie zu.

»Sie müssen gehen, Frau Hall, bitte«, klang seine Stimme flehend. Ilona drehte sich angewidert von ihm fort und eilte zur Tür hinaus. Noch einmal am Arm gefasst zu werden, würde sie jetzt nicht mehr ertragen. Das war in den letzten Stunden viel zu oft passiert. Wenn es Felix gelungen wäre, seine hinausbegleitende Geste zu vollenden, hätte sie endgültig die Kontrolle eingebüßt und der beleibte Pförtner wäre ihr kaum gewachsen gewesen.

War es das, was man von ihr wollte? Dass sie endgültig die Nerven verlor? Auf der Straße lief sie, ohne anzuhalten und ohne Ziel, einfach weiter. Sie hörte zwar Schritte hinter sich, behielt aber ihr Tempo bei. Als sie eine Hand auf ihrer Schulter spürte, fuhr sie herum und konnte sich erst im letzten Augenblick bremsen, um nicht blindlings mit aller Kraft zuzuschlagen.

»Ilona!«, Dana rang etwas nach Atem, »warte doch!«

Ilona hielt inne, und beide Frauen standen sich eine Zeit lang schweigend gegenüber. Als sie sich um den Hals fielen, brach ein unkontrolliertes Schluchzen aus Ilona hervor.

Nach den fast sommerlich warmen Frühlingswochen herrschte an diesem Tag trübes, nasskaltes Wetter. Fast alle hatten sich auf luftige Kleidung eingestellt, kaum jemand war angemessen angezogen. Auch Dana und Ilona nicht, die beinahe synchron zu niesen begannen, als es erneut zu regnen anfing. Sie lachten befreit auf, obwohl sich Ilona überhaupt nicht fröhlich, sondern eher angespannt anhörte. Dana zog ihre Freundin in eine Geschäftspassage, wo sie nach einigen Schritten ein Café betraten. Beide entschieden sich für heiße Schokolade, die hier in suppentellergroßen Tassen serviert wurde.

»Erzähl!«, verlangte Dana.

Mit leiser Stimme begann Ilona von der kurzen, aber heftigen Begegnung mit Gebauer und ihrem Rausschmiss zu berichten. Dana hörte aufmerksam zu, unterbrach ihre Freundin jedoch nicht.

»Letzte Nacht«, erklärte Ilona weiter, »waren Keller und ein ganzes Rudel Ermittler bei uns in der Wohnung. Ich kam gerade rechtzeitig von dir nach Hause, um ebenfalls mit ins Präsidium fahren zu dürfen. Dort ließen mich die«, Ilona stockte, weil ihre Augen von neuem feucht wurden, »diese Mistkerle ganze zwei

Stunden in einem Verhörraum allein. Ich hatte keine Ahnung, worum es ging, was vorgefallen war. Ich war todmüde, bin es immer noch.« Sie seufzte und holte tief Luft.

»Keller?«, fragte Dana. »Wer ist Keller?«

»Hab ich dir bereits erzählt«, erwiderte Ilona, »dieser Hauptkommissar, SoKo Rechtsextremismus. Ich habe ihn auf der Konferenz kennengelernt, zu der mich Gebauer mitgeschleift hat.«

»O.k.«, sagte Dana betont sachlich. »Von dem Meeting weiß ich, aber Namen hast du nicht erwähnt. Wenn ich mich recht erinnere, bist du dort deiner Richie-Connection über den Weg gelaufen.«

»In der Tat, ein denkwürdiger Tag«, murmelte Ilona und griff den Faden ihres Berichts erneut auf. »Dann hat sich Keller endlich dazu bereitgefunden, mir den Grund seines nächtlichen Rollkommandos zu erklären. Ausgerechnet während der Warterei, vielleicht schon vorher, ist meine Uhr stehengeblieben, vermutlich ist sie hinüber.« Ilona fuchtelte mit dem Handgelenk herum, an dem sich ihre Armbanduhr befand. »Mit anderen Worten, ich wusste die ganze Zeit über nicht einmal, wie spät es war.«

»Das hat dir keiner gesagt? Und dein Mobiltelefon?«, warf Dana ein.

»Der Bulle, der auf mich aufpassen sollte, stand vor der Tür und hat lediglich ab und zu durchs Fenster reingeschaut. Und mein Handy hat Keller eingesteckt, als wir ins Präsidium reingingen. Er fragte mich beiläufig, ob ich eins hätte, und als ich dumm genug war, es ihm zu zeigen, hat er es mir einfach abgenommen. ›Ich darf doch mal? Bekommen Sie gleich wieder‹, und dann ist er abgezischt.«

»Dreist«, kommentierte Dana, »wirklich frech. Er wollte überprüfen, welche Nummern du eingespeichert und mit wem du in letzter Zeit telefoniert hast.«

»Ja, das ist mir inzwischen auch klar. Rasch ein paar Infos auf dem kleinen Dienstweg abgreifen.«

»Kleiner Dienstweg?«

»So haben wir das früher in Köln genannt, wenn bei der Informationsbeschaffung nicht alles ganz korrekt abgelaufen ist.« Sie blickten sich über die Tassenränder hinweg an.

»Ein anonymer Anruf«, fuhr Ilona fort. Die Sprünge in ihrer Schilderung waren ihr nicht bewusst, aber Dana verstand sie trotzdem.

»Was?!« Dana stellte die riesige Tasse, die sie mit beiden Händen umfasst hielt, so heftig auf der Untertasse ab, dass einige Gäste aufmerkten. »Wegen eines anonymen Hinweises ein derartiger Aufstand? Unglaublich!«

»Ich habe keine Ahnung, was für ein mieses Spiel da läuft, aber irgendetwas an diesem verdammten Anruf war wichtig«, sagte Ilona mit gedämpfter Stimme. Die Leute an den Nebentischen wandten sich ab, weil sie den leisen Teil der Unterhaltung nicht mehr verstanden. »Ich weiß einfach nicht mehr, wem ich was glauben soll. Keller behauptet, man habe in Jennys Zimmer Beweise für ihre Verbindung zu rechtsextremen Kreisen gefunden.«

»Was? Jenny? Das kaufe ich ihm nicht ab!« Dana flüsterte nun gleichfalls.

»Ich kann es mir genauso wenig vorstellen, aber anscheinend gibt es handfeste Beweise.«

»Das begreife ich einfach nicht.«

»Ich auch nicht, Dana. Das Schlimmste ist, ich durfte kein einziges Wort mit Jenny reden. Sie haben mich nicht zu ihr gelassen. Nachdem Keller verschwunden ist, haben mich diese Leute in die Mangel genommen. Mal zu zweit, mal zu dritt.« Ilona atmete tief und trank einen Schluck von ihrem Kakao.

»Das klingt mir schwer nach Sippenhaft!« Danas Stimme bebte vor Empörung. »Meinen die denn, dass du auch ...«

»Sie haben mir Löcher in den Bauch gefragt über Jennys Umgang, ihre Freundinnen und Freunde, jede ihrer Bekanntschaften, von denen ich längst nicht alle kenne, ihre Mitschülerinnen und so weiter und so fort. Ich habe die alte

Geschichte mit Martin Sterner und der Naziband *Trutzstaffel*, die ich Keller bereits freiwillig erzählt hatte, wieder und wieder herunterbeten müssen.«

»Moment mal«, unterbrach Dana. »Sagtest du Sterner, Moritz, äh, Martin Sterner?« Ilona nickte mit müdem Gesicht. »Falls das keine zufällige Namensgleichheit ist, kann ich zu diesem Thema etwas beitragen«, verriet Dana. In Ilonas Blick kehrte der Ausdruck eines vagen Interesses zurück. »Aber erst musst du zu Ende erzählen.«

»Was gibt's weiter groß zu berichten? Irgendwann haben sie mich gehen lassen. Ohne ein Wort der Erklärung, einfach so.«

Dana blickte irritiert. »Begreife ich nicht.«

»Vorher wollten sie mir noch unterstellen, der Überfall auf mich, als ich die Nachtschicht im Stadion kontrollieren wollte, sei nur eine Inszenierung gewesen.«

»Es wird immer absurder!«, rief Dana empört. »Glauben die ernsthaft, dass du dir mir nichts, dir nichts selber derart gegen den Kopf schlägst, dass die Wunde genäht werden muss? Was sind das bloß für Idioten?«

»Keine Ahnung, was in den Köpfen von Keller und seinen Leuten vorgeht«, antwortete Ilona matt. »Als sie mich gehen ließen, war es später Vormittag. Ich bin direkt zur Arbeit, um endlich mit einem Anwalt Kontakt aufzunehmen. Ich weiß ja immer noch nicht, was sie mit Jenny vorhaben.«

»Konntest du nicht vom Präsidium aus eine Kanzlei kontaktieren?« Ilona verneinte per Zeigefinger.

»Ich glaube, die sind dort alle durchgedreht. Außerdem hatte ich die Nummer von Dr. Körber nicht dabei. Das ist der Erste, der mir eingefallen ist, er hat mich seinerzeit wegen der Unterhaltszahlung vertreten. Aber wer trägt schon die Telefonnummer eines Anwalts mit sich herum, der vor einem Dutzend Jahren mal für einen tätig war? Ich wusste jedoch, dass ich seine Nummer irgendwo im Büro habe. Gott, ich bin so blöd, so unverantwortlich.«

»Bitte«, bat Dana bestimmt, »beruhige dich. Niemand macht dir einen Vorwurf.«

»Ich hätte bei Jenny im Präsidium bleiben müssen.«

»Du wolltest Dr. Körber anrufen, um etwas für sie zu tun. Zieh dich nicht selber runter«, mahnte Dana.

»Aber Keller, dieses miese ...« Ilona brach erneut ab und schluckte die Schimpfwörter, die ihr auf der Zunge lagen, mühsam hinunter. »Er ist mir wohl zuvorgekommen.«

»Willst du sagen, Keller hat Gebauer umgehend informiert?«

»Natürlich! Für Gebauer bin ich innerhalb von Sekunden zur Terroristin mutiert. So schnell kann man von einer Sicherheitsbeauftragten zum Sicherheitsrisiko werden.«

»Jetzt kümmern wir uns erst mal um deine Tochter«, schlug Dana vor. »Wir holen sie da raus. Was immer passiert ist, sie hat schließlich niemanden umgebracht. Und wenn sie Jenny festhalten wollen, brauchen sie einen Haftbefehl.« Dana winkte dem Kellner.

Ilona zog schnüffelnd die Luft durch die Nase. »O Gott, ich stinke, ich habe seit gestern früh nicht mehr geduscht und noch dieselben Klamotten am Leib. Verflucht!«

Dana legte beruhigend ihre Hand auf Ilonas Faust, mit der sie gerade auf den Tisch schlagen wollte. In diesem Augenblick ertönte aus Ilonas Jackentasche die Melodie von *Singing in the rain*. Bevor die Textzeile »I'm happy again« erreicht war, hatte Ilona ihr Handy bereits am Ohr.

»Ja!«, bellte sie, »Jenny! Gott sei Dank. Wo bist du?« Ilona gestikulierte heftig, obwohl ihre Tochter das nicht sehen konnte. »Gut«, rief sie erleichtert. »Ich komme sofort.« Sie steckte das Mobiltelefon wieder ein. »Sie haben sie freigelassen, vorläufig jedenfalls. Himmel, sie ist doch gerade erst sechzehn geworden.«

»Bedingt strafmündig«, plapperte Dana und hielt sich dann verschämt die Hand vor den Mund. »Entschuldige bitte.«

Ilona schüttelte den Kopf, als könnte es ihr dadurch gelingen, alle bösen Gedanken zu vertreiben. »Irgendeine Beamtin«, sagte sie, »war so hilfsbereit und hat sie nach Hause gefahren. Ich glaub's nicht! Ich muss sofort zu ihr.«

»Ich komme mit«, bestimmte Dana schnell, »ich fahre dich. Du bist viel zu aufgewühlt, um dich auf den Verkehr konzentrieren zu können.«

»Du musst doch arbeiten«, wandte Ilona ein.

»Drauf geschissen!«, entschied Dana entschlossen. »Wenn dieser verschrumpelte Sack von Gebauer dich wirklich rausschmeißt, gehe ich auch. Ich kündige! Frauen mit unseren Qualitäten finden immer einen Job. Und vor allen Dingen bessere Chefs!«

Eine halbe Stunde später saßen sich Jenny und Dana in der Wohnung gegenüber. Ilona selbst war viel zu unruhig, um auf der Couch oder in einem der Sessel Platz zu nehmen. Mit großen Schritten stapfte sie durch das Zimmer. Durch die offene Tür konnte man das Köcheln der Kaffeemaschine in der Küche hören.

»Wie kommst du an so ein Zeug ran und wofür, wozu, warum?« Ilona sprach im Gehen, die Worte mit kräftigen Gesten unterstreichend. Sie hatte keine Idee, wie sie ihre Fassungslosigkeit angemessen ausdrücken konnte.

»Ich weiß es nicht, Mama.« Jennys Stimme klang kläglich, viel höher als üblich.

»Du brauchst hier nicht das gleiche Spiel durchzuziehen wie bei der Polizei«, erwiderte Ilona frostig.

»Tu ich nicht. Es ist die Wahrheit!«, rief Jenny und neben ihrer Verzweiflung konnte man Empörung heraushören. »Ich wusste überhaupt nichts davon!«

»Falls es dir unangenehm ist, dass ich hier bin, Jenny, dann sag es«, bat Dana ruhig. »Ein Wort von dir, und ich gehe. Ich verstehe, wenn du mit deiner Mutter lieber unter vier Augen reden willst.«

»Nein«, entgegnete Jenny. Ilona blieb stehen und starrte ihre Tochter mit verschleiertem Blick an. Dann drehte sie sich auf dem Absatz um und ging in die Küche. Die plötzliche Stille wurde nur durch die Geräusche unterbrochen, die entstanden, als sie Geschirr aus dem Schrank nahm und den Kaffee in eine Thermoskanne umfüllte. Nach kurzer Zeit kam sie ins Wohnzimmer zurück, ein Tablett in der Hand, das sie auf dem Couchtisch abstellte. Offensichtlich hatte sie sich jetzt etwas besser unter Kontrolle.

»Nazipropaganda«, murrte Ilona widerwillig. »Andere Kinder werden mit Ecstasy-Pillen, Gras oder, wenn's ganz dick kommt, mit Heroin, Kokain oder Crack erwischt. Meine Tochter ist da schon etwas Besonderes. Sie hortet einen höchst gefährlichen Sprengstoff in ihrem Kinderzimmer. Meine Tochter, die bisher nicht einmal heimlich eine Zigarette geraucht hat. Stimmt doch, oder?« Sie sah Jenny kurz ins Gesicht, dann goss sie mit immer noch leicht zitternden Händen den Kaffee in die Tassen.

»Weißt du überhaupt, wem du da in die Hände gefallen bist?«, fragte Ilona.

»Einem Kommissar Keller«, antwortete Jenny leise.

»Hauptkommissar«, korrigierte Ilona, »Leiter der SoKo Rechtsextremismus. Aber den meine ich nicht. Ich spreche von den Leuten, die dir diese Pamphlete gegeben haben, damit du sie weiterverteilst.« Jenny fuhr erschrocken zusammen.

»Wo haben sie das Zeug gefunden?«

»Ich glaube, in meinem Rucksack«, gab Jenny zurück.

»Wie bitte? Was soll das heißen, ich glaube?«, bohrte Ilona nach.

»Ich weiß es nicht, Mama. Ich habe diese Flyer das erste Mal gesehen, als der Polizist sie mir gezeigt hat. Kapier das endlich!« Trotz ihrer harschen Reaktion schossen Jenny Tränen aus den Augen.

»Ich verstehe es eben nicht!«, bemerkte Ilona scharf und biss sich auf die Zunge. Der Gedanke, der ihr in den Sinn gekommen war, verschlug ihr beinahe den Atem. Das kann es nicht geben, dachte sie mit einem Anflug von Panik. Nicht hier bei uns. Dass Polizisten Beweismittel unterschoben, kannte sie bisher nur aus Filmen und den Auslandsnachrichten. So etwas machen sie in totalitär regierten Ländern, es ist gang und gäbe in Diktaturen. Nein, hier ist das undenkbar, oder?

»Am besten erzählst du von Anfang an«, sagte Dana beschwichtigend.

»Ich habe schon geschlafen, als es klingelte. Zuerst meinte ich, du wärst es, Mama, du hättest deinen Schlüssel vergessen. Ich habe den Türöffner gedrückt, mich jedoch nicht getraut, hier aufzumachen, als ich die vielen Schritte im Treppenhaus hörte. Das waren jede Menge Leute. Durch den Spion habe ich lauter Polizisten gesehen, einer hat gegen die Tür geschlagen und gebrüllt, ich solle öffnen, sonst würde man es gewaltsam tun. Ich habe aufgemacht, und ohne ein weiteres Wort sind alle reingestürmt. Die hatten sogar zwei Hunde dabei! Eine Polizistin in Uniform hat mich am Arm genommen und gesagt, ich müsse bei ihr bleiben. Wir waren dann in der Küche, und ich habe gehört, wie sie überall rumgesucht und gewühlt haben, auch in Schubladen und Schränken.«

»Sie wussten, wonach sie Ausschau halten sollten, denn angesichts einer Hausdurchsuchung ist die Wohnung in einem recht manierlichen Zustand«, stellte Ilona fest, die dem Bericht ihrer Tochter angespannt folgte.

»Irgendwer hat die Leute, kaum dass sie losgelegt haben, zusammengeschissen«, fügte Jenny hinzu. »Sie sollten kein Chaos veranstalten. Ich glaube, das war dieser Kommissar, äh, Hauptkommissar.«

»Wann und wo haben sie die Flyer gefunden?«, fragte Dana.

»Ich weiß es nicht genau, ich saß ja in der Küche. Irgendwann hörte ich, wie einer der Polizisten nach dem Einsatzleiter rief. Der Hauptkommissar kam dann in Begleitung in die Küche und sagte nur: ›Vorhalten‹. Daraufhin zeigte mir der Beamte einen Stoß Flugblätter, ungefähr so viele.« Jenny deutete mit den Fingern etwa zwei Zentimeter an. »Sie haben mich gefragt, ob ich nicht wüsste, dass Werbung mit Nazisymbolen verboten ist. Was sollte ich sagen? Ich hatte diese Flyer vorher nie gesehen.«

»Du erwähntest deinen Rucksack«, warf Ilona ein.

»Ja, den hatte der Polizist dabei, der mir den Packen unter die Nase rieb. Der Hauptkommissar sprach laut: ›Fürs Protokoll: Fundort ist die Schultasche von Jenny Hall, Frohschammerstraße‹ usw. Er wandte sich an seine Kollegin, die auf mich aufpasste, und meinte, ich müsste wegen des Verdachts des Verstoßes gegen ich weiß nicht was mitkommen. Ich habe mir diese Ausdrücke und Paragrafen nicht merken können. Dann sind wir aufgestanden, die Uniformierte hat mich in mein Zimmer begleitet, ich habe mir was angezogen.«

»Du hast die ganze Zeit im Nachthemd in der Küche gesessen?«, fragte Ilona.

»In Schlafanzug und Bademantel. In der Zwischenzeit hat der Kommissar die Leute aufgeteilt, ich glaube, mittlerweile waren es mehr als am Anfang. Ein Teil sollte für weitere Nachforschungen in unserer Wohnung zurückbleiben, der Rest mich aufs Präsidium begleiten. Und dann bist du gekommen. Es kommt mir immer noch vor wie ein schlechter Film.« Jenny schluchzte trocken und trank von ihrem Kaffee, der allmählich kalt wurde. Ihre Mutter seufzte.

»Wie ist dieses Zeug in deine Tasche gekommen?« Ilona schwankte zwischen Mitleid und dem Drang, weiteren Druck auf ihre Tochter auszuüben. Ich bin stinksauer, versuchte sie sich in Gedanken zu zähmen, aber im Grunde weiß ich gar nicht genau, auf wen. Ich darf mich nicht gehen lassen.

»Keine Ahnung«, antwortete Jenny. »Jemand muss es mir reingetan haben, wahrscheinlich in der Schule oder danach.«

»Erinnerst du dich, wann und wo und wie lange deine Tasche unbeaufsichtigt war?«, wollte Dana wissen.

»In jeder Pause«, erwiderte Jenny. »Keiner nimmt seine Tasche mit auf den Schulhof. Außerdem ...« Sie stockte.

»Was außerdem?«

»Nach Unterrichtsschluss waren wieder diese Glatzen vor der Schule.«

»Was für Glatzen?«

»Die kommen fast regelmäßig, also nicht immer die gleichen, doch sie treffen sich mit bestimmten Schülern, manchmal verteilen sie auch Flyer«, erklärte Jenny.

»Was für Glatzen?«, wiederholte Dana ihre Frage.

»Skins«, vermutete Ilona, »Neonazis, oder?«

»Gestern waren zwei von dieser grottenschlechten Band *Trutzstaffel* vor der Schule und haben CDs verteilt«, bestätigte Jenny. »Verteilt! Nicht verkauft, verschenkt ... Ich hab keine genommen. Diese Typen, die kamen mir vor wie die schmierigen Männer, vor denen du mich als kleines Kind gewarnt hast. Du weißt schon, diese Kinderschänder.«

Ilona holte tief Luft. Dass sie sich daran erinnert, staunte sie, und die Härte in ihren Augen wich einem zärtlicheren Ausdruck. Anderseits, als ich sie zufällig mit dem illegalen Game erwischt habe, fand sie es in einer ersten Reaktion ›geil‹.

»Kein Wunder«, befand Ilona, »dass dir keiner von meinen Ex-Kollegen glaubt. Polizisten sind letztlich nicht intelligenter als der Rest der Bevölkerung. Jahrelang hat man ihnen und der Justiz vorgeworfen, auf dem rechten Auge blind zu sein. Doch kaum sind alle nervös geworden, weil es Verdachtsmomente gibt, Rechtsextremisten könnten ...« Sie hielt inne. Sollte sie Jenny auch noch mit der Möglichkeit eines drohenden Anschlags belasten? »Prompt reagieren sie beim kleinsten Hinweis derart überzogen, dass sie meine Tochter mitten in der Nacht festnehmen – wegen einiger Flugblätter und eines anonymen Anrufs.«

»Und das heißt?«, erkundigte sich Dana.

»Zuerst einmal, dass ich Jenny glaube.« Sie machte eine Pause. »Aber warum jemand hingeht und ihr Nazipropaganda in den Rucksack schmuggelt, darauf habe ich keine Antwort.«

Dana hob die Hand und wandte sich an Jenny. »Du hast diese Nazi-Band erwähnt. Kennst du die?«

Jenny erzählte von der Schulparty, auf der *Trutzstaffel* einst eingesprungen war.

»Martin Sterner«, sprach Dana langsam, nachdem sie sich Jennys Ausführungen angehört hatte. »Den Namen hat deine Mutter vorhin schon erwähnt.«

»Richtig«, entsann sich Ilona. »Und du hast behauptet, du weißt was über diesen Kerl. – War der gestern ebenfalls da?«

»Ja. Er war so widerwärtig wie immer.« Jenny führte nicht näher aus, dass Martin wieder einmal versucht hatte, sie auf seine übliche Art anzumachen, einer Mischung aus lautstarker Dreistigkeit und unentschlossener Schüchternheit.

»Und woher kennst *du* Sterner?« Ilona und Jenny musterten Dana mit fast identischem Gesichtsausdruck.

»Wir sind verwandt«, antwortete Dana knapp.

»Hä?«, entfuhr es Jenny. »Du und Martin, ihr ...« Sie stockte.

»Du meinst, wir sehen uns nicht ähnlich.«

»Nicht bloß das«, verdeutlichte Jenny, »ihr seid auch überhaupt nicht ... gleich.«

»Trotzdem«, bekräftigte Dana, »wir sind miteinander verwandt, und ich vermute mal, dass ich ihn von uns dreien am besten kenne.«

»Das kann nur eine weitläufige Verwandtschaft sein«, mutmaßte Ilona.

»Ja, wir haben denselben Urgroßvater.«

»Kommt deine Familie ursprünglich aus Deutschland?«

»Nein, Jenny. Lediglich der Urgroßvater war Deutscher. Er hieß Moritz Sterner und ist während des Ersten Weltkriegs über England abgeschossen worden. Meine Uroma hat ihn in dem Krankenhaus betreut, in das er als schwer verwundeter Kriegsgefangener eingeliefert wurde. Man hat ihn nicht in ein normales Lazarett gesteckt, weil man ihn isolieren wollte, um bestimmte Informationen von ihm zu bekommen.«

»War er ein Jagdflieger?«, fragte Ilona, die bereits das Bild eines Doppeldeckers vor Augen hatte, »so etwas wie der Rote Baron?«

»Nein«, entgegnete Dana. »Er gehörte zur Besatzung eines Luftschiffs. Damit haben die Deutschen im Ersten Weltkrieg England angegriffen und Bomben abgeworfen.«

»Ein Zeppelin?«

»Cool«, fand Jenny, nicht aber Dana, die eine Grimasse schnitt.

»Meine Großmutter entstammte einer kurzzeitigen Verbindung zwischen Moritz Sterner und Maggie Melvin, meiner Urgroßmutter. Von meiner Oma habe ich vor etlichen Jahren, kurz bevor ich nach Deutschland gegangen bin, ein paar Unterlagen von und über Moritz Sterner bekommen.« Sie musste lächeln, als aus Ilonas und Jennys Gesichtern eine ähnlich gespannte Erwartung sprach.

»Meine Großmutter gab mir die ganzen Papiere, weil ich, damals völlig ahnungslos über meine familiären Wurzeln, in der Schule Deutsch gelernt hatte. Mit anderen Worten, im Gegensatz zu ihr und zu meinen Eltern, die kein Wort Deutsch konnten, war ich in der Lage, die Dokumente zu verstehen. Denn nur ein Teil davon war auf Englisch. Wichtiges war auf Deutsch verfasst worden – das blaue Buch, eine Art Kriegstagebuch von Moritz Sterner.«

Ilona verteilte den Rest Kaffee auf die Tassen.

»Bis vor gar nicht langer Zeit glaubte ich wie meine Großeltern und Eltern, dass Moritz Sterner bei seiner Flucht aus England ums Leben gekommen wäre. Dass das Boot, mit dem er von der Insel floh, entweder von Schiffen der englischen Kriegsmarine oder sogar von einem deutschen U-Boot versenkt wurde.«

»Ihm ist der Ausbruch aus englischer Kriegsgefangenschaft gelungen?«, fragte Ilona nach.

»Und während seiner Haft soll er deine Urgroßmutter geschwängert haben?«, schloss sich Jenny skeptisch an. »Das glaube ich nicht. Ich denke, Gefangene und Frauen haben sich damals höchstens durch Gitter und Stacheldraht getrennt gesehen, oder?«

»Ich erzähle es euch gerne«, erwiderte Dana. »Aber ihr müsst mir sagen, was ihr zuerst hören wollt, die Geschichte vom alten Sterner in England und nach dem Krieg in Deutschland oder wie ich Martin Sterner kennengelernt habe.« Dana blickte sie fragend an. »Für Moritz müssen wir uns Zeit nehmen, das ist nicht in ein paar Sätzen erzählt. Der Jüngere geht etwas schneller.«

»Ich finde, im Moment ist Martin Sterner wichtiger«, sagte Ilona. »Es liegt ja auf der Hand. Martin ist der Beweis, dass Moritz überlebt hat, dass ihm die Flucht doch gelungen ist.«

»In der Tat«, gab Dana ihr recht, »ich konnte Großmutter nichts mehr davon erzählen. Sie starb, kurz nachdem ich mich in Deutschland niedergelassen hatte, und Martin habe ich erst im vergangenen Jahr kennengelernt.«

»Wie das?«

»Übers Internet«, antwortete Dana. »Es war mehr aus Langeweile, keine zielgerichtete Recherche. An einem verregneten Sonntagnachmittag habe ich verschiedene Namen bei *Google* eingegeben. Und weil ich die Geschichte meiner Urgroßmutter kannte, irgendwann auch den Namen Sterner.«

»Und?«, fragten Ilona und Jenny fast im Duett.

»Hunderttausend Treffer, mindestens ... Autohäuser, Architekten, Fliesenleger, exotische Firmen aus Norwegen, lauter uninteressantes Zeug, mit dem man perfekt seine Zeit vertrödeln kann.«

»Dachte ich mir«, bemerkte Jenny trocken.

»Ich weiß nicht mehr, ob's auf der dritten oder vierten Seite war, jedenfalls noch relativ weit vorn.«

»Durch mehr als zehn Seiten mit unergiebigen Anzeigen klickt sich sowieso kein Mensch«, unterbrach Jenny sie.

»Es war ja keine zwingende Suche«, wandte Dana ein.

»Jetzt lass sie halt erzählen«, moserte Ilona, ohne zu merken, dass sie nun ihrerseits Dana ins Wort fiel.

»Es war das PDF einer Erstsemesterarbeit, Uni München.«

»Ist ja ein Ding, dass die ehrwürdige Münchner Uni Seminararbeiten von Studienneulingen ins Netz stellt«, staunte Ilona.

Dana lachte kurz und fuhr fort: »Fachbereich Geschichte, das Thema hab ich vergessen, darum ging's mir auch nicht. Weshalb ich auf diese Seite kam, lag am Verfasser.«

»Martin Sterner?«, vermutete Jenny. »Wusste gar nicht, dass der studiert.«

»Doch, doch«, versicherte Dana. »Martin Sterner. Auf dem Deckblatt der Arbeit standen Name, Adresse und Telefon. Da hab ich kurz entschlossen angerufen.«

»Und ihn erreicht.«

»Yep. Zuerst war sein Vater an der Strippe, und ich hatte noch keine zwei Worte geredet, da rief er bereits nach seinem Sohn. Der hat sich dann, vorsichtig ausgedrückt, ein wenig merkwürdig verhalten.«

»Inwiefern?«

»Ich sprach ihn geradewegs auf Moritz Sterner an, fragte ihn, ob es unter seinen Vorfahren jemand mit diesem Namen gegeben hätte. Ja, versetzte er ziemlich unwirsch und wollte wissen, warum mich das interessiere. Sein ›Ja‹ war keine Antwort, der man ein Zögern oder Nachdenken anmerken konnte. Es war, obwohl er so ruppig klang, als hätte er darauf gewartet, dass ihm jemand genau diese Frage stellt.«

»Schon erstaunlich«, fand Ilona. »Ich muss nachdenken, um mir nur die Vornamen meiner Großeltern ins Gedächtnis zu rufen. Die von meinen Urgroßeltern, keine Ahnung, da müsste ich nachgucken, ob die überhaupt in unserem Familienstammbuch verzeichnet sind.«

»Genau«, stimmte Dana lebhaft zu, »Martin wusste sofort, von wem ich sprach. Mit anderen Worten, er hatte sich allem

Anschein nach erst vor kurzem mit diesem Menschen auseinandergesetzt.«

»Oder der war irgendwie berühmt«, warf Jenny ein.

»War es denn überhaupt dieselbe Person, über die ihr gesprochen habt?«, zweifelte Ilona, »ich denke nur an die hunderttausend *Google*-Treffer.«

»Das wusste ich zu jenem Zeitpunkt tatsächlich nicht«, entgegnete Dana. »Und ich erfuhr es bei unserem ersten Telefonat auch nicht.«

»Wieso?«

»Martin Sterner sagte mir, ich solle später noch einmal anrufen, und gab mir eine andere Nummer. Als ich das am Abend tat, erklärte er mir zunächst, dass Moritz Sterner für seine Familie so etwas wie ein rotes Schaf, falsch, ein schwarzes Tuch wäre.«

»Umgekehrt«, korrigierte Jenny vergnügt, die sich über die seltenen Fehler, die Dana im Deutschen machte, königlich amüsieren konnte. Ilona atmete auf. Jennys Reaktion zeigte, dass sie nicht mehr ständig an die scheußlichen Ereignisse der vergangenen Nacht denken musste.

»Wie auch immer. Diese ganze Geschichte ist ziemlich umfangreich, außerdem brauche ich dazu das schon erwähnte Material.«

»Dann hol es«, verlangte Ilona. »Ich schieb inzwischen eine Pizza in den Ofen.«

»Nein«, lehnte Dana ab. »Ihr esst allein und schlaft euch gründlich aus. Morgen auf der Fahrt habe ich genug Zeit, um euch diese verwickelte Story zu erzählen.«

»Wie bitte, was für eine Fahrt?«, fragte Ilona.

»Schon vergessen?«, frohlockte Dana, »wir wollten nach Hamburg.« Mit einem Blick auf Jenny ergänzte sie: »Zu dritt.«

»Ja, aber wir hatten nichts festgelegt«, stellte Ilona klar, einen Beiklang von Empörung mühsam unterdrückend.

»Tut mir leid, wenn ich euch damit überfahre«, erwiderte Dana lächelnd. »Ich konnte ja nicht ahnen, was hier letzte

Nacht abgegangen ist. Heute früh, als ich zur Arbeit kam, war das Erste, drei Tickets zweiter Klasse nach Hamburg und zurück zu bestellen. Du weißt schon, die Leute bei Czernik sind immer sehr freundlich, die Karten liegen im Reisebüro zur Abholung bereit. Sie sind an keinen Zug gebunden. Mit anderen Worten, wir können jederzeit los.«

Ilona starrte ihre Freundin schweigend an. Schon aus Trotz wollte sie heftig widersprechen, vor allem beim Gedanken an den Anlass der Fahrt, den sie erst einmal mit Jenny besprechen wollte. Mit einer dezenten Kopfbewegung bat sie ihre Tochter, aufzustehen und in ihr Zimmer zu gehen.

»Bist du von allen guten Geistern verlassen?«, fauchte Ilona, nachdem Jenny die Tür hinter sich zugezogen hatte.

»Außerdem ist Veronikas Wohnung dieses Wochenende frei«, redete Dana ungerührt weiter. »Sie ist eine alte Freundin, mit der ich vor vielen Jahren mal zusammengewohnt habe. Also ist eine Übernachtungsmöglichkeit ebenfalls da.«

»Das geht mir immer noch einen Tick zu schnell«, protestierte Ilona und bemühte sich, diplomatisch zu klingen.

»Durch Wiederholung werden deine Argumente auch nicht besser«, konterte Dana.

»Ich sagte, das geht mir zu hoppla hopp!«

»Wieso?« Die Frage kam von Jenny, die wieder in der Tür stand. »Ich hab' zwar keinen Schimmer, was ihr in Hamburg wollt, aber das ist doch eine geile Stadt. Ich war noch nie dort.«

»Nun spring schon über deinen Schatten! Und falls du an das Spiel gegen Borussia denkst«, fügte Dana hinzu, »vergiss nicht, dass sie dich vorläufig suspendiert haben. Du hast nichts mehr damit zu tun. Im Gegenteil, du kannst tun und lassen, was du willst. Und im Grunde solltest du froh darüber sein, den ganzen Stress vom Hals zu haben.« Dana spürte, dass Ilonas Widerstand erlahmte. »Es täte dir gut, es täte euch gut, dem ganzen Tohuwabohu für ein paar Tage zu entfliehen. In der nächsten Zeit wird es in München unerträglich sein.«

Keine von ihnen ahnte, wie recht Dana mit ihrer Bemerkung haben sollte.

»Und da wir beide im Moment keine Verpflichtungen haben, holen wir morgen Nachmittag Jenny von der Schule ab und fahren. Samstags musst du nicht lernen, oder?«

»Nein. Das wäre ja noch ätzender!«

08 : Escape

Das Motto lautete, alles stehen und liegen zu lassen und den nächsten Zug nach Hamburg zu erwischen. »Wir brauchen dich«, hatte Kant am Telefon gesagt. »Es geht um ein Programm, mit dem verschiedene ein- und abgehende Signale in Abstimmung mit GPS koordiniert werden können.«

»Ist das ein Job?«, hatte Martin ungläubig gefragt.

»Jawohl, und gut bezahlt dazu«, bestätigte Volker Kant, »aber natürlich brandeilig.«

»Und wieso kommst du da ausgerechnet auf mich? Von München nach Hamburg ist nicht gerade der nächste Weg.«

»Ganz einfach. Ich gebe solche Arbeiten lieber an Kameraden, denen ich vertrauen kann, als an hergelaufene Software-Schlampen, die möglicherweise den Mund nicht halten können. Zumal der Kunde Angst vor Industriespionage hat. Sein Produkt ist nicht so weit, dass er es zum Patent anmelden kann, also dürfen nur absolut vertrauenswürdige Leute daran mitwirken.« Dann hatte Kant noch etwas erwähnt, was wie ein Mausklick auf Martins Denken wirkte; eine Bemerkung, lässig dahingesagt, die Sterner elektrisierte. »Du weißt doch: Leider gibt es unter unseren Freunden nicht so viele, die am Rechner wirklich etwas draufhaben.«

Martin wusste, worauf sich Kant bezog. Die Tatsache, dass Programmieren seine Leidenschaft war und er es mit seinen Kenntnissen locker mit Informatikstudenten aufzunehmen vermochte, hatte er Kant nicht lange verschwiegen.

Seit er ihn kennengelernt hatte, fühlte Martin sich dem mindestens fünfzehn Jahre älteren Mann verbunden. Es war nicht selbstverständlich, Gesinnungsfreunde zu finden, mit denen man offen reden konnte. Schon der Begriff der Rasse war heute bei vielen Menschen verpönt. Erst recht, wenn man ihn mit Inhalten füllte. Dabei war doch mittlerweile sogar die moderne Genforschung teilweise auf ihrer Seite, oft ohne es zu ahnen. Man brauchte sich ja nur umzusehen, mit klarem Blick durch die Welt zu gehen, um festzustellen, was bereits ihren Altvorderen klar gewesen war: Schon immer rangen unterschiedlich entwickelte menschliche Rassen um die Vorherrschaft und würden es auch in Zukunft tun. Im Dritten Reich mochte manches schief und verkehrt gelaufen sein, aber in diesem Punkt hatten die Nationalsozialisten recht gehabt: Für das Fortbestehen der arischen Rasse musste man kämpfen. Ohne sich zu wehren, würde Martins eigene weiße Rasse untergehen, im Staub der Geschichte verschwinden. Sie war doch ohnehin hoffnungslos in der Minderheit gegenüber jener Flut von Andersfarbigen, die in Wellen gegen die europäischen Grenzen anbrandete.

War es schon ganz unmöglich gewesen, über solche Themen in der Schule zu reden, so fanden sich auch an der Uni nur wenig Gleichgesinnte. Am schlimmsten aber war es, zu Hause bei den Eltern derartige Gedanken anzuschneiden.

»Am Sonntag nehme ich dich dann mit nach Löwenstedt, das liegt nördlich von Schleswig und Husum«, hatte Kant versprochen. »Dort habe ich vor einiger Zeit ein kleines Anwesen gekauft, das ausschließlich aufrecht gesinnten Deutschen zur Verfügung steht. Du wirst da ein paar neue Kameraden kennenlernen. Denn deine Talente sollen ja nicht bloß unseren gemeinsamen Freunden zugute kommen.«

Kant täuschte sich nicht. Es war für Martin an der Zeit, sich ernsthafteren Dingen zuzuwenden als nur der Brachialmusik seiner Freunde von *Trutzstaffel* und ihrem Sport, dem Komasaufen.

»Liegt da nicht auch Nordholz in der Nähe?«, hatte er Kant gefragt.

»Äh, grob gesprochen, ja. Das ist, glaube ich, auf der anderen Seite, in der Nähe von Cuxhaven.«

»Andere Seite? Meinst du die Elbmündung?«

»Korrekt. Wieso fragst du?«

»Wenn ich schon mal in Hamburg oder in Löwenstedt bin, würde ich mir gerne anschauen, wo mein Urgroßvater stationiert war.«

»Verstehe. Machen wir einen Ausflug nach Nordholz. Ich glaube, da gibt es ein Luftfahrtmuseum. Sicher interessant.«

»Ich weiß, es heißt *Aeronauticum.*«

»Dass denen nur lateinisierte Namen für solche Einrichtungen einfallen. Das ist deutsche Küste, Störtebekers Heimat.«

»Ich war zwar noch nicht dort, habe mir aber mal einen Katalog von dort schicken lassen.«

»Dann bist du ja bestens vorbereitet. Ich kann also davon ausgehen, dass du kommst?«

»Geht klar, Mann.«

Als Martin jedoch in den kurz zuvor eingefahrenen ICE nach Hamburg einstieg, schreckte er zurück. Unmöglich, das konnte einfach nicht wahr sein! Fast wäre er ihnen in die Arme gelaufen. Unvorstellbar, mit denen im selben Zug zu reisen! Er drehte sich auf dem Absatz um und drängelte sich rüde wieder nach draußen. Die Fahrgäste, die hinter ihm den Zug betreten wollten, fluchten, als er sie grob zur Seite schob. Seine Tasche verhakte sich im Gestänge eines Trolleys.

»Können Sie nicht aufpassen, Sie …« Der Mann verschluckte die Verwünschung, als er Martins Gesicht bedrohlich nahe kommen sah.

Beherrsch dich, bloß kein unnötiges Aufsehen, bezwang sich Martin, befreite sein Gepäck, schlüpfte durch die Menge und verschwand hinter einem Getränkeautomaten. Dummerweise konnte er durch die verspiegelten Scheiben des Zuges nicht wahrnehmen, ob man ihm nachstarrte, ihn möglicherweise erkannt hatte. Er nestelte sein Handy aus der Tasche und drückte eine Kurzwahltaste. Nervös lauschte er dem Signalton.

»Ja?«, meldete sich Volker Kant. Martin konnte die Fahrgeräusche deutlich hören, Kant war irgendwo mit seinem X5 unterwegs.

»Äh, Volker«, sagte er und bemühte sich um einen gedämpften Tonfall. »Habe gerade den ICE verpasst. Ich komme einen später. Ist das o.k.?«

»Hey, du bist so leise! Was ist los?«

»Habe den Zug verpasst«, wiederholte Martin. Völliger Blödsinn, auf einem Bahnhof zu flüstern, dachte er, erst recht bei diesem Lärm. Er fühlte, wie er rot wurde.

»Macht nichts«, antwortete Kant. »Ich bin auch auf dem Weg, dauert noch etwas. Ich musste unsere Freunde in Berlin absetzen. Weißt du schon, wann dein neuer Zug in Hamburg ankommt?«

»Nein. Ich ruf dich gleich wieder an, wenn ich nachgesehen habe.«

In Martins Worte hinein tönte die scheppernde Lautsprecherdurchsage: »Abfahrt des ICE 584 von München nach Hamburg. Türen schließen selbsttätig. Vorsicht bei der Abfahrt des Zuges.«

»Moment mal?«, hörte Martin Volker aus dem Mobiltelefon. »Den hättest du gekriegt, wenn du eingestiegen wärst, statt mich anzurufen. Was soll das?«

»Ich ...«, stammelte Martin und spürte erneut, wie ihm das Blut ins Gesicht schoss.

»Was ist los? Was soll das?!« Kants Stimme hatte einen schneidenden Ton angenommen.

»Ich konnte diesen Zug nicht nehmen, Mann. Ich erklär's dir später.«

»Verdammt!«, plärrte Kant unangenehm laut aus dem Handy, »was soll das heißen? Willst du mich verarschen? Kommst du überhaupt?«

»Sicher. Darauf kannst du dich hundertprozentig verlassen.«

»Ruf mich an«, klang die Antwort misstrauisch, »sobald du deine Ankunftszeit weißt.« Kant unterbrach das Gespräch, ohne sich zu verabschieden.

»Sch...«, fluchte Martin und stapfte wütend in Richtung Schalterhalle zurück, während sich in seinem Rücken der ausfahrende ICE immer weiter entfernte.

Ausgerechnet hier und jetzt, verdammter Zufall! Oder doch keiner? Schon bestürmten ihn weitere Fragen. Was um alles in der Welt hatte Dana Leigh mit dieser Rotzgöre Jenny zu tun? Warum verreisten sie zusammen? War die Dritte im Bunde Jennys Mutter? Welche Verwicklungen hätten sich ergeben, wenn nicht er sie, sondern Jenny und Dana ihn zuerst gesehen hätten? Noch dazu, nachdem er und Jenny sich erst vor ein paar Tagen ... Zu viel, um Volker Kant alles am Telefon zu erklären.

Beim Versuch, Antworten zu finden, entstanden in Sterners Gedanken lebhafte Bilder von Jenny und Dana, wie sie ihn beide mit skeptischen Blicken betrachteten. Jenny fixierte ihn abschätzend, mit jener unterkühlten Arroganz, die ihn seit ihrer ersten Begegnung ziemlich auf-, aber auch anregte. Jeder Mann, der es gewagt hätte, ihn so zu mustern, hätte aufpassen müssen, keine gelangt zu bekommen. Jennys Blick hatte auf ihn indes die gegenteilige Wirkung. Als er noch zur Schule ging, ließ sie ihn so häufig abblitzen, dass er gar nicht mehr sagen konnte, wie oft sie ihm die kalte Schulter zeigte. Irgendwann verlor sich sein Interesse an dem Mädchen; zumindest redete er sich das ein. Sie verschwand jedoch nur aus seinem Kopf, wenn er sie nicht sah. Lief er ihr zufällig über den Weg, versetzte ihm ihr Anblick von Neuem einen heftigen Stich. Es stimmte nicht, dass sie ihm gleichgültig geworden war. Noch immer war es so, dass er am liebsten über sie hergefallen wäre und ihr die Kleidung vom Leib gerissen hätte. Kein zärtliches Empfinden begleitete diese Phantasien. Wenn sie darin vor

Schmerzen schrie, war ihm das gerade recht. Doch dieser Abgrund, der sich in ihm auftat, sobald er an Jenny dachte, erschreckte ihn gleichermaßen – ein Dilemma, aus dem er keinen Ausweg fand.

Dana dagegen, um einiges älter als er, betrachtete ihn in seiner Vorstellung mit milderem Blick, wenngleich sie ihre Skepsis ebenfalls nicht verhehlte. Obwohl beide Frauen äußerlich kaum unterschiedlicher zu sein vermochten, war es Martin auch bei Dana unmöglich, ohne körperliches Begehren an sie zu denken. Ihr gegenüber konnte er sich seinen Gedanken und Gefühlen leichter hingeben, da sie nicht so zerstörerisch wie bei Jenny waren.

Danas Stimme am Telefon war bereits ein Aphrodisiakum gewesen, hatte seine Männlichkeit mehr stimuliert, als ihm lieb war. Aber wohin mit seiner Lust? Peinlich war seine Erlösung, peinlich die Erinnerung an die ungemütliche Wichserei im zugigen Gartenhäuschen, in das er sich hatte verdrücken müssen, da seine Eltern das Haus voller Gäste hatten; an die kaum befriedigende Erleichterung, als er über die Gartengeräte abspritzte, nur um die Erektion loszuwerden, die ihn nach ihrem ersten Anruf gepeinigt hatte.

Irgendwann trafen sie sich, und zu der Stimme, die ihn schon aufs Äußerste erregt hatte, gesellte sich ein hübsches Gesicht. Vielleicht hatte er sich insgeheim gewünscht, ihr Anblick würde ihn abstoßen. Dem war aber nicht so, obgleich er sich bis dahin nichts aus älteren Frauen gemacht hatte und Dana körperlich überhaupt nicht seinem Geschmack entsprach, nicht dem Ideal, dem er bisher angehangen hatte. Sie war zu rund, zu üppig, über jede andere hätte er gelästert, sie sei ihm zu fett, solle sich lieber als Schlammcatcherin versuchen. Nicht so bei Dana, mit der er sogar verwandt war und einen gemeinsamen Vorfahren hatte, nicht irgendeinen, sondern seinen Helden aus dem Ersten Weltkrieg, Moritz Sterner, dessen Nachnamen er mit unbändigem Stolz trug. Diese Verwandtschaft war weitläufig genug, um nicht wirklich über das Tabu eines Inzests, das er in schwachen Momenten zu brechen meinte, nachdenken zu müssen. Was für ein altmodischer, undeutscher Begriff. Es konnte doch keine Rede davon sein, dass er mit ihr Kinder zeugen wollte. Zumal auch sie, bald nachdem sie sich näher kennengelernt hatten, eine unüberwindliche Mauer um sich errichtet hatte, was sein Verlangen bloß noch quälender machte.

In sie einzudringen, sein Glied wieder und wieder in ihren weichen Leib zu stoßen, war ihm heimliche Genugtuung und Höhepunkt, den er sich in nächtlichen Phantasien ausmalte. Dana erschien ihm darin voller Verlangen, sie versprach ohne Worte, ohne Einschränkung: Ich tu alles, was du willst. Die barocken Rundungen ihres Körpers verschmolzen in seiner Vorstellung mit urtümlichen Sagengestalten, mit Muttergottheiten von ausladenden Formen, Gebärerinnen stolzer, überlegener Geschlechter. In Dana, der universalen Schöpferin und Hüterin, zu versinken, sich in ihr in völliger Ekstase zu verlieren, sie und sich selbst mit dieser Vereinigung zu adeln, davon hatte Martin in ungezählten feuchten Träumen gefiebert.

Und jetzt tauchten das Mädchen, das ihm schon als Kind gefallen hatte, und die Frau, die wie keine andere seine Lust befeuerte, beide zusammen vor ihm auf, und er hoffte inständig, von ihnen nicht bemerkt worden zu sein.

Wie lange stand Martin schon vor den gelben Fahrplänen, ohne sie wahrzunehmen? Ein altes, gebeugtes Mütterchen schob ihn leicht zur Seite und studierte die Zeitangaben. Er ließ sich gedankenverloren abdrängen. Kaum hatte er jedoch realisiert, dass sie ihn angefasst hatte, überschwemmte ihn eine maßlose Wut. Stinkende Vettel, brannte der Zorn in ihm auf, aber erneut riss er sich zusammen und wartete, bis die Alte sich, ihr Wägelchen vor sich herschiebend, trollte.

Rasch suchte Sterner die nächste Verbindung nach Hamburg und drückte die Wahlwiederholungstaste seines Handys. Erleichtert hörte er, wie sich nur die Mailbox meldete. Er hinterließ seine neue Ankunftszeit und beendete den Anruf so grußlos, wie Kant ihn zuvor abgefertigt hatte. Der soll sich bloß nicht so anstellen.

In vierzig Minuten ging sein Zug. Zu wenig Zeit, um etwas zu unternehmen; zu viel, um untätig herumzustehen. Martin schlenderte ziellos durch die weitläufige Bahnhofshalle, in der es von Menschen wimmelte. Sprechchöre und Fangesänge ertönten, begleitet von Pfiffen, Fanfaren und Trommelklängen. Jeder zweite ankommende Zug spuckte Trauben von Fans aus, und das bereits einen Tag vor dem Spiel gegen Dortmund. Nicht wenige von ihnen würden die Woche über in München bleiben, um auch das Europapokal-Halbfinale gegen Real Madrid und das Derby gegen den 1. FCN mitzuerleben. Die Rechnung der Veranstalter, diese Serie zum fußballerischen Höhepunkt des Jahres hochzujubeln, ging auf. Das Getöse der Anhänger brach sich in zahllosen Echos, jede Gruppe versuchte, die anderen zu übertönen.

Der Ausnahmezustand, den man für München vorhergesagt hatte, steuerte dem ersten Höhepunkt entgegen. Es stimmte, was Kommentatoren behauptet hatten: München wurde für kurze Zeit in den Rausch der WM zurückversetzt. Für viele existierte nur der Gedanke an Fußball. Ihr Geschrei, die Hingabe, das gemeinschaftliche Fiebern und Toben lösten bei Martin, der früher Clubfan gewesen war, widersprüchliche Gefühle aus. Einerseits besaßen die Menschenmengen, die München im kollektiven Fußballrausch auf den Kopf stellten, immer noch eine unwiderstehliche Anziehungskraft; andererseits stieß ihn die ungezwungene Fröhlichkeit jetzt schroff ab. Ein Teil von ihm wäre am liebsten in der namenlosen Masse abgetaucht, hätte sich in ihr aufgelöst. Die Sehnsucht, sich für einige Stunden oder Tage gehen zu lassen, den eigenen Namen und alles, was einen ausmachte, zu vergessen, war ihm vertraut. Doch seit kurzem fühlte er sich reifer. Die neuen Züge seiner Persönlichkeit wollten von solchen Ausschweifungen nichts wissen. Er hatte mit dem Fußball abgeschlossen, so wie ein Jugendlicher sich irgendwann nicht mehr in den Sandkasten setzt.

Martin fand sich schließlich auf der Empore in einer Galerie wieder, wo sich kleinere Geschäfte und Imbissläden aneinanderreihten. Mit leerem Blick starrte er auf das Treiben in der Halle hinab, ignorierte die Lautsprecheransagen und den Rummel, so dass der Lärm nur noch den Hintergrund bildete, vor dem er die Bilder von Dana und Jenny nicht loswurde.

Während der rund sechs Stunden von München nach Hamburg erzählte Dana alles, was sie über Moritz Sterner wusste. Sie stützte sich dabei auf dessen blaues Kriegstagebuch sowie auf das Material, das sie von Martin bekommen hatte. Martin und sie waren seinerzeit übereingekommen, Kopien der Hinterlassenschaft in ihrem jeweiligen Besitz auszutauschen.

»Ich war froh, als das endlich erledigt war«, bekannte Dana und klang dabei, als hätte es sich um einen Gefangenenaustausch und nicht um die Übergabe einiger Papiere gehandelt. »Dieser junge Mann wurde mir von Tag zu Tag unheimlicher.«

Jenny sah sie fragend an. Danas Blick erfasste auch Ilonas freundlich interessierte Miene, die nicht darüber hinwegtäuschen konnte, dass sie mit ihren Gedanken ganz woanders war.

»Er wollte was von dir?«, vermutete Jenny.

»Keine Ahnung, möglicherweise. Darüber habe ich nie nachgedacht, und das meinte ich nicht. Mich irritierte damals wie heute, dass er von unserem gemeinsamen Urgroßvater derart besessen war. Nach dem, was ich insbesondere in Martins Unterlagen gelesen habe, besteht dazu kein Anlass. Eher im Gegenteil!«

Sie kramte in ihrer Tasche nach einem Schnellhefter. »Hier sind zum einen ein paar normale Dokumente, etwa Entlassungspapiere aus der kaiserlichen Marine, die mit dem Ende des Ersten Weltkriegs aufgelöst wurde. Weiter sehr interessante Kopien von zwei Tagebüchern, in denen Moritz

Erlebnisse aus der Zeit der Weimarer Republik und während des Dritten Reichs aufgeschrieben hat, meiner Meinung nach nicht gerade rühmliche Kapitel seiner Vergangenheit. Er selbst hat das natürlich anders bewertet, und Martin sieht in seinem Urgroßvater einen Helden, dessen Handlungsweisen nicht hinterfragt werden dürfen.«

»Wieso?«, fragte Ilona.

Also hört sie doch zu, freute sich Dana. »Er war ein früher Parteigänger der Nazis und bereits in der Weimarer Zeit in undurchsichtige Machenschaften verstrickt, von dem, was er über die Nazizeit schreibt, ganz zu schweigen.«

»Dann setzt Martin wohl einfach eine Familientradition fort«, spekulierte Ilona.

»Aber eine, die meines Wissens durch seine Eltern unterbrochen worden ist«, erwiderte Dana.

»Gibt's eigentlich einen Plan, wo wir in Hamburg wohnen werden?«, erkundigte sich Jenny und lenkte das Gespräch wieder auf die Gegenwart.

»Veronika, eine alte Freundin von mir, fährt übers Wochenende zu ihren Eltern nach Celle«, antwortete Dana. »Sie hat uns erlaubt, während ihrer Abwesenheit ihre Wohnung zu benutzen.«

Die Ruhestunden, welche die Zugfahrt nach Hamburg im Strom der Ereignisse bedeutete, verhalfen Ilonas Gedanken dazu, sich in eine andere Richtung zu bewegen. Ereignisse traten in ihr Blickfeld, die zu neuen Schlussfolgerungen zwangen.

Warum unterstellt Keller Jenny und damit auch mir kriminelle Absichten und zieht nicht einmal versuchsweise in Erwägung, dass meine Tochter die Wahrheit sagt und nichts von den Flyern wusste? Es muss ihm doch ein Leichtes sein nachzuprüfen, ob Jennys Angaben stimmen, dass sich Neonazis vor der Schule herumgetrieben haben. Und was ist so abwegig an der Überlegung, dass einer von ihnen, aus welchem Grund auch immer, die Flugblätter heimlich in Jennys Tasche gesteckt hat?

Auf einmal lief es Ilona eiskalt den Rücken herunter. Bisher hatte sie, wenn sie ehrlich zu sich war, die Anschlagsgefahr während der englischen Woche mehr als etwas Abstraktes betrachtet. Es gab im Vorfeld solcher Ereignisse oft Bombendrohungen, das war trauriger Alltag. Zum Glück hatten derartige Ankündigungen in den seltensten Fällen einen ernst zu nehmenden Hintergrund. Die Kunst der Bekämpfung bestand darin, die wirklich besorgniserregenden Hinweise aus der Unzahl der Einschüchterungsversuche herauszufiltern, die von Wichtigtuern, Verbalradikalen, Frustrierten und geistig Verwirrten ausgesprochen wurden.

Hauptkommissar Keller, das wurde ihr erneut klar, schien im Nebel zu stochern, schätzte die Gefahrenlage aber gleichzeitig als ziemlich akut ein. Hatten die sich häufenden Aktivitäten der Neonazis damit zu tun? Wie fügte sich der Fund der Flyer ins Bild, wie der nächtliche Überfall auf sie?

Ilona hatte diesen Vorfall bislang als weniger beunruhigend abgespeichert; unter Berücksichtigung aller Fakten hatte sie die vermummten Gestalten doch eher für Einbrecher gehalten. Schließlich gab es im abgesperrten Bereich unterhalb des Stadions genug zu stehlen. Was aber, wenn sie tatsächlich das Gelände und mögliche Zugangswege ausspioniert und etwas mit einem Attentat auf ein Fußballspiel zu tun hatten? Ilona dämmerte, dass es nicht mehr um die Frage ging, ob ein Anschlag geplant war, sondern wann und wie er durchgeführt werden sollte.

Ihr schwirrte der Kopf von dieser Gleichung mit zu vielen Unbekannten. Bei der Vorstellung, welche Folgen ein Gewaltakt während einer der Spitzenpartien haben mochte, spürte sie, wie sich ihr der Magen umdrehte. Sie würgte und wünschte, sich nichts von ihrer plötzlichen Übelkeit anmerken zu lassen. Dennoch verließ sie hastig das Abteil. In der Zugtoilette versuchte sie, sich zu übergeben, erfolglos. Als sie ihr Gesicht im Spiegel sah und eine Haarsträhne aus der Stirn strich, berührte sie mit den Fingerspitzen kalten Schweiß auf der Stirn.

Sollte tatsächlich eine Bluttat verübt werden, waren die Konsequenzen kaum auszumalen. Bilder von Attentaten in London und Madrid strömten auf sie ein, vermischten sich mit Aufnahmen aus Beirut, Israel und dem Irak, abgelöst von längst vergessen Geglaubtem aus einer weiter zurückliegenden Vergangenheit, von dem Anschlag während des Oktoberfests in München, dem Bombenterror vor dem Bahnhof in Bologna. Bilder eines mörderischen Kontinuums und seiner unschuldigen, zufälligen Opfer: Tote, Verstümmelte, verzweifelte Angehörige, fassungslose Überlebende.

Ein weiterer Gedanke quälte Ilona mit nahezu gleicher Intensität. Das illegale Computerspiel war ein erster Hinweis gewesen. Was, wenn jemandem die Vorstellung gefiel, einen Terrorakt wie ein Spiel anzugehen, sich als dessen mächtiger unbekannter Leiter im Hintergrund zu halten und von dort die entscheidenden Züge auszuführen? Und was, wenn dieser Attentäter vorab ein paar Hinweise auf sein Vorhaben streute? Die Presse bekäme im Nachhinein ausreichend Argumente, um die Unfähigkeit der Sicherheitsorgane anprangern zu können. Vor allem jedoch würde er damit ein verstörendes Signal setzen: Ihr könnt tun, was ihr wollt, ich bin euch zu jeder Zeit voraus. Es gibt keinen Schutz vor meinen Angriffen.

Je mehr Ilona versuchte, sich in den oder die Unbekannten hineinzuversetzen, umso kälter wurde ihr. Sollte ihre Einschätzung zutreffen, dass es sich bei einem geplanten Anschlag um einen angekündigten handeln würde, um einen Wettkampf, dessen Regeln nur der Herausforderer kannte, so war das Perfide an der Situation, dass es lediglich einige Hinweise gab. Was er wann, wie und warum zu tun beabsichtigte, blieb sein Geheimnis. Vielleicht beschloss er im Hochgefühl seiner Überlegenheit sogar, vorerst nichts zu unternehmen; eventuell hatte er bereits einkalkuliert, dass seine Gegner genau das annehmen würden. Was auch immer geschah, die Sicherheitskräfte konnten nicht viel dagegen tun. Reichten die vagen geheimdienstlichen Informationen aus, um wirksame

Gegenmaßnahmen einleiten zu können? Unwahrscheinlich, wog Ilona skeptisch ab, selbst wenn das Amt über weitere Kenntnisse verfügen sollte, die es Keller gegenüber zurückgehalten hatte.

Längst zählte man in München die Stunden, bis das Fußballfest an dem Ort, der noch vor kurzem ihr Arbeitsplatz gewesen war, beginnen würde. Und was machte sie? Sie fuhr nach Hamburg und floh feige vor der Verantwortung. War es nicht so?

Nein, versuchte sie sich zu beruhigen, ohne diese Bahnfahrt hätte sie keine Gelegenheit zu solch ausführlichem Nachdenken gehabt. Und dafür gab es ausreichend Gründe, ihre prekäre persönliche Lage etwa. Denn der Unbekannte hatte wohl beschlossen, auch sie als Figur über ein unübersichtliches Spielfeld zu schieben. Aber Ilona legte absolut keinen Wert darauf, zusammen mit ihrer Tochter für eine Nebenrolle in einem perversen Szenario missbraucht zu werden. Es machte sie immer wütender, dass Jenny wie eine Marionette an ihren Fäden in die Ereignisse verwoben worden war. Vielleicht war der Ausflug nach Hamburg ja immerhin eine Reaktion, mit der man auf der anderen Seite des Spielbretts nicht gerechnet hatte, nicht rechnen konnte. Sich weit weg vom Ort des Geschehens aufzuhalten, war unter diesen Vorzeichen doch nicht so unvernünftig.

Nichts wünschte sie sich sehnlicher, als mit ihren Befürchtungen ebenso unrecht zu haben wie Hauptkommissar Keller. Dennoch hielt das böse Gefühl an. Und solange die Vorahnung blieb, würde sie, vorläufige Suspendierung hin oder her, nicht aufhören können, über die Möglichkeiten nachzudenken, was sich gegen einen Anschlag unternehmen ließ. Ausgerechnet diese Überlegungen fielen besonders negativ aus. Sie war aus dem Rennen, das Stadion war für sie mit einer Bannmeile umgeben worden. Welch ein Hohn: Sie sah sich eingereiht in die Phalanx international geächteter Hooligans, denen man überall, wo in Europa Fußball gespielt wurde, den Zugang zu den Arenen zu verwehren suchte.

Morgen war der Anpfiff des Meisterschaftsspiels der Bayern gegen den Tabellenführer Dortmund. Nur wenige Tage später würde sich der deutsche Rekordmeister in der Champions League Real Madrid stellen. Und der krönende Abschluss wäre das Derby gegen den 1. FC Nürnberg am Wochenende darauf. Der euphorische Taumel ob dieser Häufung hochklassiger Spiele hatte begonnen, ganz München zu erfassen. Ilona hatte den Hexenkessel hinter sich gelassen. Sie würde, wenn's losging, fast 800 Kilometer entfernt sein. Doch ihre Unruhe begleitete sie nach Hamburg.

VII »Ultima Thule!«

Über die Zeit bis zum Ende des Ersten Weltkriegs gab es keine Aufzeichnungen. Es blieb unklar, wie es Moritz Sterner gelungen war, mit einem gekaperten Fischerboot den Kanal zu überqueren. Auch die glücklichen Umstände, dabei nicht von einem Schiff der englischen Marine aufgebracht zu werden, versanken in den Untiefen der Geschichte. Ein einziges Schriftstück beschäftigte sich mit seiner Flucht, und das in dürren Worten. Kurz vor Kriegsende hatte man ihm das Eiserne Kreuz I. Klasse verliehen, und zwar ausdrücklich für den heldenhaften Wagemut, mit dem es ihm gelungen war, aus der englischen Gefangenschaft zu entkommen. Ob und wo Sterner in den letzten Kriegsmonaten noch einmal eingesetzt wurde, darauf gab es keine Hinweise mehr.

»Die Dokumentation der Einsätze der Marineluftschiffe und ihrer Mannschaften ist weitgehend erhalten, und sein Name taucht nach der letzten Fahrt der L 48 nicht mehr auf«, hatte Martin Sterner seinerzeit Dana erklärt.

Er hatte sich gefragt, ob Moritz Sterner nach der Kapitulation des Kaiserreichs zusammen mit den Besatzungsmitgliedern in Nordholz und denen der anderen Stützpunkte für die Vernichtung der verbliebenen mit Gas gefüllten Riesen gesorgt hatte, damit sie nicht in die Hände der Entente fielen. Er zeigte Dana einige Fotos von zerstörten Luftschiffen. Ihr Anblick erinnerte sie an die Kadaver gestrandeter Wale, die sich, einmal angeschwemmt, nicht mehr aus eigener Kraft ins Meer zurückbewegen können und, vom eigenen Gewicht erdrückt, verenden. Die winzigen menschlichen Figuren, die man auf den Aufnahmen neben den Zeppelinwracks erkennen konnte, ließen in ihr das Bild von Schaulustigen zwischen den gestrandeten Meeressäugern entstehen.

Die Entlassungspapiere von Moritz Sterner legten nahe, dass er sich unmittelbar nach Kriegsende für einige Zeit in Berlin aufgehalten hatte. Dann gab es eine weitere Lücke von einigen Monaten, in denen mindestens ein neuerlicher Ortswechsel erfolgt war. Sterner begann nämlich in München wieder mit persönlichen Aufzeichnungen. Diese unterschieden sich von denen des blauen Buches in mehrfacher Hinsicht. Für Dana waren in seinen neuen Tagebuchnotizen vor allem zwei Aspekte erstaunlich. Es ließen sich kaum Bemerkungen über die Monate in englischer Kriegsgefangenschaft finden. Er erwähnte zwar gelegentlich einzelne Episoden aus seiner Zeit als Leutnant der kaiserlichen Luftschiffflotte und schilderte einzelne Vorfälle während bestimmter Feindfahrten, der Abschuss der L 48 und seine Flucht aus der zum Lazarett umgewidmeten Klinik in Luton wurden jedoch nur einmal kurz erwähnt. Über Maggie, seine englische Geliebte, verlor er kein einziges Wort.

Als noch befremdlicher empfand Dana die zunehmende Radikalisierung seiner Sprache und seiner politischen Einstellungen, das Auftreten einer extremen und unverhohlen antisemitischen Haltung, die sie kaum mit dem Verfasser des blauen Buches in Einklang bringen konnte. Hatte sie bei dessen Lektüre die Anzeichen dafür übersehen, oder hatte diese Wandlung erst mit der von ihm sicher als demütigend empfundenen militärischen Niederlage 1918 eingesetzt?

Dana entwickelte zu der verletzenden Weise, wie er Maggie in seinen erneuten Berichten ignorierte, ihre eigene Theorie, die zugleich die Lücken in den Nachkriegstagebüchern erklärte: »Anfangs muss er häufig an sie gedacht und über sie geschrieben haben. Dann aber lernte er in München seine spätere Frau kennen, eine Verbindung, aus der sich Martins Familienzweig entwickelte. Vielleicht war sie sehr eifersüchtig und neugierig. Um unangenehmen Fragen vorzubeugen, die zwangsläufig gestellt worden wären, falls seiner Frau Erinnerungen an Maggie in die Hände fielen, hat er sie wohl kurzerhand vernichtet. Eventuell enthielten sie weitere Details, von denen er nicht wollte, dass jemand sie erfuhr, die beispielsweise erklärten, wann und wie er Mitglied jenes Freikorps wurde, das Rudolf von Sebottendorff anführte. Und wie er es geschafft hat, im exklusiven Zirkel der *Thule-Gesellschaft* Aufnahme zu finden, die ebenfalls von diesem selbsternannten Baron geleitet wurde.«

Ende April 1919:

Ich erlebe die Zeit der scham- und ehrlosen Vaterlandsverräter, die sich in München und vielen anderen Orten an die Macht geputscht haben, als einen Albtraum. Dafür also haben wir gekämpft, dass uns in der Heimat eine Allianz jüdisch-kommunistischen Gesindels in den Rücken fällt.

Zu den Männern, die ich in meiner verborgen agierenden Gruppe zu betreuen habe, gehört ein auf den ersten Blick unscheinbarer Gefreiter, der als Meldegänger des 16. Bayerischen Reserve-Infanterie-Regiments eingesetzt und während der letzten Kriegswochen im Oktober 1918 auf den Höhen von La Montagne südlich von Wervik Opfer eines Senfgasangriffs wurde. Sobald man diesen mit dem EK I ausgezeichneten einfachen Mann reden hört, regt sich die Hoffnung, dass für unser Land noch nicht alles verloren ist. Doch der Gefreite wird falsch eingesetzt. Er taugt weniger zum Spitzel inmitten der verhassten Anhänger von Räten und Republik als zum Agitator für die völkische Sache. Dieser Meinung sind auch Gottfried Feder, von Freilitzsch und Anton Drexler, die ihn bereits im Hinterzimmer des Gelben Löwen gehört haben. Denn gäbe es mehr Kameraden wie ihn, die mit hypnotischer Macht in der Lage sind, ihre Zuhörer in den Bann zu ziehen und für den rechten Weg zu begeistern, wären wir wohl in der Lage, die nationale Schande und Demütigung von Compiègne vom Tisch zu fegen und anmaßende Gegner in die Schranken zu weisen. Aber das ist nur unnütze Schwärmerei, lebt doch der wahre Feind mitten unter uns und lacht hinter unserem Rücken über unser schmachvolles Scheitern.

Rudolf von Sebottendorff hat angesichts der dramatischen Ereignisse ebenfalls ein Freikorps aufgestellt und nutzt seine Beziehung zur nach Bamberg geflohenen Regierung Hoffmann, um an gefälschte Fahrkarten für die Reichsbahn heranzukommen. Sie ermöglichen es ihm und seinen Männern, München zu verlassen und zu ihrem Quartier in Treuchtlingen zu fahren sowie Waffen aus der Stadt zu schmuggeln. Er hat den Thule-Kampfbund mit dem Decknamen »Oberland« versehen und wartet auf die beste Gelegenheit zum gemeinsamen Befreiungsschlag mit den avisierten Reichswehrtruppen.

Viel ist geschehen, seit Graf Arco auf Valley Ende Februar den Verräter Eisner erschossen hat. Ein Nachfahre Davids, der den jüdischen Unterdrücker beseitigt! Das muss man sich einmal vor Augen halten! Dabei ist der Graf kurz zuvor aus der Thule-Gesellschaft ausgeschlossen worden. Er wollte mit seiner so mutigen wie unüberlegten Tat wohl eine aufrechte Gesinnung unter Beweis stellen. Dabei müsste er wissen: einmal Jude, immer Jude!

3. Mai 1919:

München ist wieder frei, doch um welchen Preis! Bei der Rückeroberung trug ich das Zeichen Thules am Helm: das Schwert über der strahlenden Swastika. Nachdem Freikorps-Einheiten und Reichswehr den Ring um die Stadt beständig enger gezogen hatten, griffen die Verschwörer zum letzten Mittel. Von Sebottendorf erzählte, seine Männer hätten bei Verhören gefangener Rotarmisten üble Pläne in Erfahrung gebracht. So korrespondierten die bolschewistischen Räte bereits eifrigst mit Bela Kun in Ungarn und Lenin in Russland, um zusammen mit österreichischen Kommunisten eine Achse der Weltrevolution zu bilden.

Ab dem 26. April steigerte sich der rote Blutrausch zur schieren Raserei. Ein edles Tier wie der Skorpion tötet sich angesichts einer aussichtslosen Lage mittels seines Giftstachels selbst. Die Kretins um Leviné, Axelrod, Levien, Egelhofer und Toller hingegen bissen wie tollwütige Hunde nur noch zielloser um sich. Sie stürmten die Räume der Thule und nahmen neben Heila von Westarp und dem Prinzen Gustav von Thurn und Taxis acht weitere Mitglieder unseres Ordens in Geiselhaft. Am 30. April ermordeten sie die wehrlosen Gefangenen kaltblütig im Keller des Luitpold-Gymnasiums.

Trotz der Belagerung drang die Nachricht dieser ehrlosen Bluttat nach kurzer Zeit zu uns durch und stachelte jeden Kämpfer an, egal ob Mann eines Freikorps oder Soldat der Reichswehr, sein Äußerstes für die Befreiung Münchens zu geben. Ein Ziel, das wir in erbittertem Ringen bereits am kommenden Tage erreichten.

August 1919:

Besuch bei von Sebottendorff in Konstanz. Anlässlich einer bevorstehenden Hochweihe vertraute mir der Baron unter dem Siegel der Verschwiegenheit eine Reihe von höchst interessanten Informationen an. Ich erfuhr zudem Einzelheiten seines persönlichen Werdegangs und kam in den Genuss eines von ihm für mich berechneten Horoskops, das er mit seinem eigenen verglich. Er verriet mir sogar, er sei ursprünglich bürgerlicher Herkunft gewesen und habe Glauer geheißen, sei aber vom altehrwürdigen Geschlecht derer von Sebottendorff von der Rose adoptiert worden, und zwar famoserweise nicht weniger als dreimal. Einmal, lange vor dem Kriege, nach osmanischem Recht in Konstantinopel, dann, weil das in Deutschland nicht anerkannt wurde, 1914 in Wiesbaden durch Siegmund von Sebottendorff, der jedoch kurz darauf verstarb, weshalb seine Witwe den Vorgang wenig später in Baden-Baden noch einmal wiederholte. Ich kann das gut verstehen. Selbst einem der ältesten und edelsten Geschlechter Deutschlands gereicht es zur Ehre, einen solchen Mann zur Familie zählen zu dürfen.

Von Sebottendorff ist, wie er mir gegenüber bekannte, seit Anfang unseres Jahrhunderts viele Jahre lang kreuz und quer durch den

Orient gereist, stand in Diensten Hussein Paschas und wurde von diesem in die okkulten Lehren des Bäktäsch-Ordens eingeweiht. Schon Jahre zuvor war er in Bursa der Geheimen Gesellschaft der Union und des Fortschritts beigetreten, einer Loge, die sich neben der Pflege mystischer Erkenntnisse ebenso der politischen Veränderung verschrieben hatte.

»Mit Erfolg«, erzählte von Sebottendorff, »bündelten sich hier doch die wesentlichen Kräfte, die man heute als Jungtürken kennt, deren Revolution den Zusammenbruch des dekadenten Osmanischen Reiches bewirkte und zur Gründung eines modernen türkischen Staates führen wird.« Über die Derwische der Bäktäsch-Verbindung erwähnte er, deren Wissen sei auf die gleichen Quellen zurückzuführen wie die verborgene Weisheitslehre der altgermanischen Runen.

»Schon vor dem Krieg erklärte mir mein Meister in Berlin«, entgegnete ich, »dass die geheime Botschaft der Runen verloren gegangen sei.«

»Wissen Sie auch, warum diese Kenntnisse abhandenkamen?«, fragte von Sebottendorff.

»Durch die verhängnisvolle Mischung der Arier mit anderen Rassen, besonders mit unserem Todfeind Juda.«

Der Baron gab mir recht. »Wenn es uns einst gelingen mag, unsere Rasse von der fremden Verunreinigung zu säubern, dann werden wir den Schlüssel zu dieser Gnosis zurückerlangen!«

Wir sprachen über die Ar-Rune und das mystische Wiedererwachen des Adlers, über das Kriegssymbol der Arier, das Zeichen der Sonne und des Urfeuers.

»Ultima Thule!«, rief von Sebottendorff, stand auf und erhob sein Glas. »Lasst uns kämpfen, bis das Hakenkreuz siegreich aus dem Fimbulwinter aufsteigt.«

Dana unterbrach die Lesung aus den Tagebüchern ihres Urgroßvaters, als die Lautsprecherstimme in ihrem Abteil die Ankunft in Hamburg ankündigte.

»Heftig, nicht wahr?«, bemerkte sie, als sie die Brille, die man sonst nie auf ihrer Nase sah, wieder in ihrer Handtasche verstaute.

»Jetzt weiß ich, warum es mir während der ganzen Fahrt schlecht war«, sagte Ilona mit einem missglückten Lächeln.

»Besonders interessant ist, worüber er nicht geschrieben hat«, ergänzte Dana.

»Zum Beispiel?«, fragte Jenny.

»Etwa die sogenannte Befreiung Münchens von der Roten Armee der Räte. Er geht zwar ausführlich auf die Erschießung der *Thule*-Geiseln im Luitpold-Gymnasium ein, aber die grausame Rache der Freikorps verschweigt er tunlichst. Hunderte, die zum größten Teil nichts mit der Revolutionsregierung zu tun hatten, wurden ohne Verfahren hingerichtet, zahllose Unschuldige über den Haufen geschossen. Das war nichts anderes als ein Massaker an einem Teil der Münchner Bevölkerung.«

Sie standen auf, nahmen ihre Taschen und verließen das Abteil, als der ICE in den Bahnhof einfuhr.

Der Schlüssel zu Veronikas Wohnung war wie verabredet bei einem Nachbarn hinterlegt. Dana kannte den älteren Herrn mit dem schulterlangen schlohweißen Haar von früheren Besuchen. Daher wusste sie bereits um seine liebenswerte Marotte, das Wochenende vom Freitagvormittag an ausschließlich im Dress des FC St. Pauli zu verbringen, um die Fußballgötter gnädig zu stimmen und um im Viertel für seine Farben zu werben. Auch an diesem Abend war er ihr treu geblieben.

Kaum hatte Dana die Tür einen Spalt geöffnet, schoss ein dunkelgraues Etwas heraus, wuselte zwischen ihren Beinen durch und verschwand blitzschnell im Treppenhaus. Jenny kreischte, Ilona lachte und Dana ließ ihr Gepäck fallen. »Himmel, Lixxie! Wie kannst du uns so erschrecken!«, rief Dana und rannte dem Fellbündel hinterher. Als sie nach einer Weile die Treppe hochgestiefelt kam, trug sie den Ausreißer auf dem Arm.

»Ein ganz schöner Brocken«, stellte Jenny trocken fest, als sie die Wohnungstür hinter ihnen schloss.«

»Das hört er sicher nicht gern«, tadelte Ilona.

»Sie«, verbesserte Dana. »Lixxie ist eine Sie. Du hast natürlich recht, welche Dame hört schon gerne, dass sie ein paar Gramm zu viel auf die Waage bringt?«

»Ein paar Gramm ... So kann man das auch sagen«, kicherte Jenny und bückte sich, um die getigerte Katzenlady zu streicheln, die sich das ungeachtet der beleidigenden Bemerkungen gerne gefallen ließ, wie man ihrem lauten Schnurren entnehmen konnte. »Scheint nicht nachtragend zu sein.«

»Da ist sie wie Frauchen, einfach ein sonniges Gemüt«, lobte Dana. Sie zeigte Ilona und Jenny die freundliche Altbauwohnung. Von einem langen Flur gelangten sie in einen großen Wohnraum, dessen stuckverzierte Decke sich in gut drei Metern Höhe befand. Überall standen die Türen für die Katze offen. Ganz hinten ging es in eine geräumige Küche. Hier war erkennbar, warum der Korridor viel niedriger als die übrigen Räume ausfiel. Über eine hölzerne Leiter konnte man zu einem Stauraum gelangen, dessen Nutzen Lixxie den Besucherinnen umgehend und nachhaltig vorführte, denn sie blieb fortan verschwunden. Im Wohnzimmer, dessen Wände von ansehnlichen Bücherregalen eingenommen wurden, gab es in halber Höhe ebenfalls eine Holzkonstruktion, welche über eine schmale Treppe zu erreichen war. Die dicken Teppiche und Polster, die den Hochsitz in eine Art Höhle verwandelten, bewogen Jenny spontan dazu, diesen Platz für sich zu reklamieren. Ilona und Dana bezogen Veronikas Schlafzimmer. Auf Ilonas Wunsch schalteten sie vor dem Schlafengehen kurz den Fernseher ein. Die Geheimdienstinformation hatte einen

Anschlag auf das erste der Spiele nahegelegt. In den Nachrichten fiel, wie schon in den Tagen zuvor, kein Wort über die bedrohliche Situation.

Als sie am nächsten Morgen beim Frühstück saßen, kam auch Lixxie wieder zum Vorschein. Es reichte ihr offensichtlich nicht, frisches Futter im Napf vorzufinden, denn sie ignorierte es. Anfänglich strich sie den Frauen bloß reihum um die Beine. Schließlich stellte sie sich neben Jenny auf ihre Hinterpfoten, während sie sich mit den vorderen an der Stuhllehne nach oben zog. Es war erstaunlich, wie lang sich die Katze machen konnte, um die wesentlich interessanteren Häppchen auf dem Frühstückstisch zu beschnuppern. Trotz der tadelnden Blicke, die Ilona ihrer Tochter zuwarf, begann Jenny, das Tier mit Schinkenstückchen zu füttern.

»Du siehst doch, wie hungrig das arme Kätzchen ist.«

»Ja, und wie dünn«, ätzte Ilona.

»Lass sie«, entschied Dana. »Das läuft bei Veronika nicht anders. Soweit ich weiß, kauft sie den Schinken für Lixxie. Sie selbst mag ihn gar nicht.«

»Es ist so etwas wie ein Ritual«, ergänzte Jenny und grinste. »Nicht nur Menschen sind Gewohnheitstiere.«

Dana lehnte sich in ihrem Stuhl zurück und musterte Jenny. »Hast du eigentlich eine Ahnung, warum wir hier in Hamburg sind?«, fragte sie, als Jenny ihren Blick erwiderte.

»Wegen der ganzen Aufregung, mal raus aus München, was anderes sehen.«

»Stimmt«, antwortete Dana, »das sind ganz gute Gründe, aber es gibt noch einen weiteren.«

Jenny sah sie erwartungsvoll an. Dana versuchte, diese Neugier mitsamt der unausgesprochenen Antwort an Ilona weiterzuleiten. Aber die taxierte ihre Tasse. Im Moment war sie halb leer, nicht halb voll.

»Weshalb«, versuchte Dana das Gespräch fortzuführen, »habe ich während der Zugfahrt so viel von meinem Urgroßvater, meiner Urgroßmutter erzählt und vorgelesen?« Erneut keinerlei Reaktion, Jenny blickte nur zunehmend verständnislos zwischen Dana und ihrer Mutter hin und her.

»Was weißt du denn über deine Familie?«, gab Dana die Richtung vor.

»Nicht viel und erst recht nicht so viele interessante Dinge. Ich kenne ja nicht mal meinen Daddy.«

»Genau das ist die Ursache«, hakte Dana nach. »Dein leiblicher Vater lebt hier in Hamburg.«

»Möglicherweise«, fuhr Ilona gereizt dazwischen, hatte sie doch nicht den Mut gefunden, das heikle Thema anzusprechen.

»Was, was soll das heißen?«, staunte Jenny mit weit aufgerissenen Augen – ein deutlicher Kontrast zu Ilonas Mienenspiel, in dem trotz der kaum geöffneten Lider die Pupillen blitzten. Auch die Gesichtsfarbe von Mutter und Tochter zeigte sich gegensätzlich: Während sich Ilonas Wangen leicht rötlich zeigten, war Jenny einen Hauch blasser geworden.

»Du hast ihr also noch nichts davon gesagt«, klagte Dana in Ilonas Richtung.

»Wie denn, wann denn?«, fauchte Ilona zurück und fühlte sich wegen der laschen Ausrede unbehaglich. Sie spürte jetzt zwei Augenpaare auf sich gerichtet, atmete einmal tief durch und streckte Rücken und Schultern.

»Richie, dein Vater, hat mich, hat uns bereits vor deiner Geburt verlassen. Er ist nach Hamburg gegangen.«

»Das weiß ich doch alles, das hast du mir schon erzählt, als ich klein war«, entgegnete Jenny ungewohnt heftig.

»Ich habe vor unserer Abfahrt extra noch einmal in den Kontoauszügen nachgesehen«, sprach Ilona weiter. »Der Unterhalt, der jeden Monat von Richies Gehalt gepfändet wird, kommt nach wie vor von der Hamburger Polizei. Vor Jahren haben sich die Behörden in Bayern und Hamburg darauf geeinigt, dass das Geld direkt von seinem Arbeitgeber auf mein Konto überwiesen wird, solange er seinen Lohn von dort bekommt.«

»Du meinst, solange er bei der Polizei beschäftigt ist«, versuchte Dana die leicht stockende Rede zu ordnen. Ilona nickte.

»Das heißt«, führte sie ihre Gedanken fort, »er arbeitet nach wie vor hier bei der Polizei. Aber ich habe keine Ahnung, ob er noch die gleiche Adresse hat wie vor dreizehn, vierzehn, fünfzehn Jahren. Ich weiß nicht mehr, wie lange es her ist, dass sich die Gerichte mit diesem Fall auseinandergesetzt haben. Damals hat man mir seine Anschrift natürlich mitgeteilt.«

»Das lässt sich herausfinden«, sagte Jenny und zeigte mit dem Daumen über die Schulter. »Im Wohnzimmer sind Telefon und Telefonbuch, außerdem hat Danas Freundin einen Computer, und ich verwette meinen linken kleinen Zeh, dass es auch einen Internetanschluss gibt.«

*

Die Büroräume von Kants Firma nahmen das gesamte erste Stockwerk eines unscheinbaren Gebäudes ein, dessen Außenfassade mit längst verblassten Platten verkleidet war. Ein typischer Bau aus den sechziger Jahren, errichtet an einer stark befahrenen vierspurigen Straße. Es gab eine Tiefgarage, die von einer schmalen Seitengasse aus erreichbar war, sowie einen mit Graffiti verzierten Aufzug, dessen ächzende Fahrgeräusche bei Martin keinen sehr vertrauenerweckenden Eindruck hinterließen. In der zweiten Etage befand sich ein von Kants Unternehmen angemietetes schmuddeliges Appartement, in dem regelmäßig Mitarbeiter einquartiert wurden, die von auswärts kamen und nur für einzelne Projekte engagiert worden waren. Im Gegensatz zu der kleinen Wohnung, die zum vernachlässigten Erscheinungsbild des Hauses passte, warteten die Firmenräume mit einer Überraschung auf. Sauber, hell und bis in die Ecken aufgeräumt, bestimmten lange Reihen aus modernen Stahlrohrtischen mit Glasplatten und dazu passenden Freischwingern, Regalen und Schränken das

Bild. Jeder Arbeitsplatz verfügte über modernstes Equipment, die meisten über Doppelbildschirme, einige auch über eine Monitorwand, vor der sich ein Mischpult befand. Zwischenwände auf Rollen konnten quer durch den Saal gezogen werden und einzelne Arbeitszonen abtrennen. Hinter einer Milchglaswand mit eingelassenen runden Fenstern aus klarem Glas gab es weitere Büroflächen und einen Besprechungsraum. Durch eine Stahltür neben der Bildschirmwand kam man in einen schlichter gestalteten Bereich, der aus einer winzigen Küche, einem kaum größeren Aufenthaltsraum und den Toiletten bestand.

»Ein Dutzend Leute sind fest angestellt«, erklärte Kant. »Dazu kommen noch zweimal so viele Fachkräfte auf Honorarbasis, auf die wir bei Bedarf zurückgreifen. Du gehörst jetzt dazu.« Die anerkennende Bemerkung, die Kant wie nebenbei fallen ließ, löste in Martin ein Gefühl von Stolz aus.

Volker Kant hatte Martin noch in der Nacht in den menschenleeren Betrieb gebracht, ihm alles gezeigt und ihn dann an einem der Rechner kurz in das vorliegende Problem eingewiesen. Martin überspielte sich die angesprochenen Programme auf seinen Laptop und beschloss, da er durch die ungewohnte Umgebung ohnehin viel zu neugierig geworden war, um einschlafen zu können, sich gleich ans Werk zu machen.

Neben der kleinen Küche führte eine enge Wendeltreppe nach oben in das Appartement. Kant übergab Martin dort zwei Schlüssel: einen für die Wohnung, der ebenfalls für die Haustür passte, und einen, mit dem sich die Zwischentür zum Mitarbeiterbereich verschließen ließ.

»Falls du jetzt an einen der Rechner unten willst«, erklärte Kant gähnend, »dann betritt die Firma durch die Hintertür. Versuch bloß nicht, den Haupteingang zu öffnen, sonst heult der Alarm los. Und wenn du rausgehst, irgendwo ein Bier trinken oder so, alles abschließen, klar?« Kant verabschiedete sich und versprach, ihn zum Frühstück abzuholen. Martin beschäftigte sich eine halbe Stunde mit den plötzlich aufgetretenen Programmproblemen und erkannte recht schnell, wo der Fehler vermutlich lag. Sie hatten sich über die Bezahlung bereits geeinigt, doch Martin empfand es als unklug, zu schnell mit einer möglichen Lösung aufzuwarten; er durfte sich also etwas Zeit lassen.

Er wusste genau: Was ihn wachhielt, ging über eine Komplikation mit der Software hinaus. »Die notwendigen Einzelheiten erfährst du, wenn du deinen Job ordentlich erledigt hast«, hatte Kant gesagt. Diese und weitere vage Andeutungen Volkers setzten in Sterner eine Kette wilder Spekulationen in Gang. Aber ihm war klar: Sollte das Computerprogramm einwandfrei funktionieren, wäre seine Arbeit Teil eines größeren Ganzen, das sein Dasein grundlegend verändern würde. »Und nicht nur mein eigenes Leben«, ahnte er stolz.

Er ging die Wendeltreppe hinunter und strich durch das Halbdunkel der Firmenräume, die lediglich durch die Straßenbeleuchtung erhellt wurden. Im Kühlschrank fand er einige angebrochene Packungen mit Dauerwurst und Käsescheiben sowie einen Joghurt, dessen Haltbarkeitsdatum abgelaufen war. Mit raschen Schritten eilte Martin zu der mattweißen Scheibenfront im vorderen Teil. Unmittelbar neben der Eingangstür blinkte eine LED-Anzeige auf einem Kästchen: die Alarmanlage. Er drückte die Klinke der Milchglastür, durch die man in die Büros und das Besprechungszimmer gelangte. Doch sie ließ sich nicht öffnen. Verriegelt, stellte er irritiert fest. Er überlegte, wann Kant sie zugesperrt hatte, schließlich hatte er ihm diese Räume vorhin gezeigt, und da waren sie unverschlossen gewesen.

Martin stieg zum Appartement empor und verließ es durch die Wohnungstür, um ein wenig in den Korridoren des Gebäudes herumzustreifen. Die Hinweistafeln auf die Mieter verrieten ihm, dass er zu dieser Zeit allein war: Steuerberater, Anwälte, ein Notar. Im Erdgeschoss befand sich ein Fachmarkt für Auto- und Motorradzubehör, andere Eingänge gaben den Namen der Nutzer nicht preis. An einer solchen Tür presste Martin ein Ohr an das Holz, als mit einem lauten Geräusch das Flurlicht ausging und er über die plötzliche Finsternis erschrak. Durch die Tür vermochte er nichts zu hören, obwohl er sich anfangs vom Pulsieren seines eigenen Blutes hatte täuschen lassen. Vielleicht standen die Zimmer einfach leer.

Er ging die Treppe neben dem Fahrstuhl nach oben und erkundete auch das nächste Stockwerk in beide Richtungen. Eine Seite des linken Trakts war komplett von einer türkischen Firma belegt, wie er unschwer an den großen mehrfarbigen Schildern erkennen konnte. Martin fluchte verächtlich. Es ärgerte ihn, der Aufschrift nicht entnehmen zu können, um was für ein Gewerbe es sich handelte. Auch hier war alles totenstill, wie ausgestorben, und überall, wo er es probierte, waren die Räume verschlossen.

Die beiden obersten Etagen boten dagegen ein anderes Bild. Sie mussten bis vor kurzem zu einem Hotel gehört haben. Die breite Glastür versperrte den Zutritt nur unzulänglich, weil einer ihrer Flügel eingeschlagen war. Die Splitter knirschten unter Martins Sohlen, als er durch den Metallrahmen stieg. Die Rezeption und das Regal mit den schmalen Fächern für die Schlüssel standen mitten im Eingangsbereich. Da im Flur fast alle Türen offen waren, fiel genug dämmriges Straßen- und Hoflicht ins Innere, um die ehemaligen Gästezimmer besichtigen zu können.

Im obersten Stockwerk fand Martin das Schwimmbad. Es war noch immer mit Wasser gefüllt, ein Glasdach wölbte sich hoch über dem Becken. Ohne lange zu zögern, entledigte er sich seiner Kleidung und stürzte sich mit einer Selbstverständlichkeit hinein, als hätte das große Bassin nur auf ihn gewartet. Das Wasser war kalt, doch nach einigen rasch geschwommenen Bahnen spürte Martin nichts mehr davon. Er drehte sich auf den Rücken und richtete seinen Blick auf die dichte Bewölkung, die trotz der nächtlichen Stunde gut zu erkennen war. Die Wolkendecke reflektierte einen Teil der nächtlichen Beleuchtung und schickte sie in mildem Schein zurück.

Als er das Becken verließ, fror er und suchte vergeblich nach einem Handtuch. Nackt und vor Kälte zitternd, schlüpfte er bloß in seine Schuhe, um nicht barfuß über die Scherben eine Etage tiefer balancieren zu müssen. Im Appartement fand er lediglich ein winziges Frotteetuch neben dem Waschbecken. Fluchend und kaum trockener rannte er die Wendeltreppe hinab und zog aus dem Handtuchspender in der Toilette den letzten sauberen Meter heraus. Zum Glück hing daneben ein Heißluftgerät zum Händetrocknen, das ihm half, wieder einigermaßen warm zu werden.

Trotz seiner offenkundigen Verärgerung am Telefon hatte Volker ihn am Abend nicht nach dem Umstand gefragt, der dazu geführt hatte, dass er einen späteren Zug nehmen musste. Die ganze Zeit lag Martin eine Rechtfertigung auf der Zunge, aber Kant redete über alle möglichen Dinge, als wäre überhaupt nichts geschehen, und als sich für Sterner endlich die Gelegenheit bot, sich zu erklären, hatte Volker das Ganze eher beiläufig abgetan. Dennoch fiel Martin auf, dass Kant danach für einen Moment nachdenklicher als sonst wirkte, bevor er wieder in seiner unnachahmlichen Art lächelte und erneut das Thema wechselte.

Die Software-Probleme, dessen war sich Martin sicher, konnten für Kant kaum der wahre Grund gewesen sein, ihn hierher reisen zu lassen. Denn sie hatten sich schon bei der ersten Überprüfung als ziemlich trivial herausgestellt. Martin vermochte sich kaum vorzustellen, warum die Spezialisten der Firma nicht selbst darauf gekommen waren; Kant hätte die Schwierigkeiten selbst beheben können, wenn er sich nur etwas intensiver damit auseinandergesetzt hätte.

Martin beschloss, Kant am kommenden Morgen mit der Lösung zu überraschen. Jetzt aber wollte er sich entspannen. Er zog aus dem Seitenfach seiner Notebooktasche ein fadengebundenes Heft mit mattschwarzem Umschlag und einem weißen Deckelschildchen. Die Tintenschrift darauf war bereits so verblasst, dass man die Worte nur mehr erahnen konnte. Martin legte sich damit in das schmale Bett, um vor dem Einschlafen noch in den letzten Eintragungen seines Urgroßvaters zu lesen. Unwillkürlich musste er beim Aufschlagen an Dana denken. Er war stolz auf sich, dass es ihm seinerzeit gelungen war, standhaft zu bleiben. Trotz ihres verlockenden Lächelns hatte er ihr nichts von diesem Teil der Aufzeichnungen erzählt.

*

Die Suche nach der aktuellen Anschrift des schönen Richie gestaltete sich schwieriger als erwartet. Es fand sich nämlich kein Eintrag im Hamburger Telefonverzeichnis. Als sich Ilona endlich dazu aufraffte, bei den verschiedenen Polizeidirektionen anzurufen, um nach ihm zu fragen, stieß sie auf wenig Hilfsbereitschaft. In den meisten Fällen wurde ihr knapp beschieden, ein Richard Mertens sei in dieser Direktion nicht beschäftigt. »Und selbst wenn«, wies man sie ab, »können wir aus verständlichen Gründen telefonisch keine Angaben machen.«

»Wahrscheinlich lebt er mittlerweile mit Frau und Kind in irgendeinem Kaff im Einzugsbereich von Hamburg«, vermutete Dana.

»Richie und Familie«, widersprach Ilona entschieden, »kann ich mir beim besten Willen nicht vorstellen.« Dann hielt sie auf einmal inne. Gespannt blickten Jenny und Dana sie an. »Wenn ich mich recht erinnere«, fuhr Ilona fort, »ist damals nicht nur Richie von Köln nach Hamburg gewechselt, sondern zur gleichen Zeit auch eine Mitarbeiterin vom Verwaltungsdienst. Wie hieß die bloß?«, sie machte eine abwehrende Geste, »seid einen Moment still, es liegt mir auf der Zunge.«

Sofort erstarrten Jenny und Dana zu lebenden Statuen. Doch dieser Anblick bewirkte das Gegenteil, Ilona begann zu grinsen und gab auf. »Zwecklos. So wird das nichts.«

»Es fällt dir schon noch ein, du darfst nur nicht bewusst daran denken«, erwiderte Dana und lächelte ebenfalls.

Gern hätte Ilona den Rummel ums runde Leder wenigstens für einige Stunden vergessen, hier in Hamburg, wo sie ohnehin nichts ausrichten konnte. Sie sehnte sich nach einem unbeschwerten Abend mit Jenny und Dana. Aber ihre Sorgen zu verdrängen, erwies sich als unmöglich. Bei der abendlichen Suche nach einem Restaurant mussten sie feststellen, dass es kaum Kneipen und Imbissbuden gab, in denen keine Fußballübertragungen zu sehen waren.

»Koreanisch?«, fragte Dana und zeigte auf ein kleines, von einer dichten Menschentraube umlagertes Schnellrestaurant auf der anderen Straßenseite. Einige der Besucher hockten essend zwischen den am Bordstein geparkten Autos, andere saßen auf den Kühlerhauben oder ließen ihre Beine von den auf dem Trottoir abgestellten Mülltonnen baumeln.

»Haben die sich beim Namen verschrieben?«, rätselte Jenny. »*Bok*? Sollte das nicht eher *Wok* heißen?«

»Vielleicht serviert man dir einen gebratenen Bock«, versetzte Dana. Auch der Anblick der Gäste, die den Bürgersteig als Teil des Lokals betrachteten und dort, an Hauswand oder Schaufenster gelehnt, mit Stäbchen ihre Mahlzeiten aus Pappschalen verspeisten, ließ Jenny staunend feststellen, dass dergleichen in München unmöglich wäre.

Als sie mit ihren Tellern und Getränken das Hinterzimmer des *Bok* betraten, um sich auf drei umgedrehte Getränkekisten zu setzen, wurde dort im Fernseher über der Tür ebenfalls um Ball und Punkte gekämpft. Ilona stockte der Atem. War es *das* Spiel?

»Wie steht's?«, erkundigte sich Jenny nebenan.

»2 : 1 für die Richtigen.«

»Toll, Bayern liegt vorne!«

»Aber hallo, du bist echt im Bilde«, lobte sie ein Junge in ihrem Alter. Seltsam nur, dass er dabei so scheel lächelte.

»Wer sind überhaupt die Münchner?«

»Bayern spielt in Schwarz.«

»Wie bist du denn drauf?«, empörte sich Jenny. »Die da tragen rote und blaue Trikots.«

»Was du nicht sagst!«

»Frau wird ja mal fragen dürfen!«

»Hör mal, Herzchen«, mischte sich ein Erwachsener ein, »vielleicht kennst du dich im Ballett oder beim Halma aus. Aber das da oben, das ist Hamburg!«

»Hat St. Pauli kein Heimspiel?«, wollte Ilona Jenny zur Seite springen.

Verdutzt wandten sich ihr zwei Fans zu, der eine in blauem Dress empört, sein Sozius belustigt, und vom benachbarten Kleinmobiliar kicherte es herüber.

»Mensch, Ladys, wir sind HSV ...«

»Haben Sie verstanden?«, regte sich ein Zwischenrufer unhanseatisch grob auf.

»... und keine Trachtenjungs. Die haben hier Hausverbot.«

»Wie unsere Freunde vom Millerntor!« Für den Mann in Vereinsfarben war die Welt wieder im Lot.

»Lasst sie halt«, meinte ein anderer beschwichtigend, »so unrecht hat sie gar nicht. Immerhin sind die Roten da ja auch Bayern, halbe wenigstens.«

»Bloß dass gegen Nürnberg immer das Ergebnis stimmt!«

»Klönen wir jetzt wie bei Tante Klaras Teekränzchen oder gibt's HSV?«, fragte einer spitz, und das Interesse wandte sich wieder dem Geschehen auf dem grünen Rasen zu.

Für Dana und Jenny war es amüsant, wie die Atmosphäre in der Gaststube die im Stadion in Miniatur abbildete. Was Ilona vor sich sah, war etwas anderes: ein argloses Publikum, das keine Ahnung von der nahenden Gefahr hatte, das keine Angst fühlte außer der vor einem gegnerischen Tor. Die fiebernden Blicke, das Raunen bei misslungenen wie geglückten Aktionen, die mal besorgten, mal erwartungsfrohen Gesichter, eher von Alkohol denn von Sachverstand inspirierte Kommentare, der mit der Nähe zum Tor anschwellende Lärmpegel – wie in diesem Augenblick, als Stimmen und Stimmung höherschlugen, ein paar Zuschauer aufsprangen und Dana, Jenny und Ilona unwillkürlich Richtung Tür sahen, wo die Zeitlupe unbarmherzig kundtat, wie ein Spieler in Blau den Ball aus kurzer Distanz kunstvoll über das leere Tor zirkelte. Stöhnen, Aufschreie, Empörung.

»Gibt's doch nicht!«, lamentierte Klaras Neffe lauthals.

»Das ist Uwe, die Seele von unserem Fanclub«, sah sich Danas Nebensitzer zu einer Erklärung veranlasst.

Ilona widmete sich wieder ihrem Gericht mit dem schönen Namen Moo Phad Gra Pau, während ihre Gedanken zu einem Stadion weiter im Süden wanderten. Bei der Vorstellung, wie sich jene andere Art von Schreien anhören würde, am Ort des Geschehens und vor den Bildschirmen, verging ihr jeglicher Appetit. Sie bemerkte erst nach einer Weile, dass jemand am Fernsehgerät den Ton abgestellt hatte, blickte verwundert auf und erkannte ihren Irrtum: Nicht dem Apparat, sondern den Anhängern hatte es die Sprache verschlagen. Auf dem Spielfeld Freudentänze in Rot, im Gastraum stilles Entsetzen.

»Gibt's doch zweimal nicht!«, schluchzte eine Stimme, »in der 89. Minute ... So'n Schiet, die Lütte hatte recht: Dem Dusel nach hat da München gekickt!« Dann war auch Klaras Teekränzchen verstummt.

»Und wie steht's nun bei den Bayern?«, kam Jenny etwas vorsichtiger auf ihre Frage zurück.

»2:1 für die Falschen.«

»Glück gehabt«, freute sich das Münchner Kindl.

»Glück gehabt. In der Tat«, bestätigte Ilona. Ein Anschlag auf das Münchner Stadion hätte die Berichterstattung zweifellos unterbrochen. Zu Ilonas grenzenloser Erleichterung war der Spieltag ohne Zwischenfall zu Ende gegangen. Sollte die ganze Aufregung umsonst gewesen sein? Sie hoffte es inständig.

Als sie am Sonntagmorgen vom Frühstück in einem Café an der Grenze zwischen Schanzenviertel und St. Pauli in Kants Firma zurückkamen, wurden sie dort schon erwartet. Der Mann grüßte Martin kurz, betrachtete Kant eindringlich mit seinen blaugrauen Augen und wies mit dem Kinn über die Achsel, ohne den Blickkontakt zu Kant abreißen zu lassen.

»Die letzte Lieferung?«, fragte Kant.

»Die letzte«, versicherte der Unbekannte, wobei sich seine Lippen unter dem struppigen Schnurrbart kaum bewegten. Martin sah, dass in einem der vorderen Büroräume eine große Holzkiste auf dem Schreibtisch stand.

»O.k., mein Junge«, sagte Kant und legte dabei seine Hand auf Martins Schulter, »du hast noch zu tun?« Unverkennbar eine Aufforderung.

»Klar«, versicherte Sterner und bewegte sich in Richtung seines Rechners. Die Komplikationen mit der Software stellten sich doch als umfassender heraus, als er anfänglich angenommen hatte. Er hatte den ganzen Samstag daran gearbeitet und so die Übertragung der Spitzenpartie zwischen München und Dortmund verpasst.

»Wir reden später«, rief die Stimme des Fremden hinter ihm her, und Martin drehte sich um. Aber die beiden verschwanden bereits hinter einer Tür und schlossen ab. Martin machte sich erneut an seine Aufgabe. Er wollte nun rasch fertig werden; viel war nicht mehr zu tun. Er zog sein Notebook, das er neben der Tastatur des großen Rechners abgestellt hatte, zu sich heran. Im sonst von einem Dutzend Leuten belebten, am Wochenende jedoch menschenleeren Raum begab sich Martin in die binäre, von einer sturen Logik definierte Welt aus Nullen und Einsen und er erlaubte sich erst wieder aus dieser tätigen Versenkung aufzutauchen, als der letzte Bug beseitigt war und alles reibungslos lief.

Der sonntägliche Besucher stellte sich als der Kunde heraus, welcher Kants Firma mit der Entwicklung der Software beauftragt hatte. Inzwischen hatte Martin vernommen, dass er

Bellmann hieß und bis vor kurzem bei den ISAF-Truppen in Afghanistan gewesen war. Er mochte in Kants Alter sein.

Als Martin einige Stunden später von Bellmann in dessen Unimog mitgenommen wurde, glaubte er, sie würden Hamburg verlassen. Immerhin hatte er auf Kants Anweisung seine Reisetasche gepackt und im Wagen verstaut, sein Notebook stand wischen seinen Beinen im Fußraum auf der Beifahrerseite. Doch Bellmann parkte das wuchtige Fahrzeug nur ein paar Straßen weiter. Zu Martins Erstaunen betraten sie dasselbe Café, in dem er bereits am Vormittag mit Kant gefrühstückt hatte.

»Wir warten hier«, sagte Bellmann und wies mit der für ihn typischen Bewegung des Kinns auf einen kleinen Ecktisch, von dem aus man auf die Straße sehen konnte. Nachdem sie Platz genommen hatten, stellte sich die vorhin wie eine Drohung klingende Ankündigung Bellmanns, sie würden später reden, als kurz gefasste Fachsimpelei über Martins Korrekturen an der Software heraus, die sich Bellmann in einigen Worten skizzieren ließ. Die wenigen gestellten Fragen zeigten Martin, dass sein Gegenüber in groben Zügen verstand, worum es ging, was nicht unbedingt selbstverständlich war.

»Und was machen Sie jetzt?«, unternahm Martin einen Versuch, ein neues Gespräch in Gang zu bringen. Er spürte eine Scheu davor, Bellmann zu duzen, wie Kant es tat und wie Bellmann ihn selbst duzte.

»Volker hat kurz was zu erledigen«, entgegnete Bellmann, ohne auf die Frage einzugehen. »Er kommt bald.«

Die Kellnerin, die am Morgen schon Kant und Martin bedient hatte, kam, um die Bestellung aufzunehmen. Obwohl Martin sie länger anblickte, war ihr nicht anzumerken, ob sie ihn wiedererkannte. In diesem Moment öffnete sich die Tür zum Café, und Martin durchfuhr ein Schock, als säße er auf dem elektrischen Stuhl.

In der Nacht zuvor.

Die Situation war klassisch. Von einem dringenden Bedürfnis geweckt, wachte Ilona mitten in der Nacht auf und wankte durch den langen Flur auf die Toilette. Während sie auf der Schüssel saß, sich schlaftrunken erleichterte und im sicheren Gefühl wiegte, den unterbrochenen Traum an der Stelle fortsetzen zu können, an der sie hatte aussteigen müssen, kam ihr mit einem Mal der gesuchte Name in den Sinn.

»Littendorf«, sagte sie laut, »Jutta Littendorf.« Ihre Stimme hallte noch im gekachelten Badezimmer, als Ilona die Spülung betätigte. Auf einer Kommode im Flur fand sie einen Notizblock samt Stift, kritzelte hastig den Namen darauf, um ihn genauso schnell wieder vergessen zu können, wie er aufgetaucht war, stand er doch wie eine Barriere zwischen ihr und ihrem Traum. Als sie sich in ihre Bettdecke wickelte, hörte sie Dana »Ist was?« murmeln. »Schlaf weiter, alles in Ordnung«, flüsterte sie zurück. Dem war nicht so. Ilona hatte den Anschluss an ihren Traum verloren.

»Du hast Glück, dass du mich zu Hause erwischst, ich bin nämlich auf dem Sprung«, ertönte Jutta Littendorfs Stimme am späten Sonntagvormittag durch den Telefonhörer.

Ihr Gedächtnis ist wesentlich besser als meins, dachte Ilona, immerhin hat sie keine fünf Sekunden gebraucht, um sich an mich zu erinnern. Sie würde mich wahrscheinlich auf Anhieb erkennen, aber ob ich das umgekehrt schaffte, fragte sie sich noch und vergaß dabei, dass auch ihr ab und an flüchtige Begegnungen lange Zeit im Gedächtnis blieben.

»Richie Mertens«, plapperte Jutta Littendorf ungeachtet der Tatsache, dass sie es vorgeblich eilig hatte, »klar erinnere ich mich an den schönen Richie!« Ilona schnitt eine säuerliche Grimasse und wiederholte stumm die Phrase ihrer Gesprächspartnerin. Dana, die Ilona über den Tisch hinweg beobachtete, lächelte, Jenny kicherte leise. Ilona stand auf und verließ mitsamt dem tragbaren Telefon die Küche.

»Und?« Jenny vermochte ihre Neugier kaum zu bezähmen, als Ilona zurückkam.

»Sie weiß auch nicht, in welcher Dienststelle er arbeitet, und erst recht nicht, wo er wohnt.« Jenny runzelte die Stirn, diese Auskunft gefiel ihr nicht.

»Aber …« Ilona machte eine Pause.

»Nun spann uns nicht auf die Folter«, protestierte Dana nach einem Seitenblick auf Jenny. Es war geplant, heute Abend nach München zurückzufahren. Die Zeit wurde knapp, und es war Ilonas Tochter deutlich anzumerken, wie enttäuscht sie war.

»… sie kann uns vielleicht helfen.« Ilona sah auf ihre Armbanduhr. »Wir treffen uns in gut drei Stunden.«

»In drei Stunden!«, ächzte Jenny. »Wo?«

»Wache 16. Sie arbeitet immer noch in der Verwaltung der Polizeidirektion, muss Überstunden machen und ist ohnehin um drei in diesem Gebäude verabredet, um irgendwelche Unterlagen abzuholen.«

»Wo ist das?«, fragte Jenny.

»Bezirk St. Pauli Nord«, antwortete Ilona, »Stresemannstraße, Ecke Lerchenstraße.«

Dana zog den Stadtplan zu sich heran. »Super. Das ist ganz in der Nähe, da können wir zu Fuß hin.«

»Ich«, erwiderte Ilona streng, »ich kann da zu Fuß hin.« In die Gesichter von Dana und Jenny sehend, fuhr sie fort: »Ihr müsst einsehen, wir können nicht drei Mädels hoch am heiligen Sonntag die Wache stürmen. Was meint ihr, was da los ist?«

»Das sollten die in St. Pauli aber gewohnt sein«, maulte Jenny.

»Hast du inzwischen nicht genug Polizeireviere von innen gesehen?«, entgegnete Ilona von Neuem scharf.

»Es wird ja nicht ewig dauern«, lenkte Dana ein und stieß Jenny mit dem Ellbogen leicht in die Seite. »Uns wird schon was einfallen, wie wir die Zeit rumkriegen.«

Jutta Littendorf holte Ilona an der Pforte ab. Gemeinsam fuhren sie mit dem Aufzug nach oben und setzten sich in die gähnend leere Kantine, von der aus sie auf die stark befahrene Straße hinunterblicken konnten, ohne viel von den Verkehrsgeräuschen mitzubekommen. Bald waren beide in ein lebhaftes Gespräch über alte Zeiten und ehemalige Kollegen vertieft, in das auch immer wieder einfloss, welche Wendungen ihr Leben in den letzten anderthalb Jahrzehnten genommen hatte.

»Verstehe«, sagte Jutta, eine resolut wirkende Frau Anfang fünfzig mit lockigem dunkelroten Haar und einem etwas herben Gesicht voller Sommersprossen, in das sich einige Falten gegraben hatten. »Richie ist also der Vater, und deine Tochter will ihn endlich mal kennenlernen. Das würde Richie vom Hocker reißen, und es wäre ihm zu gönnen, wenn er dabei möglichst hart aufschlägt.«

»Aufschlagen würde«, verbesserte Ilona automatisch.

»Würde«, wiederholte Jutta und ließ plötzlich ein helles Lachen ertönen, das im Gegensatz zu ihrer sonst eher tiefen Stimme stand. »Die Würde ist in der Tat leider oft das Erste, was bei Beziehungen zwischen Männern und Frauen den Bach runtergeht.« Ilona lächelte etwas verkniffen, als sie das Wortspiel der früheren Kollegin aus Köln begriff.

»Ich fürchte«, nahm Jutta Littendorf den Faden wieder auf, »ihr seid umsonst nach Hamburg gekommen.«

»Wieso?«

»Ich habe vor unserem Treffen in meinem Büro schon mal recherchiert, aber wie es aussieht, ist er nicht mehr bei unserem Verein.«

»Das kann nicht sein«, widersprach Ilona bestimmt. »Die Unterhaltszahlungen für Jenny kommen pünktlich Monat für Monat vom Verwaltungsdienst der Polizei.«

»Wird Richies Name in den Überweisungen erwähnt?«

Ilona stockte verblüfft und sann kurz nach. »Nein«, bekannte sie.

»Das macht die Sache nicht gerade einfacher«, stöhnte Jutta. »Der schöne Richie, ich habe über zehn Jahre nicht mehr an ihn gedacht. Na ja, die Zeit dürfte an ihm auch nicht spurlos vorbeigegangen sein. Du bist da die einzige Ausnahme.«

»So ein Unsinn«, wehrte Ilona ab, die noch nie besonders gut mit Komplimenten umgehen konnte. »Wenn das auf jemanden hier zutrifft, dann nur auf dich.«

»Alte Schmeichlerin«, wehrte nun Jutta ab, »solche Sprüche haben Frauen in unserem Alter nicht mehr nötig.«

Ob sie etwas mit ihm hatte, überkam es Ilona heiß, immerhin ist sie fast zur gleichen Zeit wie er nach Hamburg gewechselt. Doch sie riss sich am Riemen und behielt ihren Verdacht für sich.

»Wie auch immer«, versprach Jutta, »ich helfe dir, helfe euch gerne, ihn ausfindig zu machen, aber das braucht leider seine Zeit. Wann fahrt ihr zurück nach München?«

Ilona wurde gewahr, dass sie bislang keinen Zug herausgesucht hatten. »Irgendwann heute Nacht.«

»Dann müsst ihr später noch mal nach Hamburg kommen«, entgegnete Jutta und holte ein Notizbuch aus ihrer Handtasche. »Warum hast du deine Tochter nicht mitgebracht?«, fragte sie, während sie etwas auf ein Blatt schrieb und es anschließend aus dem Büchlein heraustrennte.

»Sie ist zusammen mit einer Freundin von mir bummeln gegangen«, antwortete Ilona und nahm den Zettel mit Juttas dienstlicher Telefonnummer entgegen. Dabei ertappte sie sich, wie sie auf Juttas blasse, ebenfalls mit Sommersprossen übersäte Hände starrte.

»Schade«, bedauerte Jutta und ließ sich ihrerseits Ilonas Adresse und Rufnummer geben. Ihre Visitenkarte von der *Munich Facility & Security Management* ließ Ilona wohlweislich in der Tasche stecken. »Hätte deine Tochter gerne kennengelernt«, fügte Jutta hinzu.

Klar, dass du neugierig bist, du willst sehen, ob sie Richie ähnlich sieht. Aber dann wurde Ilona etwas milder, zog ein

Foto von Jenny hervor und schob es über den Tisch. »Es wurde vor einem knappen Jahr aufgenommen«, merkte sie an, »mittlerweile sieht sie schon wieder anders aus, ein wenig älter und etwas reifer.«

Kurze Zeit später verabschiedeten sich Ilona und Jutta an der Pforte und verließen die berühmt-berüchtigte Wache. Während Jutta zielstrebig in Richtung der nächsten U-Bahn-Station verschwand, blickte Ilona einen Moment die breite Verkehrsader entlang, unschlüssig, wo sie die Straße am besten überqueren könnte. Sie wandte sich noch einmal kurz dem abweisenden Gebäude der Wache zu und glaubte sich unversehens in der Zeit zurückversetzt.

Keine zehn Meter entfernt stand er. Richie. Wie vor siebzehn Jahren auf dem Flur des Polizeipräsidiums in Köln war er mit jemandem in ein Gespräch vertieft und hatte sie offenkundig noch nicht bemerkt. Doch das konnte leicht in den nächsten Sekunden geschehen, denn Ilona stand mitten auf einem breiten Bürgersteig, ohne eine Möglichkeit auszuweichen, sich zu verstecken, unsichtbar zu werden. Am liebsten wäre sie in diesem Augenblick lautlos und rasch im Erdboden versunken.

Richie und sein Begleiter hatten kaum eine Minute nach Jutta und ihr die Wache verlassen, und das, ohne dass ihm die Ohren gedröhnt hätten, obwohl die Frauen fast die ganze Zeit über ihn gesprochen hatten. Und nun war Ilonas Suche völlig überraschend zu Ende gegangen.

Sie kehrte sich vorsichtig zu den Männern um, von denen sie sich im ersten Schreck unwillkürlich abgewandt hatte. Der Mann neben Richie hielt ihn am Arm. Sie waren dabei, sich ihrerseits von Ilona wegzudrehen, und begannen, gemächlichen Schrittes eine Seitenstraße hinunterzuspazieren. Ilona starrte den beiden Gestalten hinterher, als wären es Gespenster. Erst nachdem der Abstand zwischen ihnen deutlich angewachsen war, erwachte sie ganz aus ihrer Erstarrung, wurde sie sich wieder des unablässigen Verkehrsstroms um sie herum bewusst, des Lärms und der Abgase.

Sie bog ebenfalls in die Nebenstraße ein, wechselte zwischen den Autos die Seite und folgte den beiden im gleichen ruhigen Tempo, das sie vorgaben. Ilona achtete darauf, sich so professionell zu verhalten, wie sie es vor Zeiten einmal gelernt hatte. Die Männer verschwanden in einer engen Gasse, erreichten nach weiteren Straßen einen Friedhof. Neben der Kirche blieben beide stehen, redeten noch kurz miteinander, reichten sich die Hände und trennten sich. Sie stiegen in ihre hintereinander geparkten Fahrzeuge. Endlich wagte sich Ilona näher heran. Beeil dich, schalt sie sich, sonst ist er fort.

Der Begleiter war etwas schneller und fuhr in einem dunklen BMW los. Ilona war inzwischen auf der anderen Seite des Platzes weitergegangen, hatte ihn überquert und ging auf dem Gehweg dem anfahrenden Wagen entgegen. Sie wollte Richie unbedingt richtig sehen, um sich ein letztes Mal davon zu überzeugen, dass sie sich nicht irrte. Der Erste, den sie aus der Nähe wahrnahm, war der Mann, mit dem sich Richie unterhalten hatte und der für sie so etwas wie ein Bekannter geworden war, obwohl er genau das mit seiner schroffen Art zu verhindern versucht hatte: der Mann vom Verfassungsschutz. Mittlerweile kannte sie ihn so gut, dass sie fürchtete, er könnte auf sie aufmerksam werden. Zum Glück schob sich eine Familie mit Kinderwagen und zwei schon etwas größeren Mädchen, die über den Bürgersteig tobten, zwischen sie und den BMW.

Der Motor des zweiten Fahrzeugs wurde angelassen. Es war ein moderner Geländewagen, der sich ebenfalls rasch in den Verkehr einfädelte. Richies Gesicht ließ mit keiner Regung erkennen, ob er in der Frau, die inmitten der Kinder auf dem Trottoir stand, jene Ilona wiedererkannte, die vor langer Zeit seine Geliebte war. Die unbewegte Miene, der ausdruckslose Blick, mit dem er sie und die anderen Passanten kurz streifte, deuteten nicht darauf hin. Im Gegenteil, etwas schien ihn abzulenken. Während er beschleunigte, beugte er sich seitlich zum Beifahrersitz. Als er sich wieder aufrichtete, konnte Ilona durch das Rückfenster erkennen, wie Richie ein

Handy ans Ohr hielt. Die Familie überquerte den Platz, um in den Park vis-à-vis zu gelangen, während Ilona weiter dem sich entfernenden Auto nachstarrte. HH-VK ... – erst später bemerkte sie, dass sie sich die Nummer nicht vollständig eingeprägt hatte.

Noch immer überrascht und aufgewühlt, machte sie sich auf den Weg zu dem Café, in dem sie sich mit Dana und Jenny verabredet hatte. Sie schlich durch die Straßen und wurde das beschämende Gefühl nicht los, ein geprügelter Hund wäre seinem Herrn vielleicht auf ganz ähnliche Weise gefolgt wie sie gerade ihrem Ex.

Sie hatte keine Ahnung, mit welchen Worten sie Jenny und Dana das Vorgefallene erzählen sollte, als sie sich zum Café begab. Dana erwartete sie bereits vor dem Eingang.

»Wo ist Jenny?«

»Sie sollte eigentlich längst hier sein«, sagte Dana. »Lass uns reingehen. Entweder sie kommt gleich, oder sie ist gerade mal kurz für kleine Mädchen.«

In dem Café saßen nur wenige Leute. Dana und Ilona setzten sich an einen Tisch an der großen Fensterfront.

»Wie ist's gelaufen? Konnte Frau Littendorf weiterhelfen?«

Ilona wies die Fragen mit einer Handbewegung unwirsch zurück. »Warum bist du allein hier? Ihr wolltet doch zusammen herkommen!«

»Jenny ist ein großes Mädchen. Es zog sie in einen CD-Laden zwei Straßen weiter, während ich unbedingt eine Jacke in einer kleinen Boutique anprobieren wollte. Wir haben uns hier verabredet.«

Dana blätterte unschlüssig in der Karte, als die Bedienung kam und um ihre Bestellung bat. »Wenn Sie noch nicht gewählt haben, dann komme ich später wieder.«

»Moment, warten Sie«, entgegnete Ilona. Sie griff in ihre Tasche und zog das Foto heraus, das sie erst vorhin Jutta Littendorf gezeigt hatte. »Meine Tochter. War sie schon hier?« Sie sah Danas skeptischen Blick, der sich über die Speisekarte in ihre Richtung erhob.

»Ha! Ihre Tochter!«, rief die Kellnerin erbost. »Das trifft sich sehr gut. O ja, sie war hier!« Sie machte eine kurze Pause und holte tief Luft.

Was ist denn jetzt los?, dachte Ilona.

»Ich habe dem Besitzer schon ein Dutzend Mal gesagt, er soll den Flur abschließen! Doch seit er vom Ordnungsamt wegen fehlender Fluchtwege einen auf den Deckel bekommen hat, ist der Gang immer offen. Nun ja, für den Chef ist das kein Problem, schließlich bleibt es an uns hängen, wenn die Gäste abhauen, ohne die Rechnung zu bezahlen!«, schimpfte die junge Frau lauthals.

»Wie bitte?«, riefen Ilona und Dana synchron.

»Falls Sie es noch nicht verstanden haben«, fuhr die Kellnerin rot vor Zorn fort, »Ihre Tochter war vor einer Viertelstunde da! Es hat sich mittlerweile wohl herumgesprochen, wie leicht man hier die Zeche prellen kann. Allein drei Leute innerhalb der letzten dreißig Minuten. Das ist Rekord. Ich sag Ihnen eines: Das sind zwar immer nur ein paar Euro, aber die summieren sich. Da bleibt vom Trinkgeld nichts mehr übrig.«

»Bitte beruhigen Sie sich! Jenny ist keine Betrügerin«, stellte Dana klar. »Was schuldet sie Ihnen?«

»Cappuccino, drei fünfzig«, antwortete die Bedienung etwas versöhnlicher.

»Und wohin ist sie verschwunden?«, fragte Ilona, deren Gesicht im Gegensatz zu dem der Kellnerin ganz bleich geworden war. Wortlos zeigte diese zu einer Tür, über der die Toilettensymbole hingen. Dana schob eine Fünf-Euro-Note über den Tisch, sagte »Ist gut so« und eilte Ilona hinterher, die bereits den Raum in der angegebenen Richtung durchquerte.

»Niemand da«, stammelte Dana, und es war das erste Mal, dass Ilona so etwas wie Fassungslosigkeit in der Stimme ihrer Freundin vernahm. Die Kabinen waren alle offen und auch der

Waschraum davor leer. Ilona stürzte hinein und riss jede der angelehnten Türen bis zum Anschlag auf.

»Ilona!« Dana deutete auf den Fußboden unterhalb der Waschbecken, wo im Schatten ein dunkelblauer Gegenstand lag. Ilona bückte sich und hob ihn auf.

»Jennys Schminktäschchen, das ich ihr zum Geburtstag geschenkt habe«, sagte sie mit erstickter Stimme. Ilona rannte, das Mäppchen in der Hand, aus dem Raum, den gerade eine ältere Dame betreten wollte. Sie versuchte so erschrocken wie erfolglos, sich dünner zu machen, um Ilona vorbeizulassen.

Als Dana nur wenige Sekunden später die Toilette verließ, sah sie Ilona zuerst nicht. Dann bemerkte sie die angelehnte Tür neben dem Herrenklo. Sie ging hindurch und traf Ilona in einem heruntergekommenen Hausflur an. Die Tür zur Straße stand sperrangelweit offen.

Sie liefen durch das Viertel, und Ilona versuchte, Jenny auf ihrem Handy zu erreichen. Erst als sie ihr die dritte Nachricht auf die Mailbox gesprochen hatte, bemerkte sie auf dem Display ihres Telefons das kleine Symbol, das ihr anzeigte, selbst eine Mitteilung erhalten zu haben. Nervös wartete sie auf die Verbindung zur eigenen Mailbox und presste das Handy gegen ihr Ohr. Dana blickte sie fragend an, worauf Ilona auf eine Taste drückte und ihrer Freundin das kleine Gerät reichte.

»Hi Mama«, ertönte Jennys Stimme. »Du wirst nicht glauben, wen ich hier eben getroffen habe! Martin Sterner! Ich hoffe, ihr kommt bald.«

»Sterner? Was macht der denn hier?«, fragte Dana verwundert.

»Sie will uns mehr erzählen, sobald sie uns sieht«, erwiderte Ilona.

Doch sie bekamen keine Antwort, kein weiteres Lebenszeichen von Jenny zu hören. Stunden vergingen, in denen sie sich wieder und wieder die Frage stellten: »Was ist geschehen?« Gab es einen Zusammenhang zwischen Jennys Verschwinden und der zufälligen Begegnung zwischen ihr und Sterner? War sie einfach abgehauen? Mit Martin durchgebrannt? Ausgerechnet mit Sterner? Hatte Jenny ihr die ganze Zeit etwas vorgemacht? Gab es doch eine Beziehung zwischen ihrer Tochter und einem Mitglied der Neonaziszene? Oder war sie, ein Gedanke, der Ilona noch viel mehr Angst machte, entführt worden? Und sollte sich Jenny tatsächlich in der Hand von Rechtsradikalen befinden – hatte dies etwas mit dem geplanten Anschlag zu tun? Warum häuften sich in den vergangenen Wochen so viele beunruhigende Ereignisse, die kaum Zufall sein konnten?

Auch für Dana war die Situation nahezu unerträglich. Sie fühlte die Ungewissheit wie ein Feuer in Ilona brennen. Und sie wusste deprimierend genau, dass sie kaum in der Lage war, etwas dagegen zu unternehmen. Was tun, ohne in blinden Aktionismus zu verfallen? Nach einem Telefonat mit Veronika in Celle kam sie in die Wohnküche zurück, wo Ilona zusammengesunken am Tisch saß und auf das schweigende Mobiltelefon starrte. Lixxie schien gleichfalls zu spüren, dass etwas ganz und gar nicht in Ordnung war. So behutsam, als sollte Ilona es gar nicht recht wahrnehmen, strich sie an ihrem Hosenbein entlang und schnurrte dabei kaum hörbar.

»Veronika meint, wir können ihr Auto nehmen, falls wir es brauchen«, sagte Dana und setzte Wasser für einen Tee auf. »Es steht in einer Tiefgarage zwei Häuser weiter.«

Ilona blickte sie mit roten Augen an. »Sie ist gar nicht mit dem Wagen nach Celle gereist?«

Dankbar dafür, dass Ilona überhaupt etwas sprach, beeilte sich Dana mit der Antwort. »Nein, nein, sie hat den Zug genommen. Ich glaube, sie ist schon monatelang nicht mehr damit gefahren.«

In diesem Augenblick vibrierte das Handy auf dem Tisch. Keine Melodie ertönte, kein *Singing in the rain* erklang. Dana und Ilona verharrten kurz wie gebannt, bis Ilona das Handy hastig aufklappte und auf das Display starrte.

»Eine SMS«, rief sie laut, »von Jenny!«

VERTEIDIGUNG

3

VIII Ein Werkzeug der Macht

Der letzte Eintrag, undatiert, vermutlich Ende 1939:

Habe gestern endlich von Wien aus telefonisch Dr. Brächtl in Zürich erreicht. Natürlich habe ich von einem Postamt der Neustadt aus angerufen, weil sie wahrscheinlich jedes Telefonat aus jedem Hotel, in dem ich absteige, abhören. Das erste Paket mit den Unterlagen ist bei ihm sicher angekommen. Das bedeutet, der Kurier ist zuverlässig. Ich werde ihm also auch diese Schriften anvertrauen, sobald ich sie beendet habe. Es obliegt dann der politischen Weitsicht Dr. Brächtls oder seiner Nachfolger, zu entscheiden, ob und wann man meiner Familie oder ihren Nachkommen die Päckchen mit den versiegelten Tagebüchern zukommen lässt. Dr. Brächtl weiß nichts von ihrem Inhalt, und Verschwiegenheit ist Teil seines Metiers. Sollten die Siegel bei der Übergabe zerstört sein, wird die Bank die Depoteinlage mit der zweiten Hälfte seines Honorars nicht freigeben, sondern meiner Familie zurückerstatten. Das Schreiben an das Geldhaus, welches die Unversehrtheit der Aufzeichnungen bestätigt oder verneint, wird zusammen mit meinen Erinnerungen ausgehändigt und muss von den Empfängern unterschrieben und an die Bank zurückgesendet werden.

Da sich Dr. Brächtls Anwaltskanzlei bereits in der fünften Generation in den Händen seiner Familie befindet und sein Sohn ebenfalls seit ein paar Jahren dort arbeitet, kann ich wohl auf deren Beständigkeit vertrauen. Was bleibt mir anderes übrig? Jedenfalls habe ich mehr Zweifel an der Zuverlässigkeit großer Bereiche der Reichsverwaltung als an der althergebrachten Schweizer Gründlichkeit und Diskretion.

Meine Söhne, deren Kinder oder Enkel werden meine Tagebücher erst zu einem Zeitpunkt in die Hände bekommen, wenn die gegenwärtige Führung des Reiches nicht mehr am Leben ist. Und nur dann, wenn das Verhalten ihrer Nachfolger berechtigten Anlass zu der Annahme gibt, dass kein einziger Sterner gefährdet sein wird, sowie unter der Voraussetzung, dass meine Nachkommen die Niederschriften ebenso streng vertraulich behandeln. Schließlich verfasse ich diese Zeilen nicht, um den Hunger künftiger Historiker zu stillen, sondern zu dem Zweck, meiner Familie Rechenschaft darüber abzulegen, was ich getan habe und warum – obwohl auch mir die Antworten in vielen Fällen nicht leichtfallen.

Dr. Brächtl muss die Entscheidung treffen, wer im Verwandtschaftskreis als Empfänger in Frage kommt. Diejenigen werden in vielleicht noch für sie gefährliche Kenntnisse eingeweiht, die sie unter allen Umständen für sich behalten müssen. Eine schwierige Verpflichtung, gewiss; eigentlich unlösbar, solange niemand weiß, was in dieser Verschlusssache steht. Seltsamerweise bedrückt mich dieses Dilemma am wenigsten, obwohl die Zwangslage, der ich selbst ausgeliefert bin, auf diese Weise auch in Zukunft fortbestehen wird.

Ihr jedoch, die ihr mein Blut weitergebt, sollt diese Geheimnisse nur aus einem Grund erfahren: um zu wissen. Ihr dürft wissen, niemand sonst, und falls ihr tatsächlich reif seid, machen euch diese exklusiven Erkenntnisse zu etwas Besonderem, zu Auserwählten – sofern diese Einsichten nicht weiterverbreitet werden. Sie vermögen euch allein deshalb Macht zu verleihen, weil ihr eingeweiht und zugleich im Bilde seid, wie ahnungslos die anderen sind.

Wenn ihr eines Tages diese Zeilen lest, sind sicherlich bessere Zeiten angebrochen. Glorreiche Kämpfe werden hinter uns liegen. Die Schmach von Versailles wird endgültig vom Antlitz der Erde getilgt sein und das Deutsche Reich sich zu einer so unüberwindbaren Macht entwickelt haben, wie es seine historische Bestimmung ist: stolz, frei, voller Kraft, von allen benachbarten Ländern gefürchtet. Davon bin ich überzeugt, und einzig diese Gewissheit bewegt mich dazu, euch mein Erbe zu übergeben.

Heute erheben wir unser gedemütigtes Haupt mit neuem Stolz und beginnen, die Schlachten zu schlagen, die notwendig sind, um zurückzuerobern, was unser ist. Dass das neue Reich dabei mit inneren Feinden gleichermaßen hart verfährt, billige ich vorbehaltlos. Und dennoch traf mich der Anblick des erbarmungslosen Lagers, der geschundenen Inhaftierten unvermittelt. Den Wachmannschaften, welche die Handvoll Besucher in stolzer Pflichterfüllung über den Ettersberg führten, entging meine Beklemmung. Wie Otto Rahn, von dem bald zu reden ist, konnte ich die Bilder aus Buchenwald nicht aus meinem Kopf verscheuchen. Aber anders als er interpretiere ich das als Schwäche. Ein deutliches Zeichen dafür, dass ich den zukünftigen Aufgaben nicht mehr gewachsen bin. Denn sie werden uns abverlangen, noch grausamere Dinge zu tun.

Auch darum verabschiede ich mich aus dem Geschehen an vorderster Front der Bewegung und mache jenen Platz, die jung und voller Tatkraft die vor uns liegenden Aufgaben besser bewältigen können. Unbarmherzig, wie unser Führer sagt, und einzig dem Wohle unseres Volkes verpflichtet. Der Einzelne zählt nichts, das Volk alles. Ihr werdet diese historische Lehre bereits so verinnerlicht haben, dass es für euch ein Leichtes ist, die Motive meines Tuns zu begreifen.

Ich folge mit meinem Rückzug zugleich einem Befehl von oberster Stelle. Was ich weiß, ist zu gefährlich, um damit weiterleben zu können. Selbst das geringste Risiko, meine Kenntnisse könnten in die Hände unserer Feinde fallen, ist zu groß, als dass ich weiterexistieren dürfte. Diese bitterste Konsequenz der bedingungslosen Unterordnung unter den Willen des Volkes und des Führers gibt mir die Chance, das Höchste zu erreichen, dessen ein Mensch fähig ist. Das ist die wahre Askese. Die Auslöschung von Körper und Geist, die Aufgabe des Ich.

Mir ist bewusst, wovon ich spreche, schließlich habe ich mehr als einmal Männer für immer zum Schweigen bringen müssen, die in ähnlicher Lage nicht die Einsicht oder die Kraft aufbrachten, den letzten Weg selbst zu gehen. Mir wird er nicht schwerfallen, da ich weiß, was mich erwartet. Den abschließenden Schritt über die Schwelle des Todes ins Reich der verborgenen Meister werde ich umso unbeschwerter tun können, je besser es mir gelingt, das noch zu Sagende zu Papier zu bringen. Dieses Heft wird das Letzte sein, was von mir bleibt. Und ich sehe es nicht als Verrat an, wenn ich mein geheimes Wissen zu einem späteren Zeitpunkt preisgebe, denn die Geschichte unseres Volkes wird dann längst andere Kapitel geschrieben haben.

Ich muss damit beginnen, Zeugnis von dem abzulegen, was zu tun ich verpflichtet war – anders als mein alter Meister, Bruder, Freund und Vertrauter Rudolf von Sebottendorff, dem es in seiner alten und neuen Heimat am Bosporus besser gehen möge als mir. Er war geschickter als ich und wagte sich 1933 lediglich einmal aus der Deckung, als er sein viel geschmähtes Buch veröffentlichte, in dem er schrieb, dass es Thule-Leute waren, zu denen Hitler zuerst kam und die sich ihm als erste anschlossen. »Die Rüstung des kommenden Führers bestand, außer der Thule selber, aus dem in der Thule-Gesellschaft von dem Bruder Karl Harrer gegründeten Deutschen Arbeiterverein und der von Hans-Georg Grassinger geleiteten Deutsch-Sozialistischen Partei, deren Organ der Münchner, später der Völkische Beobachter war. Aus diesen drei Quellen schuf Hitler die Nationalsozialistische Deutsche Arbeiterpartei.«

Damit hat von Sebottendorff das getan, was er als Oberhaupt Thules und des im Hintergrund wirkenden Germanenordens tun konnte. Er benannte Offenkundiges und verschwieg die ungleich wichtigeren Kräfte, die unerkannt das Ihre zur Entwicklung beigetragen hatten. Trotzdem wurde er von einer Vielzahl von Dummköpfen des Wenigen wegen, was er gesagt hatte, erbittert angefeindet und bekämpft.

Um Deutschland im Verborgenen den Weg in eine größere Zukunft zu bereiten, hatte ich Dinge zu erledigen, über die ich bislang geschwiegen habe. Somit ist nun von Otto Rahn zu berichten, einem hochbegabten jungen Mann, dem ich zu Jahresbeginn zu seinem endgültigen Schritt verhalf. Das geschah, nachdem wir unser Werk vollbracht hatten, das dem Anschluss Österreichs ans Deutsche Reich gewidmet war und vor einem Jahr in aller Öffentlichkeit seinen Triumph erlebte. Und ich muss auf den Fall Professor Dr. Edmund Forster zu sprechen kommen. In jener Zeit vor sechs Jahren war ich mit Otto Rahn für einige Wochen auf einer Forschungsreise in Südfrankreich und genoss im Gegensatz zu Rahn den Aufenthalt, ganz besonders im Dörfchen Rhedae. Umso enttäuschter war ich, als mich ein Telegramm aus Berlin erreichte und ein anschließendes Telefonat zur sofortigen Rückkehr nach

Deutschland nötigte. Den Anlass dafür gab Professor Forster, der sich für die Reichsführung zu einer gewaltigen Belastung entwickelt hatte und untragbar geworden war.

Bei unserer Begegnung im September 1933 war Edmund Forster, Jahrgang 1878, Professor für Psychiatrie an der Ernst-Moritz-Arndt-Universität und Direktor ihrer Nervenklinik. Warum die Gestapo in seinem Fall meiner Hilfe bedurfte, vermag ich nicht zu sagen. Als ich ihm in seiner Greifswalder Wohnung den Revolver überreichte und zu verstehen gab, dass er den Abzug selbst betätigen oder ich dies für ihn erledigen könne, hatte er bereits, wie er mir offenbarte, zwei Versuche, aus dem Leben zu scheiden, hinter sich. Es war nicht mehr nötig, viel Druck auszuüben; die Furcht vor einem nicht mehr selbstbestimmten Leben und davor, was alles mit Frau und Sohn geschehen könnte, hat ihn das Unausweichliche in der Weise tun lassen, wie man es von einem EK-I-Träger erwarten durfte.

In den Minuten vor der tödlichen Kugel weihte er mich mit wenigen Worten in sein verhängnisvolles Geheimnis ein. Er nahm ganz richtig an, ich würde als sein Todesbote mit diesen Kenntnissen in die gleiche Lage geraten wie er. Eine Form der Rache, die ich ihm nicht einmal übelnahm; er konnte ja nicht ahnen, dass sein verbotenes Wissen nur eines von vielen war, die ich mit mir herumtrug und von denen jedes Einzelne für eine Liquidierung ausgereicht hätte.

Dr. Forsters Schicksal entschied sich rückblickend in den letzten Tagen des großen Völkerkampfs. Damals behandelte er als Psychiater in Pasewalk jenen Gefreiten, der heute unser aller Führer ist. Ich betone bewusst Dr. Forsters Berufsbezeichnung. Er war in Pasewalk nämlich nicht in einer normalen ärztlichen Funktion tätig, wie viele im Zivilleben spezialisierte Mediziner, die im Krieg auf ihr altes chirurgisches Handwerkskönnen zurückgreifen mussten, um Schusswunden zu kurieren, Arme und Beine zu amputieren oder Knochen zu schienen. Dr. Forster arbeitete in diesem Lazarett als Nervenarzt.

Er ließ mich wissen, er habe Hitler damals mit Hilfe einer Hypnose von einer eingebildeten, sogenannten hysterischen Erblindung geheilt. Diese Diagnose allein wäre schon Sprengstoff in den Händen unserer Feinde. Und als wäre das nicht anmaßend genug, behauptete Forster des Weiteren, er habe während der letzten Kriegstage wegen der chaotischen Auflösungserscheinungen in großen Teilen des militärischen Apparats keine Gelegenheit mehr gefunden, diese Behandlung fachgerecht abzuschließen.

Wir wissen es besser, Hitler hat schließlich in seinem Werk das Wunder der Gesundung von jener durch Senfgas verursachten Sehstörung beschrieben. Trotzdem – eine solche Behauptung, möglicherweise mit Krankenakten belegt, und seien sie noch so schlecht gefälscht, würde ohne Zweifel zu den schmutzigsten Verunglimpfungen führen. Kurz, es handelte sich um eine Propagandawaffe, die unseren Widersachern unter keinen Umständen in die Hände fallen durfte.

So gut wie selten verstand ich den Wunsch, sich dieses Mannes zu entledigen. Meine Mitwirkung an seinem Tod war nur eine geringe. Das Einzige, was ich tat, bestand darin, ihn in seinem ohnehin gefassten Entschluss zu bestärken und ihm das geeignete Werkzeug in die Hand zu drücken. Wenn er glaubte, durch seine Behandlung in Pasewalk der nationalsozialistischen Bewegung zu ihrem Führer verholfen zu haben, so sollte er meinetwegen ruhig in dieser Gewissheit sterben.

Otto Rahn hatte sich mittlerweile in Berlin niedergelassen, was mir entgegenkam, da ich mein Tun am liebsten an Orten verrichtete, die nicht in unmittelbarer Nähe des Wohnorts meiner Familie lagen. Er befasste sich seit unserer Heimreise aus Frankreich mit der Entschlüsselung und Übersetzung einiger kabbalistischer Dokumente aus dem 15. Jahrhundert. Er hat mir nie verraten, von wem er diese wertvollen Handschriften erhalten hatte. Vermutlich hätte ihn das persönlich diskreditiert. Seine Neigung, sich kräftigen jungen Männern hinzugeben, war wohl der heimliche Grund für die Geheimnistuerei über die Herkunft der alten Manuskripte. In diesem Fall ließ ich ihm sein kleines, schmutziges Laster und bestand nicht darauf, alles zu erfahren. »Luzifers Hofgesind« war noch nicht erschienen, da beschäftigte er sich bereits mit seinem dritten

Buch. Er gab ihm den Arbeitstitel »Montsalvat und Golgatha« und unternahm für Nachforschungen eine Reihe von Reisen.

Kurz nachdem Rahn in die SS aufgenommen worden war, half er Heinrich Himmler bei dessen Ahnenforschung und wurde seitdem von höchster Stelle protegiert. Auf diese Weise bekam die Gralssuche Otto Rahns offizielle Weihen und wurde im Auftrag des Reichsführers SS unter Einsatz enormer Mittel fortgeführt. Rahn berichtete mir, er habe von Himmler die Order erhalten, sich auch um die Erforschung der Reichskleinodien zu kümmern, die in der Wiener Hofburg verwahrt wurden. Dieser Befehl, so Himmler, sei von ihm nur weitergeleitet worden; von wem er stamme, habe Himmler offengelassen. Rahn zufolge müsse der Auftrag von Hitler selbst gekommen sein. Ich ließ ihn in diesem Glauben.

Zu den Reichskleinodien zählen neben Krone, Zepter, Reichsapfel und Kreuz auch zwei Schwerter. Das große, prächtig verzierte ist das des Kaisers. Die unscheinbare, mit Drähten geflickte alte Waffe nennt man das Schwert des Mauritius. In Wirklichkeit handelt es sich dabei jedoch um die Spitze einer Lanze. Sie ist unter den kaiserlichen Insignien der wertvollste Schatz. Es war diese Waffe, mit welcher der Centurio Jesus am Kreuz auf Golgatha tödlich in die Seite stach.

Das aus dem Leib Christi austretende Blut und Wasser hatte dem römischen Soldaten gezeigt, dass Jesus noch am Leben war. Mit seinem Speerstich ersparte er dem Gemarterten das Schicksal seiner beiden Leidensgenossen Gestas und Dismas, denen die Tempelwächter mit Keulen Schädel und Gliedmaßen zerschmettert hatten. Denn den Gekreuzigten stand ein qualvoll langsames Sterben bevor, und es war zu befürchten, es würde sich vom Freitag bis zum Samstag hinziehen, obwohl das jüdische Gesetz bestimmte, niemanden am Sabbat hinzurichten. Zudem hatte Jesaja vom Messias verkündet: »Ihr sollt ihm kein Bein brechen.« Mit der Zertrümmerung der Knochen Jesu hätte der Hohepriester einen wichtigen Hinweis darauf geliefert, dass es sich beim Nazarener nicht um den prophezeiten Heiland handeln konnte – eine Absicht, die der Centurio mit seinem Lanzenstich vereitelte.

Rahn vermutete, dass der Römer vor seiner gleichermaßen grausamen wie barmherzigen Tat dem Anführer der Tempelwärter den mitgeführten Speer aus den Händen riss. Dabei handelte es sich um eine zeremonielle, mit magischem Einfluss versehene Waffe, von der gesagt wurde, dass bereits Joshua sie in den Händen hielt, als die Mauern Jerichos zerbarsten.

Durch Gaius Cassius, der die Lanze später an den Apostel Thomas weitergab, gelangte sie erstmals in nichtjüdische Hände. In dieser Zeit zerbrach die Spitze in zwei Teile. Bei ihrer Wiederherstellung befestigte man mit Drähten zusätzlich noch einen der Nägel, mit denen Jesus ans Kreuz geschlagen wurde, am Stichblatt des Speeres. Danach besaßen die mächtigsten Herrscher der Weltgeschichte, von Kaiser Konstantin über Karl den Großen bis hin zu Barbarossa und Friedrich II., diese heilige Waffe. Als sie an die Habsburger fiel, erlosch mit dem Wissen um ihre Macht langsam auch diese Macht selbst, bis von ihr lediglich ein unscheinbarer Rest übrig blieb; eine Ahnung von Kraft, die wiederzuerwecken Otto Rahns Aufgabe wurde.

Es gab gute Gründe für den Anschluss Österreichs. Die einen sprechen von einer historischen Notwendigkeit, andere sehen darin in einer Art Gartenlaubensentimentalität eine Herzensangelegenheit des Führers, der seine alte Heimat bei sich wissen will. Natürlich ist der alldeutsche Traum Ausdruck eines geschichtlichen Gebotes, dessen Verwirklichung unserem Volk über die Jahrhunderte hinweg von inneren und äußeren Feinden verweigert wurde. Und ebenso natürlich ist der Wunsch Hitlers, sich aller Mittel zu bedienen, die seine Macht zu stärken vermögen.

Zu den ersten Maßnahmen, die nach dem Anschluss auf Befehl des Führers veranlasst wurden, gehörte es – wen würde dies nach dem eben Berichteten noch wundern –, die kaiserlichen Insignien von Wien nach Nürnberg zu schaffen. Aber jene Lanze befand sich nicht bei den anderen Wahrzeichen der Macht. Trotzdem wurde auch sie in die Stadt der Reichsparteitage gebracht. Es gehört zum Schicksal all derer, die in das Wissen um die wahre Bedeutung dieser Waffe eingeweiht sind, dass sie für diese

Kenntnis einen hohen Preis zahlen müssen. Man verlangt von ihnen das größtmögliche Opfer, das zu bringen sie in der Lage sind: ihr Leben.

Otto Rahn, der mir im Laufe der Jahre zum Freund wurde, war sich dieser Verpflichtung ebenso bewusst, wie sie auch mir in aller Deutlichkeit vor Augen steht. Ich überredete Otto, den gleichen Weg zu wählen wie die Katharer, der langjährige Gegenstand seiner Forschung. Schlaftabletten und die Eiseskälte des tief eingeschneiten Berghangs am Kitzgraben bei Kufstein taten das Ihre und ermöglichten ihm, so zu sterben wie die Männer des wahren Glaubens angesichts der papistischen Übermacht.

Nach Ottos Tod kennt nun nur noch einer die Wahrheit: ich. Und dieses Wissen vertraue ich allein der Zukunft an, indem ich es hier niederschreibe. Hitler ist der Ritus geläufig, mit dem man die Macht des Speeres evozieren kann. Doch das, was er unter der Nürnberger Burg vergraben ließ, ist nicht die Lanze von Golgatha!

Ich beende meine Aufzeichnungen mit den Anweisungen für das Ritual nach Frater U.G. Eine Beschreibung und ein Plan, der

An dieser Stelle bricht das Tagebuch Moritz Sterners mitten im Satz ab. Es ist unübersehbar, dass die beiden letzten Blätter herausgerissen wurden.

10 : Highway-Queen

Verwirrt starrten Ilona und Dana auf das Display des Handys. Was sie sahen, erschien ihnen zunächst als sinnlose Abfolge von Ziffern und Buchstaben. Bloß der Absender war klar: Die SMS war von Jenny.

»Ist sie vollends verrückt geworden?«, fuhr Ilona hoch, die nach der Anspannung der letzten Stunden eine heftige Wut in sich aufsteigen fühlte. Dana verneinte.

»Wohl kaum. Das hat etwas zu bedeuten, wir wissen nur nicht, was.«

»Ja, ja«, moserte Ilona gereizt. »Es sagt etwas, aber wir sind zu blöd, es zu verstehen.«

»Geh mal zum Schluss«, bat Dana. Ilona klickte die Anzeige auf dem Display weiter.

»Sie schreibt ›Null Antwort‹«, murmelte Dana stirnrunzelnd.

»Warum? Warum will sie nicht, dass ich ihr zurückschreibe?« Ilonas sorgenvollem Blick war deutlich anzumerken, dass sie den Grund schon ahnte.

»Jenny ist nicht allein«, vermutete Dana. »Sie will nicht, dass die Leute um sie herum sehen, wenn sie Kontakt zu dir aufnimmt. Eine Antwort, noch dazu als SMS ...« Sie ließ den Rest ungesagt, da sich Ilonas Gesicht weiter verfinsterte.

»Die Leute um sie herum«, wiederholte Ilona Danas Worte voller Zorn. »Du brauchst keine falsche Rücksicht auf mich zu nehmen! Sag es doch gleich: diejenigen, die Jenny in ihrer Gewalt haben, ihre Entführer!«

Dana schwieg. Längst hatten sie diese Möglichkeit in Erwägung gezogen, waren aber immer nur von einem abstrakten Szenario ausgegangen. Insgeheim hatten beide gehofft, Jennys Verschwinden würde sich auf eine friedlichere Weise erklären. Dass sie einfach abgehauen wäre, es jeden Augenblick an der Tür läutete und sie hereinspaziert käme. Dass sie sich daraufhin mit der unschuldigsten Miene, zu der sie fähig wäre, an den Tisch setzen und erstaunt fragen würde, was die ganze Aufregung zu bedeuten habe. Ob sie mit sechzehn Jahren nicht alt genug sei, eine aufregende Stadt wie Hamburg für ein paar Stündchen auf eigene Faust zu erkunden.

Doch jetzt hatte Ilona es selbst ausgesprochen. Und sie hatte das Wort ›Entführung‹ diesmal nicht in einer theoretischen Weise gebraucht, als wenig wahrscheinliche Option, sondern zur Beschreibung einer Wirklichkeit, die sie mit eiskalter Hand im Nacken packte.

»Lass noch den Rest der Nachricht sehen«, verlangte Dana. Ilona reichte ihr das Handy. Ihre Augen blickten durch einen feuchten Film, so dass alles verschwommen wirkte und zu undeutlich, um ebenso unklare Botschaften lesen zu können.

»17WOB«, sagte Dana, »19GÖ 20KS 21FD.«

Der Schleier vor Ilonas Augen zerriss. Sie stand rasch auf und holte ihre Handtasche aus dem Flur, suchte darin, zog ein billiges Notizbuch in einem Plastikeinband hervor und begann, flink zu blättern. »Da«, rief sie und ihr Zeigefinger stieß auf die aufgeschlagene Seite, »WOB – das ist ein Kennzeichen! Es steht für Wolfsburg, GÖ für Göttingen. Und hier, KS ist Kassel, FD Fulda.«

»Dann wird es sich bei den Ziffern um Uhrzeiten handeln.«

»Stimmt. Vermutlich fahren die Kerle, die sich Jenny geschnappt haben, irgendwelche Nebenstrecken, und sie orientiert sich an der Häufigkeit der Autokennzeichen, die sie sieht.«

»Und eben, als sie die SMS abgeschickt hat, hatte sie erstmals Gelegenheit, unbeobachtet einen Hinweis auf die Fahrtrichtung abzusetzen«, ergänzte Dana.

»So könnte es sein. Die grobe Richtung ist jedenfalls klar, von Norden nach Süden. Komm, wir dürfen keine Zeit verlieren, wir müssen los.«

In der Tiefgarage warfen sie wenig später ihr Gepäck in den Kofferraum eines knallroten alten Volvos – eines Wagens, dem nur wenige Jahre fehlten, um in die Liga echter Oldtimer vorzustoßen. Trotz seines Alters von mehr als fünfzehn Jahren hatte er keine 80 000 Kilometer zurückgelegt.

»Eine echte Rennsemmel«, staunte Ilona.

»Direktimport aus Schweden«, wusste Dana. »Ich kann mich gut erinnern, wie Veronika damals mit diesem Schlitten, der nicht älter als ein Jahr war, nach Hamburg zurückkam, stolz wie Oskar. Sie erzählte mir, sie habe ihn lediglich wegen seiner schicken ausklappbaren Scheinwerfer gekauft.«

»Ich hatte keine Ahnung, dass Volvo auch Sportwagen baut«, gestand Ilona, als sie auf dem Beifahrersitz Platz nahm.

Insgeheim waren beide froh, über ein unverfängliches Thema reden zu können.

»Ich glaube, der 480er war für Volvo ein Ausrutscher. Eigentlich passt so ein Auto weder zu Veronika noch zu Volvo, und ich fürchte, sie hat ihn niemals richtig ausgefahren«, erwiderte Dana.

»Dann wird's Zeit.«

Mitternacht war bereits vorbei, als sie in der Nähe Kirchheims an einer Autobahntankstelle stoppten. Ilona fröstelte, während sie neben der Zapfsäule stand und auf Dana wartete, die darauf bestanden hatte, den Sprit zu bezahlen. Sie näherten sich dem Großraum Fulda, der in Jennys SMS als letzter Aufenthaltsort genannt worden war. Ebenso dringend wie das Benzin hätte Ilona jedoch eine Steckdose gebraucht. Ihr Handy war ständig eingeschaltet, um keine weitere Nachricht oder einen Anruf zu verpassen. Der kleine Balken, der anzeigte, wie voll der Akku war, stand auf Reserve und würde in Kürze hektisch blinken.

Die ganze Zeit über war das Telefon stumm geblieben. Jenny hatte sich nicht wieder gemeldet, und nur der Tatsache, dass sie mit großer Geschwindigkeit über die A7 fuhren, war es zu verdanken, dass Ilona nicht in ein schwarzes Loch düsterer Gedanken fiel. Die Lenkung des Wagens hatte die unangenehme Eigenschaft, bei höherem Tempo stark mitzuschwingen. Sogar Ilona spürte dieses Flattern und konzentrierte sich genauso auf den Verkehr wie Dana. Obwohl sie seit Stunden hinter dem Steuer ausharrte und sich standhaft weigerte, sich von Ilona ablösen zu lassen, war Dana die Anstrengung der weiten Fahrt kaum anzumerken.

Sie kam gerade zum Auto zurück und schwenkte eine Tüte. »Hotdog und Cola«, lockte sie. »Du brauchst was zu essen.«

»Wie du«, parierte Ilona trocken.

»Ich natürlich auch«, gab ihr Dana recht.

Als sie sich bückten, um in den 480er einzusteigen, spürte Ilona plötzlich das Vibrieren ihres Handys in der Hosentasche.

Das Signal, das den Eingang einer neuen SMS anzeigte und auf das sie so sehnsüchtig gewartet hatte.

Erst als Dana auf den Parkplatz bog, der sich hinter der Tankstelle befand, gelang es Ilona, ihre vor Aufregung zitternden Hände soweit zu beruhigen, dass sie den umständlich hervorgenestelten Apparat aufklappen konnte. Das schwache Licht des Displays erleuchtete die gespannt auf die Nachricht blickenden Gesichter. Dana kaute und zog dabei den Verschluss einer Coladose auf, Ilona hatte noch nichts in der Tüte angerührt.

»Jenny?«, fragte Dana mit vollem Mund.

Ilona bestätigte das und rief die Mitteilung auf. Wieder eine scheinbar unsinnige Reihung von Buchstaben und Ziffern, aber diesmal wussten sie, wie sie zu deuten waren. Dana legte die Papierserviette mit dem Hotdog in die Tüte zurück und nahm sich einen Stift, um die Botschaft abzuschreiben. In diesem Moment hellte sich das Display kurz auf, die Farben flackerten und erloschen.

»Scheiße!«, schrie Ilona laut und hätte das Handy zu gern auf die Fußmatte des Wagens geschleudert.

»Sch, sch, sch«, beruhigte Dana und legte ihre Hand auf Ilonas Arm. »Hast du dein Ladegerät dabei? In der Tanke gibt es sicher eine Steckdose.«

Ilona verneinte, während ihre Augen vor Wut mörderisch blitzten. »Das liegt zu Hause wohlverstaut in der Kommode, zweite Schublade von oben.«

»Gib mal her«, sagte Dana und stieg aus, um zum Kofferraum zu gehen. »Vielleicht passt ja meins.« Sie öffnete ihre Tasche und wühlte darin herum. Ganz unten fand sie den Netzadapter und zog ihn hervor. Im schwachen Licht der Kofferraumbeleuchtung versuchte Dana, den Stecker in das Mobiltelefon zu drücken. »Mist«, fluchte sie. »Man sieht ja nichts. Ist einfach zu dunkel hier.«

Die Freundinnen liefen eilig zur Tankstelle. Als sie den grell ausgeleuchteten Waschraum betraten, wusste Dana bereits, dass sich ihr Ladegerät nicht mit dem Handy verbinden ließ. Während sie über den Parkplatz rannten, hatte sie weiter versucht, den Stecker in die Öffnung zu bekommen. Ilona ließ es sich nicht nehmen, es gleichfalls zu probieren, wie zu erwarten ohne Erfolg. Die beiden Frauen starrten sich einige Sekunden lang an, ohne ein Wort zu sagen. Für Außenstehende hätte es aussehen können, als gingen sie im nächsten Augenblick wild aufeinander los.

»Irgendwelche Probleme, Mädels?«, fiel in dieses Schweigen eine dunkle Stimme. Ohne dass es ihnen aufgefallen war, hatte sich eine Tür geöffnet, hinter der sich einige Duschen befanden. Jetzt rochen sie auch den Duft von Shampoo und Seife. Die Frau, die sie angesprochen hatte, trug einen bequemen braunroten Overall und hatte ein Handtuch über der Schulter baumeln. In der linken Hand hielt sie einen buntgemusterten Waschbeutel, der schon bessere Tage gesehen hatte. Sie überragte selbst Ilona um eine Kopflänge, und ihr strähniges aschblondes Haar war noch nicht richtig trocken. Ihre Augen standen etwas zu weit auseinander, die Nase war eine Idee zu groß, und ihre blassen Lippen hoben sich zu wenig von der Hautfarbe ab, als dass man sie hätte attraktiv nennen können. Doch dies überspielte sie mit einem leicht spöttisch anmutenden Lächeln und der Ausstrahlung einer durch nichts zu erschütternden Überlegenheit.

»Das, äh, das Ladegerät«, stammelte Dana, verblüfft ob der plötzlichen Begegnung.

»Zeig mal«, forderte die Fremde sie auf, und Ilona reichte ihr wortlos den Adapter. »Nein, das Handy«, korrigierte die Frau. »Aha. Akku alle, falsches Netzgerät«, konstatierte sie nach einem kurzen Blick. »Aber gut, dass Birgit immer zur Stelle ist, wo's Schwierigkeiten gibt. Kommt mal mit, ihr Hübschen.«

»Äh, müssen Sie nicht, wollen Sie nicht …«, sagte Dana, sichtlich beeindruckt von der Frau, neben der sie sich reichlich klein vorkam.

»Ich muss nichts«, wandte die Unbekannte ein, »auf'm Klo war ich schon, unter der Dusche ebenso. Was soll ich weiter wollen?« Dana lachte.

»Ihre Haare«, half Ilona aus, die erkannte, dass sich bei Dana allmählich die Anstrengung der langen Fahrt bemerkbar machte. »Sie meint, Sie sollten sich die Haare trocknen, damit Sie sich nicht erkälten.«

»Ah ja«, spottete Birgit. »So was sag ich meinen beiden Zwergen dauernd.« Sie fuhr sich mit der Hand durch die feuchten Strähnen. »Das ist o.k. Und wie ich bereits sagte, ich heiße Birgit, und Birgit hat noch nie in ihrem Leben jemanden mit Sie angequatscht. Das mach ich nicht mal bei meinem Chef, und falls mir zufällig der Präsident oder der Papst über den Weg laufen sollte ...« Sie holte Atem.

»... dann auch nicht«, ergänzte Dana.

»Du hast es erfasst.«

»Ich bin Ilona, und meine Freundin heißt Dana.« Ilona gab Birgit die Hand.

»Nun mal los«, wiederholte Birgit. »Ich habe nämlich das gleiche Handy wie du und ein passendes Ladegerät in der Kanzel.«

»Kanzel?«, zweifelte Dana, als sie Birgit quer über den Parkplatz folgten. Sie kamen zu einem weitläufigen Gelände, auf dem zahlreiche LKWs standen. Sie blieben neben einer wuchtigen Zugmaschine mit Aufleger stehen, die sich als Birgits Truck entpuppte.

»Das sind meine Zwerge«, stellte Birgit vor, als sie in die geräumige Fahrerkabine gestiegen waren, und deutete auf ein Foto in einem knallroten Plastikrahmen, der in der Mitte der Frontablage befestigt war. »Probier mal aus, ob's passt.« Sie reichte Ilona einen Stecker und drehte den Zündschlüssel ein Stück nach oben, so dass die Armaturenbeleuchtung anging.

»Zwillinge?«, fragte Ilona nach einem Blick auf die beiden hellblonden Jungs auf der Aufnahme.

»So süß wie gefräßig! Die beiden Rotzlöffel futtern uns noch die Haare vom Kopf«, führte Birgit in ihre Familie ein, »besonders seit Harry arbeitslos ist.« Sie drückte seitlich auf den kleinen Bilderrahmen. Der sprang auf und offenbarte ein weiteres Foto. Ein junger Mann im Holzfällerhemd grinste sie an. »Harry« stand in einer schwungvollen Handschrift quer über der Aufnahme, die wie eine Autogrammkarte signiert war.

»Die Liebesschwüre stehen auf der Rückseite, wollt ihr sehen?« Birgit hatte Ilonas und Danas skeptische Miene bemerkt.

»Nein, nein«, wiegelte Dana mit einem Lächeln ab.

»Na, siehst du, es lädt schon.« Birgit zeigte auf das Handy, das Ilona gedankenverloren in der Hand hielt. »Ist'n Adapter für den Zigarettenanzünder«, fügte sie hinzu, als sie Ilonas verständnislosen Blick bemerkte. »Wer so viel unterwegs ist wie ich, braucht so was.«

Das Mobiltelefon hatte sich mit dem Versagen des Akkus automatisch abgeschaltet. Hastig drückte Ilona den Einschaltknopf und gab ihre PIN ein. Es dauerte ein paar Sekunden, bis das Gerät von neuem betriebsbereit war. Inzwischen hatte Dana Kugelschreiber und Notizblock aus der Tasche geholt. Ilona tippte weiter auf der Tastatur herum. Endlich tauchte Jennys letzte SMS wieder auf.

»Der gottverdammte Mist hat uns mindestens zwanzig Minuten gekostet«, schimpfte Ilona. Sie drehte sich zu Birgit. »Vielen Dank, dass du uns geholfen hast, sonst ständen wir jetzt immer noch da und wüssten nicht, was tun. Und entschuldige, wenn ich derzeit nicht besonders freundlich bin, aber ...« Sie stockte.

»Aber?«

»Mir ist nicht danach.«

Birgit wies mit dem Zeigefinger in Richtung Ilonas Handy. »Deswegen?«

»Deswegen«, bestätigte Ilona und wandte sich an Dana. »Hast du's?«

Dana nickte. »Nochmals herzlichen Dank für deine Hilfe«, sagte sie dann, erhob sich halb und öffnete die Beifahrertür.

»Es geht mich ja nix an«, sprach Birgit langsam. »Nachrichten mit lauter Autokennzeichen, das sieht mir nach Ärger aus.«

»Da hast du völlig recht«, erwiderte Ilona, mit ihrer Beherrschung kämpfend. Dann platzte es aus ihr heraus: »Irgendwer hat sich meine Tochter gekrallt, und das sind bisher ihre einzigen Lebenszeichen. Doch es ist Unsinn, dich damit zu behelligen, vielen Dank. Wir müssen weiter.«

Birgits Gesicht war nicht anzusehen, welchen Eindruck die plötzliche Enthüllung auf sie gemacht hatte. Sie winkte bloß kurz mit der Hand nach dem Handy. »Reich mal rüber.« Statt sich den Text der SMS genauer anzusehen, begann sie, in rascher Folge etwas einzugeben.

»Was soll das denn werden?«, fragte Dana erschrocken. Sie stand bereits neben dem LKW und konnte nicht genau erkennen, was Birgit tat. Unwillkürlich war ihr die dringliche Bitte der ersten SMS in den Sinn gekommen, keinesfalls zu antworten. War die hilfsbereite, aber offensichtlich auch sehr impulsive Birgit gerade im Begriff, die Angelegenheit an sich zu reißen und eine Nachricht an Jenny abzusenden?

»Hab' euch meine Telefonnummer eingespeichert«, antwortete Birgit. »Ich finde zwar, dass das nach einer Sache für die Polizei aussieht. Aber man kennt die ja. Bis die ihre faulen Ärsche hochkriegen! Falls du wieder mal meine Hilfe brauchst, ruf an – selbst wenn ich dann nicht in der Nähe sein sollte, sind wir Highway-Queens gut untereinander vernetzt und reden ab und zu auch mit unseren männlichen Kollegen.«

»Danke«, sagte Ilona. »Ich war selbst mal bei der Polizei. Trotzdem danke.«

»Birgit hat verdammt recht«, befand Dana, als sie zurück auf der Autobahn waren und weiter gen Süden brausten.

»CO ist Coburg, KC Kronach. Fahren die noch nach Süden oder sind sie jetzt Richtung Osten unterwegs? Worin hat sie recht?«

»Mit der Polizei. Das ist ein Fall für die.«

»Du wiederholst dich«, entgegnete Ilona, »und nicht nur mit dem, was du gerade vorgeschlagen hast.«

»Ich weiß, wir haben schon in Hamburg darüber geredet.«

»Dann muss ich mich ebenfalls wiederholen. Es bringt nichts. Für meine werten Ex-Kollegen ist das so lange keine Entführung, wie es keine konkreten, handfesten Hinweise gibt, zum Beispiel eine Lösegeldforderung oder Ähnliches. Wer würde denn auf die Schnapsidee kommen und von mir Geld verlangen? Wer mich auch nur ein bisschen kennt, weiß, dass bei mir nichts zu holen ist. Die Polizei würde für Jenny nicht mal eine Vermisstenanzeige aufnehmen. Sie ist sechzehn, in zwei Jahren volljährig, jeder Polizist würde sagen, warten Sie erst mal ab, die kommt bestimmt nach Hause. Die hat sich lediglich einen Scherz erlaubt, Sie als Mutter müssen doch wissen, wie die Jugendlichen heute drauf sind, die ist sicher bloß für ein, zwei Tage durchgebrannt. Wenn sich Ihre Tochter in 48 Stunden nicht wieder gemeldet hat, kommen Sie noch mal, und wir schauen, was wir tun können.«

»So reden die?«, fragte Dana skeptisch.

»So reden die«, antwortete Ilona bitter.

»Na, du musst es wissen. Aber die beiden SMS, haben die denn nichts zu bedeuten?«

Ilona seufzte. Sie hatte keinen Überblick mehr, sie drehte sich im Kreis. Bewundernswert hingegen war, wie Dana sie ohne einen Laut der Klage oder der Kritik ertrug. Solch eine Freundin war nicht mit Gold aufzuwiegen! Ilona beugte sich ein Stück zu Dana und berührte schweigend ihre rechte Hand, die auf dem Schaltknüppel ruhte. Auf Ilonas Knien und neben ihr lagen der aufgeschlagene Straßenatlas, das Notizbuch und weiterer Kleinkram, den sie aus ihrer Handtasche genommen hatte. Irgendetwas davon war nach unten neben ihre Füße gerutscht. Sie bückte sich, um es aufzuheben: ein kleines Stück festeres Papier. Ilona starrte auf die Visitenkarte, die ihr ausgerechnet nun wieder in die Hände fallen musste. Dana riskierte einen Blick zur Seite.

»Was hast du da?«

»Kellers Dienstadresse«, murmelte Ilona. »Er hat sie mir in einem anderen Jahrhundert mal gegeben.« Sie konnte sich dennoch genau an die Situation erinnern. Es war in seinem Büro gewesen, als sie ihn über den Überfall beim Stadion informiert hatte. Gedankenverloren drehte sie das Kärtchen um und stutzte.

»Hat er hinten etwas draufgeschrieben?« Dana erkannte wegen der Dunkelheit wenig, außerdem merkte sie, dass sie allmählich müde wurde und sich zur Konzentration auf die Fahrbahn zwingen musste.

»Seine Privatnummer.«

»Ha!«, frotzelte Dana, »ich wusste sofort, dass er ein Auge auf dich geworfen hat.«

»Klar, eine perfekte Liebeserklärung, mal kurz die Tochter der Angebeteten zu verdächtigen«, ätzte Ilona zurück. Dana lachte. »Aber im Grunde liegst du richtig«, fuhr Ilona fort. »Wenn es nicht schlicht ein Versehen war, ist es unüblich, dass dir ein Bulle seine eigene Telefonnummer gibt. Außer er verfolgt persönliche Absichten.«

»Dann ruf ihn an«, sagte Dana ganz sachlich.

Ilona zuckte zusammen. »Spinnst du?«

»Wieso? Im Büro ist er am Sonntag, äh, mittlerweile Montag, also, um diese Zeit sowieso nicht. Hau ihn aus seinen Träumen, reiß ihn aus dem Tiefschlaf, er hat's nicht besser verdient.« Während Dana mit der linken Hand lenkte, kramte sie ihr Handy aus der Tasche und reichte es Ilona.

»Wie Madame wünschen«, murrte Ilona, »ich rufe an, und sobald er am Telefon ist, lege ich auf.« Erneut lachte Dana.

»Jetzt spinnst du! Der sieht meine Nummer auf dem Display, und dann hab' ich die Bullen am Hals.«

»Für wie doof hältst du mich?«, entrüstete sich Ilona, hatte aber bereits Kellers Nummer eingetippt. Weiber, grinste sie dabei, komplett irrational! Entschlossen drückte sie auf den Knopf, um die Verbindung herzustellen.

11 : Pathfinder

Während der folgenden Woche kam sich Ilona wie eingesperrt vor. Es wurden die schlimmsten Tage ihres Lebens, denn ihr Gefängnis bestand nicht einfach aus einer normalen Zelle. Sie fühlte sich, als hätte sie ein böser Zauber in einem Bild auf ewig in Bewegungslosigkeit erstarren lassen. Die Szenerie, in die sie sich versetzt fühlte, vereinte die Höllenvisionen eines Hieronymus Bosch mit einer träge zerfließenden surrealen Kulisse von Salvador Dalí.

Ihre Gedanken stellten den einzigen Ort dar, an dem Bewegung erlaubt war, und so wirbelten diese wild durcheinander wie Fliegen über einem Tümpel, dessen brackiges Wasser so trüb war wie Ilonas Stimmung. Keine Überlegung ließ sich zu Ende verfolgen, spärlich war die Erinnerung an ihr Telefonat mit Hauptkommissar Keller, dessen Stimme erstaunlicherweise recht munter geklungen hatte.

Widerstandslos stimmte Ilona Kellers Vorschlag zu, und so kehrten sie nach endlosen Stunden nächtlicher Fahrt nach München zurück – bei einem wunderschönen Sonnenaufgang, der erstrahlte, als sie sich kurz vor der Stadtgrenze befanden. Das Orangerot tauchte das Stadion in ein übernatürlich wirkendes Licht und ließ es förmlich aufglühen. Ilona war froh, als sie den Koloss hinter sich gelassen hatten, der sie an diesem Morgen an das glühende Wrack eines abgestürzten Zeppelins gemahnte. Die fröhliche Schönheit des beginnenden Tages erreichte sie nicht.

Die folgenden sollten indes noch schlimmer werden. Immerhin war Dana bei der Heimkehr nach München an ihrer

Seite gewesen. Aber ihre Freundin musste wieder arbeiten, und mit ihrem Fortgehen brach eine große Leere über Ilona herein. Dabei war sie es gewesen, die Dana zugeredet hatte, den Job bei *Munich Facility & Security Management* nicht ihretwegen sausen zu lassen. Doch ohne Dana fühlte Ilona sich mit jeder Stunde, die verstrich, ein Stück verlassener, hilfloser. Die Zeit, die vergangen war, seit sie Jenny das letzte Mal gesehen hatte, kam ihr wie eine Ewigkeit vor. Und wie sie befürchtet hatte, erwies sich die Unterstützung durch die Polizei als wenig hilfreich. Selbst Kellers Aufmerksamkeit, derer sie sich anfangs sicher wähnte, löste sich auf wie ein Tautropfen an einem heißen Sommertag.

Das Bild ihrer Tochter schob sich in Ilonas Gedanken regelmäßig vor alles andere. Es war, als würde sich Jennys strahlendes Gesicht nur auf einer Wasseroberfläche spiegeln. Allein dieses Idyll war trügerisch, konnte von einer einzigen unscheinbaren Bewegung zerstört werden. Und was dann aus dem Wellenkräuseln hervorstach, waren ganz andere Bilder. Lichtblitze von einschlagenden Bomben. Brennende Gebäude, die Schreie verletzter Menschen. Schnitt. Marschierende Soldaten, die – Schnitt – im nächsten Augenblick im Schützengraben verbluteten. Schnitt. Granaten mit ätzendem Gas, das sich durch die Haut fraß. Wenn sich die Wogen glätteten, erschien erneut Jenny, die freundlich lächelte und trotzdem nicht in der Lage war, Trost zu spenden. Denn Ilona rang mit sich, führte einen nicht enden wollenden Kampf gegen die Hässlichkeit der eigenen Gedanken. Immer wieder hatte sie alle Möglichkeiten durchgespielt, irgendwann auch eine besonders bittere Variante, die Dana, ihre beste Freundin, zur Hauptverdächtigen machte. War sie es nicht gewesen, die auf die Reise nach Hamburg gedrungen hatte? War die Begegnung mit Martin Sterner wirklich zufällig gewesen? Gegen Ilonas Willen setzte das Karussell der Gedanken seine Fahrt unermüdlich fort. Warum tat Keller nichts, dem sie doch ausführlich von Sterner erzählt hatte? Ilona ahnte, dass er nicht an eine Entführung glaubte. In seinen Augen war Jenny wohl längst Teil des braunen Sumpfs. Die während der Hausdurchsuchung beschlagnahmten Flyer warben dem Hauptkommissar zufolge für das illegale Computerspiel und die Musik von *Trutzstaffel.* Die Schlussfolgerung blieb unausgesprochen, stand aber überdeutlich im Raum: Sterner gehörte zum Tross dieser Band, Jenny folgte ihm. Und zwar freiwillig.

Irgendwann klingelte es an ihrer Wohnungstür. Als Ilona öffnete, blickte sie in das Gesicht von Felix. Sie hörte kaum zu, als er sagte, er habe von Gebauer den Auftrag erhalten, den Firmenwagen abzuholen. Ohne ein weiteres Wort drückte sie dem beleibten Pförtner die Schlüssel in die Hand und zeigte vage in die Richtung, in der sie meinte, den Audi geparkt zu haben, bevor sie ihm die Tür vor der Nase zuschlug.

Als sie Dana mit müder Stimme davon berichtete, dass der A3 abgeholt worden war, überraschte die Freundin mit der Mitteilung, Veronika habe ihr zugesichert, sie könnten den Volvo so lange behalten, wie sie ihn brauchten. Diese großzügige Geste seitens einer Frau, die Ilona gar nicht kannte und die ihr nur auf Danas Wort hin Vertrauen schenkte, beschämte Ilona ebenso wie ihre Zweifel der besten Freundin gegenüber. Vertrauen, Misstrauen. Konnte sie sich selbst noch glauben?

Trotz des unablässigen Kummers um Jenny, der Ilonas Denken und Fühlen beherrschte, registrierte sie erleichtert, dass auch das Champions-League-Spiel der Bayern gegen Real Madrid ohne besondere Vorkommnisse verlief. Schon Minuten nach dem Schlusspfiff war ihre Freude über den Münchner Sieg und den Einzug ins Finale verflogen, denn immer wieder stellte sich wie ein böser Geist eine schreckliche Furcht ein: Irgendwann werden sie zuschlagen, wird es passieren. Und kein Mensch, niemand wird etwas dagegen tun können. Es war kein Trost, dass sie sich sicher sein konnte, dieses Grauen mit Polizisten, Sicherheitskräften und den ehemaligen Kollegen zu teilen.

Spät an diesem Abend ertönte die Melodie von *Singing in the rain*. Als Ilona den Hörer ans Ohr drückte, vernahm sie eine bekannte Stimme. Doch sie gehörte nicht Jenny. Birgit, die Highway-Queen, hatte sich Ilonas Nummer notiert und rief nun an, um sich nach den Geschehnissen zu erkundigen. Auch in diesem Fall wollte es Ilona nicht einleuchten, dass sich eine weitere beinahe fremde Person Sorgen um sie machte. Während des Gesprächs stellte sich heraus, dass Birgit und ihre Familie in Rosenheim wohnten, also gar nicht weit entfernt. Sie vervollständigten den Austausch ihrer Adressen, und Ilona versprach, sich zu melden, sobald sie etwas erführe.

»Wenn nicht, stehe ich irgendwann mit dem Vierzigtonner vor deiner Haustür«, verabschiedete sich die Königin der Autobahn. »Und falls du nicht öffnest, in deinem Wohnzimmer.«

Die Aufregung über die beiden wichtigen Erfolge hatte sich kaum gelegt, und nicht nur die Fans waren aus dem Häuschen. Wohin man an diesen Tagen auch kam, die Straßen Münchens waren lauter, die Plätze belebter, die Biergärten voller, die Stimmung beseelter. Und nun nahte das Derby gegen den 1. FC Nürnberg, ein Spiel nicht um den Spitzenplatz an der Tabelle, sondern um den im Freistaat, der weiß-blaue Süden contra den rot-weißen Norden. Einige Gäste aus Franken wagten sich bereits in die Höhle des Löwen, doch die Hausherren reagierten recht gelassen.

»Schau hin, da sind Clubberer«, stichelten zwei Bayernanhänger mit roten Trikots und Mützen, »genießt den Samstag, denn morgen wird's ganz bitter für euch.«

»Babberlababb, einen Punkt nehmen wir mit!«

»Baden geht ihr, aber das macht in der Isar mehr Spaß als in der Pegnitz.«

»... die nach Fürth fließt. Und gegen die Greuther sind auch andere abgesoffen. Stimmt's, Rotkäppchen?« Der Seitenhieb verfehlte seine Wirkung nicht. Stad und fad war's für einen Moment um die Bayern bestellt.

»Einen Punkt«, erfolgte ein neuer Nürnberger Angriff, »wenn wir gnädig sind. Ansonsten nämlich drei.«

»Genau, es gibt drei«, stellte die Heimmannschaft sich langsam auf ihren Gegner ein, »nicht im Weggla, sondern in euer Tor. Pro Halbzeit.«

»Glaubst du vielleicht, wir fahren 200 Kilometer weit für eine Klatsche?«

»Nein, das braucht's nicht, ihr verliert ja auch zu Hause«, plusterte sich der Münchner auf. »Im Übrigen: 200 Jahre Nürnberg in Bayern, 200 Punkte vom Club für die Bayern. So sieht's aus.«

»Allmächd, das klingt wie Kaiserschmarrn.«

Je länger Ilona nichts von ihrer Tochter hörte, desto mehr stumpfte sie ab. Sie wurde allem gegenüber gleichgültiger, hatte ihren Alltag immer weniger im Griff und begann, sich zu vernachlässigen. Vielleicht war es dem Bewusstsein über den eigenen desolaten Zustand zu verdanken, dass sie sich letztlich doch einmal dazu aufraffte, ihre Wohnung zu verlassen, in der sie sich verkrochen hatte.

In Schwabing fielen weder der rote Volvo noch der wuchtige BMW-Jeep, der Ilona auf der anderen Fahrbahn entgegenkam, sonderlich auf. In diesem Stadtteil wirkte immer noch alles so, als wäre jeder Mensch schön, reich und ausschließlich an sich selbst interessiert. Sogar Ferraris oder Bentleys erregten kaum Aufmerksamkeit. Insofern entsprach Ilona ihrer Umgebung mehr, als es ihr lieb sein konnte. Sie war beileibe nicht die Einzige, die mit einem Tunnelblick unterwegs war – wenn auch aus anderen Gründen.

Den Jeep nahm sie trotzdem wahr, und er elektrisierte sie sofort. Er hatte sich ihr bereits in Hamburg eingeprägt und rief ihr all das ins Gedächtnis zurück, was sich unmittelbar vor Jennys Verschwinden ereignet hatte. Die Sonne strahlte direkt auf die Windschutzscheibe, als der Wagen sie passierte. Geblendet schloss Ilona für einen Moment die Augen, danach konnte sie den BMW nur mehr im Rückspiegel sehen. Von hinten hupte es wütend. Ilona war unwillkürlich auf der linken Spur langsamer geworden. Rechts brauste der Verkehr an ihr vorbei, hinter ihr hatte sich schon eine kleine Schlange von aufgeregt gestikulierenden Fahrern gebildet. Mit quietschenden Reifen schoss Ilona über den durchgezogenen Mittelstrich und fädelte sich – ein weiteres Hupkonzert provozierend – in den Gegenverkehr ein.

Gut hundert Meter vor sich sah sie den BMW, den Richie in Hamburg gelenkt hatte. HH-VK ... Es war der übliche dichte Samstagnachmittagsverkehr, der kaum eine Lücke ließ. Sie zog den Volvo trotzdem wenig rücksichtsvoll nach rechts, um auf dieser Spur etwas schneller voranzukommen. Fast wäre sie eine Sekunde später auf ein Fahrzeug geprallt, das bereits anhielt, als die Ampel auf Gelb umschaltete. Ilona fluchte, als sie sah, wie links zwei Autos, die vorher hinter ihr waren, noch bei Dunkelgelb vorbeipreschten. Durch das offene Verdeck des ersten Wagens schoss ein Arm mit geballter Faust und ausgestrecktem Mittelfinger in die Höhe.

Der gilt mir, wusste Ilona, während sie ungeduldig gegen das Lenkrad tippte, beinahe wäre mir der Typ eben selbst hinten draufgebrettert.

Der BMW war längst verschwunden, als die Ampel wieder auf Grün wechselte. Da sie nun ohnehin in die Richtung ihrer Wohnung fuhr, beschloss sie heimzukehren.

Sie sah das Päckchen sofort, als sie den Hausflur betrat. Es ragte ein Stück aus dem Briefkasten heraus, und schuldbewusst überlegte Ilona, seit wann sie ihn nicht mehr geleert hatte. Sie öffnete, zerrte ein Bündel Werbesendungen und Rechnungen hervor und fingerte schließlich den Umschlag heraus, der sich im Schlitz verkeilt hatte. Erst in der Wohnung fiel ihr die besondere Verpackung auf. Es handelte sich um ein weißes Luftpolsterkuvert. Keine Briefmarke klebte darauf, weder Absender noch Empfänger waren vermerkt. Mit unsicheren Fingern riss sie das Päckchen auf und hielt eine ebenfalls unbeschriftete Videokassette in der Hand. Der Absender schien zu wissen, dass sie zu den altmodischen Leuten gehörte, die sich noch keinen DVD-Player angeschafft hatten. Als sie das Band in das Abspielgerät unter ihrem Fernseher schob, zitterten nicht mehr nur ihre Hände, sondern der ganze Körper. Sie war kaum in der Lage, die richtigen Knöpfe auf der Fernbedienung zu drücken. Der Bildschirm zeigte ein hektisches Flimmern, die visuelle Entsprechung ihrer Nervosität.

Will mich jemand verarschen, fragte sich Ilona, die schon annahm, jemand habe sich einen Scherz erlaubt und ihr eine Leerkassette zukommen lassen. Doch dann sah sie auf einmal breite Streifen, die sich zum Bild eines kahlen Raums vergrößerten, an dessen Decke eine schlichte Lampe mit rundem Metallschirm über der Glühbirne hing. Die Kamera schwenkte ruckartig nach unten und erfasste eine Person, die auf einem metallenen Bettgestell saß, vor ihr ein kleiner Tisch. Ilona wusste sofort, dass es sich um Jenny handelte, obwohl die Aufnahme verschwommen war und wenig erkennen ließ. Wie zur Bestätigung zoomte die Kamera näher heran, bis die Gestalt und das Tischchen das Bild vollständig ausfüllten. Es war wirklich Jenny. Aus den Lautsprechern rauschte es bloß, Stimmen waren keine zu hören.

Jennys Gesicht war von ihren strähnigen Haaren halb bedeckt. Sie bewegte ihren linken Arm, nahm etwas von der Tischplatte und hielt es vor das Objektiv. Es war die gestrige Ausgabe der *Abendzeitung*. Sie verdeckte mit dem Blatt, das nun den ganzen Bildschirm einnahm, ihr Gesicht, worauf die Aufnahme mit einer ungelenken Bewegung ein Stück zurückfuhr. Ilona konnte jetzt erkennen, dass der rechte Unterarm ihrer Tochter mit einer Handschelle ans Bett gefesselt war.

Noch immer am ganzen Leib bebend, hatte sich Ilona vor dem Fernseher auf den Boden gesetzt. Jenny legte die AZ wieder beiseite, nahm ein anderes Blatt und streckte auch dieses ins Bild. Eine Weile später wiederholte sich der Vorgang mit einer dritten Zeitung. Dann saß Jenny regungslos da, horchte irgendwann aber auf, offensichtlich hatte ihr jemand außerhalb des Aufnahmebereichs der stumm geschalteten Kamera etwas zugerufen. Sofort begann sie von neuem, die verschiedenen Gazetten mit ihren Aufmachern zu präsentieren. Es handelte sich ohne Ausnahme um Exemplare vom gestrigen Freitag. Bereits beim zweiten Blatt, das Jenny hochhielt, begann unterhalb des Bildes ein Text abzulaufen. Fassungslos las Ilona die ebenso präzisen wie knappen Anweisungen.

Nach einer weiteren durchwachten Nacht saß Ilona vor dem Monitor ihres Computers und zählte die Sekunden. Erst am frühen Sonntagvormittag war sie erschöpft eingeschlafen und hatte überhaupt nicht bemerkt, dass Dana, der sie schon vor geraumer Zeit einen Zweitschlüssel für ihre Wohnung gegeben hatte, gekommen war und Aufbackbrötchen mitgebracht hatte. Erst gegen Mittag wurde sie vom Duft der heißen Semmeln geweckt. Dana brachte diese samt Kaffee, Butter und Marmelade an ihr Bett.

Die ersten Instruktionen auf dem Videoband waren unmissverständlich gewesen:

Keine Polizei, sonst siehst du deine Tochter nicht wieder. Kein Telefon, da es wahrscheinlich abgehört wird.

Ilona schalt sich eine Närrin, dass sie sich Derartiges von den Entführern ihrer Tochter sagen lassen musste. Sie hatte bisher nicht im Traum daran gedacht, ihr Anschluss könnte belauscht werden. Sie musste jedoch zugeben, dass es höchst ungewöhnlich wäre, wenn nicht längst ein Netz solcher Maßnahmen geknüpft worden wäre.

»Du bist halt kein konspiratives Handeln gewohnt«, stichelte Dana.

Der dritte Befehl hatte sie lakonisch aufgefordert, am Sonntagnachmittag ab 15.00 Uhr den ständig aktualisierten

Kleinanzeigenteil eines Münchner Internetportals zu studieren.

»Reizend, dass man dir wenigstens die Rubrik mitgeteilt hat«, fand Dana. »Aber muss es ausgerechnet der KFZ-Markt sein? So etwas Langweiliges! Bei der Singlebörse bekämen wir zwischendurch wenigstens etwas zu lachen.«

Ilona zog die Mundwinkel knapp nach oben. Mehr war angesichts des bemühten Gags nicht drin. Plötzlich fuhr sie hoch. Dana tippte gleichfalls aufgeregt mit dem Zeigefinger auf den Monitor.

»Diese Schweine«, schrie Ilona. »Sie beobachten mich die ganze Zeit. Sie sind in meiner Nähe.«

Unter den Dutzenden von briefmarkengroßen Farbbildern mit gebrauchten Autos stach eines ganz besonders hervor. Der Text pries den Wagen an: »Top erhalten! Volvo 480 Turbo, Liebhaberstück. Mehr Infos ...« Die Aufnahme daneben zeigte das Exemplar, das unten vor ihrer Haustür parkte. Wütend klickte Ilona mit der Maus auf den weiterführenden Link.

16 000 KM, scherrheftgepfl., Maria Ferdinand ...

Danach folgten keine weiteren Angaben, sondern nur Ilonas Telefonnummer. Entgeistert starrte sie auf die Annonce. Auch Dana blickte irritiert.

»Ein böser Witz«, bestätigte sie. »Hoffentlich ruft jetzt keiner an und will das Auto.«

»Noch nicht mal richtig schreiben können die«, höhnte Ilona mit kaum verhohlener Wut in der Stimme. »Abgesehen von den anderen Fehlern: Wenn sich diese verfluchten Mistkerle schon hier herumtreiben und mich ausspionieren, könnten sie sich wenigstens die Mühe machen und durchs Seitenfenster sehen, um am Tacho den tatsächlichen Kilometerstand zu erfahren.«

»Darum geht es ihnen nicht«, sagte Dana leise.

»Du hast recht«, rief Ilona voller Zorn. »Es geht diesen Verbrechern bloß darum, mich fertigzumachen.«

»Das ist lediglich ein Nebeneffekt«, widersprach Dana und wurde ganz unvermittelt fahrig. Sie erhob sich und lief auf und ab wie ein Tiger im Käfig. Eine Idee war ihr gekommen und sie benötigte noch einen Moment, um sie zum Gedanken reifen zu lassen. »Hast du einen Stadtplan hier oben?«, fragte sie dann.

Ilona blickte ihre Freundin schweigend an, bis auch in ihr die Erkenntnis aufblitzte. »16 000 Kilometer«, spekulierte sie, die Schublade nach dem Plan durchwühlend, »das könnte die Uhrzeit sein.«

»Sechzehn Uhr«, bestätigte Dana und blätterte im Straßenregister des Kartenwerks, das ihr Ilona gereicht hatte. »Und nachdem kein Datum angegeben ist, kann es sich nur um heute handeln.« Sie sah auf ihre Armbanduhr. »Wir müssen uns beeilen.«

Ilona blickte ihr über die Schulter. »Du bist außerhalb Münchens«, stellte sie fest.

»Maria-Eich-Straße, Maria-Schreiner-Weg, das ist es nicht.« Dana suchte seufzend das innerstädtische Verzeichnis, das sie nun gemeinsam studierten.

»Mist! Maria-Birnbaum, Mariabrunner, Maria-Eck, Maria-Eich, Maria-Einsiedel, Himmel, gibt's viele Maria-Straßen, -Wege und -Plätze, Mariahilf gleich zweimal, Maria-Josepha, Maria-Lehner ...« Ilona las die Abfolge wieder und wieder laut vor. »Keine Maria-Ferdinand-Straße weit und breit. Das kann es also nicht bedeuten.« Sie biss sich mit den Schneidezähnen auf die Unterlippe, sah Dana nachdenklich an, nahm den Plan erneut hoch und blätterte ziellos weiter in der Straßenübersicht herum.

»Das ist's«, stieß sie auf einmal heftig hervor. »Ich Idiot!« Ilona schlug jetzt die Karte auf. Wenig später tippte sie wortlos mit dem Zeigefinger darauf. Dana rückte näher heran.

»Ferdinand-Maria-Straße«, las auch sie und nahm Ilona den Plan aus der Hand. »Ha!«, rief Dana, »nun erklärt sich, warum die Rechtschreibung schwach ist.«

Ilona blickte noch einmal genauer auf den Plan. »Scherrheftgepflegt ... Scherrstraße«, folgerte sie. »Du hast recht. Hm, das ist zwischen Nymphenburg und Gern. Immerhin jagen die mich nicht durch die ganze Stadt.«

»Die haben nicht damit gerechnet, dass wir so schnell draufkommen«, erwiderte Dana.

»Lieber zu früh als zu spät«, beschloss Ilona, »ich mache mich schon mal auf den Weg. Sei so lieb und halte hier die Stellung, falls tatsächlich jemand anruft und einen Volvo kaufen will, der mir gar nicht gehört.«

»Kommt überhaupt nicht in die Tüte!«, verneinte Dana bestimmt. »Ich bin nicht deine Telefonistin.«

»Bitte entschuldige, natürlich nicht. Was sollst du denn allein hier? Geh nach Hause, ich melde mich, wenn das vorbei ist.«

»Du verstehst immer noch nicht. Wir fahren zusammen!«

»Bist du lebensmüde?«, versetzte Ilona empört. »Es reicht, wenn ich mich in Gefahr bringe.«

»Wenn es dir um die Gefahr geht, dann verständige Hauptkommissar Keller«, antwortete Dana schärfer als sonst.

»Du weißt genau, das geht nicht«, widersprach Ilona und zeigte auf die Videokassette, die sie hochkant auf den Couchtisch gestellt hatte. Erst jetzt fiel ihr auf, dass das schwarze Rechteck zwischen der Obstschale und einer Blumenvase mit vertrockneten Rosen wie ein kleiner Grabstein wirkte.

»Auf geht's«, befahl Dana, »ehe wir weitere Zeit mit Geplänkel verlieren.« Sie ging zur Tür, öffnete und betrat das Treppenhaus. »Wo bleibst du?«

»Komme schon«, rief Ilona und verließ ebenfalls die Wohnung. »Ich fahre«, entschied sie kurzerhand.

»Von mir aus. Ich denke aber, es ist besser, meinen Wagen zu nehmen.«

Sie parkten unmittelbar an der Ecke Scherr- und Ferdinand-Maria-Straße. Die sommerlichen Temperaturen hatten sie schon während der kurzen Fahrt dazu veranlasst, die Seitenfenster zu öffnen.

»Wir haben noch fast zwanzig Minuten Zeit«, sagte Dana und machte die Beifahrertür auf, um auszusteigen.

»Bleib hier«, bat Ilona. »Du hättest nicht mitzukommen brauchen.«

»Sei nicht so garstig«, tadelte Dana. Diese Bemerkung veranlasste Ilona zur Andeutung eines Lächelns, ohne dass Dana den Grund gekannt hätte. Als gebürtige Engländerin, die ein nahezu perfektes und akzentfreies Deutsch sprach, benutzte sie nur gelegentlich ungebräuchliche Worte.

Ilona verstellte den Außenspiegel so, dass sie einen guten Überblick über alles bekam, was sich hinter ihnen abspielte. Einfamilienhäuser mit hohen Hecken wechselten sich mit Gebäuden für mehrere Mietparteien ab. Während die meisten bereits älter und eher unauffällig waren, fiel der Bau, der sich ihnen gegenüber befand, optisch aus dem Rahmen. Große quadratische Fensterfronten mit Glastüren erstreckten sich über zwei Etagen und ließen ihn als etwas Besonderes erscheinen. Ilona kniff die Augen zusammen und entzifferte das Schild neben dem Zugang.

»Eine Architektengemeinschaft«, stellte sie fest.

»Was steckt bloß hinter der ganzen Angelegenheit?«, ergriff Dana nach einer Weile das Wort. »Was meinst du?«

»Die Frage ist mir viel zu kompliziert«, räumte Ilona mit einem resignierten Unterton ein. »Ich wäre schon dankbar, wenn ich wüsste, mit wem wir es zu tun haben.«

»Es würde mich wundern, wenn Sterner nicht daran beteiligt wäre«, konstatierte Dana. Diese Schlussfolgerung hatten sie gleichfalls mehr als einmal diskutiert, weshalb Ilona nur stumm beipflichtete. »Der Bursche ist wahrhaftig keine Freude für seine Eltern«, merkte Dana an.

»Kennst du sie gut?«

»Nicht besonders«, entgegnete Dana und biss in einen Schokoriegel, den sie aus ihrer Handtasche genommen hatte.

»Bisher hast du bloß davon erzählt, wie du dich mit Sterner junior getroffen hast.« Ilona lehnte die Süßigkeit ab, die Dana ihr hinhielt.

»Es war leider notwendig, Kontakt mit Martins Eltern aufzunehmen«, erklärte Dana, fügte jedoch keine weitere Erläuterung hinzu. Auch Ilona überließ sich jetzt dem Schweigen und lauschte in die Stille. Es war eine ruhige Gegend, kaum jemand ließ sich auf der Straße blicken. Das Einzige, was sie bisher vernommen hatten, waren die Geräusche von gelegentlich vorbeifahrenden Autos und ab und an das Bellen eines Hundes.

»Horch doch!« Mit einem Satz sprang Ilona aus dem Wagen, Dana riss die Tür auf. Nun war es etwas deutlicher zu hören. Von irgendwoher spielte eine vertraute Weise. Ilona und Dana blickten sich um, sahen aber nichts. Die Melodie klingelte weiter in ihren Ohren: *Singing in the rain*.

Beide hatten das Lied sofort erkannt. Allerdings klang es anders als auf Ilonas Handy, das sie fest umklammert hielt und das eindeutig nicht der Verursacher war. Ilonas Blick flog die Häuserfronten entlang. Stand irgendwo ein Fenster offen, durch das die Melodie ins Freie drang? Doch wenn sie ihre Ohren nicht trogen, musste die Geräuschquelle näher liegen. Mit einem Mal rannte Ilona, dem Gedudel folgend, quer über die Straße und blieb vor einer Gittertür stehen, die neben dem Architekturbüro zu mehreren Müllbehältern führte. Sie war unverschlossen. Das Lied wurde lauter, als Ilona den Deckel einer braunen Biotonne öffnete. Ein fauliger Geruch schlug ihr entgegen. Es war ihr egal, was mögliche Beobachter hinter einer Gardine von ihr hielten. Sie griff beherzt in den Abfall und wühlte darin herum. Ihr rechter Arm steckte bis zur Achsel im Müll. Dann ertasteten ihre Fingerspitzen das Gehäuse eines Mobiltelefons. Mit angewiderter Miene zog sie es aus dem verrottenden Unrat.

»Ja!«, rief sie in das abscheulich riechende Handy.

»Na endlich«, blaffte es verzerrt. »Brauchen Sie immer so lang?«

»Was wollen Sie? Wo ist ...«

»Schnauze!«, unterbrach man sie barsch. »Sagen Sie nur ja, wenn Sie etwas verstanden haben, und nein, falls Sie zu unterbelichtet sind, um zu erfassen, was ich Ihnen mitteile.«

Ilona schwieg. Die Stimme, die sie zurechtwies, wurde beim Sprechen elektronisch verändert und klang wie ein Roboter aus einem Science-Fiction-Film.

»Kapiert?«, bellte es in ihr Ohr.

»Ja.«

»Ab sofort hören Sie über dieses Mobilgerät weitere Anweisungen.« Die verfremdete Stimme machte eine Pause.

»Ja«, antwortete Ilona und ging langsam zum Wagen zurück.

»Der Apparat hat den Vorteil, dass er nicht abgehört wird.« Wieder unterbrach der Sprechende seine Rede und wartete. Ich muss jeden Satz bestätigen, begriff Ilona.

»Jaaa«, sagte sie gedehnt.

»Sie können auf diesem Telefon nur angerufen werden, es ist zwecklos, das Gespräch zurückzuverfolgen.« Pause. Sie stiegen ins Auto.

»Ja.«

»Diese Funktion wurde, äh, außer Betrieb gesetzt.«

»Ja.« Fehler, dachte Ilona. Ihr wart kurz davor, den Eindruck zu vermitteln, dass ihr eine künstlich generierte Stimme einsetzt. Ein Computer stockt aber nicht mitten im Satz.

»Keine Fehler!«, fuhr der Sprechende fort, als könnte er Gedanken lesen. »Keine Polizei!«

»Ja.«

»Lassen Sie das Gerät eingeschaltet. Wir melden uns zu gegebener Zeit wieder.«

»Ja ... Äh, hallo?! Was soll das? Was heißt das, zu gegebener Zeit? Verdammt noch mal, wie geht es meiner Tochter? Wo ist sie?« Tränen der Wut und Verzweiflung schossen aus Ilonas Augen, denn der Anrufer hatte das Telefonat längst beendet. Sie schrie ins Leere.

Auf dem Rückweg fuhren sie ziel- und planlos durch München, während die Straßen voller Autos, Fahrräder und Fußgänger waren, die das sonntäglich schöne Wetter ausnutzten. Das änderte sich jedoch kurze Zeit später, als sich erst eine dunkle Wolke wie ein Vorhang vor die Sonne schob und dann ein zehnminütiger heftiger Schauer die Flanierenden von den Gehwegen vertrieb.

Dana saß jetzt am Steuer. »Vorsichtshalber«, wie sie gesagt hatte, »falls ein Anruf kommt.« Eine Zeit lang lief das Autoradio; kein einziger Sender ließ sich die Gelegenheit entgehen, die Hörer auf das in Kürze beginnende Derby einzustimmen.

»Wo wohnt dieser Kerl?«, fragte Ilona plötzlich.

»Hä? Wer?« Dana schreckte aus ihren Gedanken auf.

»Martin Sterner.«

»Du glaubst doch nicht im Ernst, dass Jenny im Keller von Sterners Elternhaus festgehalten wird?«

»Nein«, bekannte Ilona. »Aber es ist unwichtig, was ich glaube, solange ich es nicht weiß.«

Der Tonfall verbot jede Debatte, weshalb Dana an der nächsten Ampel links abbog. Diese Fahrt dauerte länger und führte sie quer durch die Stadt nach Süden. Sie kamen in Thalkirchen in der Nähe des Tierparks vorbei, fuhren quer durch Harlaching fast bis zum Perlacher Forst. Einfamilienhäuser, Villen und von hohen Mauern umgebene Grundstücke mit altem Baumbestand kennzeichneten eine gehobene Wohngegend; die verstaubte Bürgerlichkeit des Viertels mit seinen von Laubbäumen gesäumten Nebenstraßen wirkte bieder darauf bedacht, Unauffälligkeit auszustrahlen, nicht zu sehr zu protzen – und signalisierte trotz aller Zurückhaltung eindeutig: Wer hier zu Hause war, musste es sich leisten können.

»Kriegerstraße«, las Ilona, als ihre Freundin den Wagen zwischen zwei Erlen einparkte.

»Ich gehe«, sprach nun Dana mit ungewohnter Bestimmtheit, die keinen Widerspruch duldete. »Pass auf dieses verdammte Ding auf.« Sie zeigte auf das Handy aus der Abfalltonne und stieg aus.

Ilona beugte sich ein Stück vor. Im rechten Seitenspiegel sah sie Dana hinter einer hohen Mauer, an der bereits die Farbe abblätterte, in einer Zufahrt verschwinden. Dann verließ auch sie das Auto, steckte das Mobiltelefon in ihre Hosentasche, warf sich ungeachtet der sommerlichen Temperaturen ihre Lederjacke über, machte die Tür vorsichtig zu und folgte Dana. Das große gesicherte Tor der Einfahrt und die ebenfalls vergitterte Tür zum Grundstück waren verriegelt.

»Niemand da.«

»Hast du etwas anderes erwartet?«, fragte Ilona und drängte sich an Dana vorbei. Ein kurzes Rütteln an der Klinke bestätigte ihr, dass die Tür abgeschlossen war.

»Was tust du da?«, erschrak Dana und verfiel unwillkürlich in einen aufgeregten Tonfall, als Ilona ihr die Jacke in die Hand drückte.

»Das siehst du doch«, entgegnete Ilona kühl und zog sich mit einem gekonnten Schwung am Gitter hoch. »Bleib hier und gib acht.«

»Du, du, schnappst du jetzt über?«, stammelte Dana und blickte sich beunruhigt um.

»Wenn's hilft«, sagte Ilona lakonisch und sprang auf der anderen Seite der Tür mit einem entschlossenen Satz auf den schmalen Gehweg neben der Einfahrt hinab. Sie lächelte ihrer Freundin zu, drehte sich um die eigene Achse und lief in leicht gebückter Haltung auf die zweistöckige Villa zu, ein Gebäude, dem man seine gut und gerne achtzig Jahre ansah.

Ilona registrierte als Erstes, dass sämtliche Fenster im Erdgeschoss mit schmiedeeisernen Gittern gesichert waren, die Glasscheiben im ersten Stock nicht. Keines davon stand offen. Nirgendwo lehnte eine Leiter an einem Baum, und lediglich an einer Ecke des Hauses rankte sich ein dürrer Rosenstrauch an einigen Holzsprossen nach oben. Die Konstruktion sah so morsch aus, dass Ilona es lieber nicht auf einen Versuch ankommen ließ. Sie warf durch alle Fenster, an denen sie vorbeikam, einen Blick ins Innere der Villa, ohne jemanden oder etwas Ungewöhnliches zu entdecken. Während sie herumschlich, war sie sich der Tatsache bewusst, dass ihr Tun höchst unangenehme Konsequenzen haben konnte. Gleichzeitig aber hatte sie die Aufnahmen von ihrer Tochter in jenem kargen Raum in aller Deutlichkeit vor Augen. Und so leitete nur ein Gedanke ihr Handeln: Ich muss mich beeilen.

Wegen des schlichten Lampenschirms aus Metall, der am Anfang des Videos zu sehen war, vermutete sie, es könnte sich um einen Keller handeln. Ein schwacher zweiter Schatten, den Jenny auf die kahle Wand hinter dem Bettgestell geworfen hatte, deutete auf eine weitere Lichtquelle hin. Also eher kein Keller? Falls doch, dann einer mit Fenster.

Noch einmal umrundete Ilona im Laufschritt das Gebäude, diesmal den Blick auf die Kellerfenster gerichtet. Auch sie waren vergittert. Vor jedem kniete Ilona auf den Boden und versuchte, ins Innere zu spähen. Außer den üblichen Gegenständen wie Heizöltank, Gerümpel, einer wenig genutzten Werkbank, auf der angerostete Zangen, Sägen und Nägel Staub angesetzt hatten, vermochte sie nichts zu entdecken. Gelegentlich verstellte ein größerer Schrank oder die Heizungsanlage den Blick. Erst jetzt sah sie, dass hinter einem der Gitter an der Rückseite des Hauses das Fenster eines Kellerraums nicht richtig verschlossen war. Es stand zwar nicht offen, ein schmaler Spalt deutete indessen an, dass es bei leichtem Druck aufschwingen würde. Doch was sollte das bringen? Sie könnte zwar ihren Arm durchs Gitter zwängen, mehr aber nicht.

Am unteren Ende der Metallstangen fesselte eine Roststelle Ilonas Aufmerksamkeit. Ließe sich dieser Gitterstab lösen und nach oben biegen, dann müsste sie sich mit Mühe durch das Fenster quetschen können. Sie rüttelte an dem Eisen und meinte, ein leises Knirschen zu hören. Trotzdem blieben Zweifel. Würde sie, sollte es gelingen, den Stab abzubrechen, überhaupt die Kraft besitzen, das Metall zu biegen? Sie war keine der Kraftmaschinen, die noch vor wenigen Generationen auf Jahrmärkten vorgeführt wurden und die Stahlstangen verformten, als handelte es sich um dünnes Blech. Und schätzte sie sich nicht schlanker ein, als sie tatsächlich war? Was für einen lächerlichen, peinlichen Anblick würde sie bieten, bliebe sie in der Öffnung stecken? Vor allem jedoch hielt sie es, wenn sie ehrlich zu sich war, für nahezu ausgeschlossen, Jenny ausgerechnet in Martin Sterners Elternhaus zu finden.

Dennoch rüttelte sie ein weiteres Mal an der Stange. Diesmal fester, mit mehr Kraft. Ihre Finger rutschten ab, als sich der Stab plötzlich ein wenig löste, und ihre Hand prallte mit Schwung gegen das Fenster. Der ohrenbetäubende Knall, mit dem es aufsprang, ließ Ilona zusammenfahren. Es war weniger der Schlag, obwohl er fast wie ein Schuss klang, der sie so maßlos erschreckte; durch Mark und Bein fuhr ihr vielmehr das beinahe gleichzeitig einsetzende Aufheulen einer Alarmsirene.

Aufspringen und Lossprinten waren eins. Ilona spürte deshalb kaum, wie das Handy in ihrer Hosentasche zu vibrieren begann. Der Satz, mit dem Ilona ihren rechten Fuß auf die Klinke der Gittertür am Eingang setzte, ging nahtlos in den Sprung über, der sie in elegantem Bogen über das mehr als zwei Meter hohe Hindernis trug. Dana stand kreidebleich neben der Mauer, die das Sternersche Grundstück umschloss. Es kam ihr vor, als müsste das schrille Dröhnen der Sirene bis in die Innenstadt zu hören sein. Kaum dass Ilona auf dem Bürgersteig landete, wollte Dana losrennen. Doch mit einem harten Griff um den Oberarm zwang Ilona ihre Freundin zu einem gemächlichen Schritt.

»Langsam«, beschwor sie Dana, »unauffällig.«

»Das nennst du unauffällig?« Danas Stimme zitterte vor Panik.

»Leise, verdammt noch mal«, herrschte Ilona sie an, »reiß dich zusammen. Ich weiß aus eigener Erfahrung, wie lange die Polizei in solchen Fällen braucht.«

»Das ist ja beruhigend«, erwiderte Dana sarkastisch und verkniff sich den Hinweis auf aufmerksame Nachbarn, die zwei Frauen gegenüber kaum Hemmungen verspüren würden. In ihrer Phantasie sah sie sich bereits von einer Meute aufgebrachter Männer umzingelt, fest entschlossen, sie im harmlosesten Fall der Polizei auszuliefern. Aber auch Vorstellungen von Abreibung und »ein Exempel statuieren« spukten ihr durch den Kopf.

»Steig ein«, befahl Ilona und schob Dana Richtung Fahrersitz. Sie selbst blieb hinter dem Wagen, bückte sich neben einem der Bäume und griff sich einen Klumpen regenfeuchter Erde. Sie verschmierte den Matsch auf dem hinteren Nummerschild und wiederholte das Ganze vorne, bevor sie selbst im Auto verschwand. Sie hoffte, dass mögliche Zeugen das Kennzeichen noch nicht notiert hatten. Griffen sie erst jetzt zum Stift, wäre es zu spät.

Die Beifahrertür war noch nicht geschlossen, als Dana schon losbrauste. Ilona zerrte endlich das Handy aus ihrer Hosentasche. Vorhin erst hatte sie es mit Hilfe von Papiertaschentüchern gereinigt. Nun drückte sie mit schlammverschmierten Fingern auf die Tastatur. Sie hatte eine SMS erhalten.

Deutsches Museum, Shop. Mythos Fliegeruhr. Beeilen Sie sich, sonst kauft ein anderer Kunde diese hochinteressante Lektüre.

»Von deiner Wohnung aus wären wir schneller beim Deutschen Museum«, sagte Dana. Der kaum überhörbare Vorwurf, der in ihren Worten mitschwang, machte Ilona zu schaffen.

»Du weißt genau, dass das nicht stimmt«, konterte sie wütend. Sie waren sich bereits gründlich in die Haare geraten, nun ging ihr Streit in die zweite Halbzeit.

»Ich fasse es nicht! Ausgerechnet du hast nicht damit gerechnet, dass das Haus über eine Alarmanlage verfügt«, schimpfte Dana. »Wie ein ertappter Einbrecher davonrasen zu müssen, unglaublich!«

Auf der Grünwalder Straße kam ihnen ein Polizeiauto mit Blaulicht entgegen, bei dessen Anblick Dana fast die Nerven verloren hätte. Doch die Streife fuhr an ihnen vorbei, ohne dass es zu der von Dana befürchteten Kehrtwende mit quietschenden Reifen und anschließender Verfolgungsjagd gekommen wäre.

»Es war ein Versehen, dass die Sirene losgegangen ist. Aber du würdest am liebsten anhalten und dich freiwillig verhaften lassen«, startete Ilona einen Gegenangriff, obwohl sie Dana in einem Punkt insgeheim recht geben musste – gemessen am Ergebnis war der Einstieg in das Grundstück ein kompletter Fehlschlag gewesen, sie war genauso schlau wie zuvor.

Sie fuhren in die Lilienstraße und bogen am Paulanerplatz in die Schwarzstraße ab. Nach wenigen Metern stießen sie auf die Zeppelinstraße, die direkt am Isarufer entlangführt.

Dana brachte den Wagen mit einem wütenden Tritt auf die Bremse zum Stehen. »Ich glaube, weiter vorne wird ein Parkplatz frei. Ich warte da auf dich.«

Ilona sprang aus dem Fahrzeug und rannte über die für den Autoverkehr gesperrte Zenneckbrücke. Nach Überquerung des Isararms erreichte sie den lichten Innenhof des Museums. Als sie dessen Laden betrat, hielt sich Ilona nicht lange mit Suchen auf, sondern fragte den Kassierer nach dem Titel. Der junge Mann überlegte kurz und verwies sie auf die vorletzte Regalreihe. Etwas irritierte sie an ihm, dennoch drehte sie sich wortlos um und ging zum beschriebenen Platz.

Das gibt's nicht, überlegte sie, woher kenne ich das Gesicht schon wieder? Doch dann verbannte sie den Gedanken aus ihrem Bewusstsein. In letzter Zeit hatte sie dieses Gefühl eindeutig zu oft gehabt, und es hatte kein einziges Mal zu etwas Gutem geführt.

Trotz des Hinweises dauerte es eine Weile, bis Ilona in der Fülle des Angebots tatsächlich einige Exemplare des Bildbands *Mythos Fliegeruhr* fand. Sie nahm einen aus dem untersten Fach und blätterte ihn sorgfältig durch. Die intensive

Beschäftigung mit den seltenen und teuren Chronometern blieb jedoch ergebnislos. Das großformatige Buch enthielt neben zahlreichen Abbildungen eine Reihe von Informationen über Uhren und ihre Hersteller, aber nichts, was auch nur entfernt nach einem Fingerzeig auf Jenny aussah. Sie kam sich verarscht vor und setzte sich auf einen kleinen Hocker zwischen den Regalen.

Es muss etwas sein, was nachträglich in den Band hineingeschrieben oder hineingelegt wurde, folgerte Ilona. Letzteres entfiel, denn es war kein Zettel darin. Sollten die Entführer nicht den obersten genommen haben?

Mit halb niedergeschlagenem, halb wütendem Gesichtsausdruck stellte Ilona die Publikation zurück und musste feststellen, dass die übrigen Exemplare eingeschweißt waren. Die konnten es also nicht sein. Was sollte sie tun? Sie nahm die anderen Bücher dennoch aus dem Fach und untersuchte sie. An einem war die umhüllende Folie an der Unterseite eingerissen. Ilona zog die Plastikhaut herunter und stutzte, als sie zwischen den Seiten den bunt bedruckten Reklameumschlag einer Klassenlotterie fand.

Gewinnspiele, dachte Ilona, passen nicht zu so einem Bildband. Sie nahm das Kuvert heraus und drehte es einen Moment unschlüssig zwischen den Fingern hin und her. Die schwarzen Trauerränder unter ihren Nägeln waren nicht zu übersehen. Bisher hatte sie ihre Hände lediglich notdürftig mit Papiertaschentüchern von der feuchten Erde gereinigt, die sie über die Nummernschilder geschmiert hatte.

»Wollen Sie das Buch kaufen?«, erkundigte sich jemand in ihrem Rücken und Ilona schreckte zusammen wie ein ertappter Ladendieb. Der junge Mann, der vorhin an der Kasse gesessen hatte, stand hinter ihr. Ilona stellte das Werk ins Regal zurück.

»Ich bin mir nicht ganz sicher«, zögerte sie.

»Es ist doch ein offenes Ansichtsexemplar da«, rügte er in leicht verärgertem Ton, »warum mussten Sie eine Folie aufreißen?«

»Entschuldigen Sie«, mimte Ilona die Blasierte, »aber ich blättere niemals in Büchern, die schon Tausende vor mir angefasst haben, man weiß ja nie.« Sie versuchte, ihre dreckigen Fingernägel diskret zu verbergen, und wurde den Eindruck nicht los, sein Gesicht müsse ihr etwas sagen.

Die pure Paranoia, spottete sie bitter.

»Wie Sie meinen«, sagte der Verkäufer, mühsam um Höflichkeit bemüht, und ging wieder. Ilona nahm das Buch erneut und drehte es um. Der Preis war wenig dazu angetan, ihre Stimmung zu heben. Würde sie es brauchen oder nur den Umschlag der Klassenlotterie, den jemand für sie in dieses Exemplar hineingesteckt hatte? Sie wusste es nicht. Denkbar war, dass die Botschaft der Entführer verschlüsselt war und irgendwelche Texte aus dem Band mit einbezog. Sie seufzte, behielt den Schinken, steckte den Werbeumschlag zwischen die Seiten und ging mit dem Vorsatz zur Kasse, sich nicht anmerken zu lassen, dass sie die Lektüre reichlich überteuert fand.

Kaum saß sie wieder im Auto, erhielt sie eine weitere SMS. Statt sie zu lesen, sprang Ilona aus dem Wagen und blickte sich in alle Richtungen um. Der Gehsteig war voller Spaziergänger, die das milde Wetter des späten Nachmittags für etwas Bewegung nutzten, bevor sich die meisten vor Radio und Fernseher zurückziehen würden, um das in Kürze beginnende Derby zu verfolgen. Für Ilona war in diesem Augenblick jeder verdächtig. Dumm nur, dass unter solchen Voraussetzungen niemand wirklich in Frage kam.

»Ich bin mir sicher, wir werden beobachtet. Nicht die ganze Zeit, aber immer wieder«, teilte sie Dana mit, als sie sich erneut zu ihr ins Fahrzeug setzte.

»Womit willst du anfangen?«, fragte Dana, »mit der neuen SMS oder dem Buch?«

Ilona nahm den bunten Umschlag aus dem Bildband und riss ihn auf. Er enthielt die übliche Art von Anschreiben und zwei farbige Faltblätter mit den in Aussicht gestellten

Gewinnen. Ilona runzelte die Stirn und blickte noch einmal in das Kuvert.

»Das ist alles«, murrte sie. »Kein zusätzlicher Zettel.« Sie verdrehte die Augen und rief mit einem Knopfdruck die eben empfangene SMS auf.

Vielen Dank für Ihre Unterstützung der deutschen Wirtschaft.

»Na toll!«, bemühte sich Ilona um Fassung, »Ironie ist das Letzte, was ich jetzt brauchen kann.«

Falls Sie unsere neue Mitteilung noch nicht entdecken konnten, helfen wir Ihnen auf die Sprünge: UV!

»UV?«, rätselte Ilona, »meinen die UV-Licht? Wie soll man hier an so etwas herankommen?«

»Gehen wir zurück in den Museumsshop!«, schlug Dana vor.

»Warum?«, wollte Ilona wissen, Dana war allerdings bereits ausgestiegen. »Das bringt doch nichts.« Dana eilte unbeirrt voraus. Ilona durchquerte das große Tor zum Innenhof des Museums von Neuem.

»Hast du den Brief dabei?«, fragte Dana, als sie den Laden betraten. Ilona bejahte.

»Hören Sie, junger Mann«, sagte Dana zu dem Kassierer, der etwas seltsam dreinblickte, als er hinter ihr auch Ilona sah.

»Was kann ich für Sie tun?« Sein Augenpaar glitt zwischen Dana und Ilona hin und her.

»Sie haben sicherlich so ein Gerät, mit dem Sie die Echtheit von Geldscheinen überprüfen können. Es funktioniert mit …« Als auch bei Ilona der Groschen gefallen war, sah sie sich aufmerksam um, weil sie dachte, dass es jeder andere um sie herum gehört haben musste.

»UV-Licht«, antwortete der Mann. »Wieso fragen Sie? Glauben Sie, Sie haben eine gefälschte Geldnote bekommen?«

»Nein, nein«, entgegnete Dana. »Es ist bloß ...«

»Entschuldigen Sie«, sprang Ilona ihr bei. »Darf ich mal?« Sie beugte sich weit über den Tresen und griff nach dem Apparat. Das Kabel, mit dem er an der Steckdose angeschlossen war, reichte gerade aus, um den Kasten auf die Theke zu stellen.

»Halt, was machen Sie da?«, rief der Museumsangestellte mit kaum verhohlener Empörung.

»Es dauert nur einen Moment«, beruhigte Dana ihn und klimperte mit den Wimpern. »Sie werden doch zwei verzweifelten jungen Frauen nicht Ihre Hilfe verweigern.«

»Ich weiß nicht recht, wollen Sie mich hier verscheißern?«

»Wenn ich Pech habe, werde ich selbst nach Strich und Faden verarscht«, versicherte Ilona ihm, als sie das Werbeschreiben unter das Gerät hielt. »Aber es führt zu weit, das jetzt näher zu erklären.« Sie drehte den Brief um, und Dana konnte einen kurzen Aufschrei nicht unterdrücken. Unter dem UV-Licht erschien auf der nur zur Hälfte bedruckten Rückseite des Schreibens ein flüchtig hingekritzelter Adler. Darunter schimmerten kaum erkennbar einige Zeilen Text. Die Druckbuchstaben sahen aus, als hätte der Verfasser eine Schablone benutzt. Das Ganze war erkennbar von Hand zu Papier gebracht, aber so exakt, dass jede persönliche Note eliminiert worden war.

Warnung! Eine Abweichung vom vorgeschriebenen Vorgehen hat unweigerlich tödliche Konsequenzen! Wir akzeptieren Ihre Begleiterin. Aber auch nur eine weitere Person einzuweihen, führt zur Hinrichtung der Geisel!

Der junge Mann verdrehte den Kopf, um die Botschaft erkennen zu können. Ilona zerrte das Blatt heraus und steckte es in ihre Jackentasche. »Danke«, flüsterte sie hastig in Richtung Verkäufer und verließ den Raum.

»Sie haben uns sehr geholfen«, säuselte Dana und lächelte den Kassierer freundlich an.

»Äh, falls Sie öfters solche Probleme haben und UV-Licht benötigen«, sagte der und bückte sich hinter seinen Tresen. Durch die Glasscheibe der Vitrine konnte Dana sehen, dass er ein kleines Schächtelchen hervorholte. »Das ist eine UV-Lampe«, erklärte er und öffnete grinsend die Verpackung mit einer winzigen, kaum fingerlangen Leuchte, die an einem Schlüsselanhänger befestigt war.

»Das macht?«, fragte Dana. Sie verließ, nachdem sie gezahlt hatte, mit raschen Schritten den Laden.

»Ein hübscher Kerl«, betonte sie, als sie Ilona eingeholt und ihr die Miniaturlampe gezeigt hatte, »besonders wenn er aussieht, als verstünde er die Welt nicht mehr.«

»Ich verstehe die Welt genauso wenig«, schrie Ilona und blieb mitten auf der Isarbrücke stehen. »Diese Arschlöcher drohen damit, Jenny umzubringen.«

»Sie beabsichtigen etwas«, redete Dana beruhigend auf sie ein. »Wir ahnen nicht, was das ist, doch wir wissen, dass sie etwas wollen. Und ihre einzige Hoffnung, es zu bekommen, was auch immer es sein mag, besteht darin, Jenny kein Haar zu krümmen. Ich verstehe, welche Sorgen du dir machst, und mir ist auch bewusst, dass ich für dich kaum eine Hilfe bin. Aber du darfst jetzt nicht die Nerven verlieren.« Ilona streckte sich nach ihrer Freundin, und sie umarmten sich schweigend eine Weile.

»Ich sag's doch die ganze Zeit«, ereiferte sich Ilona kurz darauf im Auto. »Diese Schweine beschatten uns. Sie wissen, dass du bei mir bist. Nun musst du mitspielen bis zum bitteren Ende, ob du willst oder nicht.«

»Ich war von Anfang an dabei«, korrigierte Dana. »Mir ist längst klar, dass es kein Zurück mehr gibt.« Ilona zwang sich ein gequältes Lächeln ab und erwiderte nichts. Von neuem drängte sich ihr jener Verdacht auf, der sie seit Tagen verunsicherte und zugleich beschämte. Gab es eine Verbindung zwischen Dana und den Entführern? Steckte sie mit ihnen unter einer Decke? Obwohl sie diese Zweifel weit von sich wünschte, wurde Ilona sie nicht los. Erwiese sich ihr Misstrauen als begründet, hieße das, dass sie sich seit Jahren in Dana täuschte. Doch hatte sie sich nicht schon häufiger in anderen geirrt? Während Ilona versuchte, den Argwohn aus ihrem Denken zu verbannen, studierte Dana mit Hilfe des UV-Lichts die Botschaft der Entführer, die mit dem Hinweis endete:

Nächster Briefkasten: Dom Pedro †

»O Gott«, stöhnte Dana, »was soll das wieder heißen?«

»Gott ist ein passender Hinweis«, merkte Ilona an. »Ich vermute mal, damit ist eine Kirche gemeint. Und wo die Dom-Pedro-Straße ist, dürfte dir bekannt sein, schließlich wohnst du in der Nähe.«

»Ich bin nicht gerade eine eifrige Kirchgängerin«, erinnerte Dana.

»Egal. Wir wissen, wohin wir müssen«, antwortete Ilona entschlossen und klappte den Stadtplan auf.

»Dann mal los«, sagte Dana und startete den Motor.

Ilona stieß einen tiefen Seufzer aus.

»Was ist los? Soweit ich weiß, gibt es dort eine Kirche. Da brauchst du nicht weiterzusuchen, die finde ich auch ohne Karte.«

»Da stehen zwei Gotteshäuser«, eröffnete Ilona ihr. »Hm, ein Kreuz ist schwarz, das andere eine Kontur. Ja, das hellere Symbol ist eine evangelische, das dunkle steht für eine katholische Kirche.«

»Die evangelische können wir uns sparen«, schlug Dana vor. »Die sind nur während der Gottesdienste offen. Ich nehme mal an, die nächste Nachricht hängt am Mitteilungsbrett der katholischen Gemeinde, irgendwo, wo das Gebäude öffentlich zugänglich ist.«

»Klingt logisch«, stimmte Ilona zu. »Die katholische Kirche befindet sich an der Ecke Dom-Pedro-Straße und Landshuter Allee, auf der rechten Seite.«

Da sie erst einige Querstraßen weiter einen Parkplatz fanden, mussten sie ein Stück durch die frühabendliche Stadt gehen. Als sie wenig später die Klosterkirche St. Theresia betraten, fanden sie im Eingangsbereich an der Wand ein Regal, das eine Reihe von Mitteilungsschriften, Kirchenführern und Postkarten enthielt. Sie blätterten sämtliche Broschüren durch und leuchteten sie mit der Minilampe danach ab, ob sich wieder eine mit Spezialtinte verfasste Mitteilung darauf verbarg, aber die zeitraubende Untersuchung war vergeblich. Ilona ging noch durch das Kirchenschiff, sah sich mit peinlicher Sorgfalt um und machte sich sogar an der Brokatdecke zu schaffen, die über den Altar gebreitet war.

»Das wäre viel zu auffällig«, rief Dana ihr zu. »Vielleicht bekommst du in Kürze eine weitere SMS.« Doch das Handy in Ilonas Hosentasche blieb stumm. Entmutigt verließen sie den Sakralbau.

»Findest du nicht auch, es ist ruhiger geworden?«, fragte Dana. Selbst auf der mehrspurigen Landshuter Allee hatte der Verkehr spürbar nachgelassen. Ilona bejahte beiläufig, da sie die Umgebung so unauffällig und sorgfältig wie möglich absuchte.

»Die ganze verdammte Schnitzeljagd quer durch die Stadt dient nur dem Zweck, uns immer wieder beobachten zu können. Sich davon zu überzeugen, dass wir allein sind und brav wie die Lämmer die Anweisungen befolgen«, vermutete Ilona genervt, ihre Stimme zu einem Flüstern absenkend.

»Wahrscheinlich hat das Spiel angefangen«, beantwortete sich Dana ihre Frage mit einem Blick auf ihre Armbanduhr selbst. »Richtig, Viertel nach sechs. Was machen wir jetzt?«

»Wir fahren zur anderen Kirche. Möglicherweise ist doch die evangelische gemeint.«

»Da sind wir zu Fuß schneller«, wusste Dana und zeigte über die Straße, wo Ilona den spitzen Turm über den Dächern deutlich erkennen konnte. »Wir nehmen die Unterführung.«

Bei der Christuskirche eintreffend, stellten sie überrascht fest, dass sie ebenfalls geöffnet war. Wie bei der Konkurrenz fanden sie an der Wand ein Gestell mit Postkarten und Broschüren. Noch einmal machte sich Dana daran, jedes Heft und jede Karte in Augenschein zu nehmen, während sich Ilona dem Innenraum widmete. Wie leicht ließ sich ein unscheinbarer Hinweis übersehen, wenn man nicht einmal wusste, wonach man suchen sollte. Sie konnten ja schlecht mit ihrer winzigen Lampe die hohen weißgetünchten Wände zentimeterweise ableuchten. Dana blieb äußerlich unbewegt und arbeitete rasch und konzentriert, was ihr von neuem Ilonas Respekt eintrug. Wie bereits in St. Theresia waren sie allein und ungestört. Und wieder entdeckten sie nichts. Niedergeschlagen verließ Ilona das Gotteshaus, wollte nicht einmal zu der Orgel hochblicken, auf die Dana sie aufmerksam machte. Draußen schimpfte Ilona und ging um das Gebäude herum. Sie bemühte sich um größte Aufmerksamkeit, denn in der Mitteilung hieß es ja nicht, der nächste Hinweis sei in einer der Kirchen zu finden. Ilona fluchte zudem, weil ihr bewusst wurde, die nähere Umgebung von St. Theresia längst nicht so genau unter die Lupe genommen zu haben wie nun den Platz um die Christuskirche herum. Und sie spürte, dass sie dem inneren Druck, der Ungewissheit nicht mehr lange standhalten könnte. Trotz Danas ständiger Bemühungen, sie aufzubauen, wäre sie am liebsten laut schreiend durch die Straßen gerannt und hätte voller Wut Steine in die Fenster geworfen.

Sie blieb stehen, weil sie ihren Namen hörte. Dana, die sich bereits vor dem Eingang des Schulgebäudes auf der anderen Straßenseite befand, rief nach ihr und winkte aufgeregt. Schnellen Schrittes eilte Ilona zu ihr.

»Hier!« Dana zeigte auf eine beinahe zierlich anmutende Laterne, »die hängen noch an anderen Masten.« Ilona starrte auf einen kaum postkartengroßen Zettel, an dem unten ein paar Streifen hingen, die man abtrennen konnte. Darauf entdeckte sie ihre eigene Telefonnummer.

»Wir nähern uns einem Unentschieden: Denen fällt auch nichts Neues mehr ein«, bemerkte sie sarkastisch. Dann las sie die Notiz auf dem Blatt und wurde rot vor Wut.

ENTLAUFEN!
Süßes Tigerkätzchen, 16 Wochen, hört auf den Namen Jenny. Letztes Wochenende an der Isar nahe Auensiedlung entlaufen. Hohe Belohnung!

Ilona ballte beide Fäuste und drehte sich um. Nirgendwo war jemand zu sehen. Trotzdem war sie sich sicher, dass Dana und sie in genau diesem Augenblick aufmerksam beobachtet wurden. Voller Zorn riss sie das Blatt von der Laterne und stopfte es in ihre Tasche. Auf dem Rückweg zum Auto kamen sie an weiteren Exemplaren der Fotokopien vorbei. Ilona kassierte sie ein und zerfetzte sie in kleine Teile, die sie wie Konfetti auf den Bürgersteig regnen ließ.

12 : Target

»Was zum Henker sollen wir machen?«, fragte Ilona. »Durch die Gegend fahren, an irgendwelchen Haustüren klingeln? Das Ganze ist so sinnlos!«

»Es würde mich nicht wundern, wenn sie genau das beabsichtigen«, sinnierte Dana.

»Kapiere ich nicht«, erwiderte Ilona gereizt. »Kannst du dich vielleicht etwas präziser ausdrücken?«

»Sie bleiben in der Defensive und warten auf unsere Fehler. Sie wollen, dass du die Nerven verlierst, unaufmerksam wirst, nachlässig.«

»Das können sie haben!«, rief Ilona bitter.

»Diese Hinweise sind das Einzige, was dich mit Jenny verbindet«, erklärte Dana nüchtern. »Je länger sie uns ihr Spiel aufzwingen und uns durch die Stadt treiben, desto verwirrter wirst du. Irgendwann haben sie dich weichgekocht, und genau dann werden sie sich mit dir in Verbindung setzen …«

»… und damit rechnen, dass ich jede ihrer Forderungen abnicke, was auch immer sie von mir wollen.«

»So etwas nennt man psychologische Kriegsführung.«

Ilona atmete tief ein und ließ die Luft ganz langsam wieder entweichen. »Schon erstaunlich, wie gut du dich in unsere Gegner hineindenken kannst«, befand sie und biss sich sofort auf die Lippen.

Dana wirkte kaum überrascht. »Dir würde es auch leichter fallen, wenn du nicht so unmittelbar betroffen wärst.«

Sie fuhren die B 11 stadtauswärts, ließen auf der linken Seite Freimann und rechter Hand die Hirschau hinter sich. Auf der Bundesstraße nach Landshut herrschte reger Verkehr. Das Stadion war einen Kilometer entfernt, nur durch die Autobahn von ihnen getrennt – jener Ort, mit dessen Gefährdung durch einen terroristischen Anschlag sie sich bis vor Kurzem so intensiv beschäftigt hatte. Doch seit Jennys Verschwinden kreiste Ilonas Denken fast nur noch um ihre Tochter, alles andere verblasste neben dem Wunsch, sie wohlbehalten in die Arme zu schließen.

Sie bogen von der Freisinger Landstraße nach rechts ab. Neben der Fahrbahn erhob sich ein Minarett, auf dem Parkplatz davor war kein freier Platz mehr zu finden. Hinter der Moschee begann die Auensiedlung. Aufmerksam und mit gemessener Geschwindigkeit steuerte Dana die Straße entlang. »Für Autos und Motorräder gesperrt«, las sie und wies auf das entsprechende Verkehrsschild »Anlieger frei«.

»Egal.«

»Du hast recht«, entgegnete Dana, »wir haben ein Anliegen.«

Sie kamen zu einem großen Teich, der mitten im Viertel lag und von Gärtchen und Zäunen umgeben war. Etwas später führte ihr Weg scharf nach rechts, im Schritttempo fuhren sie um die Kurve, sorgsam auf die Umgebung achtend. Plötzlich blitzte ein Licht auf. Es würde noch einige Zeit hell bleiben, so dass die Stabtaschenlampe in der Hand der Gestalt auf dem Bürgersteig unpassend wirkte. Dennoch war das Aufleuchten deutlich wahrzunehmen. Dana ließ den Wagen ausrollen und schaltete den Motor aus. Sie versuchten, die gut hundert Meter entfernte Person mit der Lampe zu erkennen, und sahen, wie sich jemand hinzugesellte.

»Aussteigen?«, fragte Dana mit belegter Stimme. Ilona öffnete wortlos die Tür, griff nach ihrer Jacke und legte sie sich über die Schultern. Auch Dana zog ihren schiefergrauen Blazer an.

»Falls wir getrennt werden: Hast du dein Handy dabei?«, erkundigte sich Ilona. Dana klopfte bestätigend auf eine Seitentasche. Langsam gingen sie auf die beiden Gestalten zu, die sich ihnen ebenfalls in gemächlichem Tempo näherten. Einem Reflex folgend, wandte Ilona sich um, aber hinter ihnen war die Straße menschenleer. Ihr Blick glitt höher, wo sie weit oberhalb der Baumwipfel und Hausdächer eine Bewegung ausmachte. Da sie in die Sonne schaute, kniff sie ihre Augen zusammen. Gegenüber der Siedlung erhob sich ein Hügel, auf dem sich die Rotoren einer Windenergieanlage in der Abendsonne drehten. Als sie im Stadion arbeitete, hatte sie dieses Kraftwerk Tag für Tag von der anderen Seite gesehen.

Ilona drehte sich wieder und ging mit zusammengebissenen Zähnen den zwei Personen entgegen. Dana, die einen Schritt hinter ihr war, stürzte vorwärts und umklammerte ihren Arm. Sie blieben stehen.

»Der Typ mit der Lampe«, flüsterte Dana beklommen, »ist Martin Sterner.« Ilona warf ihr einen kurzen Blick zu und sah erstaunt, wie stark Danas Gesicht gerötet war. »Und der andere«, entfuhr es Dana entsetzt, »sieht wie ein brutaler Schläger aus.« Die Frauen spürten, dass das Aufwärmen beendet war; ihre Gegner hatten die Positionen eingenommen. Nun war es an Dana, um Fassung zu ringen. Mühsam kämpfte sie gegen eine aufkommende Panik an.

»Solche ekelhaften Kerle«, brach es angewidert aus ihr heraus. Sie klammerte sich weiter an Ilona fest, als würde ihr erst jetzt richtig bewusst, dass sie sich auf ein gewagtes Unterfangen eingelassen hatte, auf ein undurchsichtiges Spiel voll unkalkulierbarer Wendungen und Gefahren. War ihr Sterner schon früher suspekt vorgekommen, so überfiel sie bei dem anderen Typen die Gewissheit, dass der zu allem fähig war. Noch ein Stück entfernt, ohne dass ein einziges Wort gefallen wäre, strahlte er eine Überlegenheit aus, die Dana ängstigte. In dem Augenblick, da sie am liebsten auf dem Absatz kehrtgemacht und die Flucht ergriffen hätte, spürte sie plötzlich Ilonas Finger, die sich sanft auf ihre Hand legten. Die dezente Berührung entkrampfte ihre Faust, die sich mit voller Kraft um Ilonas Handgelenk gekrallt hatte. Dana lockerte ihren Griff und versuchte, tief durchzuatmen. Es war zu spät, um wegzurennen, definitiv zu spät. Die beiden Männer standen direkt vor ihnen.

Martins nervöser Blick verriet, wie unbehaglich auch ihm diese Begegnung war. Seit Hamburg hatte er sich verändert. Er hatte sich die langen Haare abschneiden und den Bart abrasieren lassen, so dass er viel jungenhafter wirkte. Sein jugendlich argloses Gesicht stand in krassem Widerspruch zu den Umständen, unter denen sie hier aufeinandertrafen. Seine neue Frisur konnte Ilona, die ihn das erste Mal sah, nicht täuschen. Sterner und sein wesentlich älterer Begleiter waren absolut gegensätzliche Charaktere. Während Letzterer drohend, kalt, berechnend und dominant wirkte, erahnte sie bei Sterner Furcht, Ergebenheit und Unbeständigkeit. Mit den Beschreibungen von Dana und Jenny verknüpft, weckte seine Erscheinung in ihr den Eindruck eines unentrinnbar in einer Falle aus Unsicherheit und Fanatismus verfangenen Menschen. Eine bedrohliche Verbindung, und trotzdem war sich Ilona sicher, dass Sterner an Gefährlichkeit von seinem Kumpanen um ein Vielfaches übertroffen wurde.

»Unseren Freund hier kennt ihr ja bereits.« Der Unbekannte fixierte Dana mit scharfem Blick. »Mein Name ist

Bellmann. Mitkommen!«, herrschte er sie an und wandte sich ohne ein weiteres Wort ab.

»Mmm, Mmar, Martin«, stammelte Dana.

»Schnauze!«, befahl Bellmann brüsk über seine Schulter.

Stumm gingen die Frauen hinter ihm her, gefolgt von Sterner. Sie bogen in einen Weg ein, der direkt in die Auen führte. Bereits nach wenigen Schritten hatten sie die kleine Siedlung hinter sich gelassen. Rechts begrenzte ein Zaun das letzte Grundstück, links wuchsen Bäume und Büsche, dahinter erhob sich der Wall der A99 Richtung Salzburg. Die Autobahn war durch das Laub kaum auszumachen, dafür hörte man sie umso lauter. Die grün lackierten Schallschutzwände schienen wenig zu nützen, der Lärm legte sich ungemütlich über die ganze Gegend.

Nach einer kurzen Strecke gabelte sich der schattige Pfad hinter einer kleinen Brücke. Links führte der Weg unter der Verkehrsader hindurch, geradeaus verlief er an ihr entlang. Durch die Isarauen flossen in kleinem Abstand der Mühl- und der Oberjägermeisterbach, ein Stück weiter östlich strömte die Isar selbst. Die A99 kreuzten alle drei Gewässer auf ihrem Weg nach Südosten. Unmittelbar unter der Autobahn und den über ihnen hinwegrauschenden Fahrzeugen stiegen sie die Uferböschung hinab. Erst jetzt sah Ilona das Kunststoffboot, das dort befestigt war. Mit einem Stoß gab Bellmann ihr zu verstehen, dass sie und Dana einsteigen sollten. Der Kahn schwankte dabei leicht. Kaum hatten sich die Frauen nebeneinander auf die Mittelbank gesetzt, blitzte Metall in Bellmanns Hand auf, und die Schellen einer Fessel schlossen sich um Ilonas linkes und Danas rechtes Handgelenk.

»Reine Vorsichtsmaßnahme«, erklärte hinter ihnen Martin.

»Quatsch nicht«, hieß Bellmann ihn schweigen, begleitet von einer knappen Geste. Es war unverkennbar, dass Bellmann das Kommandieren gewohnt war – wenn nötig auch ohne Worte, nur durch eine Bewegung der Hand oder des Kopfes. Ilona blickte zu Sterner und sah, wie Martin einen kaum schuhkartongroßen Motor anließ, der praktisch geräuschlos lief. Sie gelangten an der Ostseite der Auensiedlung vorbei, wobei Sterner sie geschickt durch den einige Meter breiten Bach manövrierte. Dichter Pflanzenbewuchs am Ufer machte den flachen Kahn mit minimalem Tiefgang für jeden, der sich in einem der Gärten aufhalten mochte, nahezu unsichtbar. Eine Biegung im Lauf des Flüsschens führte sie um die Wohngegend herum. Nach kurzer Fahrt steuerte das Boot auf die nur wenig höher gelegene Bundesstraße zu, von der Ilona und Dana kurz zuvor in den Stadtteil abgebogen waren. Über den Wipfeln der Bäume konnten sie die Spitze des Minaretts erkennen. Vor ihnen floss der Bach in einem vergitterten Tunnel unter den Fahrbahnen hindurch. Der Kahn schob sich nach einem letzten Griff ans Ruder mit seiner Längsseite an die Barriere heran. Sterner schaltete den Motor ab und erhob sich balancierend. Er machte sich am rechten Teil des Gitters zu schaffen, setzte sich wieder und drehte das Boot einmal um seine Achse, so dass es nun mit der anderen Seite neben der Absperrung lag. Sterner stand erneut auf und erreichte jetzt die linke Seite des Gitters. Knirschend ließ es sich aus der Verankerung lösen.

»Pass auf«, rief Bellmann, doch das schwere Eisenteil schlug bereits ins Wasser und drückte das Boot vom Tunnel fort. Es schwankte heftig, der flache Rumpf verhinderte allerdings ein Kentern. Trotzdem wurde jeder vom aufspritzenden Wasser getroffen. Mit verächtlichem Blick veranlasste Bellmann Sterner auszusteigen, der ohne Murren gehorchte. Der Bach reichte ihm bis zu den Oberschenkeln. Sterner zog sich die Schlaufe des Taus, mit dem man den Kahn festbinden konnte, über den linken Arm und bückte sich nach dem Gitter, das ins Gewässer gerutscht war. Als er es schließlich hochgehievt und ans Ufer gezerrt hatte, war seine Kleidung fast vollständig durchnässt. Triefend stieg er wieder zu. Bellmann leuchtete mit der Stablampe in das Dunkel des Tunnels vor ihnen.

»Kopf einziehen«, gebot er, als der Motor von neuem ansprang.

Das hättest du Leichtmatrose dir sparen können, dachte Ilona, während ihr Gefährt in den Durchstich eindrang.

Sie saßen zusammengekauert und starrten auf die helle Öffnung, den Ausgang, dem sie sich nur sehr langsam näherten, denn die ihnen entgegenfließende Strömung war in der Röhre stärker. Die Geräusche im zu einem guten Drittel mit Wasser gefüllten Tunnel waren befremdlich und beunruhigend. Das Gluckern des Baches, das gedämpfte Rauschen der Autos und das Surren des Elektromotors wurden durch die runde Wand in leisen Echos reflektiert und zu einem verwirrenden Hall verstärkt.

Als das Boot den Stollen verlassen hatte, fuhren sie an der Rückseite eines Gebäudes vorbei. Das Gewässer floss nun in einer schnurgeraden betonierten Rinne, die Ufer verliefen auf deutlich höherem Niveau. Ein Stück weiter befand sich eine in den Beton gegossene Treppe, an der sie bereits erwartet wurden. Der Mann trug khakifarbene Hosen und ein eng anliegendes T-Shirt, das die Muskulatur hervorhob. Es bestätigte sich, was Ilona befürchtet hatte: Der Kerl entsprach dem typischen Äußeren eines Rechtsradikalen. Glatze, Springerstiefel und ein kriegerisches Bild des Reichsadlers über der Aufschrift »Consdaple« auf der Kleidung.

Bellmann warf ihm das Seil zu, und sie stiegen die hohen Stufen empor. Schon eine Weile hatte Ilona einen unangenehmen Geruch verspürt und Dana, nun eher bleich im Gesicht, gelegentlich die Nase gerümpft. Seit sie aus dem Tunnel gekommen waren, war der Gestank aufdringlicher geworden. Als sie jetzt eine Straße betraten, sahen sie, dass man sie in eine Kläranlage gebracht hatte – ein weitläufiges umzäuntes Gelände mit den charakteristischen riesigen Becken, rechteckigen und runden, zur Abwasserreinigung. Einige davon besaßen eine lamellenartige Abdeckung, die wohl dazu diente, die Ausbreitung der üblen Gerüche abzuschwächen. Umrahmt wurde die Szenerie von Kanälen, Bündeln von Rohrleitungen und zum Teil mehrstöckigen Gebäuden.

Schweigend setzten sie sich in Bewegung, Bellmann voraus. Der Typ in der Khakihose ging neben den Frauen und ließ sie nicht aus den Augen. Auf der Straße gesellte sich ein weiterer Mann wortlos zu ihnen, der Ilona bekannt vorkam, doch einmal mehr fiel ihr partout nicht ein, woher. Auch er trug seine rechte Gesinnung durch die gängigen Symbole offen zur Schau. Auf den kahl rasierten Hinterkopf hatte er sich das Bild von zwei gekreuzten Hämmern tätowieren lassen, um die sich ein Lorbeerkranz rankte.

Sterner, der zuerst beim Boot geblieben war, kam hinter ihnen hergerannt. Sie sahen ihn, als sie um die Ecke eines eingeschossigen Betonbaus in Form eines L bogen. Dahinter, im Windschatten, war der Gestank etwas erträglicher. Vor dem flachen Gebäude erstreckte sich eine asphaltierte Fläche, die rechts von einem langgestreckten Schuppen aus Wellblechelementen begrenzt wurde. In der Lücke zwischen den beiden Bauten verliefen in einem bis anderthalb Metern Höhe mannsdicke Rohre, die seitlich der Baracke im Boden verschwanden. Nach ihrem Wiederauftauchen am anderen Ende des Schuppens begrenzten sie den Platz auf der dem einstöckigen Haus gegenüberliegenden Seite. Weiter hinten sahen sie turmhohe, teils kugelrunde, teils flaschenförmige Metallbehälter. Fast das ganze Areal lag bereits im Schatten.

Ilona und Dana standen unweit vom Rand des geteerten Rechtecks. Hinter ihnen verlief eines der Leitungsbündel, das in weiten Abständen auf wuchtigen Trägern ruhte. Zwischen den Rohrstützen und auf dem ganzen den Platz umgebenden Gelände rings um die asphaltierte Fläche wuchs das Gras so hoch, dass man es mit einem Rasenmäher kaum in den Griff bekommen hätte. Neben dem Schuppen parkten einige Fahrzeuge, darunter ein Unimog mit großem geschlossenem Hänger und ein X5, dessen Anblick Ilona alarmierte. Mit einem durchdringenden Quietschen öffnete sich eine Metalltür in der Betonwand. Ilona drehte sich und konnte einen Aufschrei nicht unterdrücken.

»Jenny! Endlich!«, rief sie, als sie ihre Tochter auf sich zukommen sah. Das Mädchen wirkte mitgenommen und erschöpft, unter den Augen zeichneten sich dunkle Schatten ab. Der so lange, so unbedingt herbeigesehnte Anblick ihrer Tochter rührte Ilona zu Tränen, die sie nicht zurückhalten konnte. Kaum hatte sie sich wieder einigermaßen im Griff, überwältigten sie eine namenlose Verblüffung und Wut.

»Richie!«

Der Kerl, der Jenny vor sich herschob, starrte Ilona mit ausdrucksloser Miene an und schüttelte nach einer Weile den Kopf, als wolle er Unverständnis ausdrücken, auf einen Irrtum hinweisen. Er nahm seine eckige Brille ab, als könnte er die Frau so besser in Augenschein nehmen. Dann machte er ein theatralisch fragendes Gesicht. »Sie verwechselt mich«, sagte er zu Bellmann und den anderen, die ihn erstaunt anblickten. »Umso besser«, fügte er mit einem Lächeln hinzu.

»Du, du mieses Schwein!« Ilona spürte, wie ihre Stimme versagte. Die Anklagen, die Schimpfwörter, die sie ihm an den Kopf schleudern wollte, blieben ihr im Hals stecken. Sie wandte sich energisch ab und umschlang ihre Tochter mit dem freien Arm. Diese Bewegung veranlasste Dana, nach wie vor an Ilona gekettet, um die beiden herumzugehen, damit ihre Freundin auch den zweiten Arm um Jenny legen konnte.

»Wir haben keine Zeit für rührselige Szenen«, blaffte Bellmann. Statt sich wegzudrehen, ging er auf Ilona zu und flüsterte ihr ins Ohr. Seine Nähe verhieß nichts Gutes. »Eigentlich hatten wir ja gar nicht vor, das Täubchen in Hamburg in unsere Gewalt zu bringen«, triumphierte er, »doch als sie uns dort über den Weg lief, war das ein Zeichen der Vorsehung! Ein Geschenk, das unsere Pläne zwar ein wenig durcheinanderbrachte, aber wer wären wir, wenn wir diese Morgengabe verschmäht hätten?«

Er stand nun unmittelbar hinter Ilona und packte sie grob an der Achsel. Während er in ihrem Nacken redete, hakten sich seine Finger in ihre angespannte Muskulatur. Ilona fühlte sich wie Lots Weib zur Salzsäule erstarrt. Das Schauern, das ihr Inneres durchlief, ließ sie wie Espenlaub zittern. Ohne sein Gesicht zu sehen, wusste sie, dass er sie bösartig anstierte.

»Die brauchst du jetzt nicht mehr!« Mit diesen Worten riss Bellmann ihr die nur über die Schultern gelegte Jacke herunter. Behindert durch die Handschellen und den Umstand, dass Jenny sich lautlos weinend an sie schmiegte, konnte sich Ilona ihm nicht schnell genug zuwenden.

»Glaubst du tatsächlich, ich wäre so dumm, dir dieses Spielzeug zu lassen?«, fragte er höhnisch, nachdem er einige Schritte zurückgetreten war, um sich mehr Bewegungsfreiheit für seinen Auftritt zu verschaffen. Ilona ahnte, welches Stück nun aufgeführt würde, und wich, Dana und Jenny mit sich ziehend, an den äußersten Rand des Platzes zurück. Mit der freien Hand fingerte sie vorsichtig ihr Mobiltelefon aus der Gesäßtasche und ließ es unauffällig in das hohe Gras hinter sich fallen.

Bellmann durchsuchte derweil Ilonas Jacke. Das Handy, das sie aus der Biotonne gezogen hatte, ließ er achtlos auf den Asphalt fallen, um es wie nebenbei mit dem Stiefelabsatz zu zertreten. Dann zog er mit gespieltem Erstaunen Ilonas Glock19 aus der Innentasche hervor. Dana fuhr beim Anblick der Waffe zusammen, während Jenny nichts davon mitbekam, da sie sich zitternd an Ilona drängte. Bellmann blickte wütend um sich, alle Augen waren auf ihn gerichtet. Er starrte kurz auf die Pistole in seiner Hand und warf Ilonas Kleidungsstück auf den staubigen Boden. Mit einem routinierten Handgriff ließ er das Magazin aus dem Griff der Waffe gleiten, um diese dann verächtlich auf die Jacke zu pfeffern, als handelte es sich um stinkenden Müll. Schließlich holte er weit aus und schleuderte das Magazin in hohem Bogen fort. Eines der dicken Rohrbündel versperrte die Sicht, so dass Ilona nicht sah, wohin die Munition flog, sondern nur am Aufprall hörte, dass Metall auf Metall stieß. Erst jetzt drehte sich auch Jenny zu der bizarren Vorführung um. Bellmann kam mit wenigen Schritten erneut zu ihnen und stoppte erst wenige Zentimeter vor Ilona. Seine Mundwinkel verzogen sich zu einem gehässigen Grinsen.

»Schlampe!«, giftete er, um unmittelbar darauf loszuschreien: »Dachtest du wirklich, eine unbedeutende Wichtigtuerin wie du könnte es mit mir aufnehmen?«

»Ja«, sagte sie und bemühte sich, möglichst kühl und ausdruckslos zu klingen. Sie hielt seinem stechenden Blick tapfer stand und sah, wie sein struppiger Schnauzbart vor Anspannung zitterte.

»Da sieht man wieder einmal, wie viel durch das Erbgut von Generation zu Generation weitergegeben wird.« Er blickte auffordernd um sich, die Glatzen lachten. »Deine Göre meinte nämlich, sie wäre ganz besonders schlau«, fuhr er fort. »Und dann hat sie genau das gemacht, was Volker und ich wollten. Das Beste aber ist, sie war felsenfest davon überzeugt, es heimlich zu tun.« Ilona blieb äußerlich ruhig. »Tu nicht so, als wärst du zu blöd zu kapieren, was ich meine«, drohte Bellmann.

»Die SMS«, schätzte Ilona zögernd.

»Richtig«, lobte Bellmann hämisch, »es sieht ja tatsächlich so aus, als funktionierte die eine oder andere Schaltung in deinem Hirnkasten noch.« Erneut verhaltenes Gelächter. »Glaubst du, wir hätten zugelassen, dass sie euch unsere Positionen durchgibt, wenn wir das nicht gewollt hätten?« Er sah sie herausfordernd an. »Immerhin brauchen wir für unsere Operation nicht nur deinen Bastard, sondern auch dich! Und wenn's gratis ein weiteres Opfertier gibt, umso besser.« Er lachte auf, als er Dana und Ilona besorgte Blicke wechseln sah.

»Hoch mit den Händchen«, befahl er.

Dana reckte die Arme zögerlich hoch und zog dabei Ilonas angekettete Hand mit nach oben. Mit flinken, professionellen Bewegungen tastete Bellmann Dana ab. Ilona bemerkte, wie sich Sterner näherte und die Leibesvisitation genau verfolgte. Huschte da Neid über sein Gesicht, als Bellmanns Handflächen etwas zu lang an Danas Brüsten verweilten? Im nächsten

Moment zog Bellmann Danas Mobiltelefon aus einer Tasche ihres Blazers und warf es zu Boden.

»Du«, wandte er sich schroff an Ilona, die daraufhin ihre Arme wie in Zeitlupe nach oben bewegte. »Kein eigenes Handy dabei?«, fragte er misstrauisch.

Ilona schluckte und dachte an ihr Handy, das vor wenigen Augenblicken noch in ihrer Hosentasche gesteckt hatte. »Haben wir im Auto gelassen«, antwortete sie geistesgegenwärtig. »Uns war schon klar, dass diese amüsante Schnitzeljagd in der Auensiedlung zu Ende ist.«

»Dir werden die Späßchen bald vergehen«, prophezeite Bellmann eisig und begann, Ilona ebenso sorgfältig zu durchsuchen. Als seine Hände dabei auch über ihren Busen glitten, trat sie ihm heftig auf den Fuß. Er schrie kurz auf. Weniger, weil der Tritt besonders schmerzhaft gewesen wäre, vielmehr aus Schreck darüber, dass Ilona es überhaupt gewagt hatte.

»Niemand langt mir ohne Erlaubnis an die Brust«, wies sie ihn laut zurecht.

Bellmanns Augen verengten sich zu schmalen Schlitzen. Ohne Vorwarnung rammte er seinen Schädel gegen ihre Stirn. Der heftige Stoß traf mit solcher Wucht Ilonas Kopf, dass sie meinte, er würde zerplatzen. Die Umgebung verschwamm vor ihren Augen, sie sackte zusammen, kaum gehalten von Dana und Jenny, die ebenfalls ins Straucheln gerieten. Aus weiter Ferne hörte sie, wie ihre Tochter in das eine und ihre Freundin in das andere Ohr schrien.

Als sich ihr Blick langsam wieder aufklarte, hatte sie zuerst keine Ahnung, wie lange sie ohnmächtig gewesen war. Es konnten jedoch lediglich ein paar Sekunden vergangen sein. Ilona sah Bellmann mit Richie, den er vorhin Volker genannt hatte, zusammenstehen. Richie hatte die Hand auf Bellmanns Schulter gelegt und sprach auf ihn ein. Anfangs wirkte das Ganze auf Ilona wie ein Stummfilm, da sie nur die Lippenbewegungen sah. Aus dem Rauschen in ihren Ohren kristallisierten sich erst einzelne Laute, dann wieder Wörter und ganze Sätze heraus.

»... keine Zeit für solche Spielchen«, drang Richies Stimme an ihr Ohr.

»Habt ihr inzwischen alles abgeladen?«, fragte Bellmann ungerührt, ohne auf den Vorwurf einzugehen. Unterdessen hatten sich die beiden anderen Typen dazugesellt. Glatzköpfig und tätowiert, unterschieden sie sich in Aussehen und der Art, wie sie sich gaben, deutlich von Sterner, Bellmann und Richie, der von jedem nur als Volker angeredet wurde. Richie und Bellmann bildeten unverkennbar das Führungsduo. Sterners Rolle blieb für Ilona so rätselhaft wie die gesamte Situation undurchsichtig.

Sie saßen aneinandergekettet am Rand der asphaltierten Fläche vor dem lang gestreckten Gebäude. Der Kerl mit dem »Consdaple«-Shirt hatte Jenny während Ilonas Bewusstlosigkeit mit einer zusätzlichen Handschelle an Dana gefesselt, die jetzt von Mutter und Tochter eingerahmt war und keinen Arm mehr frei bewegen konnte. Im Moment kümmerte sich niemand weiter um sie. Ilona beobachtete das Treiben der Männer und tastete dabei vorsichtig mit ihrer freien Hand hinter sich in das hohe Gras. Verdammter Mist, schoss es ihr durch den schmerzenden Kopf, wo ist das verfluchte Ding?

Mehr als zwei Dutzend Kisten und Behälter unterschiedlicher Größe, einige aus Holz, andere aus Metall, waren aus dem Anhänger des Unimog entladen worden. Jemand hatte Ilonas Jacke und die Glock19 weggeräumt. Wie ein schlechter Scherz stand auf dem Dach des X5 ein Laptop, der das Spiel übertrug, das jenseits des Hügels und der A9 stattfand. Das Gerät war zu weit von ihnen entfernt, um verstehen zu können, was der Kommentator sagte, doch ab und zu brandete der Lärm der Zuschauer aus den kleinen Lautsprechern auf. Rufchöre, die direkt aus dem Stadion bis zu ihnen herüberwehten, gab es keine; trotz der geringen Entfernung war die Anhöhe neben der Autobahn nicht nur ein Sichtschutz, sondern eine ebenso wirksame akustische Barriere zwischen ihnen und dem Fußballmatch.

Ilona schätzte die beiden Skins auf achtzehn Jahre, höchstens Anfang zwanzig. Damit passten sie altersmäßig zu Sterner, der dennoch eine Sonderstellung einzunehmen schien. Der etwas ältere Kerl hatte einen kahl rasierten Schädel und trug ein dunkles dreiteiliges Bärtchen, das sich von seiner ungesunden Gesichtsfarbe deutlich abhob. Zwei der runden Haarbüschel saßen rechts und links des Kinns, das dritte mitten darauf.

»Wie eine runtergerutschte Rotzbremse«, spottete Ilona noch leicht benommen.

»Dieser Bart sieht so etwas von unmöglich aus«, entrüstete sich Dana postwendend, »der Kerl ist wahrscheinlich sehbehindert.« Unwillkürlich musste Ilona lächeln. Klar, die drei schwarzen Punkte sahen aus wie ein Blindenabzeichen. Trotz des missmutigen Gesichtsausdrucks und der bedrohlichen Ausstrahlung, die von seinem wuchtigen. übergewichtigen Körper ausging, war es erleichternd, über solche Typen zu lachen.

»Sie nennen ihn Acht-Acht«, flüsterte Jenny.

»Moment mal! Gehört der nicht zu dieser unsäglichen *Trutzstaffel*?«, fragte Ilona, die es sofort wieder heiß und kalt überkam. Was hatte diese verkommene Bande mit ihrer Tochter angestellt? Was hatte sie durchleiden müssen? Doch Ilona biss sich auf die Zunge, zwang sich zu schweigen. Sie versuchte, ihre Gedanken zu ordnen, und bemühte sich, die heftigen Kopfschmerzen zu ignorieren, die sich nach dem brutalen Schädelstoß eingestellt hatten.

»Sie haben alle umgebracht.«

Wie elektrisiert fuhr Ilona herum und starrte ihre Tochter an. Ganz leise, fast unhörbar hatte sie es mit nahezu unbewegter Miene ausgesprochen.

»Wie bitte?« Im gleichen Moment berührte sie hinter ihrem Rücken endlich das Telefon im Gras. Doch was sie gerade zu hören bekam, erschütterte sie derart, dass sie zunächst keine Erleichterung empfand, ihr Handy wiedergefunden zu haben.

Sie schob es schnell in die Hosentasche und lauschte fassungslos dem Bericht ihrer Tochter.

»Sie haben alle umgebracht«, wiederholte Jenny kaum lauter. »Und sie werden noch mehr Menschen töten, noch viel mehr.«

»Wen haben sie ermordet?«, fragte Dana mit kaum gebändigter Panik.

»Die Männer, die hier arbeiten«, erklärte Jenny tonlos. »Der Kerl, über den ihr gerade gelästert habt, ist besonders brutal. Ich konnte vom Unimog aus sehen, wie er den Pförtner des Klärwerks eiskalt gekillt hat. Kaum hatte der Mann die Klappe am Fenster geöffnet, hat er eine Pistole mit Schalldämpfer aus der Tasche gezogen und ihn erschossen. Man hat fast nichts gehört. Danach ist er sofort in das Pfortenhäuschen gegangen und hat die Schranke geöffnet. Er ist bis eben dort geblieben. Ich konnte hören, wie er Bellmann per Funk mitgeteilt hat, wie viele Leute heute am Sonntag hier sind.«

»Beim Pförtner befinden sich bestimmt Unterlagen über die Wochenendschicht, die Namen der Leute, die rein- und rausmüssen«, mutmaßte Dana.

Ilona war entsetzt. Das Ganze war eine Nummer zu groß. Unmöglich, damit allein fertig zu werden!

»In dem Gebäude dort, in das sie mich brachten, haben sie allein drei Männer erschossen«, sprach Jenny leise weiter. Es war, als wäre ein Damm gebrochen, in immer schnellerer Rede schilderte sie, was sie erlebt hatte. Sie erzählte, wie sie in dem Hamburger Café auf Sterner und Bellmann gestoßen war und sich dann an einen anderen Tisch gesetzt hatte, um auf Dana und Ilona zu warten; wie sie versucht hatte, ihre Mutter per Handy zu erreichen, als sie sich allein auf der Toilette glaubte, und wie Bellmann sie schließlich auf die Straße gezerrt und in den Unimog gestoßen hatte. Dann berichtete sie von ihrer Fahrt quer durch Deutschland, die sie und ihre Entführer erst ein Stück nach Norden auf einen heruntergekommenen Bauernhof führte. Dort koppelte man den Anhänger an den LKW und brach sofort wieder auf. In langen, ermüdenden Etappen ging es dann nach Süden.

»Hat, hat einer oder haben ...«, stammelte Ilona, die nicht die richtigen Worte fand.

»Ist dir einer dieser Mistkerle zu nahe getreten?«, präzisierte Dana Ilonas Frage.

»Martin hätte die Situation wohl gerne ausgenutzt, aber eins muss man dem Ekel Bellmann lassen: Er hat seine Bande eisern im Griff. Schon bei der ersten Rast hat er mitbekommen, dass Sterner sich etwas zu auffällig um mich kümmerte.« Jenny schluckte. »Jedenfalls hat Bellmann Sterner derart zusammengefaltet, dass der sich nicht mehr in meine Nähe traute. Die beiden anderen Typen sind erst heute früh dazugestoßen. Bis auf ihn, der war von Anfang an dabei.« Sie wies unauffällig auf Acht-Acht.

»Moment«, unterbrach Ilona. »Mit Sterner sind sie fünf!«

»Nein, sie sind zu sechst. Einer der Kerle ist noch vorne im Pförtnerhäuschen«, sagte Jenny. Sie holte tief Luft. »Auch dieser Volker, den du vorhin Richie genannt hast, hat einen der Klärwerker umgebracht.« Jenny stockte. »Sag, das kann doch nicht sein, dass er ...«

Ilona wusste kaum, was sie darauf sagen sollte. »Dein Vater ist ... Ach, Jenny«, flüsterte sie.

Ilona blickte zu Richie und Bellmann über den Platz. In einem unbeobachteten Moment gelang es ihr, das Mobiltelefon aus der Hosentasche zu ziehen und aufzuklappen. Hektisch versuchte sie, blind eine Kurzwahltaste zu drücken. Als sie bemerkte, wie Bellmann sie einen Moment lang scharf fixierte, erstarrte sie, hielt seinem Blick aber regungslos stand. Doch es war unmöglich, das Handy hervorzuziehen und einen Blick auf das Display zu riskieren. Unauffällig steckte sie das Telefon wieder in die Gesäßtasche.

Bellmann und Sterner kamen näher. Inzwischen hatten die anderen auf dem Platz vor ihnen die meisten Kisten geöffnet und ausgepackt. Ilonas Blick raste zwischen dem, was da aus den Behältern hervorgeholt wurde, hin und her. Ratlosigkeit und Fassungslosigkeit verschlugen ihr die Sprache.

»Na, da staunt ihr drei Hübschen, nicht wahr?«, prahlte Bellmann jovial. Das erste der Geräte hatte Ilona nach mehrmaligem Hinsehen an der gut drei Meter hohen Antenne erkannt. Es war ein Funkgerät, das von einer Autobatterie mit Strom versorgt wurde. Alles war mit Tarnfarben angestrichen. Als einer der Männer einen metallenen Deckel öffnete, sah Ilona einen Flachbildschirm, der von einem Sonnenschutz in Khakifarben umrahmt wurde, davor eine Computertastatur. Sie konnte auch eine Art doppelten Joystick und weitere Bedienungselemente erkennen.

Was aber eigentlich ihre Verblüffung ausgelöst hatte, waren die Gegenstände, die aus den übrigen Kisten herausgeholt und vorsichtig in einigem Abstand zueinander über den Platz verteilt aufgestellt wurden. Es handelte sich um fast zwei Dutzend Hubschrauber im Kleinformat. Die meisten Helikopter maßen, so gut Ilona das einschätzen konnte, etwas mehr als einen Meter, einige etwas weniger.

»Dann mal los«, sagte Bellmann zu Sterner, der daraufhin zwei runde, etwa handtellergroße Objekte aus einer Stofftasche zog. Sterner beugte sich über die Metallfessel, die Jenny und Dana aneinander kettete. Mit einem Klicken rastete der Gegenstand ein und verschloss damit die Öffnung für den Schlüssel. Das gleiche wiederholte er bei der Handschelle zwischen Dana und Ilona.

»Hast du eine Ahnung, wer der Anführer ist?«, fragte Bellmann und fixierte Ilona. Dabei schwenkte er seinen Arm mit einer ausladenden Geste über den Platz. Er ging in die Hocke und starrte Ilona in die Augen. Unwillkürlich wich sie ein Stück vor ihm zurück, so dass auch Dana diese Bewegung mitmachen musste.

»Keine Ahnung«, entgegnete Ilona mit zitternder Stimme. Ihre Vermutungen verdichteten sich zu einer schrecklichen Gewissheit. Sie spürte, wie es ihr kalt den Rücken hinunterlief.

»Ich zeig' ihn euch«, sagte Bellmann, in dessen schneidende Stimme sich plötzlich so etwas wie Stolz mischte. »Mitkommen«, befahl er, während er selbst aus der Hocke in die Höhe schnellte. Auch Ilona und Jenny erhoben sich so rasch, dass sich Dana ächzend und flotter als gewohnt aufrappeln musste.

»Lunacopter NG3.5« Bellmann zeigte auf einen der Hubschrauber, der bei näherer Betrachtung im Vergleich zu den anderen Helikoptern einige Unterschiede aufwies. »Frisch aus Afghanistan, äh, importiert.«

»Das müssen Sie etwas näher erläutern«, forderte Ilona vorsichtig. Es kam ihr vor, als spräche eine andere Person aus ihr, nicht sie selbst.

»LUNA ist eine Abkürzung für Luftgestützte Unbemannte Nahaufklärungs-Ausstattung«, dozierte Bellmann. »Der deutsche Begriff gefällt mir besser als die offizielle Bezeichnung für diese Geräte: UAV, Unmanned Aerial Vehicle.«

»Was haben Sie damit vor?«, fragte Ilona und bemühte sich krampfhaft, möglichst ruhig zu bleiben. ›Luna‹ – ein deutscher Begriff, dachte sie gleichzeitig in einer Mischung aus Spott und Verzweiflung.

»Ich hätte dich für etwas klüger gehalten. Die Sache ist doch ganz einfach. Jedes dieser Schätzchen hat drei bis fünf Kilogramm Semtex an Bord. Der Führer unserer Luftrotte setzt den krönenden Schlusspunkt.« Er deutete auf den Lunacopter. »Er verfügt über einen leistungsfähigeren Motor und transportiert zwölf Kilo.«

»Das, das sind ...«, stammelte Dana mit vor Entsetzen bleichem Gesicht.

»... alles in allem rund 100 Kilo eines höchst explosionsstarken Sprengstoffs«, bestätigte Bellmann, wobei sich sein Gesicht zu einem hässlichen Grinsen verzog. »Hübsch aufgeteilt in mundgerechte Häppchen.«

»Und das Ziel?«, murmelte Ilona konsterniert.

»Das fragst du noch?«, polterte Bellmann und wies mit einem Kopfnicken in Richtung Stadion, von dem sie alle wussten, dass es nur eine kurze Strecke entfernt lag. Er kniff die Augen zusammen und spähte über den Platz hin zu dem X5. Dann sah er auf seine Armbanduhr.

»Die zweite Halbzeit hat ihre Halbwertszeit gerade überschritten«, sagte er pathetisch und lachte keckernd über seinen eigenen Witz. »Die langsamste Maschine bestimmt das Tempo der Rotte. Keine Sorge, sie werden trotzdem keine fünf Minuten bis zum Ziel brauchen. Und das auch nur, weil wir sie nicht einfach auf geradem Weg über den Hügel und die Autobahn fliegen lassen, sondern in einer eleganten S-Kurve: Erst ein kleiner Schwenk nach Süd-Süd-Ost, oberhalb der A9 dann eine Kehrtwende um 180 Grad nach Nordwesten, kurz später ein erneuter Richtungswechsel nach Süden. Und dann: Bumm! Noch Fragen?« Er deutete die Explosion mit den Händen an und musterte Ilona mit seinen kalten Fischaugen abschätzig.

Ilona spürte, dass sie kreidebleich geworden war.

»Warum?« Sie versuchte das Zittern in ihrer Stimme zu unterdrücken. Es gelang ihr nicht. »Ihr rechnet mit hunderten, vielleicht sogar noch mehr Opfern! Warum?«

Bellmanns Blick wandelte sich leicht und drückte nun eine Art der Überraschung aus, wie sie vornehme englische Butler in alten Schwarz-Weiß-Filmen gelegentlich an den Tag legten. Er brach wieder in sein keckerndes Gelächter aus, das sie alle erschauern ließ. Es lag keinerlei Anflug von Humor darin, nur Eiseskälte und unbeschreibliche Bosheit. Es war ein Lachen, das direkt aus der Hölle zu kommen schien.

»Wir haben noch ein bisschen Zeit«, sagte Bellmann, als er sich wieder beruhigt hatte. Es schien, als habe er ihre Frage nicht gehört. »Schließlich soll der Knalleffekt dann zünden, wenn's am spannendsten ist.« Wieder unterbrach er sich und keckerte. »Also kurz vor Spielende, am besten zusammen mit dem Schlusspfiff. Mal sehen, ob wir das Timing so genau hinbekommen. Du willst also wirklich wissen, warum wir das tun?«

»Natürlich interessiert mich das«, konterte Ilona und wunderte sich über ihre eigene Kaltblütigkeit. Sie bemühte sich, Panik und Entsetzen, die sie zu überwältigen drohten, so weit in den Griff zu bekommen, dass ihr äußerlich nichts davon anzumerken war.

»Dieser Staat«, sagte Bellmann und machte eine weitausgreifende Handbewegung, »ist von den Wurzeln bis in die Spitzen verfault.« Ilona sah, dass Sterner zustimmend nickte.

»Selbst hier, keine dreihundert Meter entfernt, steht eine Moschee.« Er wies mit dem Daumen über die Schulter in die Richtung der Auensiedlung. »Eine Moschee!« Bellmann blickte sich auffordernd um. Es war klar, dass er keine Bestätigung erwartete. »Und Besserung verspricht jetzt nur noch ein reinigendes Gewitter, eine alles Verkommene und Dekadente ausmerzende Feuersbrunst«, fuhr er ungerührt fort.

Ilona bekam das Gefühl der Übelkeit, das in ihr rumorte, kaum noch in den Griff.

»Und Sie glauben, mit einem derartigen Anschlag können Sie diese Feuersbrunst auslösen?«, fragte Dana mit gepresster Stimme. Bellmann wandte sich von Ilona ab und nickte Dana zu.

»O ja!«, bekräftigte er. »Dieser Anschlag wird ein Signal, ein Fanfarenstoß sein. Ein Fanal! Schaut her!« Er zeigte auf Martin Sterner, der andächtig lauschend neben ihm stand.

Ilona blickte Sterner verständnislos an und schüttelte den Kopf. »Was ist mit ihm?«, fragte sie.

»Sein T-Shirt«, sagte Bellmann. »Lies, was auf seinem T-Shirt steht ...«

»168 : 1«, antwortete Ilona irritiert.

»Lauter!«, polterte Bellmann.

»168 : 1«, wiederholte Ilona. »Was hat das zu bedeuten?«

»Timothy McVeigh. Sagt dir der Name etwas?« Als eine Antwort ausblieb fuhr er fort: »Er hat 1995 in Oklahoma ein Hochhaus in die Luft gejagt. Mit selbstgefertigtem Sprengstoff aus

Kunstdünger. 168 Menschen sind damals draufgegangen, das ist die Bedeutung der ersten Zahl. Die Eins steht für McVeigh, der zum Tode verurteilt und hingerichtet wurde. 168:1, ein gutes Verhältnis im nationalen Kampf, wie ich finde.«

»Das ist ja widerwärtig!«, platzte es aus Jenny heraus, die Bellmann und Sterner hasserfüllt anstarrte.

»Ruhig«, zischte Ilona. Doch sie wurde vom bösartigen Gelächter Bellmanns übertönt.

»Natürlich erwartet keiner von uns, dass nach diesem Anschlag die nationale Revolution in Deutschland losbricht. Aber wir werden ein Zeichen setzen. X zu Null! X steht für die Opfer. Obwohl, eigentlich muss die zweite Zahl vier statt null lauten.«

Er blickte in die erstaunten Gesichter.

»Kein Durchblick?«, fragte er. »Immer noch nicht? Eure Handschellen sind mit Zeitschaltuhren versehen. In einer angemessenen Schamfrist von ein paar Minuten nach unserem Feuerwerk macht es ›Klick‹, und ihr seid frei. Pech wird nur sein, dass dann sicherlich unsere hochgeschätzten Freunde in grüner Uniform bereits vor Ort sein werden. Wir dagegen sind längst über alle Berge!«

Vier?, überlegte Ilona, wir sind zu dritt!

»Bedenkt die Indizienlast«, fuhr Bellmann fort. »Überwältigend. Natürlich werdet ihr leugnen. Das würde jeder an eurer Stelle. Aber vermutet man bei der Polizei nicht schon seit langem, dass deine Tochter in rechtsextremen Kreisen verkehrt? Sind deswegen nicht sogar Ermittlungen anhängig?« Bellmann stieß seinen Zeigefinger gegen Ilonas Brust, seine Stimme wurde lauter und schneidender.

Ilona zwang sich ruhig zu bleiben, obwohl alles in ihr tobte. »Wir sind nur zu dritt«, verbesserte sie trocken.

Unfassbar, dachte sie. Glaubt Bellmann wirklich, dass die Polizei derart oberflächlich ermittelt? Das Ganze mag ja aus seiner Sicht geschickt eingefädelt sein, aber bei einem Anschlag dieser Größenordnung wird sich Hauptkommissar

Keller sicherlich nicht mit ein paar vorgefertigten Spuren und Indizien begnügen. Und nur weil Jenny diese Flyer im Rucksack hatte, können sie und ich nicht automatisch zur rechtsextremen Szene gezählt werden. Oder doch? Kaum schwirrten ihr diese Gedanken durch den Kopf, meldeten sich auch schon Zweifel. Wie gut kannte sie ihre ehemaligen Kollegen und deren Arbeitsweise überhaupt noch?

»Abwarten«, erwiderte Bellmann.

Haben sie vielleicht noch jemanden in ihrer Gewalt?, überlegte Ilona, und erneut spürte sie die aufkeimende Panik.

Bellmann sah auf seine Uhr. »Ha!«, rief er. »Wir müssen uns beeilen, Männer, sonst kommen unsere Geschenke zu spät!«

»Haben Sie schon mal daran gedacht, dass der Luftraum seit der Weltmeisterschaft bei wichtigen Spielen von AWACS-Aufklärern überwacht wird?«, fragte Ilona. Sie war sich dessen beim heutigen Derby keinesfalls sicher, tat aber so, als sei es eine Tatsache, immerhin lagen Keller konkrete Hinweise auf einen Anschlag vor.

»Nur nicht aufgeben, was?«, erwiderte Bellmann. »Die AWACS gehen mir am Arsch vorbei. Sollen sie überwachen, bis sie schwarz werden. Der Weg unserer kleinen Flotte ist trotz des eleganten Schwenks so kurz, Luftlinie sind's von hier kaum fünfhundert Meter, dass der Tanz bereits vorbei sein wird, wenn sie was entdecken und melden.«

»Trotzdem haben Sie immer noch nicht meine Frage beantwortet«, beharrte Ilona trotzig. Bellmann legte ihr seinen Arm um ihre Schulter. Augenblicklich versteifte sich ihr ganzer Körper. »Was willst du denn wissen?«, erkundigte er sich mit einer beinahe väterlich klingenden Stimme.

»Sind Hunderte«, sagte sie, »vielleicht sogar Tausende von Toten und Verletzten nicht ein verdammt hoher Preis für ein Signal oder Fanal, das möglicherweise wirkungslos verpuffen wird? Und sitzen nicht vielleicht sogar Gesinnungsfreunde von Ihnen im Stadion?«

Noch immer hielt Bellmann wie ein guter alter Freund seinen Arm um sie. Gemeinsam mit den anderen gingen sie auf den Betonbau zu. »Risiko«, antwortete er knapp. »Im Kampf gibt es immer Opfer. Aber was die Gesinnungsfreunde anbelangt«, er schwenkte den freien Arm mit einer weitausholenden Geste, die seine an den Helikoptern arbeitenden Männer mit einschloss. »Unter meinen Leuten befinden sich einige, die noch eine ganz persönliche Rechnung mit einer Reihe von Fußballfans offen haben.«

Ilona fiel siedendheiß ein, was ihr Keller über Acht-Acht berichtet hatte. Es war kein Zufall, dass sich die Terroristen das Derby zwischen Bayern München und dem FCN ausgesucht hatten. Gut möglich, dass Acht-Acht mit seinem Hass auf die Fans des Clubs dazu beigetragen hatte, bei diesem Spiel zuzuschlagen!

Und dann erinnerte sie sich an eine Bemerkung Danas über Martin Sterner während ihrer Fahrt nach Hamburg, der sie damals keine größere Bedeutung zugemessen hatte: »Ich fragte ihn, ob er sich neben seinem maßlosen, verbohrten Interesse an unserem gemeinsamen Vorfahren noch für irgendetwas anderes begeistern kann. Früher schon, hat er geantwortet, heute aber nicht mehr. Er rückte schließlich damit heraus, dass er noch bis vor kurzem ein leidenschaftlicher Fußballfan gewesen sei. Bayern München oder die Löwen, wollte ich wissen. Keiner der beiden, erwiderte er und erzählte mir dann, dass es für ihn früher nur einen Verein gegeben habe, den FCN. Doch heute sei Fußball kein Sport mehr, nur eine billige Show, und der Club verdiene es, bis in die Kreisliga abzusteigen.«

Ilona wurde klar, dass Sterner und Acht-Acht einen tiefverwurzelten Hass auf den FCN und seine Fans hegten. Es erschien ihr sehr wahrscheinlich, dass er eine ähnliche Laufbahn hinter sich gebracht hatte wie der bullige Musiker von *Trutzstaffel* und ebenfalls aus zahlreichen Fanclubs verbannt worden war.

»Aber das ist, verglichen mit unseren übergeordneten Zielen, völlig nebensächlich«, fuhr Bellmann fort. »Vielleicht werden sich nach dem Anschlag endlich jene Kräfte politisch durchsetzen, die sich für einen Einsatz der Bundeswehr innerhalb Deutschlands stark machen. Dagegen hätten wir nichts einzuwenden, im Gegenteil. Es wäre zwar nur ein kleiner Schritt, aber in die richtige Richtung! Je bessere Ausgangspositionen die Kameraden bekommen ...« Er ließ den Rest ungesagt und nahm endlich seinen Arm von Ilonas Schultern. »Los jetzt, Beeilung!«

Vom Einsatz der Bundeswehr im eigenen Land bis zum Militärputsch scheint es für ihn nur ein winziger Schritt zu sein, überlegte Ilona. Trotz der sommerlichen Temperaturen begann sie zu frösteln.

»Auf geht's!« Bellmann zog die Gefesselten mit sich. Angetrieben von einem der Glatzköpfe folgten Dana, Jenny und Ilona ihm und Sterner über den Platz. Ilona sah, dass Bellmann und ihr Bewacher eine Pistole im Hosenbund stecken hatten.

»Ziemlich viel Hightech«, sagte Ilona laut und zeigte mit der freien Hand auf die Hubschrauber, die aus der Nähe noch bedrohlicher wirkten. »Würde mich wundern, wenn das alles auf Anhieb funktioniert.«

Bellmann blieb ruckartig stehen und drehte sich zu ihr um. Dann verzog sich sein wuterfülltes Gesicht zu einem verächtlichen Grinsen. »Du wirst mir einfach glauben müssen. Wir haben alles getestet und ausprobiert, bis hin zur komplexen Software, die für die Steuerung unserer Schätzchen verantwortlich ist. In jeder Maschine stecken nicht nur Höhenmesser und GPS, sondern auch eine empfindliche Sensorik für die unmittelbare Umgebung. Wir wollen schließlich nicht, dass sich zwei der Geräte beim Anflug in die Quere kommen. Nicht wahr, Sterner?« Der Angesprochene zuckte leicht zusammen und nickte beflissen.

»War keine leichte Aufgabe, ein Programm zu entwickeln, das es ermöglicht, die ganze Rotte von einem einzelnen Mann bedienen zu lassen. Der Steuerimpuls geht immer zuerst an den Lunacopter, von dem er an die übrigen Maschinen weitergegeben und samt exakter Positionsangaben zurückgemeldet wird. Jeder Flugkörper ist so in der Lage, seine individuelle Position zu halten und trotzdem die gemeinsame Bewegung der Rotte mitzumachen. Leider werdet ihr das kunstvolle Zusammenspiel dieser Wunderwerke deutscher Technik nicht mit eigenen Augen verfolgen können, denn ihr geht jetzt hier rein!« Er öffnete die quietschende Metalltür zum L-Bau, in dem Jenny zuvor festgehalten worden war. In der Halle, die sie betraten, herrschte dämmriges Licht.

»Du kommst mit«, kommandierte Bellmann Martin Sterner, der an der Tür kehrtmachen wollte. Von Neuem zuckte Sterner zusammen. Er schluckte, befolgte jedoch den Befehl. Ilona begriff, warum Sterner das Gebäude nicht hatte betreten wollen, denn nur wenige Meter vom Eingang entfernt lag einer der getöteten Klärwerksarbeiter in seinem Blut. Der Anblick löste bei Dana einen Würgereflex aus. Geräuschvoll erbrach sie sich.

Jenny, welche die Morde hatte mit ansehen müssen, wusste, was sie erwartete. Krampfhaft versuchte sie, sich abzuwenden, ohne Erfolg. Ilona überlegte verzweifelt, wie sie sich befreien und Hilfe herbeiholen könnten und wie sich die Katastrophe verhindern ließ. Doch ihr ganzes Denken war wie blockiert ...

*

Es gibt in München, der Stadt des Rekordmeisters, eine nicht zu unterschätzende Zahl von Fußballbegeisterten, die jede Niederlage der Bayern mehr oder weniger laut bejubeln. Ja, im weiß-blauen München haben die Rot-Weißen nicht nur Freunde. Kommissar Peinelt gehörte dazu und machte aus seiner Abneigung gegen den FC Bayern keinen Hehl, zumal ihm der heutige Gegner aus dem Frankenland wesentlich sympathischer war. Umso gebannter verfolgte auch er während seines Sonntagsdienstes die Begegnung zwischen dem Club, dem jeder nur Außenseiterchancen einräumte, und den haushoch favorisierten Gastgebern.

Egal, dachte er und wünschte sich nichts sehnlicher, als dass dem Club das Wunder gelang, Bayern München vor der heimischen Kulisse vom Rasen zu putzen.

Er beneidete die Kollegen, die im Stadion Dienst schieben durften, während er bei herrlichem Wetter in dem stickigen Büro ausharren musste und die Begegnung nur über das Internet verfolgen konnte. Seit über einer Woche hatte er den Auftrag, im Wechsel mit Seliger und Tropp, dem Tropf, den Monitor anzustarren, um ein winziges blinkendes Pünktchen zu beobachten. Das Handy dieser Ilona Hall, bei deren Tochter seine Kollegen rechtsextremistische Flugblätter gefunden hatten.

Gerade sah es danach aus, als könne dem Club endlich der Ausgleich gelingen. Es kam Peinelt so vor, als bliebe ihm für einen Moment das Herz stehen. Doch dann schoss der Ball nur wenige Zentimeter am linken Pfosten vorbei ins Aus.

»Mist!«, fluchte der Kommissar. »Der Club ist ein Depp!«

13 : Countdown

Ganze Batterien von mannshohen Elektropumpen standen in mehreren Reihen nebeneinander in der Halle. Ihr Arbeitsgeräusch erfüllte den Raum mit einem monotonen Vibrieren. Ilona fühlte sich, als ob sie ersticken müsste. Soweit sie sehen konnte, befanden sich an den Wänden zahllose Metallschränke, Schaltvorrichtungen und Messinstrumente.

»Du hast noch zwei von den Zeitschaltuhren?«, fragte Bellmann Martin Sterner.

»Wir brauchen doch nur noch eine«, erwiderte Sterner irritiert, der gerade an Jennys freiem Handgelenk eine weitere Handschelle befestigte.

»Hat dich irgendjemand um deine Meinung gebeten?«, schnauzte Bellmann und streckte die Hand aus. Zögernd überreichte ihm Sterner die beiden Geräte. Ein Doppelklicken ertönte. Voller Erstaunen betrachtete Martin Sterner seine Handgelenke, um die sich gerade die Metallschellen geschlossen hatten. Mit dem linken Arm hing er jetzt an Jenny fest. Ein erneutes Klicken und sein rechter Arm war mit einem etwa fünf Zentimeter dicken Rohr verbunden, das aus einer der Pumpen herauskam und im Betonboden verschwand.

»Was, was soll das?«, stotterte Sterner perplex. Ungerührt befestigte Bellmann die beiden Zeitschaltuhren in den Schlüsselöffnungen der Handschellen.

»Was das soll?«, erwiderte Bellmann und kniff Sterner mit einer freundschaftlichen Geste in die Wange. »Begreifst du das wirklich nicht, mein Junge? Jetzt enttäuschst du mich aber. Die ganze Planung, die Technik, die unsere Freundin schon zu Recht bewundert hat«, er nickte in Ilonas Richtung, »dafür braucht es einen klugen, hochbegabten Kopf. Das bringt doch kein Weibertrio zustande. Wir benötigen für unser kleines Arrangement noch jemanden, der das nötige Wissen besitzt.«

»Aber ...«, stammelte Sterner und Ilona glaubte trotz der bescheidenen Lichtverhältnisse in der Halle zu erkennen, dass seine Augen feucht schimmerten.

»Nix aber«, entgegnete Bellmann hart. »Du solltest stolz sein. Damit erweist du unserer Bewegung einen unschätzbaren Dienst. Dein Name findet Eingang in die Geschichtsbücher!«

»Aber wenn ich der Polizei die Wahrheit ...« Martin kam nicht dazu, seinen Satz zu beenden. Mit eisernem Griff hielt ihm Bellmann den Mund zu.

»Das kannst du gerne versuchen«, drohte Bellmann, dessen Gesicht vor Wut knallrot geworden war. »Aber empfehlen würde ich dir das nicht. Ein deutscher Mann steht zu seiner Verantwortung!«

»Können Sie nicht irgendwann mal einfach ihre ekelhafte Fresse halten!«

Bellmanns Kopf zuckte zur Seite. Er hielt Sterners Unterkiefer mit der rechten Faust so fest, dass dessen Zähne knirschten. Mit der linken schlug er Jenny ansatzlos mit voller Wucht ins Gesicht.

»Nein!«, schrie Ilona.

»Schnauze!« Volker Kant, der das Gebäude gerade betreten hatte, übertönte sie alle. Er ging mit raschem Schritt auf Bellmann zu. »Wir müssen. Beeil dich!«

Bellmann stieß Sterners Kopf nach hinten und ließ ihn los, so dass er hart gegen das Metallgehäuse der Pumpe knallte. Langsam rutschte er an der Röhre hinab und blieb mit starrer Miene auf dem Boden sitzen.

»Tut mir leid«, sagte Kant und beugte sich zu Sterner herab, »das wird wohl nichts mehr mit dem Ausflug nach Nordholz, den wir machen wollten. Den werden wir auf unbestimmte Zeit verschieben müssen.«

»Egal«, fügte Bellmann hinzu, »der Junge kommt in die Geschichtsbücher.« Er drehte sich um. »Außerdem sollte er bedenken, dass die Polizei auf seinem Laptop interessante Daten und Programme finden wird, die er für die Operation entwickelt hat und die jetzt gleich zum Einsatz kommen. Also vorwärts! Tun wir, was getan werden muss!« Er nickte den anderen zu.

»Nicht zu vergessen die langjährige Unterstützung und Freundschaft zu den Kameraden von *Trutzstaffel*«, sagte Volker Kant zu Sterner und lachte höhnisch. »Haben die nicht die Musik zu dem dreckigen kleinen Computerspiel beigesteuert, in dem man das Stadion in die Luft jagen muss?«

»Richie!«, schrie Ilona voller Verzweiflung. »Ist dir eigentlich klar, was du deiner Tochter da antust?«

»Verdammte Schlampe! Ich hab's dir schon mal gesagt, du verwechselst mich. Dass ich nicht lache, meine Tochter! Die Rotzgöre sieht mir ja noch nicht einmal ähnlich!«

»Zum Glück!«, fauchte Ilona voller Hass.

Bellmann stieß ein verächtliches Zischen zwischen den Zähnen hervor. »Sie versucht es immer wieder.« Mit diesen

Worten verließen Bellmann, Kant und der Skin die Halle. Die quietschende Metalltür zu dem Pumpenraum blieb einen Spalt weit offen. Die Terroristen brauchten darauf nicht mehr zu achten, schließlich waren die Gefangenen aneinandergefesselt. Eine Befreiung schien unmöglich, obwohl sich die Gedanken der drei Frauen um nichts anderes drehten. Jenny, deren Handgelenke die schmalsten waren, versuchte verzweifelt, sich aus der Umklammerung zu winden. Ohne Erfolg. Martin Sterner saß niedergeschlagen und apathisch auf dem Boden. Zu dritt zogen sie mit aller Kraft an dem Rohr, an das Sterner von Bellmann gekettet worden war. Das Schleifen von Metall auf Metall erzeugte ein schmerzhaft schrilles Geräusch, ähnlich dem Quietschen von Kreide auf einer Tafel, aber weder der Stahl der Handschelle noch der des Rohres gaben auch nur einen Millimeter nach.

Während sie an den Fesseln herumarbeiteten, schimpfte Dana ununterbrochen auf Martin Sterner ein. »Du willst wohl unbedingt in die schmutzigen Fußstapfen unseres gemeinsamen Vorfahren treten«, keifte sie mit schriller Stimme. Selten hatte Ilona ihre Freundin derart hysterisch gehört. Doch Danas Vorwürfe perlten an Martin ab. Er blieb regungslos, als verstünde er kein Wort.

»Er war kein Vorbild, sondern ein charakterloser Mensch!«, schrie sie weiter.

»Nein, das war er nicht.« Martin öffnete nun doch seine Lippen, als wollte er etwas erwidern, schüttelte aber nur wortlos den Kopf.

»Er war ein verkommenes Schwein, ein Verbrecher, ein Mörder!« Martins verzerrter Mimik war deutlich anzusehen, dass er Danas Anschuldigungen nicht mehr länger ertragen wollte. Er starrte sie in einer Mischung aus Hass, Verzweiflung und Erstaunen an.

»Er hat so viele Menschen auf dem Gewissen. Egal, ob er sie eigenhändig umgebracht oder in den Selbstmord getrieben hat.« Danas Gesicht glühte vor Zorn. Sie dämpfte zwar die Lautstärke, dafür besaß ihre Stimme nun einen metallischen Klang. »Da wunderst du dich, was?«, fuhr sie ungerührt fort. »Du bist nicht der Einzige, der seine letzten Aufzeichnungen gelesen hat, bevor er auf Nimmerwiedersehen verschwand. Grauenhaft, wie er sich darin seiner Verbrechen rühmt. Und dann dieser völlig verquere Quatsch, an den er und offensichtlich nicht nur er glaubte! Dieser irrationale, mystische Humbug, mit dem die Nazis ihre Terrorherrschaft unterfüttert haben. Es wäre für ihn und seine Mitmenschen zweifellos besser gewesen, man hätte auch ihn hier drin mal gründlich untersucht.« Dana wollte sich mit der flachen Hand an die Stirn fassen, wurde aber von ihrer Fessel daran gehindert. »Am besten, er wäre beim Absturz des Zeppelins ebenso umgekommen wie seine Kameraden.«

Martin sprang auf. Sein Gesicht hatte sich knallrot verfärbt. »Dann gäbe es weder dich noch mich«, erwiderte er mit mühsam unterdrückter Wut. »Außerdem, woher weißt du das überhaupt?«

»Pah! Du hältst deine Mitmenschen für reichlich naiv und dumm. Dachtest du wirklich, ich hätte geglaubt, dass du mir Kopien von allen Unterlagen gegeben hast?«

»Vater ...«

»Richtig. Irgendwann habe ich deinen Vater besucht, und er hat meinen Verdacht bestätigt. Es war kein Problem, von ihm die Kopien von Moritz Sterners letztem Tagebuch zu bekommen. Und als ich es gelesen hatte, hat es mir endgültig gereicht. Auf so einen Vorfahren bin ich genauso wenig stolz, wie es deine Eltern sind.« Danas heftig hervorgestoßenen Worten war deutlich die Hilflosigkeit anzumerken, die sie erfasst hatte. Eine Verständnislosigkeit, Wut und Ohnmacht, die sie angesichts des rechtsextremistischen Terrors schon früher empfunden hatte, lange bevor sie in die jetzige aussichtslose Lage geraten waren.

Vom eigenen Vater verraten, von den Kameraden im Stich gelassen, ging es Martin durch den Kopf. Und jetzt auch noch diese tiefe Erniedrigung. Seltsam, es lag etwas Glühendes in den Beschimpfungen, die Dana einer Salve gleich auf ihn abgeschossen hatte. Glühend wie Schläge auf die bloße Haut. Es war unerträglich. Demütigend. Doch da mischte sich völlig unerwartet noch ein anderes Gefühl hinein. Ein heimliches, uneingestandenes Vergnügen. Eine verbotene Lust am Schmerz. Er war zum Märtyrer bestimmt, und anders als bei seinem Urgroßvater verlief sein Leben nicht ins Leere, so glaubte er. Seine Spur würde sich nicht im Schnee und in der Einsamkeit verlaufen.

Mit einem Mal erblickte er die Seiten von Moritz' letztem Tagebuch vor sich, sah durch die Augen seines Urgroßvaters, was der notierte. Er versuchte die Schrift zu entziffern, die von Moritz' Hand, die zugleich seine eigene war, zu Papier gebracht wurde. Martin beugte sich tiefer über den Text, immer tiefer. Doch je näher er kam, desto mehr verschwammen die Buchstaben, verblassten und lösten sich auf. Dann erkannte er, dass es sich gar nicht um Papier handelte, sondern um dichtes Schneetreiben, das ihn keinen Meter weit blicken ließ und das flüchtiger war als Wasserstoff, das leichteste Element, das Gas der Luftschiffe. Unfassbar, vergänglich, um ihn herum nichts als eine weiße, endlose Leere. Noch nicht einmal Glut.

»Scheiße!«, fluchte Ilona laut. »Wie konnte ich nur?«

Sie hatte das Mobiltelefon in ihrer Hosentasche völlig vergessen. Mit dem hinterrücks ausgeführten Druck auf einige der Tasten ihres Handys hatte sie gehofft, eine Kurzwahlnummer zu erwischen und irgendjemanden zu erreichen, der etwas aufschnappen und dann die Polizei verständigen würde. Offensichtlich ohne Erfolg. Sie fühlte, wie es sie heiß und kalt durchlief.

Idiotin!, beschimpfte sie sich in Gedanken. Selbst wenn sie jemanden angewählt haben sollte, sie hatte kein einziges Mal erwähnt, wo sie sich befanden. Falls jemand das ganze Desaster mitbekam, woher sollte er wissen, wohin er die Polizei schicken konnte?

»Das Klärwerk!«, schrie sie auf einmal mit voller Lautstärke. »Klärwerk München Nord, Freisinger Straße!« Sie hoffte, das war als Hinweis ausreichend.

»Dort! Ilona, schau!« Dana stieß ihre Freundin von der Seite an. »Er hat sich bewegt, er lebt noch!«

Jetzt sah Ilona es auch. Einer der angeschossenen Arbeiter, der neben einem seiner Kollegen in einer riesigen Blutlache lag, bewegte schwach seinen Arm. Der Mann lag mit einer Seite seines Gesichts auf dem Betonboden, innerhalb ihrer Reichweite. Sie krochen zu dem Schwerverletzten. Die Augenlider des Arbeiters flatterten. Ilona war als Erste bei ihm. Der Schuss hatte ihn in den Schädel getroffen, war aber nicht tödlich gewesen. Er sah furchtbar aus. Nun zitterten auch seine Lippen, aber er brachte, obwohl er sich verzweifelt bemühte, keinen Ton hervor. Seine Augen waren mittlerweile weit aufgerissen und drehten sich hin und her. Ein dünnes Pfeifen kam aus seinem Mund, und Ilona blickte ihn starr vor Entsetzen an.

Endlich begriff sie. Er wollte ihr etwas zeigen. Sein Blick bewegte sich immerzu von ihr fort und wieder zu ihr zurück. Sie folgte ihm und entdeckte einen Hängeschrank aus Metall. »Der Schrank?«, fragte sie. Die Augenlider des Verwundeten schlossen sich wie ein bejahendes Nicken. Doch die Kette aus Sterner, Jenny, Dana und Ilona war zu kurz, um bis an den Schrank heranzukommen.

»Mistkerl!«, schrien Dana und Jenny gleichzeitig. Sterner blieb mit abwesendem Gesichtsausdruck auf dem Boden sitzen. Mit einem heftigen Ruck rissen Jenny und Dana ihn hoch. Wieder versuchte Ilona, an den Schrank heranzukommen. Diesmal war sie schon etwas näher dran. Es fehlten nur Millimeter. Mit einem wütenden Ruck zerrte sie an der Menschenkette. Der Aufschrei Sterners übertönte den allgemeinen Lärm. Es war ihr egal, wenn sie ihm den Arm auskugelte oder das Handgelenk brach. Ihre Finger schlossen sich um den Knauf, und mit einem leichten Knall sprang die Schranktür auf.

»Ja!«, riefen Dana und Jenny.

Was sie nicht zu hoffen gewagt hatten, offenbarte sich ihren Blicken. Ein Schrank voller Werkzeug. Neben kleineren

Zangen und Schraubenschlüsseln hing in der Mitte ein wuchtiger Bolzenschneider. Doch kaum war die Hoffnung aufgeflammt, sich damit befreien zu können, überflutete sie wieder das Gefühl der Enttäuschung. So weit sie jetzt einschließlich Sterner ihre Arme auch ausstreckten und bis zur Schmerzgrenze dehnten, es haperte an wenigen Zentimetern. Mit Mühe bekam Ilona schließlich einen Schraubenzieher in die Hand, mit dessen Spitze es ihr sogar gelang, einen der beiden Griffe des Bolzenschneiders zu berühren. Verzweifelt fummelte Ilona an dem Werkzeug herum, doch es war fest in seiner Halterung fixiert. Ilona war kurz davor aufzugeben und überlegte, was sie stattdessen versuchen könnten, da spürte sie, wie sich der Bolzenschneider auf einmal doch lockerte. Schon im nächsten Moment krachte er zu Boden. Sofort ließen sich auch die drei Frauen fallen. Wieder wurde Sterner einfach mitgerissen. Ilona drehte sich auf den Rücken und erreichte den Griff mit dem Fuß. Vorsichtig schob sie den Bolzenschneider zu sich heran. Kaum hatte sie ihn in der Hand, rappelten sich die Frauen wieder auf die Beine und rückten enger zusammen. Die scharfen Zangen durchtrennten den Stahl der Handschelle zwischen Sterner und Jenny wie Draht. Wenige Augenblicke später waren die restlichen Fesseln zwischen den Frauen durchgeschnitten. An den wunden und geschwollenen Handgelenken hingen die einzelnen Schellen wie auffälliger Modeschmuck. In diesem Moment begann draußen vor der Halle das Knattern der startenden Helikopter. Es war zu spät. Es würde nicht mehr lange dauern, bis die Mordmaschinen ihr Ziel erreicht hätten …

Ilona hatte keine Ahnung, wie vernichtend und zerstörerisch die Wirkung von 100 Kilo Semtex sein würde. Aber sie ahnte trotzdem die Explosionen, die zerfetzten Menschen, das Blut und die Leichenteile. Sie sah, wie die Beton- und Stahlkonstruktion des Stadions durch die Detonationen in sich zusammenstürzte und weitere Opfer unter sich begrub. Wie ein Blitz schossen diese Bilder durch ihren Kopf.

»Ihr ruft Hilfe herbei und kümmert euch um den Verletzten! Schaut nach, ob noch mehr leben!«, brüllte Ilona. Sie holte ihr Handy aus der Gesäßtasche und warf es Dana zu. Dann schob sie den Schraubenzieher zwischen Gürtel und Hose. Sie rannte zu der Metalltür. Noch immer war das Geräusch der Hubschraubermotoren zu hören, aber es wurde schon leiser.

»Verdammt, sie sind unterwegs!«, fluchte sie und quetschte sich vorsichtig durch die Tür. Sie zog den Schlüssel aus dem Schloss, drückte die Tür hinter sich zu und verriegelte die Halle. Was auch immer geschah, Jenny, Dana und der Verletzte waren jetzt zwar in dem Gebäude eingesperrt, aber auch geschützt. Von den Terroristen kam so schnell niemand an sie heran. Es konnte sich nur noch um wenige Minuten handeln, bis Hilfe herbeieilte. Trotzdem gab sich Ilona keinen Illusionen hin. Die Katastrophe war nicht mehr aufzuhalten. Es sei denn, ein Wunder geschah.

Bellmann, Acht-Acht und Richie waren auf das Flachdach des benachbarten Schuppens geklettert. Sie hatten die Funkanlage mit der langen Antenne ebenfalls nach oben geschleppt. Wahrscheinlich konnten sie von dort aus den Flug der fliegenden Bomben besser steuern. Die beiden Glatzköpfe konnte Ilona nicht entdecken, denn der Platz war leer.

Plötzlich mischte sich ein anderes Geräusch in den Lärm der Hubschrauber. Einer der Glatzköpfe rannte mit raschen Schritten an dem Pumpengebäude vorbei direkt auf den Schuppen zu, um zur Aluminiumleiter zu gelangen, die an der Ecke des Schuppens lehnte. Ilona drückte sich gegen die Wand, aber das nützte wenig. Es gab keinerlei Deckung in ihrer Nähe. Sobald einer auf dem Dach den Blick von dem Hubschrauberschwarm abwenden würde, musste er sie entdecken. Doch der Kerl, der auf den Schuppen zurannte, drehte sich glücklicherweise nicht zur Seite. Er bemerkte sie nicht. Ilona sprintete los.

Das andere Geräusch wurde lauter. Im Laufen blickte Ilona über die Schulter und sah zu ihrem maßlosen Erstaunen, wie ein Sattelschlepper ohne Aufleger mit quietschenden Reifen um die Ecke bog. In diesem Augenblick blendeten die Scheinwerfer voll auf. Am oberen Kabinenrand blinkte eine Leuchtschrift.

»Birgit«, flüsterte Ilona und blieb abrupt stehen.

Die Männer auf dem Dach hatten die Zugmaschine, die über den Platz gerast kam, ebenfalls bemerkt. Schüsse krachten. Der Truck machte einige unvermutete Zickzackbewegungen, jedoch ohne mit seinem Tempo herunterzugehen. Ilona sprang hinter ein Bündel Rohrleitungen. Sie sah, dass die Zugmaschine jetzt direkt auf den Schuppen zuraste. Der Skin, der wahrscheinlich vor ihr warnen wollte, hatte die Leiter erreicht und hastete die Sprossen nach oben. Wieder fielen Schüsse.

Ilona hoffte inständig, dass Birgit wusste, was sie tat. Sie begriff, dass sie an ihrem Handy jene Kurzwahltaste getroffen haben musste, die von der Highway-Queen mit ihrer Nummer belegt worden war.

Mit ohrenbetäubendem Krachen prallte die Zugmaschine gegen den Schuppen. Die Erschütterung war so stark, dass der Glatzkopf von der Leiter geschleudert wurde. Sein Schrei, der sich anhörte wie eine heisere Luftschutzsirene und zusammen mit dem dumpfen Aufprall seines Körpers abrupt abbrach, verriet, dass weder Flug noch Landung zu den angenehmen Erfahrungen seines Lebens gehörten.

Ilona erkannte, wie sich die Fahrertür des Sattelschleppers öffnete und ein menschliches Bündel herausfiel, über den Boden rollte und neben ihr liegen blieb.

»Birgit!« Ilona kroch vorsichtig zu der reglosen Gestalt. »Alles o.k.?«

Ein Schnauben antwortete ihr. Dann schüttelte Birgit ihre Mähne und nickte Ilona zu. »Du kannst jetzt auflegen, das Gespräch ist ohnehin schon teuer genug«, keuchte sie. »Ich habe über Funk die Polizei alarmiert. Zum Glück war ich gerade auf dem Weg zu unserer Firma, deren Niederlassung sich im Münchner Norden befindet. Ich wollte den LKW und die Ladung für die Tour heute Nacht klarmachen, als dein Anruf kam. Zuerst habe ich überhaupt nichts begriffen. Aber dann habe ich mich beeilt, so schnell es ging. Scheiß aufs Sonntagsfahrverbot! Hoffentlich bin ich nach diesem Ausflug nicht den Lappen und meinen Job los.«

Der Schuppen war stabiler, als er auf den ersten Blick wirkte, denn er stand noch. Allerdings hatte sich das Dach erheblich geneigt, und Acht-Acht war durch den Aufprall heruntergefallen. Er kam mit schmerzverzerrter Miene direkt auf sie zugekrochen. Offensichtlich hatte er sich ein Bein gebrochen, das er nun hinter sich herzog. Die Zugmaschine, die sich in die Ecke des Schuppens gebohrt hatte, gab den beiden Frauen zwar Deckung vor den Schüssen vom Dach, doch Acht-Achts grotesk verzerrte Fratze mit dem dreigeteilten Bart ließ keinen Zweifel an seinen Absichten. Er hob seine entsicherte Pistole. Er schien unschlüssig zu sein, wen er zuerst abknallen sollte. Die Mündung seiner Waffe schwenkte kurz hin und her. Da prallte Ilona bereits mit so einer Wucht gegen ihn, dass er die Pistole fallen ließ. Im Sprung hatte sie den Schraubenzieher hervorgezogen. Mit einem kräftigen Hieb rammte sie ihn durch Acht-Achts Handwurzel. Sein langgezogener Schrei drang ihr durch Mark und Bein. Die Metallstange des Schraubenziehers hatte sich tief in den Boden gebohrt und heftete seine Hand fest. Aufspringen und die Pistole greifen waren eins. Ilona erreichte Birgit, die sich hinter die Zugmaschine geflüchtet hatte, denn inzwischen hatten die Terroristen auf dem Dach ihre Überraschung überwunden und feuerten wieder.

Die Leiter war durch den Aufprall fortgeschleudert worden. Es war eine Pattsituation. Sie kamen nicht auf das Dach hinauf, ohne sich in die Schusslinie zu begeben, und die Kerle nur dann herunter, wenn sie ihre Knochen riskierten und sprangen. Oder sie würden versuchen, über das Dach des Trucks nach unten zu klettern. Ilona durfte keine Zeit mehr verlieren. Sie wechselte hastig ein paar Worte mit Birgit und steckte ihr den Schlüssel zu dem L-Bau zu. Ilona vermutete den zweiten Skin bei Bellmann und Richie auf dem Dach. Sie duckte sich und schlich an der halb eingedrückten Wand des Schuppens entlang. Nirgends gab es eine Möglichkeit, nach oben zu gelangen.

Dann sah sie die Lösung direkt vor ihren Augen. Durch ein staubiges Fenster blickte sie ins Innere des Schuppens und bemerkte an der gegenüberliegenden Seite eiserne Stufen, wie man sie von Schächten kennt, etwa von Einstiegsröhren in die Kanalisation. Wollten sich die Terroristen etwa auf diesem Weg nach dem erfolgten Anschlag absetzen? Die Öffnung im Boden war verschlossen. Zum Dach hin befand sich ein ähnlicher Deckel. Ein heftiger Stoß mit dem Ellbogen, und die Scheibe zerbrach. Ilona achtete darauf, sich nicht an den scharfen Kanten zu verletzen. Sie kletterte ins Innere, rannte durch den Raum, erklomm die Eisenstufen und entriegelte die Luke. Vorsichtig stemmte sie den Deckel nach oben.

Sie schoss, ohne etwas zu sehen, flach aus der Öffnung, bevor sie es wagte, über den Rand zu blicken. Offensichtlich hatte sie beim Blindfeuern jemanden getroffen. Der Skin, den sie auf dem Dach vermutet hatte, wälzte sich stöhnend am Boden. Doch im gleichen Augenblick starrte sie in die Mündung einer mit Schalldämpfer versehenen Waffe. Dahinter fixierten sie die kalten Augen von Bellmann. Die Mündung war kaum einen Meter von ihrem Kopf entfernt. Sie sah, wie sich Bellmanns Finger um den Abzug krümmte, und alles in Ilona schrie ein gellendes, verzweifeltes »Nein!«.

Es war, als ob das Geschehen plötzlich wie in Zeitlupe abliefe. Schräg hinter Bellmann erkannte sie Richie, der am Funkgerät saß, eine Hand über der Tastatur des Laptops, die andere am doppelten Joystick, mit dem er offensichtlich die fliegenden Bomben steuerte.

In diesem Augenblick, zeitgleich mit Bellmanns Schuss, spürte sie ein Donnern, als Birgits LKW ein zweites Mal in das Gebäude krachte. Die Kugel pfiff durch ihr Haar, und Bellmann schwankte.

Bravo!, dachte Ilona, schwang sich aus der Öffnung und feuerte dabei auf ihren Kontrahenten, der hochsprang. Die Kugel erwischte ihn in der Schulter, so dass er zurücktaumelte und die Waffe fallen ließ. Bellmann sank stöhnend auf die Knie.

Das war ein Zufallstreffer, der ihn kaum vollständig außer Gefecht setzen wird, dachte Ilona. Sie war mit ihrer Überlegung noch nicht zu Ende, als Bellmann sich wieder aufrichtete. Ilona wich ein Stück zur Seite und gönnte sich ein kurzes Durchatmen, das sie sofort bereuen sollte. Bellmann mochte an der Schulter verletzt sein, an kämpferischer Finesse hatte er deshalb noch nichts eingebüßt. Sie hatte erwartet, dass er sie vor Schmerz und Wut direkt attackieren würde, als er hochsprang und auf sie losraste wie ein Stier. Doch er täuschte sie mit seinem Scheinangriff, den er nur ausführte, um sich im letzten Augenblick zur Seite zu werfen. Mit dem Resultat, dass er die Pistole mit dem Schalldämpfer wieder zu fassen bekam.

»Schluss jetzt, Prinzessin«, sagte Bellmann hasserfüllt. »Sprich dein letztes Gebet, jetzt bist du reif!« Nur die Tatsache, dass er seinen rechten Arm kaum noch bewegen konnte und jetzt mit dem linken schießen musste, rettete Ilona das Leben. Wie ein Breakdancer wirbelte sie herum. Ihr ausgestreckter Fuß traf ihn in der Kniekehle. Er knickte ein, stürzte gegen Ilona und klammerte sich an ihr fest. Sie verloren beide das Gleichgewicht.

»Sie reden zu viel«, murmelte Ilona in dem Moment, als sie abdrückte. Sie wusste nicht, wo sie ihn jetzt getroffen hatte, aber diesmal schien ihn der Schuss fürs Erste außer Gefecht gesetzt zu haben. Mühsam schob sie Bellmanns reglosen Körper von sich.

Der Blick, den Volker hinter sich warf, drückte maßloses Erstaunen aus, gemischt mit einer Spur Entsetzen. Die Lage auf dem Dach hatte sich gründlich verändert. Zwischen ihm und Ilona befand sich nur noch der stöhnende Körper des Glatzkopfs, den sie zufällig zu Beginn des Gefechts angeschossen hatte.

Mit zwei gezielten Tritten beförderte Ilona Bellmanns Waffe und die Pistole, die neben dem Skin lag, über den Dachrand. Nach wenigen Sprüngen hatte sie den Mann erreicht, der früher ihr Liebhaber und Jennys Vater war.

»Lenk diese Höllenmaschinen auf der Stelle woanders hin!«, schrie sie mit sich überschlagender Stimme. Sie presste ihm die Pistole gegen die Schläfe. Auf einem der Bildschirme sah sie eine detaillierte Karte der näheren Umgebung, auf der nur die Linien und Farben verdeutlichten, dass es sich nicht um eine Luftaufnahme handelte. Die war auf dem etwas kleineren Monitor daneben zu sehen, und Ilona begriff, dass das Bild direkt von einer Kamera in einem der Helikopter an die Leitstelle gefunkt wurde. Höchstwahrscheinlich befand sie sich in der von Bellmann als Lunacopter bezeichneten Drohne. Entsetzt erkannte Ilona, dass das Oval des Stadions bereits die obere Hälfte des Monitors ausfüllte.

»Lenk diese Scheißdinger woanders hin, oder du stirbst!«, drohte Ilona und verstärkte den Druck auf seinen Kopf. Ihr war klar, dass sie sich nicht mehr unter Kontrolle hatte, aber sie wusste auch, dass Richie genau spürte, wie kurz sie vor dem völligen Durchdrehen stand.

»Der Kurs ist fest einprogrammiert, daran können weder du noch ich etwas ändern«, murmelte er mit bleichem Gesicht.

»Du lügst!«, brüllte sie.

Ilona nahm die Waffe von seinem Schädel und schlug mit dem Lauf heftig gegen seine Hand, mit der er einen der beiden Joysticks bediente. Tatsächlich war auf dem Monitor eine hektisch schwankende Bewegung auszumachen. Aber im gleichen Moment packte Richie Ilonas Handgelenk und drückte mit aller Gewalt zu. Er stieß sich vom Hocker, auf dem er saß, so rasch nach oben, dass sein Hinterkopf Ilona mit voller Wucht unter dem Kinn traf.

»Du Schwein!«, stieß sie gepresst hervor und spürte, wie sich der Geschmack von Blut in ihrem Mund ausbreitete.

Richie, der sich jetzt Volker Kant nannte, stand ihr nun direkt gegenüber und hielt dabei immer noch ihren Arm umklammert, den er schmerzhaft verdrehte. Aufheulend und Blut spuckend musste Ilona die Pistole fallen lassen. Sie taumelte vor Schmerz und Enttäuschung hin und her. Nur ihre grenzenlose Wut verhinderte, dass sie einfach zu einem heulenden Häufchen Elend zusammensackte.

»Du traust dich nicht, auf mich zu schießen«, stellte Richie mit leisem Spott fest. In seinem Blick lag ein unruhiges Flackern. »Gut so.« Unvermittelt und mit voller Wucht schlug er zu.

*

Die 86. Spielminute lief, und noch immer stand es 2:1 für die Gastgeber, die ihren Platz an der Tabellenspitze, den sie sich im letzten Spiel gegen Dortmund zurückerobert hatten, halten wollten. Doch die Borussia führte zu Hause bereits 3:0, und in München warf der Club seit der Halbzeitpause alles nach vorne, der ersehnte Ausgleich musste her, und er wäre zu diesem Zeitpunkt mehr als verdient gewesen.

Schorsch, eingefleischter Anhänger des FC Bayern München und seit 27 Jahren Besitzer einer Dauerkarte, sah die Nürnberger gefährlich nahe am Tor der Bayern.

»Schießt doch den Ball aus dem Strafraum!«, brüllte Schorsch und fuchtelte mit seinem rot-weißen Schal durch die Luft. Das Leder, gefährlich abgefälscht von der Bayern-Abwehr, sauste wie schon so oft in diesem Spiel nur wenige Zentimeter links am Tor vorbei. Ecke für Nürnberg.

»Reg dich nicht auf, Kumpel«, versuchte Karlheinz seinen Freund zu beruhigen. »Die restlichen paar Minuten überstehen wir auch noch.«

In diesem Augenblick flog die Kugel in hohem Bogen zurück aufs Spielfeld. Aus dem Gedränge vorm Tor schoss ein Nürnberger Kopf nach oben und platzierte den Ball ins Eck.

Der Bayern-Torhüter hatte keine Chance. Treffer! Der Ausgleich!

*

»Ja! Ja!« Kommissar Peinelt sprang von seinem Drehstuhl, der wie ein Formel-Eins-Bolide wegrollte und gegen einen Stahlschrank krachte. Das kleine Wunder war geschehen. Der Club hatte den rettenden Ausgleichstreffer im gegnerischen Tor versenkt. Vor lauter Jubel bekam er gar nicht mit, wer den erlösenden Kopfball gekickt hatte. Und mit seinem Geschrei übertönte er den Kommentator.

Egal, dachte er und drehte sich wie ein Tänzer um die eigene Achse. Dann fiel sein Blick auf den großen Monitor, der das Mobiltelefon von Ilona überwachte.

»Scheiße!«, schrie er. »Verdammte Scheiße!«

*

Ilona konnte Richies Attacke nicht vollständig ausweichen, aber zumindest erwischte er sie nur an der Schulter und nicht an Kinn oder Hals, wohin er seinen mit tödlicher Kraft ausgeführten Schlag richten wollte. Der Stoß wirbelte Ilona herum, und endlich begannen ihre Instinkte wieder so zu funktionieren, wie sie es sich antrainiert hatte.

Ihr Tritt traf ihn voll in die Seite, genau zwischen Hüfte und Rippen. Mit dem zweiten Schlag ihrer Faust erwischte sie seinen Kopf und hörte, wie sein Nasenbein brach. Stöhnend sackte er vor dem Funkgerät und den Monitoren in sich zusammen. Mit einer letzten Anstrengung zerrte Ilona seinen Körper zur Seite und beugte sich über die Bildschirme.

Der Schwarm der fliegenden Bomben befand sich bereits unmittelbar über dem Stadion. Die Kamera des Lunacopters zeigte die gewaltige digitale Anzeigetafel an der Südseite der Tribüne. Darunter waren aufgeregte Zuschauer zu erkennen.

Ilona war nicht klar, ob sie die Helicopter-Armee entdeckt hatten oder ihre Aufregung den Ereignissen auf dem Spielfeld galt. Dann zoomte auf einmal die Haupttribüne heran. »Nein!«, schrie sie, denn der Schwarm der fliegenden Bomben hatte nun offensichtlich sein endgültiges Ziel erfasst und steuerte darauf zu. Ilona konnte den VIP-Bereich erkennen, die prominenten Gäste, die sie direkt anzustarren schienen. Der Innenminister, der Oberbürgermeister, der bayerische Ministerpräsident und sein Vorgänger ...

*

»Der stand im Abeits!«, tobte Schorsch wütend. »Wo hat der Schiri seine Augen?«

Die Fans im Stadion konnten sich kaum noch halten. »Nie mehr zweite Liga ...«, ertönte es unter Jubelgeschrei aus dem Gästeblock. Die Anhänger der Bayern kochten. Zu häufig hatten sie in der letzten Zeit ihre Mannschaft in den Schlussminuten taktieren sehen, um das Ergebnis zu halten. Eine Minute Verlängerung, zeigte der vierte Mann mit seiner Tafel am Spielfeldrand an. Plötzlich mischten sich unter den Freudentaumel der Nürnberger und die Schimpftiraden der Gastgeber vereinzelt hysterische Schreie, die lauter wurden. Alle richteten ihre Blicke nach oben. Die letzten Strahlen der Abendsonne blitzten über das Stadiondach. Vor dem blendenden Licht war eine Armee kleiner schwarzer Punkte zu erkennen, die bedrohlich schnell näherkam und direkt auf die Ehrentribüne zuraste.

»Schorsch!«, murmelte Karlheinz mit weit aufgerissenen Augen und packte seinen Freund am Arm. »Verdammt, was ist das?«

*

Wie werden diese Dinger gesteuert?, überlegte Ilona panisch. Entschlossen griff sie nach einem der Joysticks und zog ihn zu sich. Das Bild auf dem Monitor verschwamm zu undeutlichen Schlieren. Mit der anderen Hand berührte sie den zweiten Steuerknüppel. Als sich das Flimmern wieder zu einem Bild zusammensetzte, erkannte sie, dass es ihr gelungen war, die fliegende Höllenmaschine zu einer steil nach oben gezogenen Wendung zu veranlassen. Ilona hatte keine Ahnung, wie die Steuerbefehle aus der Drohne an die übrigen fliegenden Bomben gefunkt wurden. Doch es musste so sein, denn auf dem anderen Schirm war jetzt zu sehen, wie sich die winzigen roten Punkte vom Stadion entfernten.

Aber was zum Teufel musste sie tun, um die Helikopter zu landen? Und wo sollten sie hinfliegen, ohne dass die Semtexladungen zu großen Schaden anrichten? Während Ilona noch überlegte und die Bedienungselemente vor ihr betrachtete, donnerte ein heftiger Schlag gegen ihre Schläfe. Sie verlor augenblicklich das Bewusstsein.

Wie durch einen dichten Nebel hörte Ilona Richies Stimme. Sie verstand zuerst rein gar nichts. Ihr Körper fühlte sich an wie Watte. Dann begriff sie, dass er fluchte. Schließlich gelang es ihr, die Augen wieder zu öffnen. Zuerst konnte sie einzelne Worte verstehen, schließlich sogar einen zusammenhängenden Satz: »Was hat dieses verdammte Miststück mit der Fernsteuerung gemacht?«

Sofort war sich Ilona der Situation wieder bewusst. Mühsam kämpfte sie sich nach oben. Richie empfing sie mit eiskalten Blick und richtete die Pistole auf sie, mit der sie vorhin Bellmann außer Gefecht gesetzt hatte. Ihre Bewegungen waren noch viel zu langsam und unkoordiniert, um rechtzeitig ausweichen zu können. Wie erstarrt blickte sie in die Mündung. Noch einmal würde es ihr nicht gelingen, dem Tod zu entwischen, dem sie in den letzten Sekunden und Minuten wieder und wieder ins Angesicht geschaut hatte.

Ein Klicken ertönte.

Wütend sprang Richie hoch und fuchtelte mit der Waffe herum, wobei er ungläubig weitere Male abdrückte.

»Magazin leer«, murmelte Ilona und fiel mehr, als dass sie sprang, über seinen Arm. Beide wollten nach den Joysticks greifen und versuchten, sich gegenseitig von den Bedienelementen wegzustoßen. Doch es war etwas anderes, das sie plötzlich innehalten ließ.

Ein Geräusch, das anfänglich kaum die Hörschwelle überstieg, wurde jetzt rasch lauter. Dann sahen sie es beide. Der Helikopter-Schwarm bog über die Hügelkuppe und näherte sich schnell. Die fliegenden Bomben kamen direkt auf sie zu. Es war, als sehe man eine Salve tödlicher Geschosse auf sich zurasen mit dem klaren Bewusstsein, dass man keine Chance mehr hat auszuweichen.

Keiner von beiden hatte die Sirenen gehört. Ilonas ganze Aufmerksamkeit galt ihrem verzweifelten Kampf. Doch das Blaulicht der Polizeifahrzeuge, die auf den Platz bogen, zerriss ihren Tunnelblick. Als wäre ein unsichtbarer Bann gebrochen, begannen sie wieder um die Fernsteuerung zu kämpfen. Verbissener und unbarmherziger als zuvor. Schüsse fielen. Ilona bekam einen Joystick zu fassen, doch Richie bog ihren Ringfinger mit einem heftigen Ruck nach hinten. Schreiend ließ sie los, als der Knochen mit einem hässlichen Knirschen brach. Richies Faust schloss sich um die Steuerung, während er mit der anderen Hand auf die Tastatur einhämmerte. Ilona war vor Schmerz halb besinnungslos. Doch gerade als sich ein hämisches Grinsen um seinen Mundwinkel abzeichnete, Ausdruck seiner Genugtuung, die hartnäckige Gegnerin endgültig ausgebootet zu haben und die ganze Situation doch noch in seinem Sinne drehen zu können, da schnellte Ilona nach vorn und grub ihre Zähne tief in seine Hand. Richie schrie sich die Kehle aus dem Leib, während sie sich mit voller Wucht gegen ihn warf. Als er zu Boden prallte und Ilona über ihn rollte, rauschte der Schwarm der Helikopter so niedrig über sie hinweg, dass sie den Wind der Rotoren spürten.

Keine Sekunde später krachte der Lunacopter in eines der Faulbecken des Klärwerks, die sich keine hundert Meter von ihnen entfernt befanden. Die ohrenbetäubende Explosion zerriss die Lamellenabdeckung fast vollständig, so dass die nachfolgenden Hubschrauber direkt in die stinkende Brühe stürzten. Der Kette von Detonationen war dann auch die Betonkonstruktion des Klärbeckens nicht mehr gewachsen. Wie Granatsplitter schossen Metallteile und Steinbrocken durch die Luft. Alles um sie herum war erfüllt von einem ekelerregenden Gestank, und es regnete Fäkalien vom Himmel.

Ilona konnte ihr plötzlich aus tiefster Seele hervorbrechendes, befreiendes Gelächter nicht unterdrücken. Sie hörte erst auf zu lachen, als sie bemerkte, dass sie auf einmal allein auf dem Dach lag.

»Verdammt, wo sind die Schweine hin?«, schreckte sie auf und spürte gleichzeitig, wie der Schmerz in jeden Nerv ihres Körpers zurückströmte.

Über das dumpfe Dröhnen in ihren Ohren hinweg hörte sie eigenartig hallende Geräusche, die aus der Dachluke zu ihr herüberwehten. Mühsam richtete sie sich auf, kroch zur Öffnung und blickte vorsichtig hinunter. Auch die Bodenklappe in die städtische Kanalisation stand jetzt offen, und gerade verschwand Richies Haarschopf darin. Sie ahnte mehr, als dass sie sah, wie er dem verletzten Bellmann beim Abstieg half.

Ilona wusste schlagartig, dass es nur eine Möglichkeit gab, sie aufzuhalten. So erschöpft, außer Atem, verletzt und ramponiert wie sie war, hatte sie keine Chance mehr, hinterher zu klettern. Die Flüchtenden würden entwischen und ihr zum Abschied noch die finale Kugel verpassen.

»Ilona!«

Jemand rief. Sie wandte kurz den Kopf und sah, dass die Tür des Betonbaus offen war. Birgit und Dana standen auf dem Platz und winkten heftig gestikulierend zu ihr herüber. Verschwommen sah sie die zahllosen Blaulichter, die auf dem Platz flackerten. Überall rannten Leute herum. Da unten war ein Gedränge wie auf dem Oktoberfest.

»Mama!«

Jetzt rief auch Jenny. Das Dach war leer bis auf sie. Ein Blick in die dunkle Öffnung im Boden des Schuppens. Richie kam wegen Bellmann nur langsam voran.

Das Schwein ist zäher, als ich dachte ...

Ilona schloss die Augen und sprang.

14 : Game over

Als Ilona sich zwei Tage später selbst aus dem Krankenhaus entließ, hatte sie einen Teil der Wahrheit bereits begriffen. Sie verließ die Klinik auf eigenes Risiko, wie die Ärzte sagten. Trotz des gebrochenen Fingers und der eingegipsten Hand. Obwohl sie einen angeknacksten Knöchel, zahllose Prellungen, Abschürfungen und zwei angebrochene Rippen hatte. Und trotz einer Gehirnerschütterung, die schon allein dafür sorgte, dass sie sich so sparsam wie möglich bewegte. Dennoch hatte sie es im Krankenhaus nicht länger ausgehalten und war überzeugt, sie würde zu Hause schneller wieder auf die Beine kommen.

Damit ging es ihr aber noch um einiges besser als dem angeschossenen Arbeiter, der noch auf der Intensivstation lag. Noch war ungewiss, ob er seine schwere Kopfverletzung überleben würde. Auch wenn sich die Ärzte verhalten optimistisch äußerten, würde es Monate dauern, bis er mit Reha-Maßnahmen beginnen könnte. Abgesehen von der Frage, mit welchen geistigen und körperlichen Schäden er und seine Familie zukünftig zurecht kommen müssten. Als Dana und Jenny versucht hatten, ihn, so gut es ging, notfallmäßig zu versorgen, hatte er zumindest schon wieder einige Worte reden können. Der anfängliche Verlust seiner Sprache schien also nicht unmittelbar auf die Verletzung des Gehirns zurückzugehen, sondern war wohl eine Folge des erlittenen Schocks gewesen.

Als man Ilona nach ihrem Sturz aus dem Kanalschacht zog und sie wieder begann, Mitteilungen zu verstehen, fragte sie zuerst nach den beiden Männern, die sie mit ihrem Sprung in den Abgrund hatte stellen wollen.

»Genickbruch der eine, und der andere ist ertrunken. Die Leiche des Kerls, den Sie direkt erwischt haben, hat ihn unter das, äh, Wasser gedrückt. Der Kanal war etwa zu zwei Dritteln gefüllt. Offensichtlich ist ganz München nach Spielende auf die Toilette gegangen.«

Es war Hauptkommissar Keller, der ihr bereitwillig Auskunft erteilte. »Frau Hall«, fügte er noch hinzu, »Sie waren einfach bombig!«

Ilona zuckte zusammen, musste dann aber schmunzeln. Ihr Gewicht hatte offensichtlich ausgereicht, eine tödliche Wirkung zu entfalten. Sie wusste, dass diese knappe Bemerkung Kellers das Maximum an Entschuldigung sein würde, das sie von ihm erwarten durfte. Doch am nächsten Tag besuchte er sie sogar in der Klinik.

»Warum«, fragte sie ihn, »hat es eigentlich so lange gedauert, bis Sie mit Ihren Leuten endlich vor Ort waren? Ich finde das sehr bedauerlich. Bellmann und Richie, ich meine Kant, wären Ihnen sonst sicher lebend in die Hände gefallen. Das hätte die Suche nach weiteren Hintermännern zweifellos vereinfacht.«

Keller presste einige unverständliche Laute hervor, bevor er den Rücken durchdrückte und sich zu einer Erklärung aufraffte. »Das ist in der Tat unverzeihlich, Frau Hall. Immerhin sind es nur ein paar hundert Meter Luftlinie zum Stadion. Schlimmer noch, wir waren die ganze Zeit über Ihren jeweiligen Aufenthaltsort genauestens informiert.«

»Wie bitte?« Ilona glaubte, sich verhört zu haben.

»Wir wussten, dass Sie in Hamburg waren und wo sie sich dort aufgehalten haben. Oder dass Sie am Sonntag kreuz und quer durch München gefahren sind …«

Ilona dämmerte, was der Hauptkommissar andeuten wollte. »Sie haben mein Handy geortet?«, fragte sie leise.

Keller nickte. »Sie müssen verstehen. Sie und Ihre Tochter gehörten zum Kreis der Verdächtigen.«

»Und warum haben Sie dann, verdammt noch mal, meine Tochter nicht gefunden, als ich Sie anrief und Ihnen sagte, sie sei entführt worden?« Ihre Stimme überschlug sich vor Wut.

»Leider haben wir das Signal zum Handy Ihrer Tochter schon vor einer Woche verloren. Genauer gesagt, kurz bevor Sie mich in jener Nacht anriefen. Deshalb war ich auch noch wach, weil mich die Kollegen ein paar Minuten vor Ihrem Anruf darüber informiert hatten, dass der Kontakt abgebrochen war. Wir nahmen an, dass sich Jenny jetzt endgültig in den Untergrund abgesetzt hätte.«

»Aber ... aber mich«, stammelte Ilona, »mich hatten Sie die ganze Zeit auf dem Schirm?«

Kellers Gesicht verdüsterte sich, dann sah er sie direkt an. »Ja. Nur der Kollege, der damit beauftragt war, Ihre Standortwechsel festzustellen, hat unverzeihlichen Mist gebaut ...«

Jetzt versucht er, die Schuld von sich abzuwälzen, dachte Ilona und spürte wie der Zorn weiter in ihr kochte.

»Die Begegnung zwischen Bayern München und Nürnberg hat ihn mehr gefesselt als seine Aufgabe, den Monitor im Auge zu behalten, auf dem Ihre Position angezeigt wurde. Er hätte viel früher Alarm schlagen müssen. Schließlich befanden Sie sich plötzlich innerhalb der Bannmeile rund ums Stadion! Aber der Trottel hat sich lieber das Spiel angeschaut. Als er schließlich seinen Fehler bemerkte, ging sein Alarm zeitgleich mit dem Ihrer Freundin, dieser LKW-Fahrerin, ein.«

Birgit verlor glücklicherweise weder ihren ›Lappen‹ noch ihren Job, wenngleich hinter den Kulissen ein Gerangel begann, wer die demolierte Zugmaschine ersetzen solle.

Bis auf eine Ausnahme waren die Rechtsterroristen – mehr oder weniger schwer verletzt – bereits am Tatort der Polizei in die Hände gefallen oder hatten beim Versuch, eines der ungeheuerlichsten Verbrechen der letzten Jahre zu begehen, ihr Leben eingebüßt. Einer konnte verletzt entkommen. Es handelte sich um den Skin, den Ilona zu Beginn ihrer Dacherstürmung angeschossen hatte. Er musste noch vor Kant und

Bellmann in die Schächte der Münchner Kanalisation geflohen sein. Um Mitternacht fiel er einem Passanten auf, der seinen Hund ausführte. Der Rentner beobachtete, wie sich vor seinen Augen ein Kanaldeckel anhob und eine vor Schmutz starrende Gestalt herauskletterte. Die sofort alarmierte Polizei konnte den Flüchtenden kurze Zeit später festnehmen, da sie sich bei seiner Verfolgung nur auf ihre Nasen zu verlassen brauchte.

Für Dana und Jenny begann wieder der Alltag. Jenny musste zur Schule, Dana zur Arbeit. Dana berichtete jeden Abend von Gebauers Überredungsversuchen, sie möge ihrerseits Ilona davon überzeugen, nach der Genesung wieder in ihren alten Job zurückzukehren. Beide Frauen blieben hart und ließen ihn zappeln.

Champions League und Bundesliga bewegten sich mit großen Schritten auf ihr jeweiliges sportliches Finale zu, und ebenso lang war Ilona krankgeschrieben. Sie hatte nichts dagegen. Nicht nur ihr geschundener Körper brauchte Heilung. Bayern München würde im Endspiel des Europapokals auf Chelsea London treffen. Die Partie zwischen den Bayern und Nürnberg sollte nicht wiederholt werden. Nachdem der Schiedsrichter das Derby abgepfiffen hatte, konnte der engagierte Stadionsprecher den Ausbruch einer Massenpanik verhindern. So sicherte sich der Club mit dem 2:2 einen wichtigen Punkt im Abstiegskampf.

Es klingelte an der Wohnungstür. Durch die Gegensprechanlage hörte sie die Stimme des Postboten: »Einschreiben.« Sie öffnete die Tür und ging dem Mann humpelnd ein Stück entgegen. Zurück auf ihrer Couch öffnete sie den Umschlag und las das förmlich abgefasste Schreiben aus Hamburg. Man teilte ihr mit, der Vater ihrer Tochter sei verstorben und die monatliche Unterhaltszahlung müsste deshalb eingestellt werden. Sollten sie und ihre Tochter dadurch in eine unzumutbare Notlage geraten, werde ein entsprechender Antrag beim Sozialfonds der Landesbehörde wohlwollend geprüft.

Ilona konnte sich ein bitteres Lachen nicht verkneifen. Sie amüsierte aber nicht das Unterstützungsangebot, auch nicht die durchsichtige Strategie, alles unter den Teppich kehren und vertuschen zu wollen. Damit hatte sie gerechnet. Es war die Formulierung, »in Ausübung seines Dienstes und in Erfüllung seiner Pflichten plötzlich und unerwartet verstorben«, die sie schlucken ließ. Die Botschaft war eindeutig. Es konnte nicht sein, was nicht sein durfte. Ein Polizist, der sich zum V-Mann des Geheimdienstes ausbilden ließ, eine Tarnidentität erhielt und mit dieser eine Firma aufbaute, um als reicher Gönner und Unterstützer leichter in extremistische Kreise eindringen zu können, der würde niemals seinem staatlichen Auftraggeber in den Rücken fallen und dessen Interessen verraten. Niemals. Ein Seitenwechsel war nicht vorgesehen. Ilonas Blick fiel auf die Unterschrift des Schreibens: i.A. Littendorf …

Wieder klingelte es. Diesmal das Telefon.

»Guten Tag, Krüger hier.« Es war eine jung und angenehm klingende, männliche Stimme, die eine vage Erinnerung in ihr auslöste.

»Ja, bitte?«

»Vor ein paar Tagen habe ich Ihre Anzeige im Internet gelesen und mir die Nummer notiert. Das Angebot ist jetzt zwar nicht mehr online, aber das Auto steht vor Ihrer Haustür, und da wollte ich mal fragen, ob es noch zu haben ist.«

Ilona schwieg perplex.

»Hallo? Sind Sie noch dran?«

»Äh, ja … Woher wissen Sie, dass der Wagen vor meiner Haustür parkt?«

»Entschuldigen Sie, ich wollte Sie nicht belästigen, aber ich wohne direkt gegenüber, in dem gelben Haus.«

»Hören Sie, in dieser Straße sind fast alle Häuser gelb!«

»Da haben Sie auch wieder recht, na ja, bis auf Ihres, das ist grün.«

Allmählich dämmerte Ilona, woher sie die Stimme kannte. Langsam ging sie zum Fenster, das zur Straßenseite hinausging und ließ ihren Blick über die Hausfassade vis-à-vis streifen. Dort stand ein junger Mann auf dem Balkon des zweiten Stocks. Er hielt ein Telefon ans Ohr. Jetzt sah er sie und winkte zaghaft.

Etwas umständlich begann Ilona, ihm zu erklären, dass der Wagen nicht zu verkaufen sei. »Die Anzeige war ein übler Scherz.«

»Das macht nichts«, sagte die Stimme, »also, dass Sie ihn nicht verkaufen wollen ...« Eine kleine Pause entstand.

Ilona musterte die Gestalt auf dem Balkon gegenüber. Auch der junge Mann versuchte offensichtlich, sie näher in Augenschein zu nehmen. Ilona musste Dana recht geben. Er sah nicht übel aus. Sie war sich jetzt sicher und sprach ihn direkt darauf an.

»Arbeiten Sie eigentlich im Museumsshop im Deutschen Museum?«

»Ja, aushilfsweise, vor allem an Wochenenden. Haben wir uns da schon mal gesehen?«

Ilona klemmte den Hörer zwischen Schulter und Ohr und blickte auf die Finger ihrer unverbundenen, gesunden Hand. Erleichtert atmete sie auf. Unter ihren Nägeln war nicht die kleinste Spur von Dreck zu sehen.

Trotz aller gebotenen Nähe zur Realität handelt es sich bei den Begebenheiten in diesem Roman um fiktive Ereignisse, Figuren und Orte, die allerdings historische Geschehnisse, Personen aus der jüngeren Geschichte und reale Schauplätze einschließen.

Für Leserinnen und Leser, die mehr über einige zentrale Themen dieser Erzählung erfahren möchten, habe ich auf meiner Homepage www.luc-bahl.de eine Reihe von Informationen zusammengestellt – etwa über die Angriffe der Heeres- und Marine-Luftschiffe während des Ersten Weltkriegs, über die Wurzeln der okkulten Elemente in der nationalsozialistischen Ideologie und die Rezeption dieser Anteile bei Neonazis, deren Gewaltbereitschaft und Terror in der öffentlichen Debatte zu oft kleingeredet wird. Außerdem finden sich dort weiterführende Hinweise zu Aleister Crowley, Heroin, den Reichskleinodien, Otto Rahn, Dr. Edmund Forster, Rudolf von Sebottendorff, der Thule-Gesellschaft und nicht zuletzt zu der Thematik, wie realistisch das im Roman geschilderte Bedrohungspotential durch Drohnen ist.

Dank

Bei der Arbeit an diesem Roman haben mir eine Reihe von Personen mit wertvollen Hinweisen, Informationen, ihrer Gesprächsbereitschaft oder auf andere Weise sehr geholfen. Zu ihnen gehören: meine Eltern, deren Bibliothek sich wieder einmal als Fundgrube erwiesen hat, sowie Hartmut Becker, Hannelore Claussen, Gertraud Doetzer, Hans Greis, Reiner Herrmann, Kriminalhauptkommissar Hittinger, Dr. Michael Hoffmann, Peter Menne, Christian Räbl, Harry C. Redner, Fred Schilberg und Joachim Wittich. Ohne ihre Unterstützung wäre die Arbeit am vorliegenden Buch kaum zu bewältigen gewesen.

Besonderen Dank schulde ich wie immer Sabine Stoll, meiner Erstleserin und Co-Autorin.